科幻文学群星榜

华语实力科幻作品
群星奖大满贯

Sci-Fi

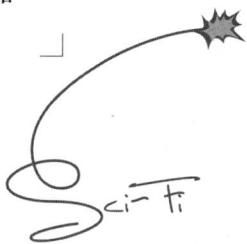

梦

萧建亨——著

山东教育出版社

图书在版编目（CIP）数据

梦 / 萧建亨著 . — 济南 ： 山东教育出版社 ，
2021.7（2021.8 重印）

（科幻文学群星榜）

ISBN 978-7-5701-0521-2

Ⅰ . ①梦… Ⅱ . ①萧… Ⅲ . ①幻想小说－中国－当代
Ⅳ . ① I247.5

中国版本图书馆 CIP 数据核字（2021）第 118516 号

MENG

梦　　　萧建亨　著

主管单位：山东出版传媒股份有限公司

出版发行：山东教育出版社

地址：济南市市中区二环南路 2066 号 4 区 1 号　邮编：250003

电话：（0531）82092600　　　　网址：www.sjs.com.cn

印　　刷：三河市冠宏印刷装订有限公司

版　　次：2021 年 7 月第 1 版

印　　次：2021 年 8 月第 2 次印刷

开　　本：880 mm×1300 mm　1/32

印　　张：12

印　　数：10001–13000

字　　数：283 千

定　　价：46.80 元

（如印装质量有问题，请与印刷厂联系调换）

印厂电话：0316–3655888

想象新时代

　　《科幻文学群星榜》是由中国科普作家协会科幻专业委员会联合其他科幻组织，共同推出的一套科幻书系。这是一个规模庞大的工程，目前来看也是独一无二的工程，基本囊括了中华人民共和国成立以来老中青几代具有代表性的科幻作家的佳作。这些作家以年龄看，最早的是20世纪20年代出生的，最晚的是"90后"。

　　这套书系的出版，恰逢中华民族实现第一个百年目标——全面建成小康社会。因此，它呈现了百年未有之变局中，中国人对一个崭新时代的想象。随后陆续推出的作品，还将伴随中国迈进基本实现现代化的伟大进程。

　　科幻文学作为一种年轻的文学品类，本身就是现代化的产物。1818年，世界上第一部科幻小说《弗兰肯斯坦》诞生在第一个实现产业革命的国家——英国。此后科幻文学在法国、美国、日本等工业化国家繁荣起来，进入蓬勃发展的黄金时代。科幻作品反映着科技时代人类社会的变迁和走向，反思当代人类面临的多重困境，力图打破所谓世界末日的预言，最终描绘出一个五彩斑斓、生机勃勃的新未来。

　　如今，地球上正在发生的最具"科幻色彩"的事件之一，便是中国的崛起。这个进程不仅改变了这个文明古国的命运，也影响着全人类的走向。中国奇迹般地成了拉动世界经济增长的有力引擎。人类历史上首次十亿以上人口的国家将要集体迈入现代化的门槛。中国科幻文学正是中华民族伟大复兴进程的见证者、参与者与推动者。

早在20世纪初，中国的一些有识之士便把科幻作品译介进来，掀起了第一次科幻热潮。它承载起"导中国人群以行进""改变中国人的梦"的使命。20世纪50—60年代，随着中国自己的工业和科技体系的建立，科幻作家们以满腔热情擘画了一个欣欣向荣的新世界。1978年改革开放后，中国再次向现代化进军，科幻迎来新的勃兴。作家们满怀豪情地书写科学技术为实现现代化、为谋求人民的幸福生活所创造出的神奇美景。进入21世纪，尤其是随着新时代的来临，这个文学门类也进入成长的新阶段。随着《三体》等作品的问世，中国科幻迎来了新一轮热潮。作家们描绘着古老的中华民族在实现全面小康和建成现代化强国的过程中所面临的新机遇、新挑战，谱写着中国走向世界、步入太阳系舞台中央并参与宇宙演化的新篇章。

科幻文学的发展折射着中国国运的巨大变迁。当今，海内外不同领域的人们对中国的科幻文学的空前关注，实际上是关注中国的未来，关注世界第二大经济体将如何持续演进，关注14亿人的创造力将怎样影响乃至重塑这个星球。从现实意义上来说，这套书系不但包含这些丰厚的信息，而且集中梳理了新中国科幻文学取得的辉煌成就，整理出新中国科幻文学发展的宽阔脉络；从一个特殊的侧面，还反映了中华民族从站起来、富起来到强起来的进程，见证中国走向更加灿烂辉煌的未来。

这套书系具有以下三个特点：

一是权威性。它由中国科普作家协会科幻专业委员会主持编选，并与国内多个科幻组织合作，其中包括得到了中国科普作家协会科学文艺专业委员会、科幻世界杂志社、南方科技大学科学与人类想象力研究中心、未来事务管理局、八光分文化、重庆钓鱼城科幻中心等的鼎力相助。编者从中华人民共和国成立以来的海量科幻文学作品中，精选出足以体现时代特征的作品。收入书系的作者，涵盖了雨果奖、银河奖、星云奖、晨星奖、光年奖、未来科幻大师奖、引力奖、水滴奖、冷湖奖、原石奖、坐标奖、星空奖等中外各类科幻大奖的获得者。

二是系统性。它收集了中华人民共和国成立以来不同时期作家的代表作。作者中有新中国科幻奠基者和老一代作家如郑文光、童恩正、萧建亨、刘兴诗、潘家铮、金涛、程嘉梓、张静等，也有改革开放后崛起的新生代作家刘慈欣、王晋康、何夕、韩松、星河、杨鹏、杨平、刘维佳、赵海虹、凌晨、潘海天、万象峰年等，以及以"80后"为主体的更新代作家陈楸帆、飞氘、江波、迟卉、宝树、张冉、程婧波、罗隆翔、七月、长铗、梁清散、拉拉、陈茜等，还有在21世纪崛起的全新代作家杨晚晴、刘洋、双翅目、石黑曜、王诺诺、孙望路、滕野、阿缺、顾适等，从而构成比较完整而连续的新中国科幻光谱，是对中国科幻文学发展历史的一次系统检阅。

三是丰富性。它比较全面地展现了广域时空中新中国的科幻生态和创作风格。这里面既有科普型的，也有偏重文学意象的；既有以自然科学为主体的核心科幻，也有侧重社会现象的"软"科幻；既有代表科幻未来主义的，也有反映科幻现实主义的；既有传统风格的写法，也有实验性质的探索。作品的主题涵盖了中国科技、社会、文化和民生的热点。从中可以看到，一个曾经积弱的民族，如今正活跃在地球内外、大洋上下、宇宙太空、虚拟世界、纳米单元、时间航线、大脑意识等各个空间。这里有中国政府和人民引领抗击全球灾难的描述，有脱贫的中国农民以新姿态迈出太阳系的故事，也有星际飞船和机器人在银河系中奏唱国际歌的传奇。

这套书系力求构建起一个灿烂的星空，并以此映射人们敏感而多样的心灵。爱因斯坦说，想象力比知识更重要。科幻是相伴人类发展进步而产生的新兴事物，是一个民族想象力的集中反映，是科技创新的艺术表达，在人们面前呈现出一幅幅奔向明天、憧憬和创建未来的美好画卷。许许多多杰出的科学家、工程师和企业家，在年轻时就受到科幻文学的熏陶和影响，因此走上了创造神奇新世界的道路。中国正在稳步建设创新型国家，需要更多富有创造力的人才脱颖而出。科幻文学也肩负着实现中国梦的责任，在点燃青少年科学梦想、激发民族想象力和创造力方面，起着不可或缺的作用。

这套书系将为广大读者尤其是年轻人打开中国科幻和未来世界的门户，有助于人们拓宽视野、开阔思想、激发灵感、探索未知、明达见识。它也将进一步促进中外科幻、科技、文化和文明的交流，为人类的共同发展做出中国的一份独特贡献。

中国科普作家协会科幻专业委员会

2020年10月1日

参 与

有人把中华人民共和国成立后我国科幻的发展做了如下的分期：开拓期（1950—1965）、空白期（1966—1976）、初步繁荣期（1977—1980）、大论战期（1981—1983）、低潮期（1984—1990），直到今日的大繁荣。我很荣幸参与了中国科幻发展的"全过程"。

"全过程"之所以加上引号，是因为1983年"论战"以后，一夜之间科幻阵地几乎丧失殆尽，更由于客观环境的种种变化，我不得不放弃科幻创作，逐渐中断了与科普界、科幻界的一切联系。所有科普、科幻的会议我都已无法参加；出版社、杂志社的来信也不再回复。以致刘兴诗、金涛、永烈等好友在科幻小说选集中要选编我的作品，为此发来的信件我也一律未回复。当然，更要抱歉的是，本来必定回复的读者来信，以及现在已成为大师、而那时候还是初出道的科幻新星的来信，各种欲征询我意见的新作，我既不看也不回复（这当然是很不应该的，而且是应该检讨的）。

是的，我之前已退出科幻创作，而且退得很坚决、很彻底，而现在为什么又会出版这样一部个人专集呢？说到这里，那就要"责怪"当年还是科幻界的一位新星，而今天已俨然成为中国著名科幻作家、理论家、第一个在中国普通高校开创科幻课程的科幻教育家吴岩教授了。2019年年底，不知道他从哪里得到我的消息，不辞辛苦地和他的夫人千里迢迢地飞过重洋来看我，还带来了三卷刘慈欣惠赠的英文版《三体》。而后他又寄来了韩松的《宇宙墓碑》、2019年《人民文学》的科幻小辑、2020年的《中国作家》科幻小说专号。当我得知，王扶同志（20世纪80年代，我在《人民文学》杂志上发表《沙洛姆教授的迷误》《乔二患病记》两篇科幻小说的责任编辑）还在担任编委工作时，真令我感慨万分！当年正是王扶同志冒着极大的风险，把科幻小说领进了《人民文学》，开中国纯文学杂志刊登科幻小说之先河。正是由于这些热爱科幻的同志们坚持不懈的努力，我国的科幻创作才得以进入了一个真正繁荣昌盛的新局面！

当我拜读了几位当前的科幻明星所写的科幻作品以后，真的感到很惊讶！韩松表面很冷峻，而内心总怀揣着让现实变得更美好的灼热的期望，晋康的儒雅和敦厚，慈欣的壮美和博大，阿缺的幽默，都体现在他们的作品中……尤其是在看夏笳的《关妖精的瓶子》时，我不由得哈哈大笑——连机电系的学生都难啃的"麦克斯韦妖"、学物理的人都难以理解的"薛定谔的猫"，在她的笔下竟能写得如此聪明和巧妙！中国的科幻现在真是群星辈出，已然面目全新。我期盼已久的中国科幻的繁荣，终于到来了。

出版这部作品集，是作为一个曾经热爱科幻的人，两次"暂停"后（人的一生能经得起几个"暂停"啊！），再一次欣喜的"参与"，想为这来之不易的兴盛繁荣的局面再添加一把小小的柴火。也许，中国科幻小说的开拓者所经历的种种曲折和困顿，他们所做的不屈不挠的努力，以及由于客观环境的严酷而产生的一些局限性，能给今天的科幻参与者一些正反面的经验和教训，避免今后再发生20世纪那样巨大的动荡！

回顾

这部作品集选录了我在20世纪50年代至80年代初，写的一些中短篇科幻小说。这些作品曾获得广大青少年的喜爱，收录在各种合集和个人专集中，被多次出版和重印，也被译为多种文字在国外出版。这11篇作品中有一部分是专门为青少年儿童写的科幻故事。

现在，研究过中国科幻史的人都知道：中华人民共和国成立后，中国科幻的发展，从开始就走上了一条非常奇特的道路。中国众多的出版社和杂志社只偶尔翻译出版一些国外的科幻小说，但从不出版中国自己的作家所写的科幻作品。整个中国只有少数几家少年儿童报刊偶尔刊登一些科幻作品。由于阵地的缺失，中国的科幻作者的作品只好一起涌向这些少年儿童刊物。也就是说，中华人民共和国成立后，整个"开拓期"的中国的科幻小说就是从少年儿童科幻中萌发和起步的。

而由于中国"文以载道"的传统，强烈的工具意识，在"科学可以救国"这个根深蒂固的思想影响下，强调科幻小说要给孩子们普及一定的科学知识（在各种政治运动中强调"科学"是最安全的）。最后，终于把中国的科幻推向了科普，演变成了一种普及科学知识的手段、一种工具。既然是科学普及，那当然要向孩子们普及正确的科学知识，于是编辑部就为中国科幻作者设立了一个颇为奇葩的关卡。在作品发表之前，要送到有关的科学机构去进行一次"科学"的鉴定，看看中国科幻作者们提出的"幻想"，是不是符合"科学"！

这部集子里有好几篇专为少儿写的科幻故事，就经历了这令人倍受折磨的"科学审查"。我之所以说这是一种"折磨"，只要在这儿举一下实际的例子就能说明问题了。

我为《我们爱科学》杂志写的短篇科幻故事——《铁鼻子的秘密》，因为写的是有关嗅觉的科幻，就被编辑部送到了中国科学院生理研究所去进行"科学审查"。审查的结论是：退稿。并附了一封生理研究所中一位助理研究员写的鉴定意见——"毫无科学根据"。

但幸好，我在查阅苏联科学院的一些科学简讯时，正好看到过一篇文章，写的是科学家正朝着我那篇科幻小说提出的方向，在研究人类和动物的嗅觉问题。于是我把那篇文章翻译出来，寄给杂志社，并附上了一封为自己的作品辩护的长信。那个时候，苏联的科学院还是很有权威性的。《铁鼻子的秘密》终于刊登了，是简讯起了作用，还是我那封长信起了作用，那就不得而知了。这已是1964年的事了！这短短几千字的科幻故事，从1962年寄给杂志社到发表，竟折腾了三年之久。真的是挺"折磨"人啊！

收在这部集子里的科幻小说，有好几篇都受到了这样的"科审"，而且还引发了一些想象不到的更为奇葩的故事。

刚打倒"四人帮"，上海少年儿童出版社的副总编张伯文同志就赶来苏州，要我为新创办的《少年科学》杂志写一篇科幻小说。我应邀赶写了《密林虎踪》，并在《少年科学》杂志（1977年第4、5期）上发表了。

随即，为解决全国少年儿童的书荒问题，张伯文又通过苏州宣传部为我请了几个月的创作假，把我"关"在上海少儿社的一个临时招待所里，为出版以《密林虎踪》为书名的我的个人科幻集，再写几篇科幻小说。我应约写出了收在这部集子里的《金星人之谜》《重返舞台》《不睡觉的女婿》。本来《密林虎踪》个人科幻集是计划在1978年年初出版的，可是这"奇葩"式的"科审"就把这个计划完全打乱了。

《重返舞台》写的是如何利用现代科学技术，帮助一位失声的歌唱家重新登上舞台的故事，因此《重返舞台》就被送到上海音乐学院去"科审"，没有想到的是，这一审就是一年多！后来我才知道，这个稿子在各个科室里转了一圈后，又回到了院长办公室——没有人肯提意见。让搞音乐的人对科幻作家"幻想"出来的"科学"提意见，大概是有一定难度的吧。而更为奇葩的是，这消息不知怎么传到了正好到上海来出差的，中国著名的歌唱家王昆（歌剧"白毛女"的第一位扮演者）那儿去了。王昆要去了稿子，看后立即提出要与这位能治疗失声的科学家（指作者）见见面……

一篇为少年儿童写的科幻小说，审到最后，竟然被误解成了一项正式的科学技术发明！这误会实在是太大了吧！原来想在1978年出版的个人专集《密林虎踪》，就这样被拖到了1979年才出版。

但这就是当时中国科幻界的现实。中国的科幻就是在这种误会、不被理解，在对幻想出来的"科学"进行"审查"中萌发、打压、再萌发中长大的！这是一个多么艰辛和困难的成长过程啊！

针对这种误解，1957年我就曾在《文汇报》上撰文，并在和编辑往来的信中大声疾呼，应该恢复科幻小说本来的面目："科幻小说是小说！不是科普读物！文艺刊物、出版社应该给中国的科幻小说一席之地。"但这种呼吁却如石沉大海，毫无波澜。一个人的呼声，又怎能改变一种沉淀已久的社会成见呢！

多年来，研究中国科幻史的人，一说起中国科幻小说的发展，就只会提及那场不幸的姓"科"、姓"文"的争论，只会停留在个别卷入争论的作者的纠纷和是非之上，却很少有人能深入地研究中国科幻发展的初期，为什么会形成这样奇怪的局面。也很少有人能深入地探究：当时中国为数不多的科幻作家，为什么会这样写，而且为什么只能这样写——必须普及一定的科学知识。而且，也很少有人能深入地研究一下，在当时这样苛刻的条件和环境之下，为了推动中国科幻小说的发展，他们又做了哪些艰苦的探索和努力。

科幻小说变成了一种科学普及工具后，科幻小说的创作道路真是越走越窄。在有限的篇幅里，既要普及一定的科学知识，又要注意文学创作的基本规律，还要安排一个有趣的故事来吸引小读者。作者所面临的困难，就像我们家乡有一句俗语所说的那样：这是要在一个"螺蛳壳里做道场"。也就是说，要在一个有限的狭小的空间里，做出一场有声有色的大演出——这当然是非常困难的。我在"文革"前后写的一些短篇科幻，就是在这样苛刻的条件之下创作出来的。虽然这些作品都受到了孩子们的热烈欢迎，但回忆起当时的创作环境，真是非常艰苦啊！

其实，说到底，中国科幻小说之所以会形成那样"奇葩"式的发展，是人们对科学狭隘理解的必然结果。对科幻小说过于功利主义的苛求，必然会阻碍这位"灰姑娘"的展翅高飞！

这个结论，恐怕对中国科幻今后的发展，还是会有点用处的吧！

作品

发表于1962年《我们爱科学》杂志上的《布克的奇遇》，也是几经周折才刊用的。发表后居然在孩子们中间引起了巨大的轰动。此稿的责任编辑郑延慧同志在评论我的作品时曾写道："这篇作品发表以后，受到广大少年读者的欢迎。后来收入在以《布克的奇遇》为名的科幻小说合集中。当我们向读者进行调查的时候，它仍旧是最受欢迎的一篇。1976年以后，《布克的奇遇》再版，受欢迎的程度甚至超过了以前，再版发行的数量将近100万册……"此稿发表后不久，连同我的其他几篇科幻作品，也被越南、朝鲜、日本翻译出版，并出版了我的个人专集，在香港还出现了盗版。《布克的奇遇》也曾在当时的中央广播电台多次播出，后来又被北京电视台改编成了儿童广播剧，并多次播出（播出前又经历了一番折磨人的"审查"）。还被改编成连环画大量发行。1979年，此稿获得了"1954-1979年第二次全国少年儿童文艺创作评奖"的二等奖，并被选入了《中国新文学大系》，之后又作为文学教材，选入了全国统编的语文课本，成为中国第一篇被选入语文教材的科学幻想小说。

《奇异的机器狗》写于1960年，首次发表于1962年上海儿童出版社出版的科幻小说合集《失去的记忆》。1965年江苏人民出版社出版了以《奇异的机器狗》为名的我个人的第一部科幻小说集，这也是江苏人民出版社出版的第一部科幻小说集。当时，已是"文化大革命"的前夕了，出版社早已是风声鹤唳，在这个时候出版一部个人的科幻小说集，真是当时出版界的奇迹了。那以后，我的科幻创作就被"暂停"了十二年之久。

《密林虎踪》是我因"文革"停笔十二年后，于1977年年初恢复创作的一篇科幻作品。后以此稿为名出版了我个人的又一部科幻专集。此书是委托山东人民出版社印刷的，第一版就印刷了66万册，后又加印了85万册。此书后来获得了上海科技协会的新长征优秀科普作品一等奖。

《重返舞台》前面已经提到过了，经历了一年多"科审"的折腾总算"返"回，并收入《密林虎踪》的专集中。

《"金星人"之谜》是之前写的，是由一个关于宇宙探索的长篇科幻小说《卡利斯托人》的开头部分，改写而成的一个短篇科幻小说。在收入《密林虎踪》的同时，还在四川《科学文艺》（《科幻世界》的前身）创刊号上发表了。此稿后来获得江苏省第一届优秀科普作品创作优秀奖。

《"金星人"之谜》与1980年发表于《人民文学》杂志上的《沙洛姆教授的迷误》，一起被翻译成日文，在日本专门刊登科幻小说的《探索者》杂志上发表。当时，日本的科幻小说评论家渡边直人曾这样评论这篇作品："《'金星人'之谜》译自《科学文艺》创刊号。在当时，描写宇宙题材的作品十分罕见。在粉碎'四人帮'后出版的科幻作品中，这篇作品仍堪称出类拔萃之作……"

此后不久，《布克的奇遇》《"金星人"之谜》又作为中国少年儿童科幻小说的代表作，被日本太平出版社选入了8卷本的《中国儿童文学》第一卷。此选集收入了中国著名作家如鲁迅、茅盾、张天翼等人的儿童文学作品，其中以丛书第一卷的形式出版了这几篇科幻小说。并以"萧建亨的科幻小说"为号召，为本套丛书宣传，此书之后在日本竟重印了9版之多。

中篇科幻小说《梦》应该说是一个急救篇。为抢救因十年"文革"的影响而出现儿童读物荒废的情况，1978年10月，全国200多位作家及儿童读物的编辑云集庐山，召开了"全国少年儿童读物出版工作座谈会"，经过十几天的讨论，大家一致认为：大家都应先拿起笔来，为全国少年儿童多提供一些精神食粮。下了庐山，我连家还未回，就被江苏少年儿童出版社"关"在江苏省共青团招待所，赶写了《梦》这部中篇科幻小说。作品一经出版，就受到了孩子们的热烈欢迎。江苏少年儿童出版社曾为此书做了比较详细的调研工作：他们向几个学校发送了不同作者的作品，让孩子们阅读，然后再让他们投票选出最喜爱的作品。《梦》被孩子们一致选为最喜爱的作品。当问到孩子们最喜欢《梦》中哪个人物的时候，他们一致高呼"杨毛头"！延慧同志在评论《梦》这篇作品时，曾这样写道："萧建亨同志的科幻作品之所以能受到少年读者的喜爱，同他们的思想感情引起强烈的共鸣，还是因为作者比较熟悉孩子，也喜爱孩子……在萧建亨同志的科幻作品中，充满了少年儿童的情趣。就像面对面给孩子们讲故事一样，故事动人，语言明快，还有许多诙谐幽默和风趣的细节描写，很能抓住小读者的心理。这个优点在打倒'四人帮'以后萧建亨创作的一部中篇科幻小说《梦》中表现得更为明显。这部作品表现了一个很有意思的科学主题：'利用梦来学习'。萧建亨同志在科幻小说中很善于把科幻题材放在孩子们熟悉的生活环境中，又很自然地、有机地与故事的发展结合在一起。这样一个有关开发大脑的题材，是在初中一年级学生的学习生活中展开的。作品中描写的这几个初中女生和男生，各有各的性格，各有各的长处和弱点，但都很可爱、很真实、很有亲切感。有些细节描写得很风趣，很有生活气息，看了令人哑然失笑。对于这样一群刚刚懂事，又还不是很懂事的，爱玩但有上进心，又夹杂着一点虚荣心，既充满着好胜心而又因缺乏扎实的基础而不得不去尝尝失败的滋味的男女同学，他们之间既有天真纯洁的互相关心，又免不了有些腼腆、扭捏的心理状态，作者把握得很有分寸，描写得活灵活现，很有生气。"延慧同志在分析了《梦》之所以被孩子们所喜爱的原因后，又总结似地写道："……即使它（指《梦》这篇科幻）不是一篇讲开发大脑的科幻，当作一篇描写初中同学生活的儿童文学作品来欣赏，也饶有兴味。"延慧同志作为中国最早推动科幻小说创作的老编辑之一，她对《梦》的推崇与肯定，也可算是对我在中国少年儿童科幻文学领域里多年耕耘的一个总结了。

《万能服务公司的最佳方案》也是应郑延慧同志之约而赶写出来的一篇科幻作品。1979年春夏之交，我接到郑延慧同志的来信，要我为她赶写一篇科幻作品，好让她完成当年的发稿任务，以便使她可脱身去参加即将召开的一次科学文艺创作座谈会。我一向是一个催急了才会动手写稿的人。接信后，我即赶写了这篇科幻作品。这才让延慧同志如期完成了当年的发稿任务，参加了那次科学文艺的盛会。收到稿件，延慧同志即来信说：她很喜欢这篇科幻作品。并告诉我，她的顶头上司叶至善同志也挺欣赏这篇作品。文稿随即在1979年第7-8期《我们爱科学》杂志上刊出，并获得了《我们爱科学》杂志1980年的优秀作品一等奖。

《沙洛姆教授的迷误》是继《珊瑚岛上的死光》发表后，由中国文学界权威的纯文学杂志《人民文学》发表的第二篇中国作家写的科幻小说。1978年5月在上海召开了那次颇为重要的"全国科普创作座谈会"。王扶同志奉命要组稿一篇科幻小说。他曾经也是中国少年儿童出版社的编辑，与郑延慧同志是好友与同事。王扶同志并不熟悉科幻作者的队伍，所以，通过郑延慧找到了我，要我给他一篇科幻作品用于完成《人民文学》的组稿任务。当时，我手头正好有几篇为出个人专集（《密林虎踪》），已写好但还未发表的科幻小说稿子，正想选一篇交给王扶。但一想到恩正那时正在为《珊瑚岛的死光》的电影剧本是否能在电影制片厂立项而发愁，又想到如果《人民文学》能发表《珊瑚岛的死光》也许会对剧本的立项有所帮助。我立刻找到恩正，告之我的想法，并立即安排了王扶和恩正的会面。当然，那时候我绝没有想到《珊瑚岛的死光》一发表会引起如此的轰动，也绝对没有想到会引发一场科幻小说的姓"科"、姓"文"的大论战！

退出科幻创作多年以后，我常会想起：如果我当时将我写的《重返舞台》先交给王扶，并在《人民文学》发表了，那又会怎么样？或许也会拍成一部电影？或许不会引起那场不幸的姓"科"、姓"文"之争了？或许中国科幻小说的"初步繁荣期"不会那么命短，还会延长一些年头？不过，这已是"科学"的幻想了！中国科幻的"科""文"之争迟早都会发生的。这就是中国科幻小说的宿命！《沙洛姆教授的迷误》发表后立即引发了国内外的一片好评。前面已经提到的，日本的科幻评论家渡边直人这样写道："《沙洛姆教授的迷误》被代表中国现代文学的《人民文学》杂志所刊载，可以说这是中国科幻小说史上划时代的、具有突破性意义的重要作品。"并认为，"在突破中国科幻小说的旧框框方面，这篇作品也可称瞩目之作。""这无疑是萧建亨从事科幻创作以来最成功的佳作之一"。

1980年7月，中国科普创作协会科学文艺暨少儿科普研究会年会在哈尔滨召开。我的几位责任编辑叶至善、郑延慧、王扶也参加了会议。会议期间王扶又提出要我再为《人民文学》写一篇科幻小说。正好，有一次我走错了会场，那儿正在开一个"红学会"。我本来就在构思，想写一篇针对时弊的、讽刺会议"成灾"的科幻小说，这次走错了会场，突然触发了我们常说的"灵感"，完成了《乔二患病记》的大致构思，并在下午和叶至善一同游太阳岛时，一边散步一边把这个故事编成了。叶至善听完后曾大加赞赏，说这是针砭时弊的好故事。《乔二患病记》在《人民文学》杂志发表以后，的确引起了不少轰动。有人在《南华早报》发表评论文章说："这是中国的第一篇政治性讽刺科幻小说。"蔡利民在评论我的文章时这样写道："《乔二患病记》是对现实生活中那些整天混迹于会场，不讲实效的官僚主义者的直接讽刺和鞭打，开创了我国讽刺科幻小说的新路。"

《水下猎人的故事》是我在写《冰海猎踪》（我的一个长篇科幻小说）时，利用这个长篇科幻小说的材料写成的一个短篇科幻作品。后来在《智慧树》杂志上发表，后以《射击》为名，收入《特殊任务》个人集（1988年）中。

《搏斗》是一篇结合我国传统医学、哲学概念写的一篇有关克服癌症的科幻小说。中国传统医学的整体概念正在走向世界，成为世界科学关心和注目的对象。我一向坚信，这种观念一旦被现代科学武装起来，也许会成为整个世界意义上的一场哲学观念上的革命。此稿也收入了《特殊任务》个人专集中。

期望

最近吴岩教授在国内外连续三个会议上的演讲，主要谈及的都是人工智能科幻小说。他认为，1962年我写的《奇异的机器狗》是中国最早在故事中直接提到人工智能的作品。此前多数的科幻小说，对智能制造物都采用机器人的说法。而且据他考证，改革开放前后，对人工智能写得最多的也是我。

对此，我讲讲自己的感受。我并不想将我的人工智能小说写成机器人怎么为人类服务，或者人跟机器人怎么斗争，我希望能从科学的推理和未来的推衍方面更多地讲述科幻故事。我在1988年辽宁少年儿童出版社出版的科幻专集《特殊任务》的后记中曾这样写道："至于在《人民文学》杂志上发表的《沙洛姆教授的迷误》及《乔二患病记》，是我的一种新的尝试——试图将科幻小说转到更多的社会问题上来，这一组是《我，不是机器人》十篇系列科幻小说中的两篇……"。读过这两篇小说的人也许已经注意到了，两篇小说中的机器人都与机器人之父沙洛姆教授有关联，这是对应阿西莫夫的科幻小说《我，机器人》十篇科幻小说而设定的。

但遗憾的是，我一直没有完成这个任务，我的夫人在60岁出头就患上了阿尔茨海默症，不得不提前退休了。而我为了照顾她，也不得不放下一切……当然，也包括我喜爱的科幻创作。但，人工智能近年来的快速发展，又常常会激发我产生一些有趣的科幻构思，也许，在我有生之年我还会把它们写出来的吧。现在，我和我夫人正因为疫情困居在国外。虽然我的科幻创作又不得不再一次"暂停"，但我仍关心着我国科幻文学的发展。很高兴能在这儿和大家进行一次真诚的交流。

当然，我还要感谢这套丛书的主编韩松和参与这本书的所有编辑，尤其要感谢把推动中国科幻当成终身事业的、为人诚挚的吴岩，正是他的关心和努力，才使这本选集得以顺利出版。

希望中国的科幻事业更加昌盛繁荣！

萧建亨

2020年12月2日

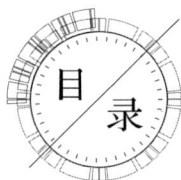

目　录

Catalogue

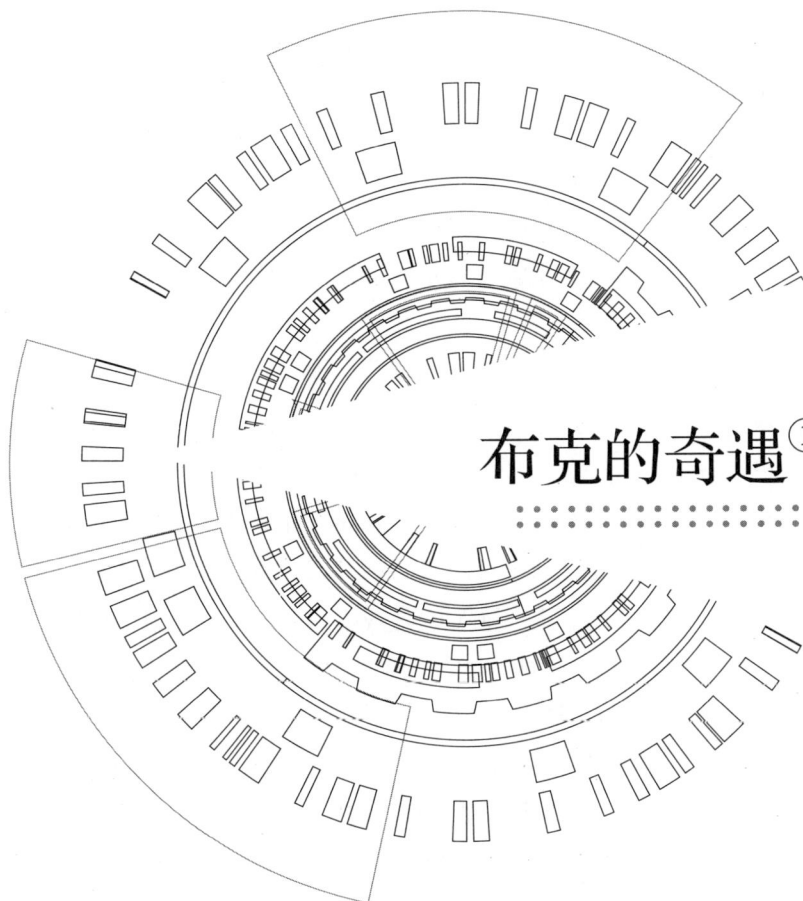

布克的奇遇①

① 1958年11月第一稿，1960年1月第二稿，原载于《我们爱科学》，1962年第7期。

整个故事，是从布克——我们邻居李老的一只狼狗——神秘的失踪，然后又安然无恙地回来开始的。

　　不过，问题并不是在布克的失踪和突然出现上，问题是在这里：有两位住在延河路的大学生，曾亲眼看见布克被汽车压死了，而现在，隔了三个多月，布克居然又活着回来了！

　　被汽车压死了的狗怎么会活过来的呢？……嗯，还是让我从头说起吧！

　　布克原是一只转了好几个主人的纯种狼狗，它最后被送到马戏团里去的时候，早已过了适合训练的年龄，马戏团的驯兽员拒绝再训练它，因为它在几个主人的手里转来转去的时候，已经养成了许多难改的坏习惯。

　　我们的邻居李老，就是那个马戏团的小丑。他不但是个出色的喜剧演员，也是一个心地善良的老人。他听说马戏团决定把布克送走，就提出了一个要求：给他一年时间，他或许能把布克教好。

　　这样，布克成了我们四号院子——这个亲密大家庭中的一分子。实际上，这是一只非常聪明伶俐的狼狗。在老演员细心的训练之下，布克很快地就改变了它的坏习惯，学会了表演许多复杂的节目。一年快结束的时候，马戏团里除了那个固执的驯兽员之外，都认为不久就可以让布克正式演出了。

　　然而，正当布克要登台演出的前夕，不幸的事情发生了。四月三日那天晚上，布克没有回家。大家等了整整三天，依旧不见它的影子。

　　三天下来，老演员明显地消瘦了。我们院子里的人都知道这是为什么。说真的，我们还从来没见过哪一个人能像李老这样爱护这只狗的。

礼拜天一到，我就发动了院子里的所有人，到处寻找布克。我这样做，不只是为了老演员一个人，有一大半，也是为了我那个可爱的小女儿小惠。小惠自从五岁那一年把腿跌断了，就一直躺在床上。我去工厂的时候，虽然街道里有不少阿姨和小朋友来照顾她，可是失去了一条腿的孩子，生活总是比较单调的。自从老演员搬到我们四号院以后，情况就好了不少。老演员、布克和小惠立刻成了好朋友。有了布克，小惠的生活也变得愉快得多了，甚至还胖了起来。可是现在……为了不让老演员更加伤心，我简直不敢告诉他：小惠为了布克，已经悄悄哭了三天了。

那天，正好送牛奶的老王和邮递员小朱都休息。大家分头跑了一个上午，还是小朱神通广大，他打听到在三号那天，就在延河路的西头，有一只狼狗被汽车压死了。那只狼狗正是布克。据两个大学生说，他们亲眼看见一辆载着水泥的十轮大卡车，在布克身上横着压了过去，布克当场就死去了。这件事发生的时候，他们正好在旁边，不过，当他们给公安局打完电话回来后，布克的尸体却失踪了！

看来悲剧已成事实。然而，布克尸体的神秘失踪，却使这个心地善良的老演员产生了一线希望：也许，布克并没有死，有一天，它也许还会回来的吧！

真假布克

事情的确没有就此结束。隔了三个多月，有一天，我下班回家，刚走到家门口，就听见了小惠和老演员的笑声。在这笑声中，还夹着一声声快活的狗吠。

"李老一定又弄到一只狗了。"我这样想着。可是一走进屋里，我简直不敢相信自己的眼睛了，这竟然是布克！

"你瞧！你瞧！"老演员一见我就嚷开了，"我说一定是哪位好心人把布克救去了。你瞧，现在它回来啦。"

布克还认得我，看见我就亲热地跑过来，向我摇着尾巴。老演员的一切训练，它还记得；而且，连小惠教给它的一些小把戏，也没有忘记。它当场还为我们表演了几套。

布克的归来，的确成了我们四号院子这个大家庭的一件大喜事。那天晚上，大家都来向老演员和小惠道贺。可是到了第二天，我发觉这里面有些不对头的地方。我突然觉得，布克与从前相比多少有些异样。起先我只是模模糊糊地这样觉得，可是仔细地想了一下后，我就发觉原来是布克的毛色和从前不同了。我的记忆力一向很好，记得布克的毛原是棕黑色的，现在除了脑袋还和从前一样，身上的毛色却比从前浅了一些。我把布克拉到跟前一看，发现它的颈根有一圈不太容易看出来的疤痕，疤痕两边的毛色截然不同。两个大学生曾经一口咬定说：布克的身体是被卡车压坏了。我一想起他们的话，就不由地产生了一个连我自己也不敢相信的念头：布克的身体一定不是原来的了！

我是一个有科学知识的工人，从来就不迷信。但是眼前的事实，却只有《聊斋志异》上才有！

我越是注意观察布克，就越相信我的结论是正确的。不过，我还不敢把这个奇怪的念头向李老他们讲出来。直到布克回来的第三天早晨，这件事情也终于被老演员发觉了。

这是一个天气美好的星期天。我把小惠抱到院子里看老演员替布克洗澡。我站在窗子跟前，正打着主意，是不是要把我的发现向李老讲出来。忽然，老演员慌慌张张地朝我跑来。他像被什么吓着了似的，上气不接下气地朝我喊道：

"这不是布克！啊，这不是布克！"

"瞎说！"我故意这样答道。

"不不不，我绝对不会弄错！"老演员非常激动，"布克的肚子下面有一块白色的毛；它的爪子也不是这样的！我记得，它的左前爪有两个脚趾是没有指甲的。可是现在，你瞧白色的毛不见了，指甲也有了，身上的毛色也变浅了！"

布克的第一次演出

我和李老都没有把这件事讲出来。因为讲出来，谁也不会相信的，只会引起别人对我们的嘲笑。

布克演出的那一天终于来到了。四号院子里的人，能去马戏场的都去了。但是在所有的人当中，恐怕不会再有比老演员、小惠和我更加激动的了。临到上台之前，老演员忽然把我叫到后台去。他的脸色很难看。老演员指着布克对我说：

"你看看，布克怎么了？"

布克的精神看起来的确不太好，它好像突然得了什么病似的，然而那天布克的演出还是尽了职的。这是老演员精心排练的一个节目：他突然变成了一个宇宙航行家，带着一只狗去月球航行，结果由于月球上重力比地球上小得多，闹了不少笑话。观众们非常喜欢这个新颖的节目，老演员和布克出来谢了好几次幕。布克演出的成功，使老演员非常激动。在最后一次谢幕的时候，他忽然一下子跨过绳圈，把小惠也抱到池子中心去了。在观众的期待和欢呼声之下，小惠叫布克表演了几套小把戏。

布克立刻成了一个受人欢迎的演员。可是，到了演出的第三天，突然又发生了一件新的事故：布克的左后腿突然跛了，演出只好停止。第二天，事情又有了新的发展。

那是星期六的下午，我和老演员把小惠抱到对面公园的大树下，让布克陪着她玩，然后各自去上班了。没想到我从工厂回来，却只看见小惠一个人坐在那儿抽抽噎噎地哭。原来我们走后不久，就来了一个陌生人。他好像认得布克似的，问了小惠许多问题，最后他对小惠说，这只狗是从他们实验室里跑出来的。他最终说服了小惠，留下了一张便条，把布克带走了。可是布克一走，小惠又后悔起来，急得哭了。

我打开那张便条的时候，老演员正好从马戏团里回来。那张便条这样写道：

> 同志：我决定先把这只狼狗牵走了。从您的孩子的口中听来，我觉得其中一定有许多误会。由于这只狼狗跟一个重要的试验有关，所以我不能等您回来当面解释就把它带走了。如果您有空的话，希望您能到延河东路第一医学院附属研究所第七实验室来面谈一次。

看到实验室和医院这几个字，老演员和小惠都急坏了。"爸爸！布克病了吗？爸爸！布克病了吗？"小惠抓住我的手，着急地问。老演员呢，只是喃喃地说：

"啊，可怜的布克！我们这就去！我们这就去！"

没有身体的狗头

在第七实验室里将会遇到些什么，我们原是没有一点儿准备的。现在

回想起来固然好笑，可是在当时，我们真为布克担了许多心。

研究室比我们想象的要大得多，这差不多是一幢大厦了。我们在主任办公室等了半个多钟头。秘书告诉我们说主任正在动手术。李老等不及了，拉着我要去手术室找他。我们刚走出房门，就发觉我们走错了路，走到了一间实验室里。我正想退出去，老演员忽然惊呼了一声。随着他的目光，实验室里的一些景象，也不由地把我"钉"在地板上了。

在这间明亮而宽敞的实验室四周，放着一只只大小不同的仪器似的铁柜。铁柜上部都镶着玻璃，里面亮着淡蓝色的灯光。透过玻璃，我们看到里面有一些没有身体的猴头和狗头，在向我们龇牙咧嘴地做着怪脸。当我们走近的时候，有一只大耳朵的猎狗的头，甚至像在朝我们吠叫，可是什么声音都没有。

这些惊人的景象，让我记起了一年多以前在报纸上登载过的一则轰动一时的消息：苏州的一些医学工作者进行了一些大胆的试验，使一些切掉了身躯的狗头复活了。他们把切下来的狗头和另一只狗的身体接了起来，并且让这些拼凑起来的狗活了一段时期。他们还进行了另外一些大胆的试验：换掉了狗的心脏、肺、肾脏、腿或者别的一些部位和器官。之后，我在一次科学知识普及报告会上，进一步地了解了这件工作的意义。原来医学工作者做这一系列试验，是为了解决医疗上的一个重大的问题——给人体进行"器官移植"。人们有时会因为身体上的某一个器官损坏而死亡，如果能把这个损坏的器官取下来，换上一个健全的，那么本来注定要死亡的人，就可以继续活下去，就可以继续为社会主义建设事业贡献出更多的力量。显然这些试验如果能够获得成功，不但能挽救千千万万病人的生命，也能普遍地延长人类的寿命。

生与死的搏斗

我们终于在手术室的门口找到了第七实验室的主任——姚良教授。他是一个胖胖的、个子不高却精力充沛的中年人。没用几分钟，我们就弄清楚了许多原先不清楚的事情。

正如我们所猜测的一样，第七实验室在进行着器官移植的研究工作。布克那天的确是被卡车压死了。那天，实验室的工作人员被派到郊区抢救一个心脏受了伤的病人。他们的出诊车在回来的路上，正巧碰上了这件事故。从时间来推测，布克的心脏虽然已经停止跳动，血液已经停止循环，可是它的大脑还没有真正死亡。只要把一种特别的营养液——一种血代——重新输进大脑，布克还可能活过来。

出诊车上正好带着一套"人工心肺机"，实验室的工作人员毫不迟疑地把布克抬到车上。他们知道，在这种情况下进行紧急抢救，比在研究所里做试验的意义还重大得多。因为在大城市里，许多车祸引起的死亡，就是由于伤员在送到医院的途中，耽搁的时间过长了。

工作人员估计的一点不错：布克接上了人工心肺机才五分钟，就醒了过来。然而，布克的内脏损伤得太厉害，肝脏、脾脏和心肺，几乎全压烂了。这些器官已经无法修复，当然，也不可能全部把它们一一调换下来。最后，专家们就决定进行唯一可以使布克复活的手术，把布克的整个身体都换掉……

"可是，"听了姚主任的解释，我突然想起了去年在那次报告会上听来的一个问题，"姚主任，器官移植不是一直受着什么……什么'异性蛋白质'这个问题的阻碍吗？难道现在已经解决了？"

"对，问得对。"姚主任一面用诧异的眼光打量我，一面回答说，"是的，在几个月以前，器官移植还一直是医学界的一个理想。以前，这只狗的器官移植到另一只狗身上，或者这个人的器官移植到另一个人的身上，都不能持久。不到几个星期，移植上去的器官就会萎缩，或者脱落下来。这并不是我们外科医生的手术不高明，也不是设备条件不好，而是由于各个动物的组织成分的差异而造成的。这种差异，主要表现在蛋白质的差异上。大家都知道，蛋白质是动物身体组织的主要成分。科学家早就发现，动物身体组织中的蛋白质，总是和移植到身上来的器官中的蛋白质相对抗，它们总是要消灭'外来者'或者溶解它们。所以在以前，只有同卵双胞胎的器官才能移植，因为双胞胎的蛋白质的成分是最相近的。"

"这么说来，那布克呢？它也活不长了？"一听姚主任这样解释，老演员立刻着急起来。

"不，"姚主任笑了笑说，"我说的还是去年的情况。你们也许还不知道，现在全世界的科学家都在寻找消灭这种对抗的方法。五个月前，我们实验室已经初步完成了这个工作。我们采用了这样几种方法：在手术之前，用一种特殊的药品，用放射性元素的射线，或者用深度的冷冻来处理移植用的器官和动手术的对象。当然，一般说来，这几种方法是联合使用。布克在进行手术之前，也进行过这种处理……"

"啊！"我和老演员心里放下了一块石头，"这么说，布克能活下去了？"

"不，不，"一提到这个问题，姚主任脸上立刻蒙上了一层阴影，"你们别激动。布克，你们知道，我们对它的关心也绝不亚于你们。在这种情况下救活的狗，对我们实验室，对医疗科学有特别重大的意义。它的复活能向大家证明，器官移植也能应用到急救的领域里去。可是说真的，当时我们并不知道这只狗是有主人的。唉，这真是一只聪明的狼狗，它居然能从我们这儿逃出去！可是这一段时间的生活，显然对它的健康是不利的。要知道，我们进行了手术以后，治疗并不是就此停止了，我们要给它进行药物和放射性治疗，这是为了使蛋白质继续保持一种'麻痹'的状态。另外我们还要给它进行睡眠治疗，这你们是知道的，根据巴甫洛夫的学说，大脑深度的抑制，可以使机体的过敏性减低……"

"那布克……布克又怎样了呢？"我和老演员不约而同地喊了起来。

"是的，布克的情形很不好。它的左后腿就是由于这个原因才跛的，那儿的神经显然已经受到了影响。如果不是我们的工作人员偶然碰到了它，这种情形恐怕还要发展下去。我很奇怪，为什么你们没有见到我们寻找失狗的广告。布克一逃走，我们的广告第二天就在报纸上登出来了……"姚主任忽然打住了。他犹豫了一下，突然站了起来，说："请跟我来吧，我带你们去看看布克。不过，请你们千万别引起它的注意令它激动。"

这个时候，我们的心情是可想而知的了。我觉得仿佛是去看一个我们自己的生了病的孩子，更不用说那个善良的老演员有多么激动了。

我们在实验室楼下的一间房间里，看到了真正的奇迹：一只黄头黑身的狼狗；一只棕黑色的猎犬，却长着两条白色的后腿；至于那只被换了头的猴子，如果不是姚主任把它颈子上的疤痕指给我们看，我们是绝对看不出来的。这些经过了各种移植手术的动物，都生气勃勃地活着。这些科学上的奇迹，是为世界医学工作者代表大会而准备的。我们看到的这些，对外界来说，还是一个小小的秘密。

在楼下的另一个房间里，我们终于看到了我们那个非常不幸，也可以说是非常幸运的布克。不过这时它已经睡着了，是在一种电流的催眠之下睡着了的，它把脑袋搁在自己——也可以说是另一只狗——的爪子上，深深地睡着了。几十只电表和一些现代化的仪器，显示着布克现在的生理状况。几个穿着白大褂的年轻的医学工作者，正在细心地观察它，服侍它，帮助它进行一场生与死的搏斗。

姚良教授显然也被我们对布克的感情感动了。这个冷静的科学家突然挽起了我们两人的胳膊，热情地说："相信科学吧！我们一定帮助它活下去！"

那天从研究所回家后，我很长时间都在想着一个问题。第二天早晨，我一打开房门，就看见老演员站在门口等着我。我们用不着交谈，就知道彼此要说些什么了。

"走，我们现在就去找姚主任！"老演员说道。聪明的读者一定知道，我们这次再去找姚主任是为了什么。是的，这一次，是为了我们的另一个孩子——小惠——去找那位出色的科学家的。

布克的正式演出

在报上读过"世界医学工作者代表大会"的报道和有关我们的新闻的人，当然用不着再读我最后的几句话。但是，我那喜悦的心情，使我不得不再在这儿说上几句。

在世界医学工作者代表大会上，各国的医学家们都肯定了姚良教授和他的同事们的功绩。大会一致认为姚良教授的试验成果证明，器官移植术已经可以实际应用了。换句话说，已经可以应用到人的身上来了。

正如你们所知道的一样，第一个进行这种手术的，是我那可爱的小女儿——小惠。你们一定已经看出，我是很爱小惠的。第一个进行这种手术当然有很大的危险，但是科学有时候也需要牺牲，任何新的事物，总要有第一个人去尝试。可以这样说，如果科学事业需要我的话，我一定会挺身而出的，更不要说是这种使千百万人重新获得生命和幸福的重大试验了。

小惠的手术是在九月进行的。离开完大会只有五个多月。这种惊人的效率和魄力，使国外许多有名望的医学家都感到惊讶。六个月以后，小惠已经可以下地走路了。被移植到小惠身上的那条腿，肤色虽然有些不同，用起来却和她自己的完全一样。

第二个进行这种手术的是著名劳动模范、钢铁工人陈崇。在一次偶然事故中，他为了抢救厂里的设备，一只手整个儿被烧坏了。劳动模范陈崇的手术进行得也很顺利。此后，心脏的调换、肾脏的调换，都在第一医学院里获得了成功。姚良教授的方法，同时迅速地推广到了别的城市和国外。

至于布克，我想用不着我在这儿多介绍了。自从报纸上介绍了它的奇遇，它已经成了一个红得发紫的演员了。为了满足大家的好奇心，布克终于被允许在马戏团里演出。它的后腿还微微地有些跛，可是它那出色的表演却弥补了这个不算太大的缺陷。

我还记得布克重新登台那天的盛况。姚良教授和我们四号院子里的朋友当然都去了。布克的节目是那天的压台戏。当演出完毕，在谢幕的时候，知道这件事始末的观众突然高声地喊了起来："我们要见小惠！我们要见姚良教授！"

"我们要见小惠！我们要见姚良教授！"

戴着尖帽子，穿着小丑服的老演员，激动得那样厉害。他突然从池子的那头，一个跟头翻到我们的座位跟前。他非常滑稽地，但是又非常严肃地向我们做了一个邀请的姿势。在观众的欢呼声中，小惠拉住姚主任的手，就像燕子似的飞到池子中间去了。

看到小惠能这样灵活地走动，不由地让我记起了她第一次被老演员抱到舞台中央的情景。我不禁激动得眼睛也被泪水模糊了。当然，你们一定知道，这并不是悲伤，这是真正的喜悦！为科学，为我们人类的智慧而感到的喜悦！

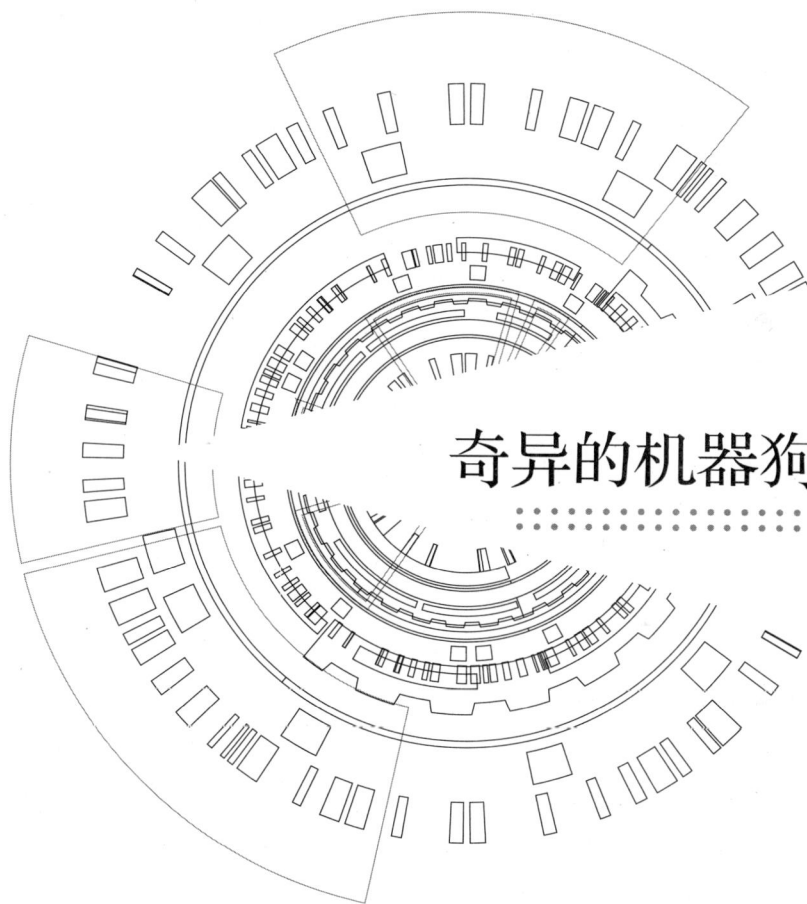

奇异的机器狗①

① 1960年7月第一稿，1961年1月第二稿，原载于科幻小说集《失去的记忆》，上海少年儿童出版社1962年第1版。

表舅舅的礼物

小毅14岁生日的那一天，表舅舅从上海给他寄来了一份礼物。小毅连忙把钉得严严实实的木箱拖到了自己的房间里，拆开了它。箱子里装的是一只玩具狗———一只比一般狼狗小一些的玩具狗。

小毅望着那只把尾巴翘得老高、漆得花花绿绿的铁皮狗愣住了。看起来，买这样一件玩具可不便宜，可是，他又不是3岁的娃娃，要这样一只铁皮做的玩具狗有什么用呢！再说，他早就在同学面前吹嘘过了：生日那天，表舅舅要送他一只狗———一只非常出色的狼狗。现在要是给同学们知道了这只"出色"的狼狗，原来是个铁皮家伙，那准会笑掉大牙的！

"这个玩笑开得真不算小！"小毅不由得想起了两个星期前，表舅舅答应他的诺言。

表舅舅是才从北京调去上海的。小毅以前虽然没有见过他，可是早就从妈妈的谈话中知道了：表舅舅是位出色的"控制论专家"。

那天，小毅的表舅舅从上海特地赶来看他的妈妈。小毅是在晚饭桌上才认识他表舅舅的。表舅舅说起话来可真滑稽，在饭桌上老是打哈哈、说笑话。后来，他就和妈妈谈起小毅来了。

"他呀，简直和你小时候一模一样，"妈妈对表舅舅说道，"摆弄起无线电来也是没日没夜的，连捉弄起猫来也跟你小时候一样。现在你应该不再捉弄这些小动物了吧？"

"啊，这就难说了，大表姐。"表舅舅一听妈妈这样说就笑了。他指了指那只正在桌上舔着菜碗的老黑猫阿黑，说道："你现在还不是和从前一样吗？你瞧瞧，把这些懒骨头宠成什么样了！"

"啊，我可没有宠它们。"妈妈连忙挥手赶走了阿黑，"这可是我们仓库管理委员会叫我代养的，我们仓库里的老鼠可讨厌呐！"

"哦，你是要它们去捉老鼠吗？嘿，那就更不应该宠它们了。"表舅舅说，"我可知道这些懒骨头！哼，只要喂饱了，它们才懒得去捉老鼠呐！一说到要养个什么嘛，我倒宁可养一只狗，养一只又能干又忠心的狗。"

表舅舅的最后一句话，正合小毅的心意。养一只狗该有多好！而且一定要养一只又聪明又能干的狼狗！表舅舅好像猜中了小毅的心思似的，隔着桌子，向他挤了挤眼，说："小毅，你说我的话对吗？我们要养，就宁可养一只会做事会干活的狗，对不对？"

"啊！你就快别逗他了，"妈妈一听这话可慌了，"唉，光是他那些线圈、喇叭的就够我收拾的了，再弄个引虱子的，那就要我的命啦！"

"哦，大表姐，我可不同意你的话。"表舅舅不以为然地说，"我和所里的那些狗打了这么多年的交道，还从来不曾染上一只虱子哩。哈，大表姐，"表舅舅说到这里，突然把手一拍，"这下你可提醒了我，该送些什么东西给小毅了。对了，小毅生日那天，我一定要送他一只非常出色的狗——一只绝对不会长虱子的狗！"

第二天，小毅送表舅舅上火车的时候，表舅舅又重新提起了这个诺言。

"好，小毅，那我们就一言为定了！"表舅舅就像同学们打赌那样，和小毅对拍了一下巴掌，"大考结束后，你就到上海来看我。我呢，一到上海一定给你寄一只狗来———只不会长虱子的狗！"

这些话，表舅舅可都是一本正经地说的，小毅当然相信了。表舅舅走后，小毅还特地到图书馆去借了一些怎样训练狼狗的书。他决定要把那只狗训练得非常出色，他甚至还先用旧木板，照着书上最新式狗屋的式样，盖了一间狗屋。可是现在呢，他日夜盼望的狼狗，原来是这么一个花花绿绿的铁皮家伙！唉，这怎能叫人不感到失望呢？尽管这只狗倒真的不会长虱子，可是，叫小毅怎么向同学们交代呢！他一想到那个爱嘲弄人的赵小青，心就凉了半截。

阿黑和小花的死对头

小毅在少年科学宫里忙到傍晚才回家。那天下午，大家忙着用无线电和非洲的少年业余无线电家们通话，谁都没有想起狗的事情，可是从少年科学宫出来，走到小毅家门口快分手的时候，同学当中最会调皮捣蛋的赵小青忽然想起了这件事："咦，小毅，我想起来了，你说你表舅舅要送你一只狗——这狗呢？"

"狗吗？这……这……"小毅支支吾吾地涨红了脸。

"这……这……哼！"赵小青本来就不相信小毅的话。现在一看小毅那副神情，他就撇了撇嘴说："你舅舅是逗你的吧！还能真的送你一只狼狗吗？"

赵小青的这句话可真把小毅给刺痛了。

"谁说的……他说了就算的！"

"哼，说了就算的！那狗呢？狗呢？"赵小青可也不饶人，"你不是说过，一过生日就带给我们看的吗！"

"当然要看……"小毅看见大伙儿那种半信半疑的眼光，突然横了心，"好，我告诉你们吧，狗已经送来了，可是……我……我得训练它！"

"哼，训练它！"赵小青又学着小毅的口气说，他就是不相信小毅会有一只狗，"那你说吧，什么时候把它带到学校里来？什么时候？"

"嗯，再过两……两个星期！"

对！两个星期总来得及写信向表舅舅要一只真正的狗。不然好歹也得想法子去弄一只来！小毅正转着念头，忽然扎着两根小辫子的吴梅梅叫了起来："啊呀，你们听！周小毅家里不是有只狗在叫吗？嘿，还是两只狗呢！"

小毅连忙瞟了吴梅梅一眼。他原以为吴梅梅也是在嘲笑他。可是仔细一听，屋里真的传出来了一阵阵的狗叫：一会儿是一只小狗尖声尖气的叫声，一会儿是一只大狗恶狠狠的吠声，里面还夹着他那个5岁的妹妹兴奋而快活的喊叫。"哈！"小毅心头一振，马上全身都放松了，表舅舅果然没有骗他！他一定是将真的狗托人给捎来了。小毅连忙转过身，得意扬扬地望着赵小青说：

"好，你这下怎么说？我没有骗你们吧！"

这一阵阵的狗叫，可把赵小青彻底打败了。

"那么，"调皮的赵小青连忙和解地说，"让我们去看看它吧！"

"啊，那可不行，我得好好地训练训练呀！"这下，可轮到小毅摆起架子来了，"两个星期，还是老地方！哼！那时你们可得当心。"

不顾同学们反对，小毅"砰"的一下关上了大门，一溜烟地朝楼上跑去。

"妈，"小毅还未进屋就嚷嚷开了，"狗来了吧？是不是两只？一大一小？"

"什么两只不两只的呀！"小毅的妈妈正在厨房里喂着阿黑和小花，"光是这只铁皮狗，就把人吵昏了。你看这两只可怜的猫给吓成了什么样子了！唉。你那个表舅舅呀！"

"妈，你说什么？怎么是铁皮的呀？"小毅还没有弄懂。

"我怎么知道哇，你看他还疯疯癫癫地给你写了一封信呢！"

妈妈的话真把小毅弄糊涂了。现在他哪有什么心思去看什么信呢。他一把抓起了表舅舅的信，朝客厅里冲去。可是小毅刚打开了门，他倒真的给弄糊涂了：客厅里，除了他那兴奋得满面通红的小妹妹和那只花花绿绿的铁皮狗之外，什么也没有！

"哥哥，哥哥，多好玩的一只狗哇！"小华一见她哥哥就嚷开了，"它叫卡曼。喂！卡曼！卡曼！你过来呀！"

小毅简直不敢相信自己的眼睛了：那只铁皮狗一听见小妹的叫声，立刻"汪、汪、汪"地叫了起来，而且一边"哗啦、哗啦"地朝小华小步走去，一直走到小华的面前才站住了。这还不说，它站住后，还怪好笑地摇起那根翘得老高的尾巴，就像一只真正的狗在讨好它的主人那样！

"哥哥，它还认人哩！"妹妹尖声尖气地说，"不信你叫叫看。"

"是吗？你是叫它卡曼吗？"小毅也半信半疑地叫了几声，"卡曼！卡曼！你过来！"

一听到小毅的叫声，那只铁皮狗的两只铁耳朵立刻扬了起来，并且"哗啦啦"地转过了身，朝向小毅。可是，不像妹妹说的那样，它既不叫唤，也不走过来，只是瞪着两只亮晶晶的眼睛望着他。

小毅又叫了几声，可是铁皮狗依旧偏着头傻里傻气地站在那儿，一点反应也没有。

妹妹"咯咯"地笑了："对吧，哥哥！我说它认人的。"

小毅奇怪极了。他又试着叫了几下，但那只铁皮狗依旧不理睬他，最后小毅终于忍不住了，他朝那只奇异的玩具走去，想看看到底是怎么回事。可是小毅刚一走近，那只铁皮狗忽然像只大狗似的咆哮起来，这声音就和一只凶恶的狼狗的吠叫一模一样。吓得小毅不由得朝后退了几步。原来，刚才小毅听到的大狗的吠声，也是这只铁皮狗发出来的！

小毅是不相信什么魔术的。各种各样的自动玩具他也见得多了。在少年科学宫里，他们的技术小组就为学校里的低年级儿童做过许多会跳、会爬、会走的玩具。可是这种会认人的铁皮狗，倒还是第一次才见到哩！

"你怎么知道它叫卡曼的呀？"小毅问他妹妹。

"妈妈说的，"妹妹回答道，"她说是表舅舅信上说的。"

小毅这才想起了表舅舅的来信。他连忙从口袋里掏出信，念了起来：

小毅：

　　从邮局寄一只狗给你，这只狗叫卡曼，它是一只非常出色的狗。我保证它不会长虱子！哈哈！而且，我还要提醒你，这只狗是有"脑子"的！我希望你好好地对待它。但放暑假后，你一定要来上海看我，我们都很想知道卡曼在新的环境里生活得怎么样。

你的表舅舅

6月23日

表舅舅这封半开玩笑的信，简直就把铁皮狗当作是真的了。小毅决定去问问妈妈。可是，他刚打开客厅的门，又发生了一件有趣的事。

门刚打开，那只铁皮狗又突然恶狠狠地叫了起来，一边叫，一边朝厨房里冲去，还没等小毅明白过来，它已经朝那两只猫扑了过去。

"该死！"小毅的妈妈立刻嚷了起来，"你看看！这算是什么玩具呀！"

机灵的小花，一见卡曼立刻从窗户逃走了。可是那只铁皮狗却拦住了肥胖的阿黑，阿黑只好纵身一跳，逃到放油瓶的架子上去。

一向不喜欢猫的小毅，看到那只被宠坏了的阿黑现在竟被吓成这个样子，不由得哈哈大笑起来。架子上一只油瓶正摇摇欲坠地要掉下来。可是不管妈妈怎么叫它，那只被吓坏了的可怜的猫都不肯下来。它如临大敌似的弓起了背，向着那只仰着头、哇啦哇啦叫个不停的铁皮狗，低低地咆哮着。

"该死！"小毅的妈妈望着那只就要掉下来的油瓶，心都要凉了，"你还不把它赶出去。……啊，这真是邪气。"可是，当妈妈看到小毅正想去抱那只铁皮狗的时候，又突然想起了什么似的，着急地喊了起来："啊，等等，你快别碰它，它会电人的。"

但已经来不及了。小毅的手刚碰上那只铁皮狗，立刻就被电击了一下，麻得小毅差一点摔个跟头。

厨房里这下可真乱了套。猫叫声、狗叫声、妈妈的喊叫声……正在这不可收拾的时候，突然小毅的妹妹跑了过来。她刚刚叫了一声："卡曼！你过来！"那只正在咆哮狂叫的铁皮狗便立刻安静了，而且，又马上转过身子，乖乖地朝小华跑了过去。

　　厨房门立刻被关了起来。那只被吓傻了的阿黑这才纵身一跳，也顾不上小毅妈妈的叫唤，"唰"的一下朝窗口跳去。一只油瓶也紧跟着掉了下来，摔了个粉碎。

卡曼也认识了小毅

　　那只奇异的机器狗就这样开始了它不平常的生活。

　　小毅是一个少年技术爱好者，那天，他的第一个念头便是：应当把卡曼拆开来看看。但让小毅气恼的是，无论他用什么办法，卡曼都不让他接近它。受到了电击后，小毅当然再也不敢轻举妄动了。

　　但过了三天以后，又产生了新的情况：那只铁皮狗对小毅的态度忽然有了转变。

　　晚饭以后，妈妈去轻工业局开会了。小毅和妹妹一起在屋里和那只机器狗玩，不知道是小毅忘记了呢，还是一时的高兴，他站在客厅的一头叫了几声：

　　"卡曼！卡曼！"

　　这时发生了一件奇怪的事：听到小毅叫唤，卡曼忽然"汪、汪、汪"地应了几声，大步地向小毅跑了过来。它在小毅面前停下后，还扬起了头，摇起尾巴来了！

　　小毅突然记了起来：从那天下午起，当小毅无意中走近卡曼的时候，卡曼已不对他咆哮了。小毅立刻跑到客厅的另一头，重新叫了几声，这一次卡曼又摇着尾巴向他跑了过来。小毅壮着胆子摸了摸卡曼，真奇怪！这次竟一点事也没有！

很显然，卡曼是"认识"小毅了。

卡曼是第五天上午才"承认"小毅的妈妈的。可是，不管小毅怎样要求，妈妈都不肯伸手去摸摸卡曼。

不过，后来又发现了一件新鲜事：如果他们三个人同时叫喊，那么，卡曼只会朝妹妹跑去：而且不管卡曼在做什么，只要小华一叫，它就会不顾一切地向她跑去。看来，它只承认小华是唯一的权力最高的主人，而第二位才是小毅，第三才轮到妈妈。同时，不管小毅做了什么样的努力，都不能使卡曼承认他们家里另外两个重要的成员——阿黑和小花。只要它们一出现在卡曼的眼前，它就会毫不留情地向它们进攻，直到它们逃得无影无踪为止。

卡曼这种奇怪的"癖好"，差一点使它遭到了厄运。

一提到卡曼，妈妈就直摇头。

"唉，你这个表舅舅呀，真会恶作剧！他不喜欢猫，连他送的玩具也不喜欢猫。不过，这种奇怪的玩具，我倒还是第一次见到哩！唉，真邪气！"

两只被吓坏的猫，一连好几天都不见它们的影子。妈妈开始为阿黑和小花着急了。

"阿黑和小花是在我们家吃惯了的，现在叫它们到哪儿去找东西吃呀？"

第二天，妈妈在吃饭的时候宣布：明天她一定要把机器狗收起来，放到阁楼上去。不管小华和小毅怎样央求，她都不答应。

"我要写信给你们的表舅舅，"妈妈对他们说道，"让他再弄一样别的东西送给你们。啊，这样下去，这个家简直要成狗窝了！"

可是第二天发生的几件事情，却又使小毅的妈妈暂时没有实行这个决定。

第二天刚吃过早饭，七号仓库管理员老张伯伯忽然来找小毅的妈妈。他刚进门，小毅的妈妈立刻迎了上去，连忙向他打听："啊，老张，我正想找你哩。这几天你看见我们的阿黑和小花了吗？"

"嘿，见着啦！见着啦！"老张伯伯笑眯眯地摸了摸胡子，不慌不忙地说道，"这两天，这两个懒骨头老是赖在我们七号仓库里。它们捉老鼠可捉得真起劲呐！"

"咦，真的吗？"小毅妈妈听到这个消息，不由得愣住了，"哦，这么说，倒真的给小毅他表舅舅说对了！没人去管它们，反倒捉老鼠去了，可是老张，你看它们不会饿着吧？"

"饿不着！饿不着！"老张伯伯又不慌不忙地回答说，"我已经听小毅说过这件事了。小毅他表舅舅想出来的这个办法可真妙呀！唉，主任，我不是早就对你说过的吗，这些猫呀，就是贱骨头，你可不能宠它们，一宠呀，它们就偷起懒来了。"

老张伯伯带来的消息，倒使小毅的妈妈犹豫了起来。可是，紧接着下午又发生了另一件事情，却又使小毅的妈妈更加疑惑了。

小毅已经有好几天没去少年科学宫了。那天，同学们把他约到科学宫去听讲演。回家时已经是八点多钟，一进门邻居就对他说，他妹妹走失了，妈妈正在找她。

一个小时后，小毅的妈妈才从外面急急忙忙地赶回了家。她没有找到小华。

妈妈的神色很紧张，她一见小毅就问：

"是你把卡曼带到科学宫去了？"

"没有呀！吃过晚饭不是妹妹和它在一起玩的吗？"小毅回答说。

"糟了！那一定是小华把它带出去了。"小毅妈妈的担心是可以理解的。她一向胆小，从来不许小华一个人走远的，现在呢，又带了这么一只邪里邪气的玩具狗出去！

妈妈坐立不安了。她又到邻居那儿去打听，原来邻居家的敏敏也不见了。有人看见她是同小华一同出去的，而且还牵着那只玩具狗。

现在总算把问题弄清楚了：妹妹和敏敏是带着卡曼出去的。小毅的妈妈连忙往亲戚朋友家里挂电话，可是亲戚朋友当中谁也没有看见两个牵着机器狗的孩子。

他们决定等到九点钟，如果那时再不回来，只好报告派出所了。可是，正在大家着急的时候，小毅听到了卡曼那种单调、呆板的叫声。

"是卡曼！"小毅喊着，并立即奔了出去。

果然是两个冒险归来的小英雄！一进门，两个满面通红、满头大汗的小家伙就争着说了起来。原来，顽皮的敏敏来找小华，她们玩了一会机器狗以后，敏敏就出了个主意：应当把卡曼带出去"散散步"。敏敏建议到"西郊动物园"去，卡曼一定会喜欢那儿的，因为它会在那儿交上许多狗朋友。

小家伙们就这样出发了。那个动物园在城的另一头，她们当然是走不到的。没过多久，她们就在这看起来都差不多的林荫大道的迷宫里迷了路。

两个小家伙兜了几圈子后就着急起来。这儿是南郊，平时很少有行人的。小华先哭了起来，另一个"英雄"当然也不落后。小华一边哭，一边喊着："卡曼！卡曼！我要回家，我要回家。"小华这样喊并不奇怪，因为在她的眼中，卡曼本来就是一只真正的狗——在灾难中唯一可靠的朋友。可是没想到，她这样一叫，倒真的发生了奇迹。卡曼"汪、汪、汪"地应了几声后，立刻朝前走了起来，它毫不犹豫地在那像棋盘格似的林荫大道上兜着圈子，而最后，竟毫无差错地把她们带回了家。

这一切都是两个小家伙结结巴巴抢着说出来的。最后，她们竟争起功来了。当然她们都不承认自己哭过，而且都声称自己是第一个喊卡曼带路的。

敏敏的妈妈和来帮忙的邻居，当然不相信这只铁皮狗竟有这种本领。然而，这却启发了小毅，使他想到，这只铁皮狗说不定真像他表舅舅说的那样，是一只有"脑子"的狗，就像一只真正的狗那样，会做许许多多的事情！

一场小小的"喜剧"就此结束，可是这只奇异的机器狗却从此闻名了。

卡曼的确是一只出色的狗

不知不觉两个星期过去了。那天，又轮到少年科学宫的活动日，同学们先在吴梅梅的家里碰齐了。他们决定去看看小毅那只"出色的狼狗"训练得到底怎样了。

一路上大家都猜测起来。他们到底会看到什么样的狗呢？按赵小青的意思，那绝不会是一只狼狗，更不会是出色的；要不然，为什么要用这么长时间来训练它呢？

"哪会随便就能要到狼狗呢？"他说，"草狗倒差不多，随便你要多少，我都要得到。"

"你又吹牛了，"吴梅梅打断了他，"不过要是我，我就不要狼狗。我想要一只哈巴狗，一只会变戏法的哈巴狗。"

来开门的正是周小毅。看他那副得意的神气，就知道狗一定被训练得很听话。

"哈，请吧！请吧！你们是来看狗的吧？请进！请进！"小毅装出一副魔术师的神气领头走着，"不过我得事先警告你们，这只狗可凶得很，我劝你们不要去惹它，也不要靠近它，不然被咬着了，我是不负责的。"

胆子小一点的同学一听就往后躲。只有赵小青一个人还是满不在乎地朝前走；不过，小毅那副神气，也叫他心里有些发怵。

当同学们看见小毅从床底下拖出来一只关得紧紧的大木箱时，大家都感到奇怪，马上就叽叽喳喳地抢着议论开了：

"咦？你怎么把狗养在床底下呀？"

"哈，把狗养在箱子里？！"

"嘻嘻！这不会闷死它吗？"

"怎么不盖一个狗屋呀，我有一个叔叔就盖……"

当小毅从箱子里把铁皮狗抱出来的时候，起先大家还不明白是怎么一回事。随后，当大家看清楚原来是一只铁皮的玩具狗时，大家就哄地一下笑了起来，笑得最厉害的当然是赵小青了。他一面捶着腿，一面抢着说：

"啊哟！多出色的一只狗呀！哈哈！哈哈！你表舅舅是在百货公司里给你挑的吧！哈哈哈！"

"啊哟，原来是这么一只铁皮狗呀！"

不过同学们一会儿就笑不出来了。

他们看见小毅抱着那只铁皮狗，径直走到赵小青的跟前，把铁皮狗对准了他，喊道：

"卡曼！卡曼！这是赵小青。卡曼！卡曼！这是赵小青。"然后他又走到客厅的另一头，把那只铁皮狗放在地上，喊道："卡曼！追赵小青！卡曼！去追赵小青！"

被小毅这种奇怪的行为弄得莫名其妙的同学，忽然都呆住了。

他们看见那只铁皮狗，先叫了三声，然后，径直地朝赵小青跑去。一走近，它立刻用吓人的声音咆哮起来。

隔了一会，同学们就更奇怪了：本来连狼狗也不怕的赵小青，这时却满脸惊慌地跑了起来。可是那只狗也不放松，赵小青躲到哪里，它就追到哪里。想去拉住卡曼的人，都被卡曼给狠狠地电了一下，再也不敢去摸它了。赵小青一面跑着，一面不由得急了起来："咦？这是怎么搞的？咦？这是怎么搞的？你弄了什么机关？"

"那你讨不讨饶！"小毅哈哈地笑开了。

"我讨饶！我讨饶！"赵小青可机灵得很，一看不对头，就马上见风使舵，"哎，你快叫住它呀！我已经讨饶了呀！"

小毅连忙把卡曼叫住了。可是同学们都站得远远的，再也不愿意走过来了。他们生怕小毅再玩什么花招。

小毅本来还想卖卖关子的。可是他看见同学们都这样急切地想知道，这只奇异的机器狗到底是怎么回事，终于他自己也憋不住了。他连忙放弃了那种从舞台上学来的魔术师的神气，说：

"放心吧！这只狗虽然会电人，可是电起来却不会伤人。嗯，怎么样？这样的狗该算是出色的吧？"

"哼！出色！"赵小青隔了一张桌子，又觉得安全了，"这算什么！比这更复杂的玩具我都见过。"

"更复杂？嘿！"小毅喊了起来，"你可别以为它光会追人，卡曼才来的时候，我也觉得没什么稀奇，可是现在我越来越相信卡曼就和一只真正的狗一样，它是有……有思想的，而且比真的狗还要聪明！"

小毅立刻把机器狗怎样认人、怎样认路和这个星期小毅又发现的种种特点都说了出来，但同学们没有一个人相信小毅的话。

"我们当场试验吧！"小毅热切地喊道。现在有了这个表演的机会，真叫他高兴极了。

"你们出题吧！"他连忙建议道。

"就叫它认东西吧！"赵小青抢先说了。他为自己想出了这个难题，在暗暗地高兴，"狗是会认东西的，哼，那你就叫它认认看！"

"这可太容易了！"小毅答道，"好吧，我们就用你的帽子来试一下吧。"说着小毅就一把把赵小青的帽子摘了下来，拿到机器狗面前，给它看了一下，同时命令道："卡曼，这是帽子，这是帽子。"然后小毅又把帽子放在客厅的地板上，再把卡曼带到房门外，对着它的耳朵喊道："卡曼，去把帽子取来！去把帽子取来！"

卡曼应了几声，立刻回到客厅去了，不一会儿它就把帽子衔了回来。

然而，小毅还想让同学们更惊奇一些。他把同学们戴的帽子都取了下来，选了五顶颜色不同的帽子一一给卡曼"记住"，然后把五顶帽子都放在客厅的地板上，便带着机器狗与同学们到街上去了。他依着赵小青的意思，在那棋盘格似的街道上兜了好几个圈子，直到赵小青满意后，小毅才给铁皮狗下了命令：

"卡曼！卡曼！回家！去把赵小青的帽子取来。"

机器狗毫不犹豫地跑了起来。赵小青和两个好奇的同学连忙跟着它去。看着它竟毫无差错地沿着他们刚才走过的路，跑了回去。不一会，它就兜回了小毅的家，在五顶颜色不同的帽子里把赵小青的帽子衔了回来。

"卡曼！回家去！去把施平的帽子取来！"小毅又下了一个命令。

卡曼立刻又行动起来，转身回去取帽子去了。可是让赵小青他们惊讶不已的是，这次，这只奇怪的狗居然不再像第一次那样大兜圈子了。它好像懂得完全不必那样做似的，径直沿着一条最短的路跑回去了。这次它又毫无差错地把施平那顶白色遮阳帽衔了回来。

第三次去取吴梅梅的草帽时，赵小青想出了一个主意。他看见不远的地方有几十根大木头堆在那里。他立刻和四五个同学，把它们抬到卡曼要经过的路上，横放在那里。

当机器狗走到木头堆跟前的时候，果然愣住了。它好像是在思索，这是打哪儿飞来的木头呀？它站在那儿呆了好几秒钟，好像是在考虑应当怎么办似的。

卡曼开始爬那几根木头了，可是木头堆得挺高，而且都是圆的，卡曼爬了好几次都没有成功。

赵小青为自己的恶作剧高兴起来。可是，他们并没有高兴多久，卡曼爬了几次都失败后，它突然低着头，沿着木堆绕起圈子来了。绕了两个圈子，当它刚刚开始绕第三个圈子的时候，突然站住了。它好像在认清新的环境，几秒钟后，它就沿着木堆绕过去，而后往前走了起来。显然，它已经知道应该怎样走了！

当卡曼衔着吴梅梅的帽子往回走，再碰上那堆木头的时候，这次它直接绕过了那堆木头，不再去爬了，好像它知道自己既然爬不过去，那就用不着再去费那份力气了！

亲眼看见这些惊人的表演后，同学们这下都佩服得没有话说了，现在就连赵小青也赞扬起来：

"啊！这狗倒真是顶出色的！……这是怎么搞的呢？小毅，你问过你表舅舅吗？"

小毅这时才想起，他把表舅舅一直要他去上海的事，早已忘干净了。

卡曼的秘密

终于，卡曼的种种表现，让小毅的妈妈起了疑心。

"我看你还是早点到你表舅舅那儿去一次吧，"同学们来过的第二天，她就对小毅说，"去问问你表舅舅，这只铁皮狗到底是怎么搞的。把卡曼也带去，还给他吧。向他再要一件别的东西……啊，这样的狗——吵得人头都要炸开了。"

小毅也知道，这次妈妈的决心是再也不会动摇了。自从仓库里的老鼠被捉光以后，阿黑和小花真是瘦得只剩皮包骨了。可是它们还是不敢回家。小毅虽然不愿意和卡曼分手，但他也急于想知道它的秘密。

第二天一早，小毅就来到了"生物工程研究所"。在三楼的一个大房间里，小毅找到了他表舅舅。这房间门口挂着一块奇怪的牌子：

> 动物模拟研究室

让小毅吃惊的是：房间里的地板上还有好几只卡曼的同胞——像卡曼

一样的一些机器狗。墙脚边，还有一些铁皮做的，和卡曼一样漆成各种颜色的大小机器动物：乌龟、老鼠、兔子、螃蟹和两只有大圆桌面那样大小的铁蜘蛛。表舅舅没有发觉小毅的到来，他正在和几个头发已经花白的老科学家跪在地板上，兴致勃勃地"玩"着两只小铁乌龟哩。

"许主任，有个小朋友找你。"一位工作人员问清了小毅的来意后，叫了表舅舅一声。

"啊，是小毅！欢迎，欢迎，我们的小技术家来了。"表舅舅抬头望见了小毅，就高兴地嚷了起来。他连忙把小毅拉了过去，亲切地问道："怎么样？妈妈好吗？妹妹呢？——啊，还有卡曼。卡曼怎么样？"

"卡曼我给您送回来了。"小毅回答说。他心里多少还有些舍不得。

"为什么？"表舅舅很有表情地扬起了眉毛问，"它不好吗？怎么，卡曼不听你的话吗？"

"不，它真听话！可是妈妈说，再不把卡曼送走，阿黑和小花就要饿死了。卡曼来了以后，它们连家都不敢回了。"

"哦！是这样吗？哈哈哈哈！"表舅舅像个孩子似的高声笑了，"是吗？那些懒骨头不敢回家吗？那么它们该去仓库里捉老鼠了吧？"

"是的，去捉了，"小毅还弄不懂表舅舅怎么也会知道这件事情的，"可是仓库里的老鼠捉光了后，它们就饿肚皮了。"

"啊——哈哈哈哈！"表舅舅笑得可更响亮了，"果然不出我所料！这下子你妈妈可知道猫是不能宠的吧！好，那么你呢？你说说看，你对卡曼还满意吗？"

"怎么不满意！"小毅连忙把卡曼在家里的种种表现和种种经历，都从头到尾讲了一遍。当他说着的时候，几位科学家和实验室里的工作人员，全都走过来注意地听着，并且不断地提出了许多问题。小毅当然没有想到大家对卡曼会这样关心，他这下可慌了，他还是第一次和这么多科学家谈话哩！

"可是表舅舅，"小毅好容易才把他的话说完，又连忙问道，"表舅舅，卡曼是这样的聪明，难道它真是……是……"

"是有脑子的，对吗？"表舅舅替小毅把问题提了出来。

"嗯，卡曼和真的狗一样哩！"

"不，技术家同志，这下你可错了。"表舅舅和其他的几位科学家一同笑了，"卡曼虽然在某些方面的确比一只真的狗还要聪明，不过，在我们看来，它毕竟还只是一部机器。不过这是一部能跑、能走、能听、能看、能适应环境，并有一定学习能力及逻辑思维的'人工智能机'罢了。"

"人工智能机？"

"对，人工智能机！你大概是第一次听到这个名字吧？来来来，不要先瞪眼睛，我解释一下你就会明白的。"

表舅舅把小毅拉到一张靠窗的沙发跟前，让他坐下，然后他自己也拉了一张靠背椅，坐了下来，说道："你所不明白的，当然不是卡曼怎么会走路，怎么会跳跃，对吧？这是用不着多解释的。依靠电流和精密的机械，我们就很容易做到这点。那么，在卡曼的身体里，最主要的东西是什么呢？是一台'电子大脑'。这'大脑'能够记忆，能把外来的各种信号记下来，而且还能作出一定的判断，分析外来的命令是不是正确，要不要执行。换一句话说，它的确能进行一定的逻辑思考。"

表舅舅点燃了一支烟，然后继续解释道：

"事实上，卡曼就等于是一台精密的电子计算机，一台具有'自学能力'的，而且是有'听觉'和'视觉'的微型电子计算机。你不要皱眉头，这一点我就要解释给你听的……

"那么，什么是卡曼的耳朵呢？就是一对灵敏度很高的微音器，你一定猜到了，它就装在卡曼的耳朵里。卡曼的眼睛呢？这比较复杂些，那是两只构造很巧妙的'电子眼'，它能识别外界的图像。

"卡曼装配好后，我们就让它'记住'一些一般的命令。什么叫一般的命令呢？这要看这种狗的用途。譬如卡曼，我们估计到你会叫它取东西，所以我们就让它记住这个命令是应该执行的。譬如，我们又事先让它记住猫的形象和声音，并设置好，碰到这种对象就应当进攻，那么，只要猫的形象和它的声音一传到卡曼的'大脑'里，电子大脑里立刻就会进行一场快速的计算——用外来的信号和原来记住的信号互相比较。当它一对着原来的信号时，电子大脑就会把事先给它记住的'对猫应当进攻'的命令发送出来。于是机械部分——也就是带动卡曼四只脚的马达就开动起来，它就会向猫冲去；同时，卡曼身体里的一台小型磁带录音机也转动起来，磁带上录着两种叫声——对敌人，是咆哮；对朋友，是亲热的小狗叫声——就由喇叭里放了出来。这喇叭是装在卡曼鼻子下面的。"

"啊！"小毅喊道，"难怪卡曼的鼻子上有几个洞洞。"

"正是这样。卡曼是没有'嗅觉'的。"

"可是，卡曼怎么会认人呢？"小毅想起了让他最不痛快的地方，"为什么卡曼第一天只认得妹妹，三天后才认得我呢？而且只要妹妹一叫它，它就会不管在干什么，都放下不管，马上到妹妹那儿去。"

"哦？是这样的吗？"表舅舅扬起了眉毛说道。对于这一点，他显然也感到意外，"这么说，你们当中，是妹妹先玩卡曼的，是吗？"

小毅连忙点了点头。

"啊，这就是了！唉，"表舅舅挥了挥手，说，"这一点倒是我们没有估计到的。我们原先是这样设计的：既然邮包是寄给你的，那么一定是你第一个玩卡曼。卡曼就会首先记住你的声音和特点，并且承认你是权力最高的主人，而这个主人的命令它都是要无条件服从的。可是对以后的人又怎么办呢？这一点，我们是模仿了狗的特点来设计的：真的狗对生人总是狂叫不已的，可是对熟人，它是不会攻击的。怎样才算是熟人呢？一定是常常见面的人才是熟人。所以我们又编制了这样的程序，某一个人的声音出现的频率超过了一定的次数后，电子大脑就会自动地发出对这个人表示欢迎的信号。"

"哦，原来是这样！怪不得卡曼第三天就认识了我，五天以后才认识妈妈。原来妈妈接触卡曼的机会比我少呀！"

"是呀，这个道理并不复杂，对吗？可是小毅，我不知道你注意到了没有？我刚才不断对你提道：我们事先怎样设计，事前又怎样设置，让电子大脑对各种情况都采取不同的行动，而且还设置了，在电子大脑做了第一次反应以后，下一步又应该怎样……你知道这是什么？这就叫'程序控制'呀。而且你还应当注意到这一点：卡曼不但执行我们事先设置好的任务，而且还能主动地改进它的动作。譬如，当你叫它回家取帽子的时候，它只走了一趟，就知道如果要更快、更好地完成任务，那就应当选择一条最短、最合理的路来走。换句话说，卡曼还能通过一定的'逻辑判断'，进行思考；通过学习，它还能在一定的范围内改进自己的行为！"

"是这样！"小毅喊了起来。因为表舅舅的话，也使他想起了一件有趣的事情。有一次小毅走到街上，他才想起把帽子给忘了。他给卡曼下了一个命令要它回去取帽子，卡曼一会儿就把帽子给取回来了。可是事后小毅突然想起：他的帽子原是挂在墙头钉子上的，卡曼怎么会拿到这顶帽子呢？小毅回家以后才把这件事问清楚：原来，卡曼奔回家后，先在帽子下面兜了几个圈子，知道它自己无法拿到以后，它就去找小华。它先对小华叫了三声，然后再咬着她的衣角，把她拖到帽子跟前，仰起头对那顶帽子叫着，直到小华明白它是要那顶帽子以后，它才罢休。小毅连忙把这件事告诉了他表舅舅。

"是的，我不是说过卡曼是有一定的独立思考能力的吗？平时，它一定见过小华为你拿帽子，并且把这点记到脑子里去了。当它知道自己无法取到帽子的时候，电子大脑就进行了一场快速的'计算'，检查一下它的记忆里是不是有解决这个问题的方案。当它找到后，它会立即进行判断：要拿到帽子，只有找小华。——这就是我们的这些人工智能动物和一般简单的自动机械不同的地方！"表舅舅继续解释道，"当然，要做到这一点是花了我们不少的时间和精力的。怎样才能使自动机械有一定'自学能力'，并且在变化多端的新环境里不断地改进和适应呢？这正是现代化自动技术里一个最有趣而又最最困难的问题。这个问题是一个专门的学问，就叫'控制论'。"

"控制论？是的，我在杂志上看到过的。"

"对，这门科学，是由数学家、电子学家和生物学家们共同发展出来的。也正是由于有了这门科学，电子计算机才像我们今天这样做出许多让人惊奇的事来。譬如：自动地把外国文字翻译成中文；自动地从千头万绪的气象情报里，做出既准确而又全面的气象预报；自动地控制着一个生产过程极为复杂的大工厂。当然，我这样说只能算是一个很勉强而通俗的解释罢了。事实上，控制论的问题是很复杂的哩！"

铁螃蟹和机器狗的用处

上面的这一切，小毅平时虽然也在通俗的科学杂志上多少看到了一些，但毕竟还是不太懂，经他表舅舅这样详细地介绍了以后，现在可明白得多了。原来，卡曼的肚子里还有一台复杂的电脑哩！不，这并不是一般的电子计算机，应该说，这是一架构造巧妙的"人工智能机"！

"可是表舅舅，控制论和生物学家又有什么关系呢？"小毅提出了自己的疑问，"还有，你们做了这么多机器狗、兔子、乌龟，又是干什么的呢？"

"好！问得好！"表舅舅显然很满意小毅能提出这个问题。他立刻笑着答道："你是说生物学家和控制论有什么关系吗？嗯，我可以告诉你，没有生物学家的帮忙，我们可做不出像卡曼这样的自动机哩！为什么呢？你应当知道，机器到底只不过是机器，它们再怎样复杂和巧妙，也赶不上我们人类和动物的机体的。就拿我们人体来说吧，你想想，我们的大脑和神经系统，是多么巧妙地控制着我们的一切活动呀。我们人体的一切活动，都可以说是一种巧妙的自动化过程。研究人体和动物，就可以帮助我们改进自动化机械。而反过来，用机器来模仿机体的活动过程，也可以帮助我们更进一步地了解生物的机体。事实上，这就是我们'动物模拟研究室'的主要任务之一……"

"啊，原来是这样！表舅舅，你不就是控制论专家吗？"

"对！"表舅舅笑道，"正确地讲，我是一个生物工程学家。这是一个把生物学、电子学、精密机械结合起来的新学科。所以我……"

"啊呀！有什么东西在咬我！"表舅舅的话突然被小毅的叫声打断了。小毅跳了起来，因为他突然觉得有什么东西在他的椅子下面窸窸窣窣地转来转去，而且那东西还一口把他的裤脚管咬住了。

小毅低下头一看，原来，这是一只黑秃秃的铁螃蟹，它正在用一只蟹螯咬他的裤脚管呢！

"别害怕，小毅，这是我们的'清洁工'嫌你太脏哩！"表舅舅哈哈大笑道，"你刚才不是问我，我们做了这些机器动物有什么用吗？现在你就看看，我们这位'清洁工'是怎样工作的吧！"

听表舅舅这么一说，小毅才定下心来。这时他才看清楚，这只铁螃蟹虽然和普通的螃蟹一样，有八只脚，两只蟹螯，但不同的是：它的背上还有一个小小的盒子。而且它的两只蟹螯，也只有一只和普通螃蟹的蟹螯一样，另一只蟹螯的前端，装的却是一只橡皮喇叭头。那只铁螃蟹，这时用一只螯钳住了小毅的裤脚边，把那只橡皮头伸到他的裤脚的卷边里，"扑哧扑哧"地在东嗅西嗅哩！

小毅正在惊疑，这时他突然看见那只铁螃蟹从他的裤脚卷边里衔出一块小泥团来，然后把蟹螯一转，把那块小泥团扔到它背上的小盒子里去了。

"嘿！你的裤脚管里还真有些宝贝呢！"表舅舅大笑起来，"还不快把卷边放下来，让我们的'清洁工'为你打扫打扫！"说着，表舅舅就弯下了腰，替小毅把卷边放了下来。

卷边刚刚放下，立刻"噼里啪啦"地落下来一大堆东西。小毅低下头一看，原来，掉下来的东西，不但有小石子、小泥块，而且还有一根断了头的牛皮筋、好几个小纸团团，以及两块碎玻璃和一个螺丝帽。

"哈，周小毅同志，"这时几个过来看热闹的叔叔打起趣来，"你平时带了这么多的东西走路，不嫌重吗？"

"他是在练脚功呀！哈哈哈哈！"

小毅一看自己的裤脚管里有这么多脏东西，脸都臊红了。可是那只工作认真负责的铁螃蟹，却毫不留情。它看见那堆脏东西，立刻扑了上去，一面很快地用螯钳子把它们拾起来，放到背上的小盒子里去，一面又用那只橡皮喇叭头在地板上吸着，把灰尘和泥屑全都吸了进去。而且，当它把地板上的东西全都收拾干净以后，它又爬了过来，用那只橡皮头在小毅的裤脚管上嗅吸着，直到把小毅裤脚管上黏着的尘土全都吸干净了，它才"噗托噗托"地爬到墙脚根去找别的脏东西去了。

"看见了吧，这就是我们所设计的电子动物的用处。"当那只螃蟹爬开后，表舅舅才拉起了小毅的手，为他解释道，"我们整个大楼两百多个房间的清洁工作，都是由这种螃蟹包下来的。你瞧瞧，我们这儿被它收拾得多么干净呀！"

经表舅舅这么一提，小毅这才发现，的确，房间里真是干净极了，可以说是一尘不染！

"表舅舅，这是一架自动吸尘机，是吗？"小毅问。

"是的，这就是一台自动吸尘机。可是它可比一般的吸尘机完善得多。普通的吸尘机只能吸取小尘土，对纸和大块的垃圾就无能为力了。可是我们的螃蟹，什么垃圾都可以收拾，小的，它能吸到它的肚子里；大的，它就用钳子，拾到盒子里，装满了以后，它会自己爬下楼，把垃圾倒掉。更主要的是，这也是一架'人工智能机'。譬如，如果我们这幢大楼里，有几个房间特别容易脏，那么，这架自动机就会每天主动地到那些房间里，去多收拾几次。还有，我们现在正在进行试验，把类似的这种电螃蟹放到下水道去。你知道，疏通大城市里被污泥阻塞的下水道，是一项艰巨的工作，要花很多劳动力，而且效果也不理想。因为刚刚被疏通了，一阵大雨过后，污泥又沉淀下来，下水道又被堵塞了。有了类似的这种电螃蟹，它们就可以自己爬下去工作，日日夜夜地、永不疲倦地工作哩。"

"哈，这真有趣！"小毅惊叹道，"那么，卡曼呢？表舅舅，像卡曼这样的机器狗，也一定还有很多用处吧？"

"那当然啦！好，这就来了一个现成的例子！"表舅舅回答道，"小毅，快过来。看，看那个从广场西头走过来的人！"小毅没有费多少力气，就找到了那个戴着一副黑眼镜的人。那人手里牵着一只狗——一只和卡曼一样的铁皮狗。

"你看那个人有什么特点？"表舅舅问。

"有什么特点呢？他……"小毅正在寻找那个人的特点，突然他看到那只铁皮狗叫了起来，牵着那只铁皮狗的人一听到叫声马上就站住了。这时，从广场另一头开过来的一辆大客车，正好在他们面前不远的地方开了过去。

"他是个盲人！"小毅叫道。

"对，他是个盲人，"表舅舅证实道，"是个盲人工厂的厂长。你瞧……他那只狗叫什么？啊，对了，叫'汉林'。你看，现在他们要碰上那些停在街边的小汽车了。好，汉林及时地叫了，它带着王厂长安全地绕过了汽车。"表舅舅转过身来说："怎么样？小毅，你看到了吧，汉林只走过一次，就把到我们这儿来的路都记住了。汉林的任务也完成得挺不错呢！"

不一会，那只叫汉林的铁皮狗，就把那个盲人工厂的王厂长带到三楼来了。王厂长还没有坐下，就向小毅的表舅舅非常激动地谈起了汉林给他的帮助。

研究所里的科学家们又把王厂长围了起来，你一句我一句地抢着打听汉林的一切。从这些谈话中，小毅又了解到了铁皮狗的另一种用处。它不但成了王厂长不可缺少的"眼睛"——把他带到任何他想去的地方去，而且还成了王厂长的一位出色的"助手"。汉林肚子里的一台微型录音机，可以把任何报告和会议发言毫无差错地记录下来。这就解决了王厂长最大的苦恼——没法记笔记。同时，汉林又是一个出色的"通讯员"，它能依照王厂长的命令，把信件、公文送到工厂的任何车间、任何部门去。有了它，王厂长简直变成一个正常的人了。他把工厂办得比以前更出色了。

这次谈话给小毅留下了非常深的印象。王厂长临走的时候，不但提了怎样改进汉林的意见，而且还非常严肃地向表舅舅他们提出了一个要求：为了解除千万个盲人的痛苦，希望能把汉林这类专供盲人用的机器狗，早日投入大规模生产。而他们的工厂，愿意第一个来担负这一光荣的任务！

礼物

一个星期像飞一样地过去了。在这个星期里，小毅懂得了很多东西，也知道了表舅舅他们正在紧张进行着的种种实验和研究的目的。

从前，有经验的矿工们常常在矿井里养一些老鼠，一旦矿井中产生了危险的瓦斯，老鼠就会搬家，依靠它们，矿工们才避开了许多危险。现在，一种有嗅觉的电老鼠已经在研究所里制造出来了。它们不但能嗅出瓦斯，而且还能测出瓦斯的浓度，告诉矿工们，什么样的浓度下才会产生危险。

一种不用人开的自动汽车，也被研究出来了。不过，现在它还暂时是一只机器乌龟的样子。

研究所里还研究着一种专供探险用的"万用螃蟹"。这种有视觉、有听觉的螃蟹，可以在南极的冰原上爬行，也可以在中国的戈壁滩上，或在祁连山的冰川上和南方的密林里，进行先遣性的侦查工作。它们能把获得的资料，用电波传给安坐在帐篷内的探险家们。

另外，一种身体很小、很结实的铁蜘蛛也试制出来了。小毅知道，这是为了深海海底探险而设计的。而它的哥哥，一种大型的机器蜘蛛，是受中国星际航行委员会的委托而设计的。这种能进行一定"独立思考"的机器蜘蛛，将在明年用火箭送到水星上去。坐在地球上办公室里的"星际航行家"们，就可以先仔细看看，他们即将去的星球到底是什么样子的，然后进行更充分的准备……

现在，小毅明白表舅舅为什么要把卡曼寄给他了。原来这也是一次试验，目的是研究卡曼对普通家庭有什么用处，这次试验显然是很成功的。小毅的衔帽子试验，以及小华"遇险"的事故，正好启发了研究所的科学家，使他们想到这种类型的机器狗，只要稍微改动一下，添装两只电螃蟹那样的螯钳，就可以成为每个家庭的得力助手了。这种机器狗可以接送小弟弟和小妹妹们去托儿所，也可以送送信、买买东西、打打杂。有了螯钳，也可以作为一个家庭的清洁工。当然，如果谁的裤脚边也像小毅那样脏的话，它是不会放这样的"脏人"进门的！

离开的时间终于到了。

"我不送你了。"临走的那天晚上表舅舅亲切地对小毅说，"现在，我要实现我的诺言了。"说着表舅舅就从藤包里拎出一只狗来，一只真正的狗崽子。

"这是我们实验室里的狼狗刚生的。"表舅舅把那只尖叫着的狼狗崽子塞在小毅的怀里，"当然，只要好好地训练它，它是不会不承认你们家的那两只懒骨头的。"

小毅接过了那只样子挺神气的狗崽子。他一看就明白：这是一只真正的良种狼狗。可是对着这份盼望已久的礼物，小毅心里却并不怎么真正喜爱了。但他也不好意思再向表舅舅要回卡曼了，因为很明显，表舅舅一定还要用卡曼来做许多更重要的试验。表舅舅仿佛看出了小毅的心思似的，立即又笑着从藤包里拿出一份卷好的图纸来。小毅连忙放下狼狗，接过图纸打开一看，高兴地叫了起来：

"啊，这是卡曼的身体构造图呀！"

"对，这是送给你们科学小组的。它并不复杂，只要你们好好地研究，在你们少年科学宫里是完全可以制造出来的。"

小毅的那份高兴劲儿当然是不用提了。他激动地握紧表舅舅的手，充满信心地说：

"我们一定要把它制造出来！"这时，他突然想起了王厂长，想起他和同学们参观盲人工厂时留下的深刻的印象。"我们一定会把它做出来！"他向表舅舅保证道，"而且我们要把做出来的第一只机器狗，献给苏州市的盲人工厂！"

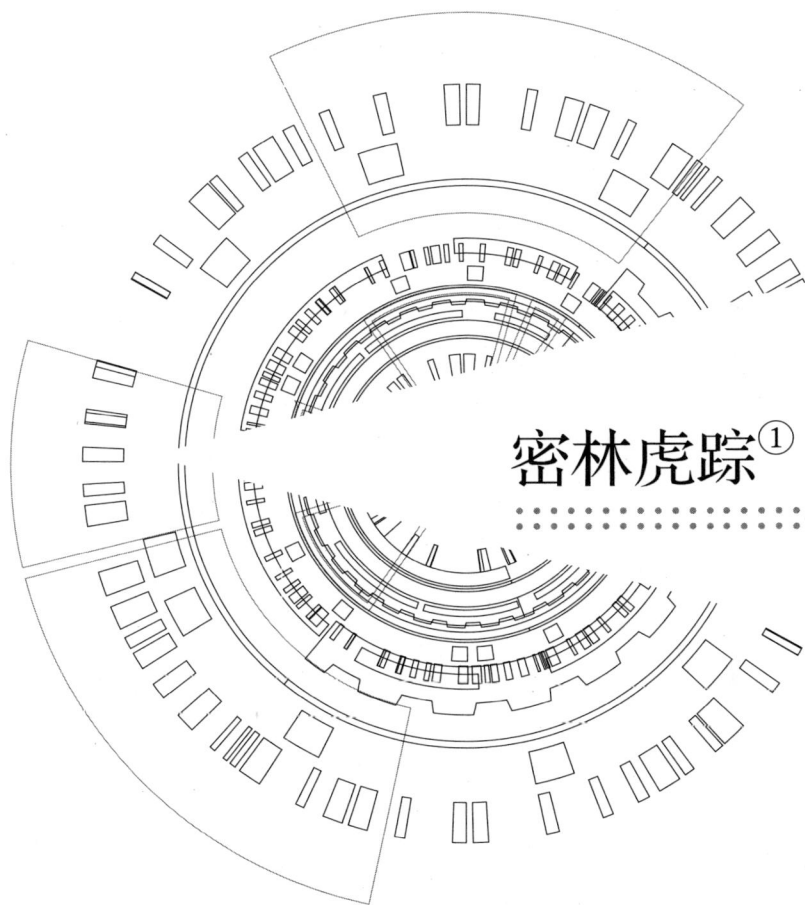

密林虎踪①

① 1977年3月稿，原载于《少年科学》，1977年第4、5期。

杂技团的新节目

　　"当！"一声锣响，丝绒帷幕徐徐向两侧分开，市杂技团为庆祝"六一"国际儿童节向小朋友演出的杂技节目开始了。一位年轻的姑娘，牵着一只大头、卷尾、颈上带有一个皮颈圈的小狗，轻盈地走上了舞台。那只小狗向前跑了几步，先向小观众叫了三声，然后又举起了前脚，模样怪可笑地朝大家招了招"手"，表示向小观众们致意。那位姑娘向大家介绍说："这是一只聪明的狗，名叫'杜杜'，会做算术，加、减、乘、除都会。现在，请一位小朋友出道题目，上来写在黑板上。"稍顿了一顿，她又补充说，"不过，我们的杜杜因为平时不太注意用眼卫生，有点儿近视，所以要请小朋友把字写得大一些。好，我现在先退场，让杜杜独立进行计算。"

　　几个坐在前排的小朋友，叽叽咕咕地商量了一阵，然后才推推揉揉地派了一个代表跑上台去，用粉笔在黑板上写了一道除法题：

$$54 \div 4$$

　　台下的小观众们见是道除法题，就纷纷议论开了。他们先是看见杜杜坐在那儿，朝黑板上的题目盯着看了好一会儿，然后又看见它站了起来，在黑板跟前踱来踱去——得动动脑筋呀！小观众们都被杜杜精彩的表演逗得笑了起来，有些小朋友还为杜杜担起心来了：

　　"嘿，这只狗真会计算吗？还是除法哩！"

"54除以4是几呀？54除以4是几呀？咦，难道它真认得数字吗？"

"你不会自己算一算吗？5除以4得1余1，14除以4得……嘿，商还是一个小数哩！13.5！哈——"

正当小观众们在纷纷议论着时，踱着方步的杜杜却倏地一下收起了脚步，转向观众，一声一声地叫了起来：1、2、3、4……不多不少，清清楚楚地叫了13下！接着，它又快步跑到舞台的另一边，坐下来，在小观众热烈的掌声中又清清楚楚地叫了5下……

雪片似的群众来信

自从市杂技团编出了这个新奇的节目以后，观众们都被迷惑住了。孩子们的反应更是强烈。报社编辑部收到了大量的群众来信，他们纷纷要求报社解开这个谜。

这些信交给了我们组。可是组里看过这个节目的同志，谈来谈去也没谈出个所以然来。本来，我们对杂技团里如何训练动物是很熟悉的。这里并没有什么神秘的地方，主要应用的就是"条件反射"原理：用轻微的口令命令动物做某一种动作，当它的动作符合人们表演的要求时，就赶快喂点食物。经过这样反复训练以后，动物就会养成一种"习惯"——一种牢固的条件反射，以后，只要口令一出现，它们就会表演那个特定的动作，总之，"信号——动作——食物"，这就是驯兽演员训练动物的秘密。

可是，现在这个节目却又如何来解释呢？因为，这一切都是在台上没有任何一个杂技演员时进行的。细心的观众还注意到了，在杜杜进行表演的时候，既没有音乐伴奏，也没有灯光的变化。一句话，没有任何人在那儿给这只狗打信号！这究竟是怎么一回事呢？

"老张，我看还是你跑一趟吧！"组长决定把这个任务交给我，"去问问杂技团的老马去，他们这次又搞出了什么新花样？"

杂技团的老马是我们的熟人。他是一个经验丰富而又爱开动脑筋的老驯兽演员。每次演出，他都能设计出一些新的节目，引起杂技爱好者的惊异。对于一个急于想把采访报道赶写出来的记者，他也是一个热情的合作者。可是，我这次赶得可不是时候，杂技团正准备出发到林区去为工人和贫下中农演出。而且，这次他的回答也让我感到意外。

"哈，你这次可不应该来找我。你应该去找科学家。"老马一边把他那简单的行李往车子上扔，一边搔着他那短短的白发笑嘻嘻地对我说，"这可是一个重大的科学实验哩！我可没有这个水平把这里面的道理向你说清楚。去找李石安去吧，他是动物研究所第七实验室的负责人。这个节目就是他们为我们安排的。"

密林中的奇遇

我怀着满腹的疑问赶到动物研究所。可是那边告诉我说："要找李石安得上'禁猎区'的动物饲养站去。这些天他们正在那儿进行一系列的试验。"但等我赶到动物饲养站的时候，依旧扑了个空。饲养站里除了一位退休的老猎人之外，一个人也没有——李石安带着十几个新来的大学生上山里的实验站去了，其他的一些同志则全上牧场去了。

"实验站远吗？是不是在虎山顶上？"我问。

"远倒不远，只有千儿里①路。"老猎人正在喂着一群调皮捣蛋的猴子。他听我这样问，连忙放下了手里的食料盒，朝我仔细地打量了起来，"不过，我可不劝你一个人走这条道。"

"为什么？怕我被老虎吃掉吗？哈哈哈……"我看老猎人口气这么严重，忽然忍不住笑了。

"我可是好意啊！这条道是不太好走。"老猎人显然有些不高兴了，"反正他们明后天就得上这儿来，你在这儿等他们不是更好吗？"

"不，老爷爷，谢谢你的好意。可是报社在等着我的消息呀。"那位善心的老猎人见我执意要上山，立刻忙起来了：一会儿要我把裤脚扎紧，一会儿又把饲养站的猎枪借一把给我——以防万一嘛。有了那把蓝光闪闪的新猎枪，我就更加定心了。说实话，我当时绝没有想到，我会碰到什么危险。10年前，当我们的报社还没有迁到市里来，当这个三面环山的林业城市还没有建设起来的时候，为了采访我们的英雄——林业工人——的战斗生活，我已经在这些深山密林里进出过好多次了。

可是，没想到这次却偏偏出了问题——我迷路了。这应当全怪我自己。由于以为自己熟悉路径，放松了警惕。我走道不看路，有时只顾欣赏着深山老林的景致；有时却只顾想着这次采访中所遇到的种种事情和疑问。我想着想着，猛地清醒了过来。呀，糟了！我脚下的那条石板路去哪儿了？

我简直不好意思在这儿叙述，我在这阴森森的密林里东撞西钻的那副

①　里：中国市制长度单位，1里=500米。

狼狈相；只在这儿讲一讲，我在一个溪谷边上突然迎面同一只大老虎相碰时的遭遇。

事情是这样的：当我正在密林中寻找道路的时候，迎面窜出一只大老虎。我先是愣了一下，接着就连忙举起了枪。正当我要扳枪机的时候，忽然想起这里是禁猎区，老虎在这儿是不能打的。

紧扳着枪机的手松了下来。我倒退着想不引起它的注意，避开这只毛色斑斓的大怪物。可是，在这个节骨眼上，我忽然被一块大石头绊了一下，一个踉跄，仰面翻了过去。枪无意之中打响了！这一枪虽然没有伤着那老虎，但是枪声却把它激怒了。更为糟糕的是：当我跌倒的时候，那把猎枪也脱手而出，顺着溪谷的乱石，滚到山坡下面去了。

被激怒的老虎沿着溪谷向我奔来！要去拾枪已经来不及了……就在这危险的时刻，却发生了一件意想不到的怪事：那只正想向我猛扑过来的老虎，忽然大吼了一声，又颠簸了一下，随后，就像吃醉了酒一样，趔趔趄趄地朝前跨了几步，猛地摔倒了！

那只大老虎摔倒得那样猝然，就好像一个中风的病人突然摔倒在地上一样。它躺在那儿，只剩下一股微微的气息。

我呆若木鸡地站在那儿，完全弄不懂这是怎么一回事。我虽然是个蹩脚的猎人，但是在林区也工作了好多年，还不曾听说过老虎也会得中风！况且，我明明记得枪并没有射中它。

我偷偷地瞧了那老虎几眼，却又是怪事：原来在那只吊睛白额的老虎的颈上，竟套着一个又厚又宽的皮圈。不知怎么的，我忽然想起了杂技团的杜杜——那只大头、卷尾的小狗，不也是套着一个同这相似的怪里怪气的皮颈圈吗？

难道这只老虎是从杂技团逃出来的？

我真想走过去看看，皮颈圈上那几个黑色的字迹是写着什么。不过，说句老实话，我可没这个勇气。这会儿我倒是害怕起来了：要是这头怪物突然醒过来怎么办？我想着想着，正像一般小说里所说的那样：恨不得脚底下抹油，三十六计走为上策——赶快溜出这溪谷去。

怪事真多。当我奔下山坡刚刚把猎枪抓到手里时，忽然听到一阵飞机的轧轧声。一架漆成草绿色的直升机突然从云端里钻了出来，笔直飞向我的站处，并在我的头顶上面停下了。开着的舱门处，一个戴着白色遮阳帽的中年人从机身里探出头来，对我大声地喊道：

"同志，你是报社的张帆同志吧！"

我连忙点了点头。

那人立刻放下了绳梯，三脚并作两步地爬了下来，一着地，立即朝那只老虎奔了过去。他一点也不害怕地摸了摸那只老虎，还仔细地把那只老虎的身子敲了敲，翻弄了好一会，然后才转过身，笑眯眯地向我走了过来，一边同我紧紧握手，一边自我介绍道：

"我叫李石安。"

虎眼的秘密

在这种情况下，忽然碰到了我的采访对象，真叫人感到喜出望外。这就像俗话所说的那样，"踏破铁鞋无觅处，得来全不费工夫"。李石安已有四十五六岁，但他还像一个孩子似的好动，说起话来又急又快，再加上他那一头蓬松的乱发，一双灵活而又老是含着笑意的眼睛，使人感到这是一个热情、坦率，而且非常容易亲近的人。不过，看来他也是够粗心的了，直到现在也没有问过我，是不是被虎伤着了。一上直升机，他就拿起了无线电话和实验站通话：

"实验站！实验站！对，是我。小郑，请你把11号给放了。"说着，他用手示意让我往下看。

我向下一看，不由得又吃了一惊。原来，那只不知道被什么神秘力量"催眠"了的怪老虎忽然醒了。它爬了起来，抖抖身体。这时，它抬头看见了我们，朝我们大吼了一声，然后纵身一跳，窜到密林中去了。

这神奇的一幕真把我看呆了。这样看来，刚才那只老虎之所以会突然跌倒，也一定是李石安他们干的了。可是我不明白，他们是怎样使那只凶猛的老虎俯首听命的？我带着满肚子的疑问想问李石安，可就是没法提出来。因为一上飞机，李石安就忙着自己的事去了。现在他正用无线电话在和牧场的一个试验小组通话。一直到了实验站，他才想起了我。

"哎呀！你看我忙的。我还没有问问你要不要休息哩！老张同志，你刚才受惊了吧？"

他竟然说得那么轻描淡写的！可是他的神情是那样的真诚，简直没法叫人跟他生气。我连忙用开玩笑的口气回答说：

"不，我倒用不着休息。不过，刚才倒是受了一场虚惊。"

李石安一听就爽朗地笑了：

"不要怕，我们知道你是不会受伤的。我们刚才担心的倒是你这一枪，会不会把那只老虎给伤着了。说起来，你还得感谢它呢。"

"感谢那只老虎没有把我吞下去吗？"我生气地说。

"不，应该谢谢它发现了你。不然，也许你现在还在林子里兜圈子哩！你不信吗？来，让我带你去看看，我们是怎样发现你的。"

李石安把我带到一间小放映室里，拉上窗帘，又到隔壁的实验室里取了一盘录像带插到放映机里。他按了下电钮，在我们面前那幅一米见方的荧光屏上，立即出现了一些有趣而又奇怪的景象：

先是一片蓝湛湛的天空，然后又是一片矮矮的灌木丛，灌木丛里突然飞出了一只松鸡。忽然镜头又转了一个方向，对准了灌木丛后面的一只灰色的獾。这时，拍摄这个"电影"的摄影师，好像带着摄影机腾空跃了起来，向那只獾扑了过去……

我莫名其妙地看着这些零零碎碎的密林景致，弄不懂这位摄影师要拍摄这些镜头干什么。这位摄影师好像还对密林中乱草丛生的草地很感兴趣。而这些镜头就好像是摄影师在地上爬着，一路上随意把这些镜头拍了下来似的。

我心里正纳闷，忽然间，这位摄影师好像被什么东西吸引住了似的，镜头对准一个方向不动了。在一片模模糊糊的密林背景上突然出现了一个人影，这个人影渐渐地清晰了起来。我这才看清楚了：这人手里拿着一把猎枪。可是，这猎人显然有些慌张，他站定了，举起枪来，又放下了。忽然他又后退着，哎呀，坏了！他没有看见后面有块大石头，他要跌倒了。果然，这人被绊了一下，他惊呼了一声，仰面翻了过去，枪筒里冒出一股青烟……

"哎呀，"我失声叫了起来，"这……这不正是我吗？"

"对，老张同志，这正是阁下！"李石安用有点玩笑的口气说，"您这一跤跌得可不轻呀！"

"我真弄不懂，你们是怎样把这一切拍下来的。"我狼狈地望着这位密林中的"魔术家"，简直不知道说些什么才好，"难道你们悄悄地跟在我后面吗？"

李石安纵声大笑了起来：

"怎么？您到现在还不明白？您刚才所看到的一切，都是通过那只老虎的眼睛看到的呀。"

"什么？通过老虎的眼睛！"

"对，通过老虎的眼睛。"李石安坐近了一些，比画着手势，进一步解释说，"您总了解我们人类是怎么看到东西的吧。我们的眼睛就像一架照相机，当然，这只是一个比喻，实际上它比最精密的照相机还要高明得多。外界的景象通过我们的眼球投射到我们的视网膜上，光线刺激了视觉神经产生了电流，这就是通常说的生物电。电流传送到我们的大脑，经过大脑的加工之后，我们就看到了各种各样的东西。"

"这我倒是懂得的。生物电在我们神经里流动着，传递着各种信息，又指挥着人体的行动……"

"对呀，可是您知道吗？脊椎动物，尤其是高级脊椎动物，它们的眼睛基本上和我们人类相似。它们看到东西也会产生生物电流。如果把这些生物电流引出来，并想办法把这些代表外界图像的生物电流放大，然后传送到实验室来，我们就可以运用各种各样的电子设备，再把它们正确无误地变成原来的图像。"

"变成图像？"我恍然大悟，"怪不得刚才看到的那些镜头，一会儿往东，一会儿往西。原来，这就是那只老虎的眼睛所看到的一切！这倒是挺新鲜的！"

"对，这工作是挺有意思。"李石安接口道，"您还一定会问，这一切是怎么进行的呢？这就要先对动物进行一次外科手术，把一些特殊的电极——我们这儿把它叫作电拾圈——埋到动物的大脑里去。所有的电极都连着一只米粒般大小的无线电发射机。这种发射机会把脑电流变成无线电波发送出来。不过这些信号毕竟太微弱了，所以我们又在每只老虎的颈子上装了一架'脑信号替续器'……"

"就是那个套在虎颈子上的圈圈吗？"我插嘴问道。

"是啊！那是一台很复杂的电子设备。它能把从动物大脑里传送出来的信号接收下来，放大、加强、编码，再发送到我们这里来。我们再把这些信号复原，使它变成原来的图像。"

"哦，我明白了。"

"不过，这还只是一个粗浅的解释，实际情况要细致、复杂得多。现在让我带您去看看，这一切是怎样进行的吧！"

11号和它的孩子们在一起

我怀着极大的兴趣，跟着李石安来到另一个房间。这里布置得就像电视广播台的控制室一样：沿墙放着一架架高大的控制台，控制台上布满了各种电钮、开关、电表以及红红绿绿的指示灯，每个控制台上还安装着四幅荧光屏。除去有几幅荧光屏空在那儿之外，其他的正放映着那些稀奇古怪的密林镜头。每个控制台前都坐着一位工作人员。他们穿着白色的罩衣，头上戴着耳机，正全神贯注地注视着这些彩色镜头，并不时地在簿子上记录着什么。

"这就是我们的'虎生态观察室'。"李石安向我介绍道。他领着我走向一位年轻的姑娘，并告诉我说："这位姑娘姓郑，你叫她小郑好了，是个新来的大学生。她是研究动物生态学的。"

他又把我介绍给小郑："小郑，这位张帆同志，是报社派来采访的记者……"

"我见过他！"小郑一看到我，就抿起嘴来笑着说，"刚才我在荧光屏上就认识了，他手里……"

"啊，对，老张，刚才就是小郑在荧光屏上发现你的。她真急坏了，就怕你开枪打死老虎。那只11号——就是你碰上的那只雌虎——是她们小组管理的宝贝啊。小郑，你为客人介绍一下你们这儿的工作情况吧。"

想起不久前自己的那副狼狈相，我窘极了。幸好，这位扎着两根小辫子的姑娘没有再讲下去。她热情地把她们所做的工作，向我做了一番详细地介绍：

"请注意这些荧光屏。这24幅荧光屏，就代表着24只老虎的眼睛。"

"就是通过虎的眼睛所看到的景象。"李石安补充说。

"对，也就是说，现在有24只被动过手术的老虎，正在这片广阔的禁猎区里自由自在地跑来跑去。瞧11号荧光屏，这就是你碰到过的那只大雌虎。当然，你现在看到的并不是那只雌老虎的本身，而是11号正在瞧着的自己的三个孩子。"

在11号荧光屏上，这时正有三只毛茸茸的、模样可爱的小虎，在一块林间空地上互相追逐着、嬉戏着。

"这是才生下来不久的小虎。你瞧，通过它们母亲的眼睛，我们看得多清楚啊！"小郑接着说，"这都是些极有科学价值的镜头。通过这样的观察，我们就可以了解虎在幼年时期的生活习惯及成长过程。这些从实际观察得来的资料，对我们研究动物生态的人来说是非常珍贵、非常重要的。"

　　说到这儿，小郑激动起来了："在以前，我国还没有这样的实验设备。那时，也就是我在学校里学习的时候，为了观察一种动物的生活习性，我和同学们不得不冒着风霜雨雪，甚至生命危险，成年累月地躲在密林里，拿着望远镜远远地跟踪着这些动物。尽管我们付出了极大的精力，也只能一鳞半爪地看到一些动物的表面活动。有时，为了具体地、系统地研究动物的生理状态，我们只好把动物捉回来关在笼子里进行观察。但这毕竟是人为的环境，最终，我们对它们在大自然里的生活习性和生理状况，仍然是一知半解。"

　　小郑越说越激动："所以，那时候我们就想，最好能将研究方法来一个根本的改变。后来，听到这儿正在进行这项研究工作，我是多么高兴啊！我就打报告要求分配到这儿来。有人说这里是山区，生活艰苦。但我却觉得这儿真是太好了！现在，我们不但可以通过动物的脑电流知道它们看到了什么、听到了什么、嗅到了什么……而且在附加了一些简单的设备以后，还可以了解到动物的心跳速度、血压、肺的呼吸量、唾液的分泌量等等重要数据，尤其重要的是，我们不再是一鳞半爪地进行观察了，而是日日夜夜、一年四季都在进行观察！"

　　听了小郑的热情介绍，我不禁为之赞叹不已。真的，这是一个多么新奇而又多么巧妙的科学构思呀！这的确是一个了不起的科学成就，是科学实验上的一个新突破！

　　接着，小郑又为我解释了她那控制台上四幅荧光屏上的各种镜头。原来，他们这个小组是专门观察幼虎的生态的。四幅荧光屏，就代表着四只雌虎——11号到14号。这四只雌虎都带着它们的孩子在密林中自由自在地生活着。这些零零碎碎，时而东、时而西的镜头，如果要我一个人来看的话，那绝对看不出什么意义。可是在这位熟知大自然、熟知密林生活的年轻同志的讲解之下，它们都闪现出了特殊的意义。我就像在看一本非常有趣的书，每一页都为我带来了许多新鲜的知识，每一个细节都为我揭露了大自然的奥秘，每一个片段都为我解读了这片永远生气勃勃的密林中的生活消息。

小郑又给我介绍了其他小组的一些工作情况。原来，"虎生态观察室"中各小组都有分工。有的小组专门研究老虎的食物以及它们捕食的情况；有的小组则专门研究虎的生活环境及其活动的范围。小组里的成员大多数是和小郑一样的年轻人，他们在有丰富实践经验和深湛理论水平的老一代科学家指导下，进行着科学研究工作。现在他们正在编著一本全新的《虎生态学》。同时，还根据从荧光屏上录下来的图像，编制一部有趣的科学普及电影，片名就叫《密林虎踪》。而更重要的是：由于大家的共同努力，他们已经对虎的繁殖、生长、寻食、饲料的来源等作了详尽的调查和了解。这些研究工作已经提供了这样的可能：人工养殖老虎。他们已经与外贸部门和商业部门签订了一个长期的合同，筹建大规模的虎饲养场。谁都知道，虎皮是一种名贵的兽皮，虎身上什么都可以利用，就连虎骨也是一种珍贵的中药药材！

"啊，你们进行的这项研究工作意义多重大啊！"我连声称赞着，"不过，以后你们大量繁殖这种猛兽时，是不是也让它们这样自由自在地跑来跑去？如果碰上……"

"哦，我知道你的疑问了。"李石安一听就笑了起来，说，"万一碰上了人怎么办，是吗？"

"是呀，是呀，一想起11号向我奔过来的情景，到现在还心有余悸呢。"我说道。

"这问题我倒是忘记向你解释一下了。"李石安继续说道，"今后我们大量饲养老虎当然得十分注意安全，把它们适当地圈起来。今天我们研究在自然状态下的老虎，其目的就是要找出更好的人工饲养的方式来。其实，关于安全问题，我们早就考虑到了。第一，我们划了禁猎区，做好宣传工作，劝阻人们不要到这里来，万一有人有必要的事来这儿，山下也会用电话通知我们，就像今天你来这儿之前，我们已接到通知那样；第二，我们还采取了其他的措施，今天你已经经历过了。请你看着这些红色的按钮。"李石安指着控制台上一排红色的按钮，对我说道，"刚才小郑同志就是按下了这个红色的按钮，才让那只老虎倒下去的。"

"哦？这是……"我问道。

"很简单。我们既然能把虎脑里的生物电引出来，也就能利用这些设备把电流送到虎脑里，对老虎进行控制。"

"实际上，这还不仅是为了安全，为了研究工作的需要，有时我们还要把老虎运送到实验室来进行试验，也要采用这个办法。"李石安又补充说。

"啊，原来是这样！"没有想到问题竟是这样解决的，一想起当时我那种受惊害怕的情景，我又不禁哑然失笑，"老李，不瞒你说，那时我失掉了猎枪，正走投无路，忽然看见那只老虎趔趔趄趄得像吃醉酒一样，猛地倒了下去，我还以为……"

"还以为什么？"

"我还侥幸地想：这只虎也许是得了什么中风病呢。"

"得了中风病？"一听我这奇怪的想法，老李和小郑都轰然大笑了起来。我看见他们这样直率而又善意的笑容，也终于忍不住和他们一同哈哈大笑了。

诱人的远景

离开了"虎生态观察室",我怀着越来越浓厚的兴趣,继续在这个现代化的实验站里参观。

这里是动物研究所,但真正搞动物研究的同志却不多。相反,研究人员中,多半是搞电子学、无线电通信、计算机、光学仪器的专业人员。有许多是来自各个工厂的老师傅,也有许多是新毕业的,或是来实习的大学生。最后,当我被介绍给几个专门研究导弹的同志以后,我就更加奇怪了。

"你觉得奇怪是吗?"李石安看出了我的疑问,他一面领我走向一间新的实验室,一面向我解释说:"其实,现代科学已经发展到了这样的局面:任何科学上的突破,都会引起各条战线上的一系列的变化。没有电子学家的帮忙,我们就不可能进行这种远距离的视觉传递试验。而我们动物研究工作者在这方面的突破,反过来也推动了电子学家的工作。动物生活在极为复杂的环境里,它们的大脑每日每时都要处理成千上万个来自大自然的消息,比如追寻目标、躲避敌害等等。研究动物的大脑就可以改进现代的计算机,使它更完善些。电子计算机有了'视觉''听觉''嗅觉'以后,它的作用就更大了。还有,我们对动物视觉的研究,已经为专门研究机器人的同志提供了一种新的方法,可以使下一代的机器人有更理想的'眼睛',让它的用途更为广泛。举个例子来说吧,譬如,最近将去国外参加活火山考察的同志,就希望能带这种可以经得住高温,但同时又有完善视觉的机器人去。他们将用这种机器人去考察活火山内部的情况,让它一年四季监视着火山，把它所看到的情况不断地报告给人们。还有，海矿局的同志们已经制造了一种新型机器人，这种机器人可以到深海去探查海底的矿藏，并进行采掘。而这种机器人的'视觉'，即'眼睛'，也是和我们所的同志共同研究出来的。至于我们的工作和导弹专家们又有什么关系呢？我刚才不是讲，动物是不断地在追寻食物吗？这和军事上的导弹追寻目标实质上是一回事。我们的工作为研制导弹的同志提供了一种新的制导方法。所以，研究导弹、宇宙航行的同志，到我们所来搞协作，就不足为怪了。"

李石安还讲了好多好多，限于报道的篇幅，我就只好在这儿停住了。不过，仅仅就上面所提到的这些，也的确够使我们惊讶和高兴的了。这是一幅多么诱人的远景啊！当然，要实现并发展这一切，还有待广大的工农兵群众、科学工作者，也包括我们的少年们付出巨大的、艰苦的劳动！

我在上面介绍了这么多，有些小读者可能会问："怎么，你讲了半天，杜杜的秘密究竟怎样，你忘记了吗？"

不，我没有忘记自己此行的目的——揭开杜杜的秘密，李石安也没有忘记。他告诉我说："这个节目其实也是我们研究工作中的一个试验而已。"可是，正当他打算把杜杜的秘密揭开来的时候，我们的谈话被打断了。有人叫李石安接电话。李石安回来时显得有些激动。这是400公里以外的一个大型国有牧场打来的电话。他一回来就挽起了我的胳膊，说："同我一起去吧，老张，你不是要知道杜杜的秘密吗？我们马上要进行一次试验，看了这个试验，你就会明白杜杜是怎么回事了。"

当我们走向另一间实验室的时候，李石安简单地为我介绍了这次试验的目的。原来，他们也为许多牧羊犬做了这样的手术。经过一定的训练之后，他们决定用这些牧羊犬来管理羊群。换句话说，他们是想通过这些牧羊犬和无线电设备来进行远距离放牧。实验室里也装置着一架架有许多荧光屏的控制台。试验小组的人，这时正坐在一架直升机上，在羊群的上空盘旋着。

我们来到实验室的时候，那边正在通过无线电话向这儿报告：一切准备就绪，牧羊人已经完全退开，20只实验牧羊犬已接替了牧羊人的工作，把羊群看管了起来。羊群这时正在草原上安静地吃着草，羊的数目是8841只。

李石安示意把电钮打开。只见控制台上的那些荧光屏，先后都闪起了一道道蓝光。工作人员调节着那些旋钮，跳动的闪光消失，图像渐渐地清晰了起来。这时，荧光屏上出现了草原上各种各样的镜头：有的是飘着片片白云的蓝色天空；有的是一只只羊的头，或者是一些羊腿；而更多的是从各个角度看到的羊群。现在，我看到这些忽东忽西、跳跃、零碎的镜头，已经不像开始那样丝毫没有经验了。因为我已经知道，这一块块荧光屏，就代表着牧羊犬的一双双眼睛，当然，要了解整个羊群的全貌，就得将20幅荧光屏联系起来看。李石安他们正是这样做的。这时，他们不但通过这些狗的眼睛来观察羊群，而且还通过无线电来命令这些牧羊犬赶动羊群。

当实验室的操作人员发现这块地方牧草不是太丰盛的时候，他们就扳动电钮，发出信号，这信号迅速变成无线电波，飞过这400多公里的空间被那些牧羊犬接收了下来。信号变成了命令。带头的和最后的那些牧羊犬就行动起来，它们吠叫着，来回奔跑着，把那群绵羊赶到新的地方去。

坐在虎山山顶上的"牧羊人"们，还进行了这样的试验：把羊群赶到一个小河边去饮水；然后，又把它们赶回牧圈去；最后还进行了点数试验。

当羊群开始进圈的时候，操作人员又按下了几个电钮。这时就有几只牧羊犬抢先跑到栅栏口坐了下来，它们目不斜视地注视着那些正在陆续进圈的绵羊。于是，坐在实验室里的"牧羊人"就在荧光屏上点起数来。

同时，控制台上的自动计数器也在"滴滴嗒嗒"地计数。一声铃响，"咔嚓"一声，一张狭长形的纸条从计数器里推了出来。自动打字机已经在纸条上打好了一个数目："8841"——不多不少，正好和人们口头的计数完全符合。

试验完全成功！

这时，李石安回过头来对我说道：

"好了，老张同志，你现在总明白杜杜是怎么回事了吧。"

"明白了。假如我没有想错的话，那只小杜杜也被你们动过手术。"我试着自己来解开杜杜的秘密，"你们就是坐在实验室里，通过杜杜的眼睛来看到观众出的算术题的……"

"对，正是这样！"

"于是，你们就进行计算，然后回答……"

"对，你说得完全对。"

"我还有点不明白，杜杜是怎么把答案叫出来的，难道……"

"很简单。"李石安拉开了实验室的窗帘，回答道，"这还是训练动物的老办法——条件反射。我们在为狗进行手术的时候，还另外放了一个电极，这个电极能接收我们这发出去的信号。我们按一下电钮，杜杜就会感到一下轻微的刺激。于是我们就要进行这样的训练，让杜杜知道，只要它受了一下刺激，它就应该叫一声……"

"啊，原来是这么一回事！"我喊了起来，"没有想到问题会这样简单。"

"是的，这并不复杂。"李石安接着说，"你刚才已经看到，我们是怎样来命令那些牧羊犬的。不了解底细的人，还以为那些牧羊犬真能懂我们的话呢。其实，我们只是发了一些简单的信号罢了。按一下电钮，牧羊犬受到一下刺激，它就应会把羊群赶到河边去；按两下，它就应会把羊赶回牧圈……牧羊犬之所以会这样行动，那只是平时训练的结果。这里并没有什么神秘的地方。"

我们的谈话又被打断了。负责国有牧场的同志打来了电话。看来，这位同志正在激动和兴奋之中，他在无线电话里向李石安祝贺，祝贺这次试验的成功。

"……不，李主任，你们就别谦虚了。请你向研究所的全体工作人员转达我们的谢意吧。真的，这太惊人了！这种新的牧羊方法，将为我们牧民的生活带来多大的改变……对对对，这也是我们畜牧业中的一个重大改革。这是你们科研工作者对社会主义建设的重大贡献！

请想想看吧，我们将在办公室里来放牧成千上万的羊群……这将为我们节省多少劳动力啊！这也能改变我们那种世世代代在风里来雨里去的生活……当然，假如你们同意的话，我们即将派人来学习。希望在最短的时间内，能在你们的帮助下，把这种牧羊的新方法，付之于正式的应用……"

从动物研究所第七实验室回到报社后，我通宵达旦地赶写这篇采访报道。当我搁下笔时，心里还久久不能平静。

东方既白，拂晓已经来到。我拉开了窗帘，望着那喷薄欲出的火红的太阳从东方渐渐地升起。我站在窗前，不由地又想起了这些科学工作者们。他们的工作，该是多么有意义啊！

亲爱的小读者，我的报道还远远没有结束。我们祖国的科学事业正在大踏步地前进。新的创造、新的发明正在不断地涌现。还有多少有趣的工作，有多少新的领域，等待我们去开发、去探索、去研究啊！今天，你们虽然还在课堂里学习，但是也应该大胆地去幻想未来，去想一想我们光辉灿烂的前景吧！

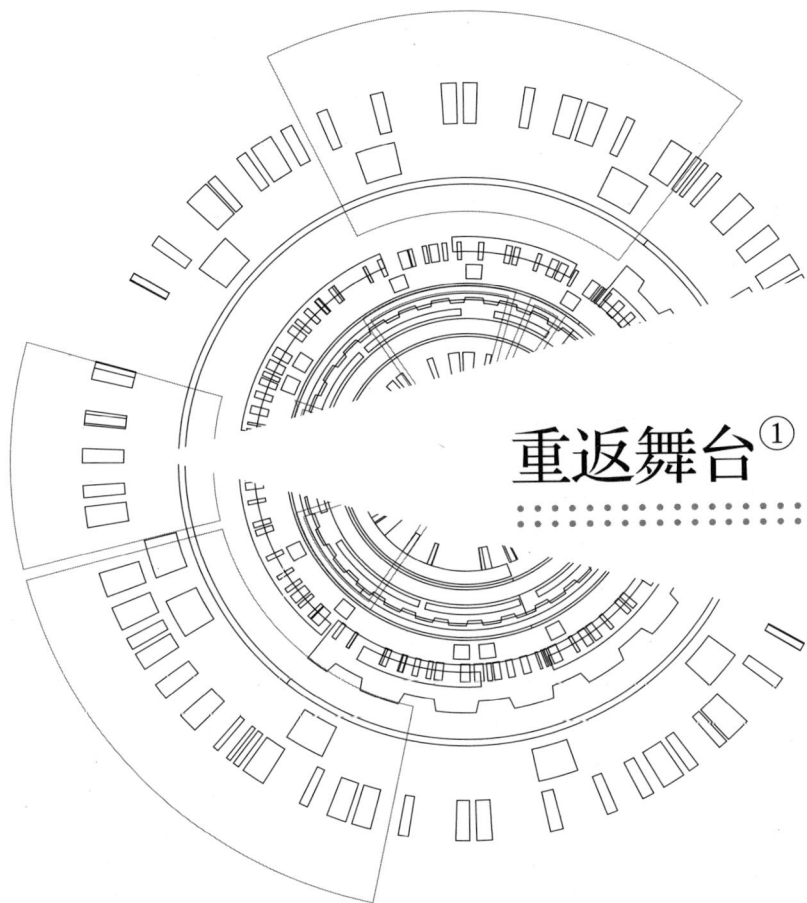

重返舞台①

① 1977年8月稿，原载于科幻小说集《密林虎踪》，上海少年儿童出版社1979年2月第1版。

“我……不能唱了！”

列车平稳地驶进了天津新站。耿萍无精打采地倚在车窗边上，望着那熙熙攘攘的人群，不知道为什么，突然想起了这样一句话：“列车沉重地喘着气，困难地停了下来……”这是在哪本小说里看到的啊？她已记不起来了。“‘沉重地’，还加上‘喘着气’！”耿萍轻声地笑了，“现在的电气列车明明是很轻巧的，一点声息也没有地停下来。这也许就是时代的象征吧，现在谁要在小说里描写今天的火车的话，肯定不会这样写了。”

同车座的唯一的一个旅伴下车活动去了。他是一位瘦瘦的、中等个子、说话风趣、精神饱满的科学工作者。耿萍曾经问过他是搞什么工作的。可惜她对科学知道得太少，除了知道他是在一个研究所里搞“生物控制”研究的以外，旁的就什么也说不上来了。而这位科学家却是一个十分细心的人，他好像已经看出了耿萍抑郁的心情，一路上把她当作病人似的照顾着。

“难道我真的成了病号了吗？”耿萍又想起她的心事来，“我的身体不是好好的吗？什么也不缺，不过，就是不能再唱罢了。”

“唉，不能唱了！”耿萍不由得深深地叹了一口气。

“不能唱了！”这对于从事其他工作的人来说，也许算不了什么。大多数的人，对于自己能不能唱，从来没有关心过。可是，这几个字，对于一个歌唱家来讲，那就不是一件小事了。这就像一个工人失去了双手；一个画家失去了双眼；这就意味着：舞台生涯的结束！……

"爷爷！爷爷！"从站台上传来了一个孩子清脆的、银铃般的嗓音，打断了耿萍的沉思。

"爷爷，我要坐在窗跟前。"

这声音悦耳极了！也许是出于职业上的习惯吧，耿萍立刻注意到了：这嗓音富有音乐的特点——音色纯净、圆润、有弹性，而且更可贵的是还非常厚实。

纯净！圆润！弹性！厚实！这正是人们在形容耿萍歌唱特色时常用的词语。耿萍苦笑了一下，朝窗外望去。这是一个八九岁模样的小姑娘。一位上了年纪的军人正携着小姑娘的手，从容地朝车厢走来。

"咦，这不是涛宁的爸爸吗？"耿萍立刻认出来了，"那么，那个姑娘一定是小燕了！长得这么高了！"

耿萍没有想到，竟会在这儿碰到她常常思念着的人！那嗓音悦耳的姑娘已经像一阵风似的冲进了车厢，当她看见耿萍对面的座位正空着的时候，她高兴地喊了起来："好哇！我要坐在窗边！"可是，一转眼，她又立即朝耿萍怀里扑了过来。

"耿阿姨！耿阿姨！爷爷，爷爷你看，耿阿姨在这儿！"

身材高大的李政委也跟着走进了车厢。

"咦，小萍，你怎么在这儿？"

"伯父……"耿萍连忙站了起来。

"怎么，是去演出吗？"

"不，我这是回老家去。"

耿萍的老家在农村，离天津不远，再向前乘一站，她就要下车了。

"啊，那就要到了。嗯，你路过天津，怎么不下车到我家去呢？"

说到这儿，李政委不满意地举起了手，他像吓唬一个孩子似的，用手指摇了摇说："好，让我想想，你有多长时间没上我这儿来了？……嗯，有整整三年了吧！……"

耿萍红着脸，不知道怎么回答才好。是呀，自从上次到天津演出以后，已经有整整三个年头过去了。这次从沈阳上车的时候，她本想去看看李涛宁一家的。往常，每当她路过天津的时候，总要到天津的老同学涛宁家里去住上几天。可是，人的心情就是这样的矛盾，车子离天津越近，她就越加犹豫了起来……

已经有整整三个年头了啊！这三年来，她基本上都在病休着。照文艺团体的行话来说，那就是她一直在声休①。这三年间，她几乎跑遍了所有的文艺医院，还是没有恢复过来。这三年来的事，她怎能一下子向这个——从小就像慈父般关心着她的人讲清楚呢？她怎能一下子说得清楚她那矛盾的心理状态呢？她是想赶快回家去，找一个清静点的地方躲起来。是的，她现在需要好好地想一想，冷静地思考一下……她得做出一个重大的决定——也许，她将永远地离开舞台。可是世界上竟有这样的巧事！她这时越不想见面的人，偏偏就会在这儿遇上了。她该怎么回答才好呢？

"涛宁好吗？没想到小燕竟长得这么高了！"耿萍搂紧了小燕，这是她首先想到的唯一的回答了。

"涛宁啊，还不是那样，整天没头没脑的！她可不像你，你在业务上是顶肯钻研的……嗯，你的脸色怎么不太好哇？"

"爷爷不好！你在说妈妈的坏话！"小燕耳朵挺尖，一听爷爷在说妈

---

① 歌唱演员因感冒或喉部不适不能演出，一般叫"声休"。

妈，就从耿萍的怀里挣脱出来，要去拉爷爷的耳朵。耿萍被小燕那种淘气的样子逗得笑了起来。自从她做学生起，和涛宁一同上高中，一同考进音乐学院的时候，她就常听李政委说涛宁"没头没脑的"了。现在已经有多少年了啊！涛宁已是两个孩子的幸福的妈妈，是天津合唱团里一个出色的女中音歌手了。自己呢，已经39岁，涛宁大概40岁了吧！可见，在父母的眼里，我们总像是永远长不大的孩子似的。

列车已经在平稳地起步。

那位科学家也不知在什么时候回到车厢里来了。真是巧上加巧！原来，那位科学家同李政委曾经在部队里见过面，他这次正是出差到部队去推广一种新的科研成果。那位科学家本是一个健谈的人，李政委也是见多识广，目前又正领导着部队的现代化建设工作，所以两个人一见面就热烈地谈论了起来。耿萍呢，由于小燕这么一搅，也由于李伯父和那位科学家谈得那么投机，她就可以避开一连串的问题了。现在又碰到了自己所喜爱的、熟悉的人，她的心情也不由地好转了许多。再加上小燕又是个有趣而又多话的小家伙，于是她们一大一小，也靠在窗边，头碰头地低低地谈笑起来了。

小燕正讲着他们家的那个小弟弟怎么怎么调皮的时候，忽然想起了什么，嚷道："啊，耿阿姨，我把新学的一首歌唱给你听好吗？"还不等别人回答，她就拉开嗓子，"哇啦哇啦"地唱开了：

　　呜呜呜！呜呜呜！
　　火车火车快快奔。
　　载着叔叔阿姨上哪儿？
　　叔叔要上大西北，

平地建座石油城。

阿姨要上发电站，

高山点起夜明灯！

呜呜呜！呜呜呜！

火车火车快快奔。

学习阿姨和叔叔，

我要做个勇敢的人。

学习阿姨和叔叔，

长大为国献青春！

……

小燕正唱得高兴，李政委哈哈大笑了起来：

"你这唱的是什么歌啊，尽是叔叔和阿姨，怎么就没有你爷爷呀！哈哈哈！再说，耿阿姨是上老家去，不是上发电站；这位陈伯伯和我们一样，是上南方的一个部队去……哈哈！我看还是请耿阿姨唱一首吧，我可不要听你那个叔叔阿姨火车奔……"

"爷爷！"小燕一听，先是撅起了嘴巴，可是一听见请耿阿姨唱，她又乐开了，连忙大声地催促起来：

"耿阿姨唱！耿阿姨唱！唱首《海燕之歌》！"

小燕最爱听耿阿姨唱歌了。她记起了三年前耿阿姨住在她们家时的情景。那时候，妈妈和耿阿姨是多么高兴啊，一到休息日就整天唱呀唱的。耿阿姨的歌声真是好听极了。她还记得，只要耿阿姨一唱，连妈妈也会静下来，细细地听着。爷爷这么忙，可是一听耿阿姨在唱，他也会到妈妈的屋里来听一会儿，然后再称赞耿阿姨几句，才回自己的屋里去办公。她还记得妈妈说，耿阿姨唱歌好听是因为本钱好。可是爷爷一听，就要批评妈妈了："什么本钱好不好，你又要说没头脑的话了。小萍主要是勤学苦练出来的。"妈妈呢，听爷爷这么批评也不生气。最有趣的是，小燕还记得她曾问过妈妈："什么是本钱好哇？"妈妈和耿阿姨一听就哈哈大笑，赶她去睡觉。这时候呢，她就赖着不走，非要耿阿姨再唱一段才肯去睡。上了床，她还偷偷地把门开着，偷偷地听，一直要听到稀里糊涂地睡着为止。的确，她是多么爱听耿阿姨唱啊！听着听着，她的心就像长了翅膀似的，跟着那歌声飞到海上、飞到白云里、飞到天安门去了……

是呀，在那段日子里，妈妈是多么开心呀，连骂小燕的时候也少得多了。"要是耿阿姨能再上我家去住一段时间该有多好！我一定要好好地听耿阿姨唱。可是……怎么啦？"小燕忽然发现耿阿姨的脸色极不好看，而且，眼里还含着眼泪！

"耿阿姨……"

"嗯，小萍？"李政委也感到很奇怪。

耿萍虽然想尽力克制，但终于没有办到。一滴晶莹的泪珠沿着她的面颊淌了下来。

"耿萍同志，你怎么啦？"那位同座的科学家也关切地问道。

耿萍半晌都不能回答，但泪珠却像断线的珠儿似的沿着她那苍白的面颊往下淌。

大家都愣住了。

过了好一会儿，他们才听见耿萍轻轻地答道：

"我……没有什么……只是……只是我……不能唱了。"

商量

列车又一次平稳地停了下来，这是耿萍的老家。李政委很不放心地送走了耿萍。他站在那个现代化的车站站台上，依稀还记得二十年前，有一次他上这儿来接涛宁的情景。那时候，这里还只是一个新设立的小车站，站台上只有几间简陋的房屋和几棵稀稀落落的白杨树，出了站台就是一块块种着蔬菜的农田。他记得那一次是涛宁和耿萍从初中毕业，又一同考进了同一个高中。耿萍邀涛宁到乡下去过暑假。涛宁长结实了，而且晒得黑黑的；相反，那个本来生长在农村的孩子——耿萍，却还是那样瘦小，脸色看上去也显得有些苍白。这两个形影不离的一对，性格和脾气是多么的不同：一个老是马马虎虎，嘻嘻哈哈；而另一个却是沉默寡言，对任何事都十分认真。后来，她们俩又一同考取了音乐学院。这时，两个人的成绩就明显地出现了差距。涛宁唱得也不坏，但在学院里，不过是个中等水平的学生罢了。而那个勤奋的小萍呢，却渐渐地显出了她歌唱的才能。临毕业时，她已经是大家一致公认的，一个大有发展前途的，富有特色的独唱演员了。

从那以后，她们两个人就分开了。那个整天嘻嘻哈哈的涛宁进了天津的一个合唱团，结了婚，有了孩子。而那个瘦瘦小小的耿萍呢，却分配在沈阳的一个大型歌舞团里，成了一个著名的，深受广大群众喜爱的歌唱家，到现在还没有结婚。李政委就是弄不懂，怎么唱得好好的，却一下子不能唱了呢？

"这是怎么搞的呀？"车子一开动，他就转过身来对着那个正在想着心思的科学家说："唉，老陈同志，你是搞科学的，总懂得这是什么道理吧，怎么唱得好好的，一下子却不能唱了！"

那个科学家显然也被刚才发生的事震动了。他一上车就认出了耿萍。在电视里，他经常看耿萍的演出，她是他喜爱的演员之一。他们一路上好像也谈得很投机。不过，叫他有点奇怪的是耿萍好像不大愿意提及演唱的事。相反，倒问了他许多关于科学上的问题。他一直觉得耿萍好像是生了什么病，没精打采的。可是绝没有想到，这个歌唱家所苦恼的竟是不能唱了！这有多糟，这就像不让他再从事科研工作一样。这件事如果发生在他身上，他受得起这个打击吗？这样看来，这个歌唱家还是比较坚强的。

"李政委，我觉得你们好像很熟悉……"这个科学家完全是答非所问。

"怎么不熟呢！可以说，我是看着她长大的……啊，我说，陈浩同志，你倒分析分析看，这是怎么回事？你刚才不是对我说，你们正在全力进行人类发音问题的研究吗？"

"对，我们在这方面是做了不少研究工作，而且很有可能就要到你们部队去推广了。不过……"陈浩好像在斟酌着字眼，思考着怎么说。但李政委却心急地打断了他：

"你看，会不会是声带出了什么毛病？"

"不，不像是声带出了毛病，刚才耿萍同志也说过，经医生检查，她的声带还是很好的。"

"那又是怎么一回事呢？声带好好的，可是不能唱了！"

"这倒是有可能的。人类的发声机理相当复杂，跟精神因素、心理因素都有很大的关系。不是有过这样的例子吗？有些人精神上受了重大的刺激以后，突然，喉咙就完全失声了。人类的发声器官是受大脑的影响和控制的，弄不好……"

"哦，难道就没有希望恢复了？！"李政委有点着急了。

"那倒不能这么说，不过……"那位科学家显然一直在思考着什么问题，所以说起话来有点吞吞吐吐。

这时，小燕突然"哇"的一声哭了起来。两个人的谈话被打断了。这个敏感的孩子，起先还憋着眼泪，注意地听着两个大人的讲话。当她一听到爷爷说"没有希望"了，就终于耐不住了。

"咦，小燕，你怎么啦？"李政委先是莫名其妙，随后又立即醒悟了过来。他知道这孩子一向是喜欢耿阿姨的，她是在为她心爱的耿阿姨难过呢。"看你，哭有什么用，我这不正在和陈伯伯商量着吗！"

小燕扑在车窗前面那个小茶几上，耸动着肩膀，哭得更厉害了。

"啊呀，小燕，怎么哭鼻子啦！"这时，那位科学家也插了上来。"你刚才不是在唱：'我要做个勇敢的人'吗！李政委，"他又转向李政委说道，"我刚才并不是说，耿萍的喉咙不能恢复了。应当说，她的喉咙并没有什么毛病。不过……嗯，我怎么说呢，也许，我们是可以来试试帮她解决这个问题。倒是耿萍同志是不是有信心，这才是最最关键的……"

"哦？"一听还有希望，李政委也高兴起来，"你能帮助她吗？至于小萍，我是知道的，她一向很顽强。你们研究所……"

"我刚才不是跟您说起过了吗？我们正在开展用声音、语言来控制各种机器的研究。照我们专业上的行话来讲，我们现在搞的是'人机对话'问题。为这个，我们曾对人类的发音问题做了全面的研究。所以，我觉得我们是有把握来帮助耿萍同志的。"

"那太好了！"李政委这时才真正高兴了，"你有办法吗？"

"我们来试试看吧。不过关键问题还在于耿萍本人是不是有信心，能不能同我们很好地合作……照现在的状况看来，我觉得她缺乏信心，这就很需要有人帮助她一下……这样吧，我留个地址……不，李政委，我就写封信吧，邀请她到我们研究所来，您看怎么样？"

"那更好了！我一回天津，就让小燕的妈妈给耿萍送去。至于你，老陈，等你这次去部队的任务结束以后，我得请你先在天津下车，我们还得商量商量怎么跟你们研究所配合的问题。好，你先写信吧。"

机灵的小燕一听还有希望，早就止住了哭。一听陈伯伯要写信，立刻让出了茶几。虽然她面颊上还挂着眼泪，可是嘴边已经露出了笑容。

"好哇，你这个勇敢的哭娃娃！"陈浩一看小燕那天真的模样，立刻哈哈大笑了，"怎么样？你到底是哭还是笑？"

"陈伯伯——"小燕羞红了脸，扑到她爷爷怀里去了。

两个女友

"呀，你真瘦多了。"

"你倒还是那样。"

"唉，小萍，你这是怎么回事啊？"

"真的，我自己也搞不清。"

"为什么不到我那儿去？也可以帮你在天津找有经验的人看看。"

"不，涛宁，我并没有什么病，只不过，我也不知道这是怎么搞的……"

"这是哪门子来的恼人事啊，你也许是太紧张了吧。从什么时候起的？唉，你看我这个懒笔头！不过，我没回信，你也就不写了，还是那么个孬脾气！你得原谅我当时有了小燕的弟弟了呀……唉，我尽说这些干什么！我说正经的吧，爸爸一回来，就把我批评了一顿，说我一点也不关心你……"

"又说你没头脑了吧！"

两个人都会心地笑了。

"对，还是没头脑，还说我没心肝呢！他呀，就恨不得我连夜赶来。当然，我也急了，唉，小萍，不会有什么事的吧？你可别吓唬人啊！"

两个从小一块儿长大的女友，沿着一条弯弯曲曲的小溪，信步地走着。已经是初春的时节了，可是河里还结着薄薄的一层冰，老柳树根旁的残雪也还未消失，天气还冷着哩。不过，已经可以感到寒冷中有那么一股万物都在苏醒的气息了。

李涛宁一得空就赶来了。她真难以相信，一个为群众所喜爱的，富有自己特色的，各方面都非常成熟的女高音，会一下子不能唱了。她当然知道，唱歌的人并不都是一帆风顺的。这里有多少为广大观众所不知道的艰辛的战斗，以及其他一些疙疙瘩瘩不愉快的事啊！她们常会因一个音发不好而苦恼着，她们也会为表达不出歌曲的情感而万分沮丧。更不说一会儿伤风啦，一会儿喉咙发炎啦，一会儿又是什么……在她们合唱团里，她就从来没有看到过全体人员齐出场的情况，不是这个声休了，就是那个同志病了；不是低声部缺了人，就是高声部有哪个主要的角色要人家代了。她也看到过一些年岁渐大，一向唱得很好的同志，渐渐地失去了原来的光彩，他们的声音沙哑了，或者用音乐行家的话来说，变得暗淡了，失去了原先的弹性和色彩。而且，也的确有一些同志，由于一场什么意外的病痛，突然失去了声音，变得完全不能唱了。可是，眼前的这一位，却是她爱如自己亲妹妹的小萍啊！她就是不能相信，她的小萍会突然变得完全不能唱了。

"不不不，小萍，"涛宁好像是在和自己争辩似的，"我也听说过，有过这样的事。可是我就不相信你会变得这样。你一向是顶顽强的呀，而且你的喉咙也向来比较健康，这究竟是怎么一回事啊？"

耿萍任凭涛宁挽着她的手，看见自己很小的时候就依赖惯了的涛宁，她觉得宽慰。但是，她怎么来说明这三年多的变化呢？难道她没有做过努力么？难道她没有请教过一些老师、一些战友和一些有名的、有经验的医生么？而且领导和同志们对她是那样的关心，替她分析过种种原因，为她出过种种主意，然而……那么，这件事情是从哪儿开始的呢？也许就是从天津演出以后开始的吧？那一回是到全国去巡回演出，天津是他们演出的第一站。巡回演出很成功。他们这支小小的演出队伍，曾得到广大观众的好评。由于任务繁重，这次演出后她觉得有些疲劳，但这是正常的。也有那么几次，她是在应该声休的情况下继续登台演出的。可是，当工厂、部队、农村的同志们老远赶来观看演出的时候，她怎么能不勉力为他们演唱呢？同样，当观众们热情地鼓掌，要求再唱一首的时候，她又怎么能拒绝呢？尽管领导对她很关心，要她自己掌握，不要过分疲劳了。可是，在这样的情况下，她总感到不能因为自己的身体而使观众失望。所以，有时候她就瞒着自己的实际状况，继续登台。在那次演出以后，她就觉得声带有些紧张。不过这也是正常的——声带稍有些疲劳罢了。也许问题是出在回沈阳以后吧，那时他们又在当地群众的要求之下，继续演出了一段时间。但当他们终于停止演出，公休的时候，她的感觉仍还是好的，甚至觉得自己还能继续演出哩！

如果问题不出于疲劳，那又是什么原因呢？问题也许出在那次生病上。她病了！严重的感冒，持续了一个多月。虽然有两三个月不练声了，但也很快地恢复过来了。那次电台来录音的时候，她唱得很好，真的很好，尤其是那首难度很高的抒情歌曲《海燕之歌》，她也只试了一两次就唱下来了。不过，这以后她就觉得有些不舒服。在练唱中转向高音区时，她觉得有些把握不住。后来当唱片厂的同志要她录唱片的时候，她又唱了一遍。这一次她明显感觉到了在换声的地方她接不好，要不是尽力地控制住，她差一点唱出破音来。她开始觉得有些奇怪，因为从来没有出现过这种现象……是呀，大概就是从这儿开始的。她想改变这种状况，想特别注意那几个换声的地方，可是，她越是注意，就越唱不好。她有些紧张了，是的，一切就是从这儿开始的！

"我就这样越来越觉得不顺心了。涛宁姐，"耿萍走到一棵大榆树下站住了，"开始人家也许还听不出来，可是我自己却感觉到了。一个医生对我说，可能是病毒影响了我的喉咙，我一听就更加紧张了。我越觉得紧张，就越觉得不对头。尤其糟糕的是，我总想找回巡回演出时的那种感觉来。可是我越注意，却越是适得其反。那以后，有一段时间，我几乎觉得自己完全不能再唱了。就这样，我休息了一些时候；我再从头来……是的，涛宁姐，我休息，再唱，再休息，也演出过。直到最后，我才发现我确实不行了，一唱，声带马上充血，影响了声音的控制……"

"炎症？慢性炎症？"

"不，我说不上。医生说我的声带还是非常光滑的，只不过有些肥厚罢了。"

"啊！"涛宁大吃一惊，"不不不，你别听那些医生瞎说，什么肥厚不肥厚，"涛宁又好像在跟自己争辩似的，"别听他们瞎说。他们不也是说我声带上有小结①吗？我就不理他们的，不……"涛宁突然吃惊地打住

_____
① 声带水肿消退之后，往往会留下一些小的突起。

了。"声带水肿""声带肥大""声带小结"！这对唱歌的人来讲，是多么吓人的字眼哪！那就像对一个体操运动员讲，你的腰出了毛病一样地吓人。"啊，不不不，这是不可能的。"她忽然醒悟过来，"你看我们站在这儿干什么！唉，我觉得冷了，我们快回屋里去谈吧。"

只有熟知涛宁的人，才能体会出这位大姐姐对耿萍有一种出于真心的关怀。她一听耿萍"声带水肿"，就想起自己不应该老拉着耿萍站在冷风里吹了。可是，她又怕吓着小萍。"走吧，"她编造了一个理由说，"我真的冷了。"

涛宁没能劝动耿萍一同回天津去。不过耿萍答应在探亲假将要结束时，一定去她那儿住上几天。涛宁很了解像自己亲妹妹一样的女友的个性，她也许是要冷静地休息一些时候。分手的时候到了，涛宁晚上还得赶回天津演出。人们常以为演员的生活最空闲了，其实，如果人们仔细地想一想，就会发现，演员的生活其实是很辛苦的。早上练功，晚上演出，当人们已睡在床上的时候，他们还在卸妆。特别是在节日和休息日里，大多数人家都能够团聚在一起，休息、参加文体活动，而他们却只能急匆匆地和家里人同吃一顿晚饭，就要赶到剧场去了。这一点，他们同商店里的营业员相似，越是节日，越是休息日，就越忙。涛宁多么想陪自己的"小妹妹"在这儿住一段时候，可是，晚上得演出，她得赶上最后的一班车。

只是到了上车的时候，总有些粗心大意的涛宁才想起了有一封信。

"唉，你看我，差点把正事忘了。你在车上还遇到了一个什么科学家是吗？他在车上给你写了一封信，要爸爸转给你。"

涛宁从手提包里取出一封信交给了耿萍，两人才依依不舍地分手了。

陈浩的信

耿萍同志:

　　您好!

　　您下车后,才从李政委那儿了解到了您的一些情况,就在车上写信给您,您不会觉得我有些冒昧吧。

　　听到您讲起您"失声"的一些过程,我很感兴趣。当然,并不是对一个同志的痛苦感到有趣,而是您的声音的变化过程,这是一个科学上的问题,甚至可以说是一个重大的科学问题。但可惜的是,您已经到站,要下车了,我未来得及告诉您,碰巧,我在这方面有些知识。因为我们研究所正在从事一种与您的工作非常相近的问题的研究。

　　我觉得,您是完全可以恢复的。从您在车上和李政委简单的谈话中,我马上了解到了您的问题的症结所在。可以归结为一句话,那就是:您太紧张了。疲劳是最初的原因,没有当心地使用您的器官——请原谅我这样说。其次是您的病,加重了事态的发展。但这些都还不是主要的,主要的还是您的心理活动。您过分的紧张,使调节声带的各种灵敏的肌肉失调了。您越是要努力克服这种失调的状态,您就越紧张。而紧张在一定的条件下,对您的喉咙是有损伤的。最后,就是您自己的焦急心情,把本来可以恢复的可能性推开了。随后就是信心的丧失。幸而,您还没有到自暴自弃的地步。所以,我说,您是完全可以恢复的。只是,您需要别人的帮助,而这也正是我写信给您的目的。我不是说我可以帮助您,我只是说科学可以帮助您。现代的科学正在日新月异地发展着,它是一定能帮助您恢复的,请相信这一点吧!

　　我希望您休息好。适当的运动对您的喉咙的恢复是有帮助的。您知道中国的一种传统医学方法——气功疗法吗？我劝您试着做一做气功。如果您不喜欢长跑的话，打太极拳也很有益。要相信，人的潜在能力是非常巨大的。最后，我希望您在假期结束之前，到我们这儿来一次。我们的同志一定会帮助您。我等候您到北京来。我的地址是：北京，东直门外，生物控制论研究所。

在车上我还没有机会介绍过我自己，我叫陈浩。我希望您能认真地考虑我的这个建议。

握手。

陈浩

3月27日

耿萍一口气读完了这封信，不由地笑了起来。她倒不是笑陈浩这封信里夸张的口气。而是笑，这位热心的人，怎么竟这样自信？怎么能这样轻率地下结论。难道我仅仅是由于太紧张了吗？难道我没有放松过，没有在抛开一切杂念的情况下从头开始吗？不，这位科学家可太武断了。这些搞科学的人啊，都是一模一样的。他们说一，就是一；说二，就是二。也许他们还要加上什么x+y吧！"不过，我是不是真的去一下北京呢？"耿萍想。但是当她想起了这几年，在沈阳各个医院东跑西跑，而各个医生都各执一词的时候，她突然气馁了。"不，我还是听其自然吧。好在，我虽然不能再唱了，但在声乐的方法上毕竟还是掌握了一些东西的。也许，我可以把我今后的半辈子，投入到为祖国培养人才的伟大事业中去。是的，我一定要这样做，我要离开舞台，到学校里去！"

事情既然这样决定了，耿萍也就安心了。至于陈浩的那封信呢？她随手夹到一本书里去了。

二

考试

音乐学院每学期结束时的考试，本来是不让外人观看的。但一到演唱开始后，你就会看到那些本来站在门口，磨磨蹭蹭的一些音乐爱好者们，全都会一个个乖巧地、慢慢地溜进大厅；等看到老师们不再注意他们时，他们又会得寸进尺，一个挨着一个地渐渐地向前排溜去。不过，像是有条不成文的规定似的，他们顶多挺进到前面十排为止。前两排是那些组成考试委员会的成员们的固定席位。再往后隔一两排，稀稀落落地坐在那儿的是各个学科的老师和那些同班级的、暂时还轮不着考试的同学们。然后，就是那些"爱好者"的"理想"的座位了。这些爱好者多半是一些才学唱歌，或者是一些考过音乐学院没有被录取，但依旧在自学的人，他们非常关心"音乐界"的一切大事件。当然，这里也的确有一些真正的音乐界的"老百晓"；这些人，你只要看一眼，包管你就可以认出来。这些人多半是从不唱歌（有时顶多哼上两句），也不学任何一种乐器的，但是，凡是有音乐会，凡是有搞音乐的人聚集的场合，你总会看到他们。这些音乐界的"舆论家"们，非常熟悉音乐界的掌故，了解每个音乐会的来龙去脉和背景。他们还有一个特点：崇拜权威，也非常关心那些成绩出众的学生——这都是些未来的权威啊。由于经验丰富，他们态度从容、大模大样，并且还时不时地高谈阔论、评头论足。

还有一个有趣的现象是：在这些"看白戏"的观众当中，你绝对找不到一个今天登台演出的同学们的亲属，比如，爸爸、妈妈、叔叔、阿姨。这说明参加考试的同学，哪怕是学习成绩好的，都有些担心，生怕会分散注意力，生怕出洋相。所以，每逢这种情况是绝不会通知他们的亲属的。这毕竟不是演出，而是毫不留情的严格的考试！

也难怪同学们要担心！有些人也许就要在今天决定他们的命运：是留着继续学习呢，还是转班。这也就是说，经过一两年的教与学，有时候会发现有些人原来并不怎么适合这个专业，而需要另转一个专业。比如，学小提琴的改学铜管，学唱歌的改学乐器，而后面这一种，往往是最多的。喉咙虽是一种最好的乐器，但毕竟是一种最容易出毛病的乐器呀！

大厅里静悄悄的。

台上，一个十八九岁的姑娘，正在唱着一首民歌，可是一开头就顿住了。她慌乱地停下，要求重来。伴奏的钢琴老师，微笑地朝她点点头，表示鼓励，又从容地把曲子从头弹起，那姑娘又开始唱了：

　　路旁的花儿正在开哟，
　　树上的果儿等人摘，
　　等人摘啊。
　　阿洛唉……洛唉……
　　远方的客人请您留下来，
　　啊咳……
　　请你留下来！

啊，让我们来共同歌唱这丰收的时光，

共同歌唱这美好的时代……

那姑娘显然是越唱越顺，渐渐地获得了信心。这时候听得出来，她的声音舒展开了，也显得放松了。一曲终了的时候，她甚至把两只手向前一伸，做了一个很自然的姿势。

没有人鼓掌，因为这不是演出。年轻的姑娘微微地向台下一鞠躬，轻快地走下台去。

从她走下台时轻松的步调可以看出，考试显然是通过了。

第二位是个男青年，一个健壮的小伙子，学生当中满有希望的一个男低音。男低音，对于音乐界来说，这可是个宝贝。

考试在继续进行。当将近一半学生考完了的时候，那几个熟悉音乐界的爱好者才看见耿萍从大厅的侧门悄悄地走了进来，没有引起老师们的注意，就挨着那几位"舆论家"坐下了。她看了那几个青年人一眼，觉得其中有两个好像有些面熟，但记不得在哪里看见过他们了。

耿萍的到来，立即引起了一些小小的议论。

"你看，小郭的老师来了。大概小郭要唱了。"

"小郭？小郭不是考过了吗？"这位"舆论家"对于消息显然不怎么灵通。

"没有通过，他要求重来。嗯，我看他有点危险呢！"

"哦，怎么回事？小郭会通不过？"

"你没有想到吧，高音上不去。"

"哦？他的声音蛮不错的啊。"

"那有什么用，高音上不去，光声音好有什么用！前几天我就听小李子讲，系里在考虑要他转系——转作曲。不过，他的老师舍不得，坚持要他继续唱。"

"瞧，小郭上来了。他今天唱什么呀？"

一位个子高高的瘦瘦的，有些腼腆的青年走了上来。从他的步履看来，显然，这小伙子太紧张了。他快步走向台前，但似乎觉得走得太靠前了，又赶紧往后退了一两步。他低低地报了他今天要唱的歌曲的名字。由于说得太轻，坐在后排的那些"观众"们都没有听清楚。大概大家都知道这是耿萍心爱的学生，所以都关切地朝耿萍看了一眼，只见耿萍眉头微微一皱，显然，连老师也不满意了。她的学生的确是太紧张了。

小伙子的歌声突然从台上传了过来。柔和而流畅——开始真不错！这声音很有特色，虽然还不怎么宽厚洪亮，但却传送得很远，使坐在最后一排的观众也听得到。而最可贵的是：这小伙子的声音确实非常圆润和漂亮！内行的人一听就听出来了。这小伙子的声音很富有表现力，用行家的话来讲，就是乐感强——这的确是一个歌唱者重要的素质。而最最重要的是，他的声音虽柔和但却并不暗淡。这显然是一个难得的抒情男高音，一个表现力极强的男高音。

> 宁静的校园里洒满了金黄色的阳光，
>
> 同学们畅谈着美好的理想。
>
> 啊，它有力的翅膀，
>
> 带着我们在蓝天中飞翔，
>
> 蓝天中飞翔……

"唱得好！"那个消息稍差的"舆论家"毕竟对音乐还是能正确评价

的，"怎么会通不过啊？"

"你别急。"另一个消息灵通的"舆论家"压低了声音回答。他们对耿萍是非常尊重的，当然不愿意让耿萍听见他们对她的学生的评价。"他就是唱不好后面爬上去的几句。"

果然，好像是回答这位"舆论家"的话似的，当歌曲突然转向高音区的时候，小伙子的声音忽然哽住了。就好像一个正在爬越高山的运动员，到最关键的时刻，突然冲不上去了一样，他的声音变得发干了、变扁了，完全失去了原来的特色——一种透明的色彩。这情况，犹如我们站在一片辽阔的洒满和煦阳光的草原上，突然乌云密布，使本来看起来辽阔而透明的草原，一下子变得暗淡了似的。唉，多可惜！

"舆论家"们都担心地朝耿萍望去，这时他们才发现小郭的老师已悄悄地离开了。

未被录取的学生

耿萍失望地顺着校园里那条沿河的林荫大道走着。已经是仲夏了，但天气还未真正地热起来。绿茵如盖，凉风里传来一阵阵女贞树的淡淡的清香。在林荫大道尽头的一片树林里，有一个女青年在那儿练着声："啊——啊——呃——呃——咿——"。远处，一只圆号在那儿低沉地鸣响着。阳光明媚，空气清新，这是多好的刻苦学习的时刻！一切都显得生气勃勃。愉快的暑假要开始了！但耿萍的心情却十分沉重。

"看来，郭军不得不转系了。是不是我这个老师的教学方法有问题呢？"这正是这几天叫耿萍感到万分苦恼的问题。在培养艺术人才的道路上，有一些不适合这个专业的人，转向另一个专业，原是正常的事。但是这丝毫不能减轻耿萍感到没有完成党交给的任务的沉重心情。我们伟大祖国的社会主义建设进入了一个新的时期，需要各种各样的专业人才，其中包括大批能反映这伟大的时代，能歌唱出这美好而又丰富的时代的歌手。为人民培养优秀的歌唱家，正是党赋予自己的重大责任。然而，多可惜啊，郭军，这样好的音色，这样勤奋和认真学习的青年，却不得不转系了！问题究竟在哪儿呢？

耿萍走到大道的尽头，在一棵大榆树下的一条石凳子上坐了下来，苦苦地思索着……

在她的坚决要求下，耿萍转到学校来已经有整整三个年头了。这是我国北方的一所最大的音乐学院，是耿萍的母校。有一位《音乐家传记》的作者曾经这样写道："当一个真正的艺术家感到自己不再有前途，不再能创造出更新更高的成就来时，他们（或她们）常常就会把全副的热情和精力转向他们的学生。他们急切地希望自己的学生能更快地成长、能更快地超越他们。他们（或她们）把自己未实现的愿望，完全寄托于年轻的一代。"耿萍就是这样想和这样做的。她一到学院，就马上以10倍的热情投入了教学工作。当然，这对于她来说，并不是一个轻松的任务。自己唱和教人家唱，终究不是一码事。优秀的教师不一定是优秀的演员，正如出色的演奏家也并不一定是出色的教师一样。但耿萍是属于这样的一种人，当她决定从事一种工作的时候，她就会全神贯注、全力以赴。这时候，你可以看到她常常在图书馆埋头翻阅资料，直到很晚；或者在唱片室里，仔细地揣摩着各种歌唱流派的特点，并经常到老师家里去请教。她的谦虚、她的好学，很快就在学院里得到了好评。由她辅导过的学生，立即会表现出一种特点：他们的乐感、他们的表达能力，甚至他们的台风，都会出现一种新的突破。院党委决定让她带领新生，而小郭正是她带领的头批新生中的一个。

一想到小郭，耿萍就会想起这个小伙子的一切。

他可以说是一个几乎不能被录取的学生。他是一个来自北京郊区的农村青年。当学院在全国招生的时候，主管北京考区的正是耿萍以前的声乐老师黄文信。小郭考试的时候唱得不错，表现力也极强，但毛病也很多，最糟糕的是不稳定。有趣的是，他唱的是一首自己编写的曲子。这曲子同有丰富创作经验的作曲家写的曲子相比，当然还较幼稚，但是清新，有它独特的风格。这在考试委员会里引起了极大的兴趣。这显然是一个无师自通的人。可是，在复试的时候，这个青年人却被否定了。为他的录取问题，考试委员会里还产生了一场不小的争论。老师们都十分希望选取可造就的人才，所以挑选是严格的。大家也生怕由于疏忽，由于学生的紧张和不习惯，把一个真正可培养的人才忽略了。因此，老师们都兢兢业业，反复地衡量来考试的青年，在音准、节奏、表现力、视唱、听音、朗诵等各方面的情况。当然，还有重要的一条，是他对于艺术本身的看法正确与否。小郭各方面条件都很好，但却是一个唱歌不稳定的人，一个在自学过程中养成了许多坏习惯的人，的确是很难完成学校里的学习任务的。在委员会上曾几次放郭军的歌曲录音，但经过激烈的讨论，结论是：不录取。

当天晚上，在招待所走廊里，耿萍碰到她的老师黄文信的时候，发现黄老师非常激动。

"小耿，我正要来找你，你能为我唱一唱这些歌吗？"黄老师手里挥着一卷纸。

"好，我来试试看吧。"

师生俩把那些歌曲一一经过试唱以后，一致认为作者虽然还不太懂得作曲的一些方法和规则，但是有较为出色的音乐方面的才能。

"这是谁写的曲子？"耿萍问。

"就是今天那个被否定的郭军！唉，我总觉得他是可以录取的。"黄老师叹了一口气说，"有不少毛病，但是块好的料子。"

"那为什么不再争取一下？或者就把他收到作曲系里来。"

"他没有填这个志愿啊！你看他的志愿表，第一志愿：声乐系。第二志愿：声乐系。第三志愿还是声乐系。这是个愣小子。我提出来了：录取到作曲系。可是，大家都说，他本人没有这个志愿呀。"

"也许他本人不懂得，去问问他吧。"

"是呀，我也想找一找他。可是我今天下午按地址找到他家后，他的亲戚说郭军已回丰台去了，而他居住的地方，从丰台下去还要走上十几里地……"

"我去，黄老师，明天让我去一次好吗？反正明天休息。"

"你们明天不是要上八达岭去吗？"黄老师有点犹豫。这毕竟是他的分内事啊。

"不，那是玩啊，找这个人却是正事。您年岁大了，让我来跑跑腿吧。"

黄老师高兴得不知道说什么才好。

"好，你跑一次吧，我们争取把他录取进来。"

耿萍在一个生产小队里找到了郭军，这个小伙子大概已把考试的事抛在脑后了。当耿萍找到这小伙子的时候，他正收工回来，在屋后的一条水渠里洗着满是泥巴的脚丫。耿萍自己就是一个贫农的孩子，她看到小郭那种朴朴实实的模样十分喜欢。她觉得这样好的小伙子，如果错过了这次机会，太可惜了。她立即说明了来意，要他再跟她回城里去一次，争取改考作曲系。

"耿老师，"小伙子的回答出人意料，"我不想去了，如果今年录取不了，明年我再来考。不过，我还是考声乐系！"

"为什么？"耿萍奇怪了。不过，她却也高兴了起来。这是个愣小子，有一股百折不挠的韧劲。

"我也许唱不好，但我喜欢唱。"小伙子回答道，"您知道，我们这儿学习条件比较困难，我只好跟着电视、收音机唱。我知道我唱得有不少毛病，也许有老师指导，我会改好的吧。"

真是愣小子。耿萍就喜欢这种有自知之明，但也有明确目标的人。不过，这一下子她倒不知怎么办了。

"你愿意唱一唱给我听吗？"耿萍想了解一下黄老师为什么会对这个小伙子这么感兴趣。

"好，我试试。"

这个非正式的考试就这样在一棵大树下举行了。既没有什么可助共鸣的音乐厅，也没有任何乐器伴奏。不过，伴奏是有的，就是那棵大榆树上的知了。

小伙子高歌一曲。

大概小伙子是在自己熟悉的环境里吧，也可能因为是耿萍那种朴实的但却非常亲切的鼓舞，郭军唱得不错。特别是他的声音柔和而明亮，这两种品质结合在一块的确是非常难得的。虽然也听得出来，他完全没有经过训练，唱到高音区时，不懂得换声，而是直通通地硬顶了上去。但黄老师是有眼光的！这小伙子经过训练后，有可能成为一个很好的抒情男高音。

"走，你跟我走吧。"这是耿萍的决心！"我争取让你再复试一次。我支持你考声乐系！"

郭军就这样成了耿萍的学生。不过附带了一个条件：试读一年。

第一个学期，小郭进步很快。耿萍在改正小郭毛病的问题上，的确花了不少时间。而这个来自农村的顽强的青年，也是非常动人的。一个自学的人，当他已经养成了许多不正确的习惯的时候，要改正它，是要付出毅力的啊。

一学年下来，小郭的确有了显著的进步。但是，随着教学的深入，郭军的弱点也集中地暴露出来。他的音色是无可非议的。但是，弱点——而且也是最致命的弱点——换声区总过不去：高音困难。用他们的行话来讲，高音不会关闭！而郭军显然又不是中音。一个音域这样窄的人，是成不了一个真正的歌手的。问题在哪里呢？耿萍有点束手无策，教学经验丰富的黄文信老师也开始有点灰心。

"看来，还是得转系了。"这是黄老师的结论。虽然耿萍还抱着一线希望，但也开始怀疑了，会不会是她的教学方法有问题呢？

令人苦恼的是：找不到正确的答案！

地址

耿萍合上琴盖，坐在那儿发愣。

刚才，郭军及小华他们——耿萍这学期的四个学生——都来辞行。暑假开始了！阮小华他们显得那样的轻松和高兴。本来嘛，爸爸妈妈在等着这些大学生回家去团聚。一年来，他们都长高了，更主要的是他们在学业上都有了长进。当这些无忧无虑的姑娘们"哇啦哇啦"来告辞的时候，耿萍立即想起了20年前的自己。这个性格开朗的胖姑娘多么像她的那位好朋友李涛宁啊。涛宁昨天还寄来了一封信，说要来看她。这懒笔头，这幸福的妈妈，真的会来看她吗？这种诺言，她已经许过多少次了！不过，那封信好像写得非常认真，竟有20页之多！这真是创纪录的长信了。而且还附了一封也是厚厚的，笔迹非常工整的陈浩教授的来信。这个人，要不是涛宁这次提醒了她，她也许连名字都忘记了呢。难道他们已成了好朋友了吗？也许是的。不过，昨天因为忙着小郭的考试，涛宁那封信，还没有好好地看哩。

小郭还算平静。考试的结论还未通知下来。一般来说，这个结论是要和主课老师商量之后才能定下来；而且也不会马上通知学生本人。这总要到开学以后，在做了细致的思想工作以后，才会正式的通知他。决定一个人的命运，还是要慎重一些才好。不过，郭军本人显然已经知道下学期他肯定不会继续在声乐系学习了，最好的处理也许就是转作曲系。他知道耿萍是在为自己的问题苦恼着，所以，尽管那天他的心情沉重，但他还是尽力克制住了自己。当耿萍老师从屋里送他们出去，最后要分手的时候，他故意慢了一步。

师生俩好像有许多话要说。但临了，两个人还是一句话也说不出口，最后还是郭军打破了沉默。

"耿老师，"郭军是个朴实的青年，当他和耿萍握手告别的时候，他只说了这么一句，"不管怎样，我还是要感谢您对我的关怀，您是一个真正的人民好教师。"

说这句话的时候，小伙子的眼眶里含着真诚的泪花。

"是我没有教好！"耿萍心里十分难受。

"不，您千万别这样说了，并不是每个人都能唱得出来的，这我明白，请留步吧，您要保重身体。"

耿萍坐在琴边，想起了刚才和学生们分手的情景。"我算得上是一个称职的教师吗？"她已不止一次地问过自己。屋里真气闷，她打开了窗，一阵疾风吹来，把放在桌上的涛宁的信吹了起来。要下雷雨了！

她随手拿起了信……

小萍：

我接连给你写了几封信，不见你的回音。这次该由我来骂你懒笔头了吧。你为什么不来信啊？难道你真的这么忙吗？我不相信。不过，今天我还是要再给你写一封信，我还要和你好好地谈谈，不管你这个固执的丫头听不听。

千句万句并作一句：你怎么样了？你真的不唱了吗？怎么，真的要做一辈子教书匠了吗？为什么？怎么决定的？你不跟我商量，我真生你的气！你没有理由就这样决定啊！爸爸也在为你的事气恼着。你该不会忘记吧，爸爸为你的入学，为你学唱歌，操了多少心啊！

你为什么要放弃唱歌呢？我真弄不懂，难道你是个不负责任的人吗？人民培养了你，党教育了你，培养了一个好歌手，难道你竟会认为，你的喉咙是个人的财富吗？你干吗自暴自弃！说到这句话，就想起你们那次在车上认识的人来了，我这是说陈浩教授。顺便在这儿说一句，你知道吗？陈浩已和我爸爸成了莫逆之交，跟我的枫眠也成了好朋友。总之，这爷儿俩都被这个陈浩教授迷住了。他正在帮爸爸的部队训练侦察员。那叫什么来着，叫训练人的"微视觉"。不过，我可能说不清楚——你知道我的科学知识是很蹩脚的。就是说，陈浩教授他们正在研究人体的潜在能力，而且还用什么仪器来发挥这种潜在能力。据说，可以让侦察员在夜间不用什么仪器，就可以看得比平常更远。这是很重要的工作哩，领导都很重视。不过，对爸爸和陈浩教授他们研究的那套玩意儿，我实在弄不大清楚。我只知道陈浩教授他们那个研究所是很大很大的，他们所研究的范围也很广泛。下面我还要详细地说一说（你得耐着性子看呀）。总之，小萍，我们家已经和陈浩教授交上了朋友，真像一家人一样。对于这个人，我也是由不认识，慢慢地才了解的，这个人真有点道理。现在我就来详详细细地说给你听。

你知道，我对科学，什么数理化一向就不感兴趣，甚至可以说一窍不通。在这一点上，你大概比我要好些（现在我倒有点懊恼那时没有好好地学习）。所以陈浩教授当初来我们家做客商量什么事的时候，我就走得远远的，根本不想听。可是后来发生了一桩事情，真叫我吃惊。这是什么事呢？你知道小燕在学外文的事吧。这是他们学校里搞的试验班，学的是一种非洲的少数民族的方言。可是小燕大概没有这方面的才能，她老学不好。比如说，这种语言里头有这么一个怪里怪气的后舌音，那是要小舌头振动后才能发出来的声音，小燕怎么也学不好。每天放学回来，这小鬼就像我们每天漱喉咙那样，老是在那儿"ha——ha——ha"，弄得我们都难过死了。这孩子怎么就这么笨呀！老师也来联系过好几次了。小萍，你看我这个做妈妈的烦恼不烦恼。这小鬼学什么都快，就是发不出这个音——这不真要命吗？这是试点班，假如实在不行，就可能要转班了。就在这节骨眼儿上，陈浩来我们家了。他一听我在为这件事着急，就嘻嘻哈哈地笑了一阵。你猜他怎么说？他说："这很简单嘛，我来教她发这个音。"他要小燕上北京她爸爸那儿去的时候，到他们研究所去一次。小燕就这样上北京去了几天，等她回来，一跨进家门口，她就大声地嚷开了："妈妈，妈妈，我会了！我会了！"我一听，不错！真的解决了。而且，还有一些音本来也是发不大准的，这次也完全解决了。后来据老师说，小燕现在是全班发音最好的一个。你看，这不是怪事吗？

耿萍一口气读到这里，才发现外面已经下雨了。电光闪闪，雷声隆隆，雨点儿越来越大。可是她却被涛宁的信完全吸引住了。涛宁的信，就像她的个性那样，东拉西扯、潦潦草草、马马虎虎的。不过，她觉得奇怪，涛宁，这个幸福的妈妈，这个大忙人，写起信来，从来就是简简单单、三言两语的，可是今天她为什么这样卖力，写得这样详细，这么长呢？耿萍发觉雨点已漂进了窗子，她连忙关上了窗，让自己坐得舒服些，继续把信看下去。

不过，小萍，奇迹还远远不止这些哩！等陈浩来的时候，我就问他，是怎么解决的？你猜他怎么回答？他说："科学呗！这又不是什么魔术。"我追问他是怎么搞的？他说："很简单，非洲那个国家的当地人学这个音并不困难，因为他们生出来就是在这个环境里长大的。孩子们的可塑性很大，他们在小的时候，什么思想负担也没有；相反的，他们每学一句话，都会得到周围大人——爸爸、妈妈等人的鼓励。这时，他们的热情是高扬的，处于一种积极的状态。他们一点一滴地、自自然然地就学会了许多东西。譬如，俄文里有一个卷舌音——P，这是苏联人个个都会的。可是我们中国的成人，学起来就感到困难，有些人老是发不准这个音。这是因为习惯，肌肉和神经都没有得到过这种训练。另外，还有一个心理的因素。有些人第一次碰巧发出来了，有了信心，以后再发就顺当些了。久久锻炼之后，习惯就成了自然。我们平时说话不感到吃力，就是这个道理。可是有些人呢，发了几次还发不出，在不知不觉中就会形成一种心理障碍：一到发这个音，他就紧张了。他越是想发好这个音就越发不出，结果无形之中形成了一个相反方向的条件反射，这就是小燕所碰到的问题。学校里的同学都很顺利地发出了这个音，偏她发不出；一回家，你这个性急的妈妈再一骂，好，小燕就更紧张了，就更发不出这个音了。有时，她也许可以发出这个音来，可是一碰到什么着急的事，这个捣蛋的音又可能发不出来了。其实口吃也和这种情况有些类似——不过，我不要说开去。我还是说小燕的问题。你说小燕笨，我看她一点也不笨，只不过这小家伙有些要强罢了。那么，我为她做了些什么事呢？我们用一种新的仪器来帮助她发这个音。简单得很，我们让她在仪器的帮助下反复地发这个音，让她的肌肉习惯起来，让肌肉和神经多联系几次，好，简单得很，只要这么多训练几次就解决了她的问题。她现在不是发得很好吗？是这样吗？"

小萍，这就是我要跟你说的事。你大概也看出来了吧，我之所以要这么详详细细地写小燕的事，原是想给你说清楚：那就是关于你的喉咙问题。陈浩说了小燕的事以后，他又说起了你。你猜，他是怎么说的？他说："其实，你的那个好朋友耿萍的喉咙问题，基本上也和小燕的一样，原是很简单的。可是，耿萍是个成人，又是一个有了相当成就的艺术家。这样一来，问题就变得

094

复杂了。她过去也许是一帆风顺的，一旦出了点什么问题，就造成了一种紧张的压力。这压力就逐渐影响了喉头的肌肉的'运转'，形成了一种错误的发音习惯。久而久之，就为喉咙带来了一定的损伤。她的问题原是很容易解决的，只不过要用一定的办法帮一下忙罢了。可惜，你那位朋友好像不大相信我们这些搞科学的，而且还有点自暴自弃……"

小萍，请你相信我，我是原原本本地把陈浩的话给你写下来的。我绝没有夸张，就连他说的肌肉的"运转"，我也是照他原话给你写下来的。当然，这词儿可真别扭！我们只说锻炼肌肉或什么的，他却说"运转"。不过，不知道为什么，我总坚信陈浩是可以帮你的。他是一个热情的，同时很认真很严肃的人，一点也不吹牛。总之，他的工作我到现在才明白，原来，他对我们喉咙的"运转"问题是非常精通的。他对我们人类的发音和语音也很有研究。总之，他们的工作很有意思。我相信，他一定可以帮助你。你为什么要拒绝别人的帮助呀？记得三年前，你从老家回沈阳，顺路到我家来的时候，我一直跟你说，你应当去北京找陈浩看看，可是你就是不听我的话。你这是为什么呀？后来转学校，你也没有跟我说起。你真是个固执的鬼丫头！小萍，你看，为了你的事，我这个做姐姐的有几个晚上都没有睡好呀！我写呀写的，就怕你不听，就怕写不清楚。我涂了多少纸头，真可怕！写得我手都酸了！好了，现在我要搁笔了。我要你立即去北京找陈浩。这里，我附上一封他的信。他呀，他一面给你写信，一面还在生你的气哩！不过，我不再多说了。我要有空，我会来看你的。我要乘飞机来。爸爸问你好，小燕也问耿阿姨好，她也写了一封信，一并寄上。

我拥抱你。

涛宁

7月25日

耿萍又拿起了陈浩的来信。陈浩在信中这样写道：

耿萍同志：

您好！

记得以前曾给您写过一封信。我记得那封信还是在车子上写的。

由于工作上的关系，我同李政委及李涛宁他们一家人已经非常熟悉了。当然，由于这个关系，我也由此对您的情况略有所了解。我听说，您已由文艺团体转入学校，在从事教育工作，这我是赞成的。有成就、有经验的一代人，再为我们祖国培养更多更好的艺术人才，这是非常光荣的任务。您曾是一个有经验的歌唱家，您的经验，是艺术的财富，当然可以在您的教学工作中充分地发挥其作用。我祝您在新的工作岗位上取得成就。不过，我听说，您已基本上放弃了自己的演唱生涯，就是因为您几年前在演唱上发生的困难。我听到这消息后感到非常纳闷。我未收到您的回信，也未见您来北京，我还以为您的问题已经解决了。所以，听到这个消息，我感到非常意外。尤其是我从涛宁那儿得知，您甚至很少给他们去信，我觉得更加奇怪。难道您已成为一个愤世嫉俗的人了吗？难道同志们的关怀，会成为您的负担吗？我真觉得奇怪。对我们这个岁数的人来讲，我们都是在集体的关怀之下成长的，没有了集体，没有了同志们无私的帮助，我们个人又有什么能力呢？所以，我要批评您一句，您的问题，归根结底还是认识的问题，在于一个思想方法问题。我这样说，您大概不至于生我的气吧。

现在，我简单说一说我的打算和我们的工作吧。我记不得以前是不是告诉过您了，我们这几年来的工作，正是和你们歌唱家的工作有非常亲近的关系，虽不直接，但我相信，你们的问题我们也许可以出些力。这些年来，我们有一部分同志，也就是我们研究所一些组室里的同志，正在研究人类的发音及发声器官的问题。我们人体的一切活动，从根本上说，都是由我们的神经及大脑控制的。所以，也可以说，我们就是在研究如何操纵、控制我们机体的活动的问题。这当然包括你们这些歌唱家的喉咙的"运转"了。我说"运转"，您别诧异。比如说，当你们在转向高音区寻找所谓高音共鸣的时候，你们不是常常要用这样的术语吗："打开咽喉共鸣腔"。这个"打开"是什么意思呢？在我们看来，就是操纵，也就是"运转"。我对音乐，也稍微有些了解。我知道你们在学习这个"打开"的过程时，常常会发生一些困难。可是，对于我们来讲，我可以肯定地告诉您，这原是非常容易的事，只要借助一些简单的仪器，稍微帮你们一下就可以了。这一点，也许您不相信。不过，这没有什么，我们的工作原是比较新的，我们的任务和重点也不仅仅是在发音问题上，所以我们一直未把这个工作及时地向外宣传。但根据您现在的情况，我才觉得很有必要把我们的工作向你们——这些搞声乐的同志——好好地宣传一下。所以，我决定写一封信给您。希望您能来封信，给我谈谈您目前的情况。您的"病"——如果这也算是一种病的话——是否已经解决？如果还没有，我建议您能利用暑假来北京一次。我有这样的信心，您的问题，我们是可以帮您解决的。这当然是出于对您的一种同志式的关心，但您也可以看作，这是一种新的研究工作，是一种新的合作。我想，如果我们能解决一些您的疑难和问题的话，这对您今后的教学，也许是有些用处的吧。所以，我建议您和我们合作，当然，这就需要您能来北京同我们面谈一次。

最后，我又要在这儿发一些议论了。我一向认为：科学和艺术是不能分家的，这一点我总觉得人们不够理解。尤其是今后，随着科学的发展，我觉得更会如此。您愿意相信我的话吗？希望能接到您的来信。

此祝，

教安。

陈浩

7月24日

耿萍看完了这封信，她又看到还有一张小燕写的笔法幼稚的信。那上面写道：

亲爱的耿阿姨：

您好吗？妈妈说要给您写信（我悄悄地告诉您，她这封信写了有好几天了，一面写一面撕，还一面叹气，说阿姨不听话），所以我也给您写了封信。我好久没有听到您唱歌了。这么久了，您的病该好了吧？可是为什么电视里还看不到您的节目呢？

我多么盼望您快点演出，也盼望您能到我们家里来玩，我非常想跟您学唱歌。我今年已经12岁了。明年，我就可以去考音乐学院的附中了。我一定要考你们的学校，争取做您的学生。阿姨，您快来啊。

另外，我还要告诉您，小弟已经长得挺高了。

不过，他一长大，人也变坏了，真是坏极了。比如，昨天我要上游泳池去，他也吵着要去。妈妈怕他会淹死，所以，就连我也不让去了。您看小弟坏不坏。不过，有时候，他好起来也挺乖的。假使妈妈不宠他的话，真是很乖的哩！我要上外语课了，不写了。

我热烈地拥抱您。

您的小小燕

耿萍一口气读完了这几封信。小燕的天真，涛宁和陈浩的亲切关怀，使她非常感动。尤其是涛宁，这么一个大忙人，写这样一封长信，可真是不简单！她一定是动足了一番脑筋，要劝耿萍上北京去。而且看来，陈浩的话真是有些道理的了。如果科学家们真能解决我们唱歌的问题，那有多好！那么……耿萍想到这里，突然打住了。她好像想起了什么事情，连忙抓起了信纸，又从头匆匆地看了一遍。可是，没有地址！没有陈浩的地址！她一下子激动得脸都煞白了。她坐在沙发上，努力回忆陈浩的地址，可是怎么也记不起来了。一会儿，耿萍又像触电般地跳了起来。她连忙跑到书架边，翻起那上面的书来。当她找到三年前带到她老家去看的那本《保护你的嗓音的健康》的书以后，立刻打开了它，一封已经有些发黄了的信——陈浩同志三年前托涛宁带给她的信掉了出来。耿萍连忙拾起，匆匆地看了一眼，立刻抓起一件雨衣，也不管外面正下着倾盆大雨，一面披上雨衣，一面冲到外面去了。

当耿萍赶到火车站的时候，旅客们已经进站。她的几个学生正坐在车上，等候着铃响。这时，他们看到耿萍匆匆忙忙地从检票处冲了进来，车子却正好开动了。

耿萍不顾站台上的工作人员的阻拦，一面跟着车子跑着，一面大声地朝郭军喊道："小郭，到北京后，你一定去看一看陈浩老师，他也许有办法解决你的问题。"

"什么？"小郭没有听明白。

"去找陈浩老师！"耿萍喊，"地址就在信上，我来不及写了。他也许能帮助你的！一定去啊！你一定要去！"说着，她就把那封已经打湿的信从窗户那塞到莫名其妙的小郭的手里。

车子已在加速。虽然小郭已经听不出他的老师还在说些什么了，但耿萍还是使劲地喊着：

"你一定要去啊，一下车就去，就说我叫你去的。你一定去啊！"

三

小郭遇到了陈浩

小郭拿到耿老师交给他的信，起先并没有弄清楚是怎么回事。读了信，又想了一想，才明白老师将陈浩写给她的信交给自己，是想让自己去找陈浩。陈浩是什么人呢？难道是医生吗？不，信上明明写着他是一个研究生物控制论的专家。难道他能解决我的换声问题吗？

小郭是一个顽强的人。但经过一年多来的努力，连遭挫折，他也终于渐渐地认输了。也许，他天生就不适合唱歌的吧？最使他感动的是耿老师，为了他，耿老师不知操了多少心！而这次，竟在这样的大风大雨中，赶到车站来。你看她，整个衣服都湿透了！

要不要去找陈浩？小郭当时并没有决定。他想，学院里有那么好的老师，尚且不能解决他的换声问题，到陈浩那儿去，也没有用处。不过，北京他还是要去的。因为他要为耿老师带些东西到北京的一个朋友家里去。

小郭在北京地安门附近的一条巷子里，找到了耿老师那个朋友的家。门口停着一辆军用越野车，显然是来了客人。来开门的是一个已经微微有些发胖了的中年妇人。从她的装束一眼就看得出来，她是一个文艺工作者。

这就是涛宁。她的爱人——秦枫眠在北京工作，这里也是她的家。涛宁一听小郭是从耿萍那儿来的，竟双手一拍："哎呀，您是——"

"我是耿老师的学生。"

"耿老师——啊？！小萍的学生！哎呀，快进来，快进来。"她连忙拉着小郭的手朝中间的堂屋里走。还未进屋，就大声地朝屋子里喊了起来："你们看谁来了啊！小萍的学生——耿老师！唉，唉，真的做起老师来了！"

堂屋里坐着好几个人。

一个头发花白、身材魁梧的军人，那是李政委。还有一个身穿空军制服的军官，是小燕的爸爸，秦枫眠。一个长着一双大眼睛，身材苗条，年纪十一二岁的姑娘，就是小燕了。在堂屋中，靠着窗的沙发上，坐着一个瘦瘦的，脸上总带着一种淡淡的笑容的中年男子，那就是耿老师要小郭去找的陈浩教授。

小郭刚坐下，大家就七嘴八舌地问起耿萍的情况来了。她身体好吗？她教了几个学生呀？她现在还唱吗？她收到我们给她的信了吗？她准备来北京吗……

小郭没有想到会有这么多问题。从这些问话中，他明显感觉到这一家人都非常地关心他的老师。可惜，有一些问题小郭回答不上来。他好像从那个威严的李政委的眼光里，看出了不满的情绪："怎么会有这样的学生呀，对自己的老师了解得那么少！"

小郭感到很窘。趁大家谈话稍停的时候，他连忙取出了耿萍托他带来的礼物，说明了来意，接着就要告辞。

"什么？不行，不行！"热情的涛宁一听小郭说要走，怎么也不同意。"你住上几天！我还有许多事情要和你谈哩！不不不……你得住两天再走。"她不容分辩地说，"我还得问问小萍——啊，你们老师的情况。你住下——你至少住两三天再走！"

但小郭归心似箭，他根本没有提起要去找陈浩的事。正在这个时候，邮递员送来了一份电报，那是耿萍拍来的。她送走了小郭他们以后，还不放心。她隐隐约约地觉得小郭虽然表面上没有露出来，但心里似乎也隐藏着一股绝望的情绪，她懂得这种心理。不知道为什么，她现在忽然觉得那个老是劝她去北京的科学家也许可以帮助小郭。如果有一线希望，为什么不让他去试试呢？所以，第二天她又赶到邮局给涛宁的爱人秦枫眠拍了一份电报。她并不知道涛宁这时正在北京。既然涛宁信上讲，枫眠、李政委他们一家人都和陈浩交上了朋友，那他一定会领小郭去研究所找陈浩的。但奇怪的是当她这样做的时候，她根本没有想到她自己。

电报写得很详细：

枫眠大哥：

　　我的学生郭军路过北京，我托他带过去点土特产。郭军在练唱时换声有问题，我想请陈浩教授帮助解决。务请你亲自陪他去看陈浩。一切容后面谢。

小萍

涛宁一读完电报就大声地嚷了起来：

"哎呀呀，看你这个人！还说要走呢！这不就是陈浩老师吗？老陈，"她转向陈浩，"你看看，她自己不来，却把她的学生给派来了。这个鬼丫头！"

涛宁一面嚷着，一面把电报递给了陈浩。

"'关闭'不好？"陈浩看了电报，立即很有表情地扬起了眉梢，问道。

小郭老实地点点头。陈浩对音乐那样熟悉，他有些吃惊。

"什么叫'关闭'不好呀？"李政委接过了电报，看了一眼，又把电报交给了枫眠。

"这是搞音乐的人的行话。"陈浩笑了起来，"我们平常说话，一般应用的是自然声区。一般地说，没有经过训练的自然音域只有几个音，不超过八度。比方说吧，男高音如果不训练的话，他们自然声区是简谱中的2到i，用他们的行话来讲，就是D到音C。对吗？涛宁，我没有说错吧？"

"对对对，你是个专家嘛！"涛宁回答道，"爸爸，这就是一般人说话的声音范围，不训练就窄得很。再往上唱——往高音上唱——就有一个换声区。我们女同志唱高音的还好，他们男同志的换声点就很明显……"

"对。对男同志来讲，他们转到高音的时候，声带的振动方式就不一样。要让声带闭合起来，只让一部分声带振动，这样振动的频率才能高，声调才唱得高。所以我们就干脆把它叫作关闭唱法。对搞声乐的人来说，这是个训练的关键。搞不好，声音听起来就会分为两节子。在音乐学院里，有许多学生老在这里过不了关……小伙子，"陈浩转向小郭，"你的情况正是这样吗？"

郭军点点头。他越发惊讶了。看来，陈浩教授对声乐的确是很在行的。难道他也搞声乐吗？但从耿老师给他的信看来，他明明是个科学家呀。

"好，小郭，你明天就到我们研究所来。你先安心住下，要住在我们研究所也可以。我得告辞了。李政委，"陈浩站起来说道，"看样子我们的问题还得找时间详细谈谈。不过，这几个合作项目大致可以定下来了。第一是自动火炮的声控问题；第二是无人驾驶飞机的声控问题；第三是'人机对话'的抗干扰问题……这个问题大概是个重点。老秦，你说对吗？"

"对，我们空军对这第三个问题特别关心。"不大说话的秦枫眠答道，"隔几天我们搞这方面研究工作的同志就会来找你，到那时候，我们再细细商量吧。"

大家都站起来送客人。陈浩临上车的时候，忽然像想起了什么似的，问了小郭一句：

"小伙子，你们老师也要来吗？"

小郭摇摇头。他回答说，他不知道，耿老师好像从来没有提起过。而且他还听老师讲过，暑假期间，她已答应院部带高年级的同学下乡去巡回演出。

"从来也没有提起过？"陈浩显然有点失望。他一面跨进车子，一面对李政委摇着头说道："你看看，政委，连提都没有提到过，我们可说是在白费劲呀！"

"唉，你就别提了，老陈。"李政委显然也很不满意，"我也不知道涛宁是怎么写信的。涛宁，你跟耿萍说清楚了没有呀？"

"我写了足足有20页哩！可是这有什么用！唉，爸爸，她的脾气你还不知道吗？"涛宁几乎是大声地嚷嚷了起来，"不过，这次总算是把她的学生给派了来。我捉摸着，她自己的问题，大概连想也没有想到哩！我还不知道她的脾气吗！"

"好好好。"陈浩开动了车子，"我们就从她的学生开始吧。你们那个歌唱家呀，要不就是对自己丧失了信心，要不就是脾气真的固执……我明天在研究所等你们。"陈浩挥挥手，摇摇头，开车走了。

直到那天晚上，郭军才了解到陈浩教授并不是专门搞声乐的专家。不，完全不是。他只是一个搞生物控制论的科学家。不过，他们这个研究所最近十几年一直在研究人类的发音问题，这是科学技术上一个极为重要的问题。李政委他们的军区以及秦枫眠的空军部队里，正在和这个研究所搞全面的合作。李政委一谈到这些问题就滔滔不绝，非常兴奋。可是，小郭对科学技术，和一般搞艺术的人一样，一向不太关心。所以，小郭听起来就非常吃力。

"你问陈浩他们是搞什么的吗？"李政委耐心地向小郭介绍了陈浩他们的工作，"他们研究的课题相当广泛，而且都是些尖端。前几年我们就合作解决了'微视觉'问题。"

"微视觉？"

"对，微视觉！这是指在夜间能见度极低的情况下怎么加强人的视距的问题。比如说训练侦察员吧，他们搞了一种电子仪器，让侦察员训练一下，就可以使侦察员的夜间视距加大许多。当然，我们还有红外线夜视仪，可以看得更远、更清楚。不过，能普遍地提高战士夜间的视距，哪怕是提高一点点吧，这对于夜战、近战就会有很大的帮助，可以大大提高部队的战斗力。不过，这已经是解决了的旧课题了。现在我们关心的是用声音来控制自动炮火；或者用人的语言来控制坦克，控制无人驾驶的飞机。在枫眠的空军部队里，对后面这个问题当然格外关心啰。其实，这只是一个方面。我听说，在工农业生产上，他们的研究成果也非常有用处。你总知道我们现在的工农业上已经采用了大量的机械手、机器人吧。这些机器人有简单的，也有极复杂的。有一种自动学习机，它能根据环境改变自己的行为并作出逻辑判断。当然，这些机器毕竟要服从我们人的安排、指挥。怎么能使这些机器听得懂我们的话呢？以前是用穿孔带，或者别的形式。总之，先要把我们人的语言翻译成计算机——就是说机器人——的语言，这些机器人才能听得懂。这样，问题就很麻烦了。使用这些机器，就得有一大批受过特殊训练的数学家、计算机程序专家等，这样一来，这种自动机使用的范围就受到限制了。而现在陈浩他们就是在做这项工作——怎么使机器人、人工智能机、电子计算机等等能直接听懂我们人的话——直接用声音来控制它们。反过来，也需要机器能回答我们的问话——用人的语言来回答我们。这样，就能使机器和我们直接对话了。这在科学上来讲，就叫'人机对话'。所以，小郭，陈浩他们对我们人的喉咙做过详细的研究。你明天一到研究所，就可以看到的。我相信他们能帮你解决问题。涛宁，你看呢？"

涛宁的看法是百分之百的肯定。

"小郭，你放心好了。"涛宁接着说，"陈浩他们一定有办法，明天一早我就陪你去。"

奇特的"治疗"方法

这样，小郭就开始了他在北京的"治疗"——假如这能称得上"治疗"的话。

在研究所里，陈浩又当着涛宁的面详细地询问了郭军在学唱时所碰到的困难，还叫他对着一个话筒唱了几首歌，唱了一些极简单的音阶。

后来，陈浩又问起耿萍的一些情况。听了小郭的回答以后，陈浩感叹地说："这难道就算是我们合作的开始吗？涛宁，你那个像亲姐妹一样的朋友——这是照你的说法——好像并不听你的话呀！"

"她就是这个脾气呀！我也正为这件事怄着哩。"涛宁也跟着叹了一口气，"这鬼丫头就是这样——只要是她认定了的事，她就会头也不回地去干的。我可以告诉你一件事，小时候，我和她一同毕业去考音乐学院的时候，当时只有一个名额。她比我唱得好，可就是不肯去考。她一定要我先考。爸爸当时说什么也不同意，可是小萍呢，却一走了之——回家去了！她就是肯牺牲自己。她呀，我估计她现在对学生也一定是这样。小郭，你说说看，你老师对你们怎么样？"

小郭的回答充满了对他老师的热情的赞扬。

"好，我很高兴你这样回答。"陈浩一面检查着小郭的声带，一面这样说，"看来，你这个老师是很得人心的吧。不过，依我看，她有点固执，对不对？"

小郭这次是拼命摇头。因为他这时不好回答，陈浩正在用压舌板压着他的舌头："好好好，小伙子，你用不着回答。"陈浩看见小郭那副着急的神态就笑了。"看来，一说到你的老师，你就急了。不过……好，你的声带很好，就是稍微有点红肿，路上累了吧。行，你好好休息几天。涛宁，你让小燕陪他去各处逛逛。对，完全不要唱，轻轻松松地过几天。然后……四号吧，四号你再到我这儿来。"

也许，由于小郭已经决定听其自然了吧，他反而变得非常轻松了。他真的带着小燕在北京到处逛了起来。从天坛逛到万寿山，从北海公园又逛到西郊动物园。他完全放弃了那每天必做的早课——练声，让喉咙彻底地休息了。最有趣的当然是那个多话的小燕了，她老是盯着小郭打听，为什么她的耿阿姨不唱了？她的喉咙出了什么毛病？为什么不去医治？为什么不上北京来？

当小郭被问得回答不出来的时候，他确实感到有些内疚。他们的老师平时是那样地关心他们，而他们对老师却了解得那样少。

机灵的小燕好像也感觉到了，小郭对耿阿姨并不是很了解。她露出了一种不满意的神色，这使小郭感到非常狼狈。

当他听到小燕说，陈浩伯伯曾经帮她解决过发音问题时，他感到惊异。的确，直到这时候，他才第一次认真地对待起他的"治疗"。不过，到了四号，小郭在研究所里碰到的事，那才叫他感到诧异哩！

一到四号，热心的涛宁又陪小郭去了研究所。这一次，陈浩又让小郭唱了几首简单的歌，而且一次又一次地让他反反复复地唱了好几遍，并且还叫他用各种韵母唱了几个音阶，接着又让他用普通话朗诵了一些诗及报纸上的一些文章。

那天，陈浩也没有说几句话，面部表情也是一本正经的。小郭看到陈浩那副神态，有些紧张，还以为自己做错了什么。后来，当他们离开研究所的时候，涛宁向他解释了：

"你别介意老陈这个脾气，他是有些怪。有时候，面孔冷冰冰的，说起话来好教训人，甚至还要讽刺几句。其实，他对人既热心，又诚恳，一点架子也没有。四十五六岁了，也不结婚，就知道研究科学，对艺术也很感兴趣，一谈起来就没个完。我告诉你，他还会唱！而且唱得很不错，只是不肯唱罢了。"

第二天，按约定，涛宁和小郭一早又去了研究所。这一次他们是约好在一个实验室里碰头的。当涛宁和小郭找到这个实验室的时候，陈浩已经在实验室里等着他们了。

陈浩今天穿了一件新浆洗过的白大衣，两手插在白大衣的衣袋里。他站在一扇玻璃钢窗旁边，样子很高兴。这时小郭忽然发觉，这个已经四十多岁的人，好像一下子变得年轻了。

"好，多好的天气！"他指了指外边的骄阳说，"我最爱北京的夏天了！怎么样，小郭，你们沈阳那儿的夏天有我们这地方热吗？"

小郭回答说差不多。

"我就爱大热天！"

"哎呀，你就跟我少说'热热热'吧！"已经有些发胖的涛宁最怕热天。从天安门赶到这儿来，她已经是满头大汗了。她一坐下，就眯着眼对小郭眨了眨，咬了一个小耳朵，说："你看吧，今天他肯定要大谈其科学和艺术了。"

"嗯，涛宁，你们是在咬耳朵呀！"陈浩笑了，"在说我昨天为什么不说话吧？是吗？不，昨天我是在想心思。你知道，"陈浩的话匣子果然打开来了，"最近，我们研究所的一些同志，在一些中学调查了青年们喉咙的健康问题。不调查不知道，一调查真是大吃一惊。"

"嗯，怎么样？"

陈浩正要回答，涛宁用扇子连连扇着，嚷道："你们这儿的冷气不足吧，怎么这么热呀？"

"不，我们这儿的冷气并不是为人凉快的，是为这些仪器。"陈浩指了指满屋子的仪器说，"24℃，不太热，你是走得热了。不过，我可以叫它降低些。"说着，陈浩就用手拍了拍，突然对着墙壁喊道："18℃！"

"你这是在喊谁呀？"涛宁奇怪起来了，"你这倒真是像《天方夜谭》里的那个强盗，说一声'芝麻，芝麻，开门吧'，大门就立刻应声打开了。怎么，你们这儿的温度调节器是听声音指挥的吗？"

陈浩没有回答这个问题，而是接着前面的话题说了下去。

"你想知道我们调查的结果怎样吗？我们发现，在普通的中学里，差不多有30%的学生，嗓子都有或大或小的毛病，许多人声音嘶哑，大部分声音都很粗糙。总之，问题相当严重……"

"哦？"

"是呀，连我们也感到相当惊讶。没有想到青少年们的嗓音问题会这么严重！你看，这就使我们想起了卫生保健方面的一个偏差了：对青少年我们只教他们保护眼睛、牙齿，就是没有人去研究一套保护喉咙的办法。青少年由于比较活跃，同学们一见面嘛，总是喜欢大声喊叫。他们不知道，像他们这种年纪，声带还很脆弱，大喊大叫，很容易损坏。有许多青少年，连唱一个超过八度音阶的歌曲都唱不下来。你看，不调查则已，一调查就吓了一跳！"

"是呀，我记得我跟小萍读书的时候，"涛宁插嘴道，"男同学们就爱乱喊乱叫，他们根本不爱唱歌，上音乐课的时候就捣乱……"

"不一定是这样吧？涛宁，"陈浩一听涛宁这样武断，就哈哈地笑了起来，"你说男同学不爱唱歌就不一定对。我小时候就爱唱歌的呀，还有这儿的小郭呢！你看，就在我们这儿，'男同学'还是占多数的。不，问题不在于'男同学'或'女同学'，问题在于缺乏指导。看样子我们得仔仔细细地研究一下这个问题，如何正确地使用喉咙，这本来就是一个科研课题……唉，不过，我们等会儿再扯这个吧。先办正事，小郭，我要请你听几首歌。"说着，陈浩就按下了一台仪器的电钮。

这显然是一台扩音机，因为那机器正放着小郭昨天所唱的那几首歌。

小郭莫名其妙地听着。他不知道陈浩把他唱的这几首歌录下来干什么？难道这就是"治疗"的办法？

等所有的歌都放了一遍，陈浩关上了机器，然后又调节了一下，说："好，现在我要放一首新歌给你听。"

扩音机又唱了起来。这是一首新歌，电台最近刚开始教唱和播送。

"嗯，你觉得这首歌怎样？"陈浩问小郭。

"很好。不过……"

"嗯，怎样？"陈浩扬起了眉梢，盯着小郭问道。

"我……我……"小郭不知道怎么说才好了，因为他觉得这声音很熟悉，和他的声音非常相近，但他又不能完全肯定这是怎么回事。看着他那种惊讶的神情，陈浩突然笑了。

"怎么，竟连自己的声音也不敢认了？"

"啊，对，"涛宁把双手一拍，"我就觉得好像是小郭唱的。可是……你昨天唱过这首歌吗？"

小郭连连摇头，惊讶地说："我没唱过……"

"是呀，小郭并没有唱过啊，是吗？"陈浩又哈哈地大笑了。他随手关上了机器，说："好，涛宁，你看看这儿的温度计，室内已经是18℃了吧，够凉的了，不然你又得声休了。"

涛宁大概也被那首歌的事情弄得惊异极了。这时她已顾不上那个是不是用声音控制的温度调节器了。

"你别打岔呀，这首歌是怎么回事啊？你是在变戏法还是怎么的？"

"我可不是魔术家，这也不是什么戏法，这是现代化技术。"陈浩一本正经地回答道，"这里完全没有什么神秘的东西。昨天，我们把小郭的声音记录了下来，用电子计算机分析了小郭的声音，把小郭声音的特点都搞清楚了。我们把小郭的声音的要点，又配合着这首新歌，全部送进一台电子喉咙模拟器里去，然后这台电子喉咙模拟器就用小郭的声音唱了起来。这就是现代化的电子技术，一点也没有什么神秘的地方。"

小郭完全没有想到机器居然能够这样完善的模仿人的声音，而且居然还可以"代替"他唱！这真像是什么魔术。可是，小郭转而一想，也感到有点气馁。机器能代替他唱，这么一来，还要我们歌唱家干什么呢？所谓歌唱艺术不是完全没有意义了吗？

陈浩好像看穿了他的心思，微微一笑道：

"小伙子，我看你先感到惊讶，然后又感到有点狼狈，对吗？这是一个艺术家的自尊心在作怪。不过你也别过于惊慌，机器毕竟是机器，它们是永远代替不了我们人类的。难道你听不出来吗？这台机器虽然模仿了你的声音，但声音是很呆板的——它只能机械地模仿而已。我可以告诉你，我们这种电子喉咙模拟器有什么用。这是为我们的一种机器人——一种人工智能机——制造的一种人工喉。为这个，我们仔细地研究了人的喉咙，然后再用电子仪器去模拟它。现在你明白了吧，这就是我们研究所近几年来的一项主要工作。另外，有了这种可以模拟各种喉咙特征的人工喉，我们就可以来帮你们歌唱家的忙了。"

"怎么个帮助法呢？"小郭和涛宁都不明白。

"比方说，小郭，你的问题不是由低声区转向高声区时'关闭'不好吗？为了训练'关闭'，你们学院里采用的传统的练习方法是先由老师示范，唱给你们听，或者放唱片、录音，要你们自己仔仔细细地去琢磨。然后再半个音、半个音地往上训练，用你们的行话来讲，就是要打开你们的高音区，使你们的音域能够扩展开来。是这样的吗，小郭？"

"是的。"小郭回答。

"采用这样的方法，学生很难体会出声带在'关闭'过程中，咽喉、口腔各部分的运动情况，所以并不是所有的学生都能过得了这个关口的。有些人虽然勉强过了关，但总带着一定的毛病；他们虽然也能唱，但一唱到高音区就发紧了，不是每次都有把握。也有一些人，高音一直上不去，结果只好转系。小郭，你大概就是属于这种情况吧。"

"是的，"小郭心服地说，"道理我都懂，可是一唱到应该转的地方，我就不知道怎么办了。尽管有时候也能唱上去，但总觉得把握不大，一到正式演出，就更不行了。耿老师说，这是一种心理上的障碍……"

"心理上的障碍，哼！"陈浩不知道为什么生起气来了，"对，你们的耿老师分析得一点也不错！可是她只会分析别人，就不会分析自己……真是个自暴自弃的人！"

"你怎么老说小萍是自暴自弃？"涛宁一听陈浩这样说她的好朋友耿萍，就替自己的好友辩护了，"小萍可不是这样的人！"

"好好好，我们不要辩论……我说到哪里了？"陈浩挥了挥手说，"对，我说到心理障碍。你知道这是怎么回事吗？这很简单，以前，你是自由唱法，你也根本不知道什么是对，什么是错，爱怎么唱就怎么唱，没有什么思想负担。好，现在进了学校，老师说你的唱法不对，要改；可是坏的条件反射很牢固，新的方法你又很难体会得到，所以一唱，老办法就来了。你越是想改，就越紧张，越紧张，就越改不了，这就造成了一种心理障碍。现在，我们的电子喉咙模拟器就能够帮助你打破这个障碍，使你容易体会出正确换声的方法。"

电子仪器真有这么大的本领吗？小郭实在感到难以相信。

"你大概还有点怀疑吧？那我们先来试试看。"

说完，陈浩就领着小郭到了实验室的另一头。那儿，靠着墙边有一张桌子，上面也放着几台仪器和一台电视机模样的机器。试验好像早已准备好了，陈浩一到就把几台仪器上的电钮都按下了。这时，一台电子喉咙模拟器就发出了一种单纯的"啊——啊——啊——"的声音，就像一个人在练声一样，声音听起来非常圆润，也很明亮。这时，那台电视机似的机器的屏幕上出现了一个长方形的方框图形。

"好！小郭，你听着。现在，这台电子喉就发出了一个单纯的'啊'音，这是我们人类最容易发出的一个母音。音高正好在你的换声点上，你听出来了吗？这个'啊'音是模拟了你的喉咙结构才发出来的。也就是说，你要是换声换好了，你就应该发出这样的声音。当然，也许还可以发得更好些，但基本上是这样了。而这台'音质显示器'上的方框图形，"陈浩指了指那台电视机模样的机器说，"就是代表这个'啊'音。回头，你就对这个话筒唱，别的都不要唱，就学这个'啊'，明白了吗？"

小郭点点头。

"好，你试试。"

小郭感到有些发窘。他虽然是音乐学院的学生，并不怕在许多人面前唱歌。可是，在这个奇怪的试验室里，他实在感觉不习惯。

"唱呀，就发'啊'！跟着电子喉唱！"

"啊——啊——啊——啊——"小郭跟着电子喉唱了起来，显然那"啊"音正好在小郭的换声点以上，小郭虽然尽量想唱好它，但唱来唱去，声音还是发扁、发暗。他注意到了，他开口一唱，那台"音质显示器"的荧光屏中也会出现一片片图形。不过，那些图形并不是正方形的，而是不断地在变化，一会大，一会小，很不稳定。

"好，你看到了吗？"陈浩并不在意小郭这个音发得怎么样，"你一唱，显示器上就产生了你的声音的图形。那些图形是畸变的，而且不稳定，对吗？"

小郭只好点点头。不过，他还没弄懂陈浩搞的是什么。

"现在，我要提几点要求了。"陈浩接着说道，"第一，你要像平时练声一样，保持住气息。第二，要放松，不要紧张，绝对不要去注意什么换声点。第三，你就这样试着唱，唱几句，休息一下，放松放松自己，再试唱几句。你完全不要去注意你自己的声音——甚至你听都不要去听；你只要看着你的声音的方框图就行了。第四，你会发现，你这样试试，那样试试，那图形，有时候就会变成一个方框图。对，到时你就想法把那个方框图保持住。我再提醒你一次，千万不要去想如何保持住你的声音，你只要注意如何保持住那个方框图就行了。你懂了吗？要不要我再说一遍？"

对这几点要求，小郭当然都听懂了。到这时，他的确也产生了好奇心，注意力完全被这件事吸引住了，甚至忘掉他是在解决什么问题了。

"好，这儿有沙发可以休息，有画报可以换换兴趣；那儿有水，你可以润润喉咙。总之，我还有一点要求，小郭，你就当作是在做游戏，决不要紧张，知道了吗？"

小郭像个听话的学生一样点点头，他觉得实在好玩，决心试试看。

"涛宁，我们让小郭一个人在这儿试着玩，你到我办公室去坐一会儿好吗？"

涛宁本想留下看小郭怎么个唱法，像这样训练唱歌，她当然还是第一次见到。不过，自从小燕改正了那个后舌音的发音后，她对陈浩已经有了充分的信任。看来，陈浩似乎胸有成竹，虽然这道理现在她还讲不清楚。

他们来到陈浩的办公室。

一进办公室，就发现电话铃在响着。陈浩拿起了电话。

"喂，是我，我是陈浩。你……啊，是空军办事处吗？要我就来……"他捂住了电话，转身对涛宁讲，"老秦那儿打来的。你要同他通话吗？"

涛宁笑着摇头。

"好，我就来。我乘我们所里的车子吧。好，回头见。"陈浩放下了电话，朝涛宁双手一摊。

"怎么办，他们马上要试验，叫我马上去。部队的作风是雷厉风行的哩！你在这儿等小郭好吗？"

"不，我先回去吧。让小郭一个人在这儿试吧！我不在他也许会少紧张些。"

方框图

涛宁一回到家，小燕就告诉妈妈，刚才空军派车子来，把爷爷也接去了。爷爷留下话说，可能要去四五天。涛宁回到自己的房间，发现枫眠留着一张字条，上面写着：老陈的建议，大家反应很强烈，要求马上进行一次试验。他说要立刻去布置现场，可能要四五天才能回来，叫涛宁不要等他。关于小郭，他也提到了，要他安心地住下来，把问题解决了再走。最后，字条上又写到了耿萍，他建议是不是写封信或拍电报去，把耿萍也叫来，或者涛宁亲自去一次。

涛宁伫立在那儿想了一会，决定就先写封信。可是，平时散漫惯了的涛宁，写封信可困难啦。她写了个开头，转眼一想又撕掉了。她知道耿萍的脾气，小萍绝不是会自暴自弃的人——就像陈浩老说的那样。她也知道耿萍是个顽强的人，为了恢复演唱，她一定是经过一番努力的。但这毕竟是复杂的唱歌啊！可能她至今还找不到不能演唱的真正原因哩。这时涛宁又想到了那个说话一会儿热情奔放，一会儿又冷冰冰的，还爱带点讥讽的陈浩。现在她很信任他，觉得这个说一就是一的人，绝不会随便乱说的。他好像很有把握，并且几次说过耿萍的问题是可以解决的。他是这样说的："这是神经的暂时失控。"

"暂时失控！"那就是可以恢复的啰！可是怎么恢复呢？唉，多可惜！小萍的喉咙音色多理想！涛宁拿着一支笔，就在那儿出神地想起心事来了。

"不，我得想办法，帮她恢复过来。人民需要这样的歌手。这儿的事情一结束，我就直接上她那儿去。要是小郭这次能把问题解决好了，这就更有说服力了。可是小郭……"涛宁正想着小郭的事，一天到晚缠着郭哥哥的小燕，在院子里大声地嚷了起来："妈妈，妈妈！郭哥哥回来了！"

小郭回来了！涛宁忙扔下笔奔了出去。

"怎么样？小郭……"涛宁一看小郭的面色就知道不妙。"怎么样？"她着急地问。

"啊，李老师……"小郭有气无力地说，"我……我弄不好，那图形老不肯出来……"

"啊，图形……"

"对，那方框图！"

"啊，对，那方框图……"

"我老试不好。看来，我大概突破不了这换声点了！"

小郭难过地低下了头。

涛宁真想好好安慰一下这个垂头丧气的小伙子。可是，她怎么说呢？连她自己也没有弄清里面的道理呀！而陈浩——这个能够作出解释的人——可真急死人，偏偏在这要紧的关头，却又外出搞试验去了。

涛宁束手无策地朝小郭看看，又看看那个也为郭哥哥焦急万分的小燕。她觉得这时候她千万不能泄气。

"不，别难过。这还是第一次呀！"她安慰小郭道，"等陈浩回来，他一定会有办法的！"

当涛宁、小郭和陈浩又在实验室里碰头的时候，已经是一个星期以后了。

陈浩精神饱满、满面春风，一看就明白，他们在部队里搞的试验很成功。李政委和枫眠都还没有回来，他们还在试验的现场和研究所的其他一些人员总结着这次试验。

陈浩笑嘻嘻地听完了小郭和涛宁的叙述。他突然拍了拍额角说：

"啊，这可是我的疏忽！唉，我怎么会忘记了呢！不不不，小伙子！你怎么垂头丧气的，这不要紧。来，这一次我们换一个办法搞。我们现在就开始。"

陈浩又打开那台电子喉咙模拟器，调了一下旋钮，让机器发出"啊——啊——啊——"的声音，等方框图出现以后，他就把话筒往小郭面前一推。

"还是那四点！记得吗！好，你放开喉咙唱！"

"啊——啊——啊——"

"啊—啊——啊——"

小郭跟着那台电子喉唱开了。

说也奇怪，小郭这次唱时，音质显示器的屏幕上很快就出现了一个方框图。这图形，虽然没有原来的那个完整，而且有点飘来飘去，但不一会儿就稳定了下来。一只漂漂亮亮的方框图。

"休息会儿！"陈浩像个老师似的命令道。

小郭停下歇了一会儿。

"好，再试试！啊——"

"啊——啊——啊——"

"啊——啊——啊——"

这次屏幕上立即出现了一个很完整的方框图，而且马上稳定了。

"啊——啊——啊——"

"啊——啊——啊——"

可是，那图形突然散了开来。小郭停下来了。他好像想起了什么事似的说道：

"啊，陈老师，音高不对。这还不是我的换声点……"

"哎，看你。"陈浩眉头一皱，严厉地说，"我不是说不要去想什么换声点、换声点的吗！你还说你记住了那四点哩！要不要我再说一遍？"

小郭感到很窘。这时涛宁也插上来了："哎，老陈，我是觉得音低了点……"

"这我知道哇！"陈浩有点不满意了，"我又不是没有耳朵，而且我这机器上也有刻度……这到小郭的换声点还差一段。但我这是让小郭去熟悉怎么找方框图，你明白吗？你不相信就试试看，如果不照这个电子喉的声音唱，这方框图就会散开来。现在，我是故意把音放得低一点，这个声区小郭唱起来就比较自如。好，你们既然提出了疑问，我就干脆说穿了吧。我这是想让小郭熟悉一下怎么来使自己的声音接近电子喉的声音，但不是用耳朵，而是用眼睛……"

小郭和涛宁一听用眼睛来找声音当然有点吃惊，谁听说过用眼睛来"听"声音的！他们正想提问题，又被陈浩挥挥手压下去了。

"我现在要求你们暂时不要提问题，就照着做。我来管机器，你——小郭，就跟着唱，放松，注意呼吸，不要去想别的。看着方框图，不要让它跑掉了。涛宁，你坐下。好，来，再试试，啊——"

小郭又跟着唱了：

"啊——啊——啊——"

"我，我现在换一种口型，唱：依——依——依——"陈浩拨了一下电子喉的一个开关，那电子喉立刻发出了一个圆润的"依"音。

"依——依——依——"

"再换一种：呜——呜——呜——"

"呜——呜——呜——"

"好，再换：啊——啊——"

小郭又跟着唱："啊——啊——啊——"

就这样，"啊——依——呜——"地唱了半天。陈浩突然笑嘻嘻地把机器一关。

"好，今天就到这里。小郭，你明天再来，我们就这样练一段时间看。不过记住我的话：回去不要再练声，也不要唱了，什么也别唱。能办到吗？好好玩，好好地休息，带小燕去游游水嘛。"小郭和涛宁发现，陈浩一面在说，一面在暗暗地笑。他们憋了满肚子疑问，正想提，可是陈浩好像要逃避似的躲了开去。"不不不，我已说过不许提问题。"他挥着手专断地说，"我觉得你们应当学小燕，叫她怎么做就怎么做，她可没有这么多的问题！"

"我明天可不来了。"涛宁大概被这个闷葫芦弄得心烦了。她很不满意陈浩的那种不容发问的"专横"态度，可是陈浩就当作没有听见。

"也好。"陈浩回答说，"你不是还有任务吗？快把正事办完吧。我们也许要和耿萍的音乐学院合作哩！事办完后，也许我要和你们一起上沈阳去。好，再见！"

那个态度专断的科学家就怕涛宁再追问似的，一溜烟走了。

啊、依、呜

涛宁虽然很不满意陈浩的那种态度，但是她这次来北京确实有团里交给她的任务。这些事够她忙的了。不过，当小郭每天上午从研究所回来的时候，她总要在饭桌上打听一下，今天的情况怎么样？小郭老是这样回答：

"今天还是'啊、依，呜——'"

涛宁决定不问了。可是第二天，这个急性爽快的人，又忍不住问道："今天怎样？"

"啊、依、呜——"

"还是啊、依、呜？"涛宁皱起了眉头。

"还是啊、依、呜。"小郭耸耸肩膀答道。

枫眠那天正好回来，他在旁边听着，完全莫名其妙："你们净说些什么啊？"

"啊、依、呜！"涛宁没好气地回答。她正有一肚子火没地方发。"这个鬼陈浩！"她正想说，可是再一想，陈浩也许自有他的道理，我还是少说点好，免得影响小郭的情绪。

"嗯，这两天老陈怎么没有来呀？"枫眠问道。

"他躲着我哩！"涛宁这才"扑哧"一声笑了，"他怕我提问题，这个鬼陈浩真野蛮！哼，'不准提问题！不准问！照着办！记住四点：第一……第二……还要我再说一遍吗？'哼……"

她学得那样像，就连小郭和小燕也哈哈地笑了起来。

"他们搞科学的人，就喜欢样样事情都搞得比较肯定……"枫眠说道。

"肯定？哼，他还说要和小萍合作！我看呀，他用这样的态度对小萍，小萍肯定不会理睬他的……"

"嗯，小萍？小萍要来了吗？"

"不，我不是说她要来，我是说，陈浩想和音乐学院搞合作。你问问小郭，他那天态度真'恶劣'。——现在呢，小郭，他这几天对你怎么样？"

"陈老师吗？他老说笑话。"

"说笑话？"

"嗯，说笑话。我唱十几分钟，休息的时候，他就说些挺逗人的话。他还问我：'你们李老师这两天在骂人了吧？'"

涛宁一听就开心地笑了。

"不过，我是要问问他：搞得这样神秘干吗？好，不过小郭，我说归说，你还得好好地照着陈浩老师的要求去做。他没提起这训练要搞多少时候吗？"

"没说。不过，我现在倒不去管它了，我也不去想什么换声点不换声点了。"小郭回答说，"陈老师叫我怎么办，我就怎么办。真的，这样我的思想负担反倒少了。"

涛宁显然气平了。不过，她没有想到，那天晚上陈浩就到她们家来了。而且事情发展得真出乎涛宁的意料。

吃过晚饭，涛宁用钢琴帮小燕练了一会儿声，就继续写信去了。她那封给小萍的信至今还未写好，信上还是那样几句话：

萍妹：

小郭在我们这儿住下了。他正在陈浩那儿进行治疗。当然，说成治疗，其实并不恰当。小郭这孩子人不错，我们都很喜欢他。大家多次谈起了你，总弄不清楚，你是怎么回事？信也来得少。还有，我想告诉你一个消息：就是那个跟爸爸和枫眠在搞合作的陈浩也多次问及你。他要跟你们音乐学院搞合作呢。他认为随着科学技术的迅速发展，将会影响到各个领域，包括艺术、教育等领域，会影响我们传统的学习方法。总之，这个人是有一套的。他们研究所搞的东西也真够多的，最近他在枫眠的部队搞了一次声控无人驾驶飞机的试验，很成功。这几天，爸爸和枫眠都忙着在总结。统而言之……

那封信就写到"统而言之"为止。这一"统"就统了近一个星期。前两天，涛宁正生陈浩的气，今天她却又高兴了。她又想提笔给耿萍写信，报告报告小郭在这儿"治疗"的情况，可是，刚拿起笔，她又不知道说些什么好了。小郭算是有进步呢，还是没有进步呢？老是这么"依依，啊啊"的！这事情怎么才能给小萍说清楚呢？涛宁正为难，忽然听到大门外有汽车的喇叭声，有客人来了。她巴不得放下笔。还没有站起来，小燕就像一阵风似的跑了进来。

"陈伯伯来了！陈伯伯来了！"小燕满脸高兴。她可是陈浩的一个崇拜者。

陈浩又是满脸春风，手里提着一个老大的纸盒。

"好，涛宁，我听说你在骂人，是吗？"

"怎么不骂……"

"那么，你等一会儿再骂，我听你骂。"陈浩放下了纸盒，他显然又有什么得意的事情，高兴得连连搓着手。"我听说你在给耿萍写信，撕了不少纸头，信上骂我没有？"他朝涛宁的屋里张望了一下。

"当然要骂你！你还说要跟人家合作哪！"涛宁看见他那滑稽的样子，笑了，"人家可没有我的脾气好，什么都不许人家问——这算是合作吗？"

"好好好，我今天就准许你们问，问个痛快。不过，在提问之前我可要让小郭再试一次声。"说着他就把扎在纸盒子上的绳子解开了。原来，陈浩把电子喉及音质显示器带来了。

"在这儿试？"涛宁有些奇怪。

"对，在这儿试。我明天又得上部队里去了。我想，小郭既然会使用这些仪器了，而这些仪器又是微型化的，干吗不放到你们家里来试呢。不过，现在我要先放到小郭的屋里去试一试……对对对，不要放在堂屋里，这样他可以安静些。好，小郭，我们到你屋里去。至于你，涛宁，你就在堂屋里待着，今天我要好好地和你聊聊耿萍的事。"

这点可打中了涛宁。这些日子以来，她越发地想念那个亲如妹妹的好朋友了。她决定抓紧把团里的事办完，亲自上沈阳去。现在听陈浩也在关心耿萍的事，她当然高兴了。她连忙去沏茶，然后就在堂屋里钢琴边的沙发上坐了下来，等候陈浩。隔了一会儿，小郭的屋里就传出了小郭的唱声：

"啊——啊——啊——"

"依——依——依——"

"呜——呜——呜——"

陈浩又笑嘻嘻地回到堂屋里来，他得意地搓着手，在涛宁旁边坐了下来，带着神秘的微笑。

堂屋里只剩下陈浩和涛宁两个人，小燕跑到小郭的屋里去看那个奇妙的方框图去了。

"你听，小郭的声音多圆润、多漂亮！"陈浩朝小郭的屋里指了指，"怎么样？小郭的喉咙是不错……"

"哼，那有什么用，他的换声点不能突破，仍是白搭。"

"换声点？！哈哈哈哈！哦……哈哈哈哈！"陈浩突然大笑了起来，"你怎么老是换声点、换声点的呀？"

"什么？这不正是小郭要解决的问题吗？"

"哎呀呀，我说涛宁呀，你不是说你们唱歌的人耳朵挺好的吗？"陈浩还是那么笑嘻嘻的，"可见，单靠耳朵并不可靠啊！好，你先别嚷嚷，我要求你知道后先不要告诉小郭，能办到吗？"

"怎么回事啊？"涛宁完全弄不懂，陈浩为什么这样高兴。

"能办得到吗？"陈浩还是盯着问。

"你说吧。"

"好，你记得小郭的换声点在什么音高上吗？"

"记得呀，在……"

"你打开钢琴。"

涛宁莫名其妙，但她还是照陈浩的意思打开了钢琴。

"好，你轻轻地用琴跟着，你听小郭现在唱的是什么音。"

涛宁用手指轻轻地弹了几个音，就吃惊地坐直了。

"咦？"她惊异地张开嘴，好像还不相信自己的耳朵似的，又按了一下琴键，立刻跳了起来，"哎呀！"

涛宁惊奇地站在钢琴旁边，朝陈浩望望，又仔细地听听从小郭屋里传来的"啊，啊，啊"声，再敲了敲琴键：

"怎么？小郭现在唱的是高F？！他……嗯？还是我的琴不准？"

回答涛宁的又是陈浩的一阵哈哈大笑。

"你是不相信自己的耳朵，还是不相信琴？"

"这么说，小郭换声的问题解决了？"

"你看你！哎呀呀，"陈浩笑得前仰后合，"你们这些搞艺术的呀！你们平常不是说你们耳朵好使吗？怎么？现在听出来了，却又不相信自己的耳朵了？"

"哎呀！那他真的解决了？！"涛宁把双手一拍，高兴得心花怒放，也顾不得原先打算要对陈浩冷淡一些的计划了。她一把拉住了陈浩，"你这回得告诉我了吧，快说说，你是怎么搞的？"

陈浩的话

"好吧，我现在可以回答你的问题了。不过，我要求你暂时先不要告诉小郭，大概他自己还不知道呢！"

"不知道？"

"对，我估计他不会知道。"

"那，你是……"

"这是我这个训练计划的一个关键，你大概以为我是开玩笑吧。不，涛宁，你完全估计错了。这是科学，是科学就得深思熟虑地把事情考虑周到。还记得第一次训练吧，他果然跟不上，于是我就故意把音调得低一点，让他在自己的自然音域里唱。你呀，你那一次差一点破坏了我的计划。耿萍分析得对，小郭的思想负担太沉重了，结果就成了一种心理障碍。一知道要上换声点，他就紧张了；思想一紧张，喉头的肌肉当然也紧张了，这几乎成了一个牢固的条件反射。你想这样还能唱吗？所以，第二次我就马上把音调低些，让他自由自在地在他熟练的自然音域里唱，让他熟悉熟悉找方框图的过程。另外，我让他每天来，让他放松，和他说说笑笑，不让他感到他是在解决换声的问题——干脆点说吧：我是想让他把过去那种坏的条件反射忘掉。对，要把它压根儿忘掉！于是……"

"于是怎么样？"性急的涛宁恨不得陈浩一下子把结果说出来。

"于是，我每天暗暗地把音调得高些。当然，这一切都不让小郭知道。我只稍稍调得高一点点，一点一点地往上移……"

"所以你说你要管机器，这样你好去拨弄它……"

"看你！我怎么会当着小郭的面去拨那台机器呢！"陈浩摇了摇头笑了，"你们这些搞艺术的啊！你们大概不了解现代的电子技术能干些什么吧。不，涛宁，那是自动调节的，是一台电子计算机自动在进行统计。当它发现小郭的方框图出现次数比较多，很正常后，它就会自动地把音稍微往上调一些。当然，它也会'退让'，当它发现方框图有些不正常——就表示小郭的那个音没有发好，还不适应——它就会自动地再往后退一点，把音降低一些。你看，这还用得着我去动手调吗？"

"啊，原来你是在我走后安了一个机关！"

"机关？哈哈哈哈……"陈浩一听涛宁这土里土气的话，忍不住地大笑了起来，"哎呀，涛宁呀！你这是哪里学来的土话呀？机关！哎呀呀，涛宁，你当我真是变戏法的吗？你以为我一挥手就能挥出一朵云彩？或者一招手就会变出一只兔子来吗？你呀，可见你对现代的科学一点也不了解！告诉你吧，涛宁，从表面上看，好像只有我一个人在为小郭这件事忙着。其实，那是我们故意安排的，我们不想让小郭感到思想上有负担。你想不到吧，为这件事，我们科研所里至少有百来个人在奔忙着，在关心着哩！而且，这些人都是些数一数二的专家，这是整整的一支队伍呀！我们又不是在搞魔术，我们是在搞科研，你们每天走后，这些同志开了多少会，开了多少夜车啊！"

"啊……"这的确是涛宁想象不到的，"那么，老陈，为什么现在还不能告诉小郭呢？"

"这正是我要对你说的。小郭现在就像小孩子刚学会说话一样，还不牢固，还不稳定。他一知道后，又会紧张的。老的条件反射并不是那么容易打断的呀！他现在一心一意地在注意着那些方框图，大脑里其他负担一点也没有。这样，大脑就处于非常自然、安静和灵敏的状态，能如意地控制和操纵神经和器官组织，为突破这个换声点，并牢固地形成新的条件反射。我又要说'运转'了……不过，我们不要再深谈这个了。我要再三提醒你，他一旦知道现在已经在换声点以上时，又可能会紧张的，也许又会变得不能唱了。不过，这不要紧，新的条件反射已经初步形成，即使出现反复，再训练就方便多了。当然，总以不出现反复为好。所以，我还要求你来完成一件事。"

"啊，什么事？"涛宁一听还有她的事，竟有点紧张了。

"你别紧张呀，我只同你说几点：第一，你让他每天照旧训练，那里面的电子计算机我们已安排好了程序，会自动适应的。第二，你暂时不要告诉他，他已经突破了。从明天起，请你让小郭练唱一首歌。曲子我已准备好了，就照这个曲子唱。这曲子是我们研究所的同志写的，还填了词。"

"啊，你们还有作曲家？"涛宁又吃了一惊。

"怎么没有，当然，这都是些业余的，和你们这些专家不能比。"陈浩笑嘻嘻地答道，"不过，这些曲子是专门为小郭这项研究工作而写的，曲子写得还可以，旋律也不错。你的任务就是要他唱，但是你要为他伴奏。"

"伴奏？这容易。"

"不过有一个要求：每次唱，你都要在琴上为他定个基本音。第一天，第二天，你就照谱上的调子定，给他一个真实的音调。然后，等他把这首歌唱熟了以后，你故意休息两天。然后，你再找他唱，唱前你再给他定个音，这一次，你要把音稍微定得高一些，高半个音阶。每隔两天，你再要他唱，再提高半个音阶。第三次再提高半个音阶。这样，这个曲子就有好几句歌词的音高超过他的换声点了。你懂得我的意思了吗？"

涛宁当然懂了。她明白，陈浩的意思是想逐渐地，不知不觉地把音提高，使那首歌曲逐渐超过小郭的换声点。在她们的乐队里，或者在学校的时候，有时候为了开别人的玩笑，伴奏的人也会故意把音定得高些，这对于涛宁来说是熟悉的。她连忙点头答应了。可是陈浩却依旧不放心。他忽然严肃了起来，又恢复了他那板板的面孔，叮咛着说：

"涛宁！你需要十分耐心，耐心！别忘了，这可不是闹着玩的，这是我们所里的一个很严肃的科研项目。搞好了，我们下面的工作就好开展了。所以，不是我个人委托你做，而是我们整个所的同志在委托你做！"

"我知道……"涛宁多少有点心慌地答道。

"好，今天你该满意了吧。有问题，我们以后再谈。顺便告诉你，这工作如果搞好了，下一步我们就要开展和音乐学院的合作了。研究所党委已把我们的计划批下来了，所以……"谈到这里，陈浩忽然不说了。他似乎在考虑怎么说下去。

等了半晌，涛宁又终于忍不住了。

"所以什么呀？你往下说呀！你不是说过要和……"

"是呀，我们是在考虑和哪所学校搞合作！"

"这还要考虑吗？"这可把涛宁惹急了，她几乎是大声嚷嚷了起来，"那当然是小萍的那个学校啰！这还用得着考虑吗？"

"好好好，"陈浩笑着回答，"我们就先暂时这样定下来吧。不过，"陈浩又沉思了起来，"一切都得看小郭的这次试验了，如果顺利，我也许会亲自到沈阳去，你看怎么样？"

"那当然是再好不过了！"涛宁非常高兴，"老陈，你这个人真好！团里交给我的任务快要完成了，我们一起去吧！"

涛宁的功绩

性格直爽的涛宁虽然答应了陈浩的要求，可是陈浩一走，她还是挺担心的。这可是科研计划呐！千万不能搞砸了。所以，当第二天她要小郭试唱那首新谱的歌曲的时候，她多少有点心虚，就连那个机灵的小燕也奇怪起来了：妈妈今天怎么啦？

"妈妈，你也教我唱好吗？"小燕看见妈妈这么郑重其事地拿出了那张谱子，她以为一定又是一首非常好听的歌。

妈妈的回答是出乎意料的。

"不，这首歌你不能唱。"她说得斩钉截铁，甚至有点严厉。

小燕睁大了眼。她弄不懂妈妈今天怎么这样凶。她看妈妈不理她，就撅起嘴巴，赌气走开了。

小郭也发觉了涛宁那天似乎很兴奋，心里有点诧异，但今天看见她这样严厉地对待小燕，他又感到有点发窘。

涛宁发觉自己过了头，又连忙设法补救："小燕！你生什么气呀，回头我和你一起唱，现在先听听你的郭哥哥唱。好，小郭，你唱唱看，我先为你定个音。"

小郭拿起谱，用脚轻轻地打着拍子唱开了。歌曲、歌词果然都编得很好，节奏感也非常强。小郭奇怪了，他看着谱子。

"嗯，这是新歌吗？谁编的？"

涛宁只好含含糊糊地说："我们团里的一个同志写的。"

涛宁从来不会说谎，她这么一扯，连脸也腾红了。大概不会说谎的人，总怕自己的话有漏洞，所以又多余地补上了一句："啊，是刚才寄来的。"

小郭奇怪地看了李涛宁一眼。

"今天李老师怎么啦？"小郭奇怪地想，她怎么这样慌慌张张呀。幸而那首歌编得确实是好，小郭不知不觉就被那首歌吸引住了。

第一天，就这么被涛宁对付着过去了。

第二次试唱的时候，还算顺利。涛宁按照陈浩的计划停了两天。可是第三次再叫小郭试唱的时候，涛宁却在慌乱中闯了一个祸。她没有想到正是由于这次疏忽，却加快了小郭的"治疗"过程。

三个星期下来，小郭已经熟悉了涛宁的一家人。他一向把涛宁看作是自己的老师。所以当那天涛宁要他再试唱那首新歌的时候，他自然而然地就往琴边一站，一手扶着钢琴，让自己站得舒服些，轻轻地试了试嗓子，然后就对涛宁讲：

"李老师，请你给个音。"

按照计划，涛宁那天应当偷偷地把音再提高半个音阶。没有想到小郭竟会站在琴旁边。她又不好把小郭支开。于是涛宁只让琴盖打开一半，就慌里慌张地按了下去。小郭马上就跟着唱开了。涛宁看了看自己按下去的琴键。

"哎呀，按错了，"她吓得心儿"突"地一跳。本来应当只是提高半个音阶，却一下子提高了两个音阶！

"我给……"涛宁刚想说出口"我给错了"，又马上缩了回去。"糟糕！陈浩一定要骂我了！"可是，涛宁一看小郭，她却又惊异得不能相信自己的耳朵了，小郭依旧在那儿很有信心地唱着。当他唱到最后的那几句，已完全超过了他的换声点的歌词的时候，他的声音依旧是那样饱满、圆润，没有任何破绽。等到小郭一曲终了，就像是绷得紧紧的弦一下子放松一样，涛宁"砰"的一声合上琴盖，往凳上一坐，竟激动得一句话也说不出来了。

"李老师，你不舒服吗？"小郭还蒙在鼓中。

"妈妈，你怎么啦？"小燕也奇怪地问道。

"啊，这么说已经解决了？！"这是涛宁的自言自语。

"什么解决了？"小郭还是莫名其妙。

"啊！不不不，"激动的涛宁不知道该怎么说才好了，"不不不，我没有什么不舒服。小郭，我觉得这首歌你唱得真不错。你真的唱得好极了！太好了！真的太好了！真棒！再唱一遍好吗？我再给你定一定音。"

这样的表扬法，大概小郭自出生以来还是第一次碰到。

四

是谁在歌唱？

当耿萍带着那些高年级的同学，进行了一次暑期巡回演出，到附近农村及部队走了一圈以后，开学的日子已经快到了。

耿萍完全晒黑了。这次演出她是比较辛苦的。同学们缺乏正式演出的经验，事事处处都要耿萍去关心。不过，耿萍的脸虽然是晒黑了，而且也瘦了些，但她反倒觉得身体比以前好了，精神也比以前更饱满了。

耿萍沿着那条最喜爱的林荫大道朝自己的屋里走着。她提着一副简单的行李。汗水把她的上衣都湿透了，现在已是盛夏了啊。她加快了脚步回家了！她喜爱她那间单独的，紧靠着校园边的宿舍。那儿，学生们是不大去的。在她的屋前，有一个小小的碧汪汪的小池塘和一片小小的空地。她在那儿种了些青椒和稀稀落落的几棵美人蕉。屋子的四周还有一道攀满了藤萝的竹篱笆。

"那些青椒大概都快要干死了吧。"她快步地离开大道，走向一条稍窄的石板路。小路旁的杂草长得多旺盛啊！一只褐色的蚱蜢突然跳上了她的脚背，又惊慌地跳了开去。耿萍最怕小虫，她连忙把脚一缩，可是她忽然吃惊地站住了。谁在她屋里弹琴？嗯，还有人在唱？这声音她多熟悉啊。歌声透过屋前那一片树林飘了过来：

......

校园里洒满了金黄色的阳光，

同学们畅谈着美好的理想，

祖国灿烂美好的未来，

这就是我的希望。

啊，它有力的翅膀，

带着我们在蓝天中飞翔，

蓝天中飞翔......

咦，这声音真的熟悉极了，耿萍加快了脚步，推开了那虚掩着的屋门，然后惊讶地站住了。

涛宁正满面春风地坐在钢琴跟前起劲地弹着。小郭在琴旁，一手扶着琴身，一手比画着，在那儿引声高唱。还有呢，那个又长高了一点的小燕，正坐在堂屋边上的一只柳藤沙发上，张大着双眼，在那儿聚精会神地听着哩！

"耿阿姨！"小燕首先看见耿萍，立刻向耿萍的怀里扑来。紧接着，耿萍就被那个比她高出半个头的涛宁一把抱住了。

"等得我们好苦啊！你知道我来了多少天了吗？三天啦！"当她看到耿萍那副惊讶的神色时，她立刻笑了，"别介绍了，别介绍了。你这得意门生，我早就熟悉了。"

"耿老师。"小郭怀着一种感激的神色走了上来，和耿萍握着手，"我感谢——"

"等等说，等等说......"涛宁像一阵风似的打断了他。她一把把小郭拉回琴旁，又把耿萍拉到沙发上坐下。"你坐下听吧。"自己又坐回琴旁，命令道："小郭唱吧，再唱一遍给你的老师听！"

和着琴声，小郭又唱了起来。他唱的，正是暑期前在考试委员会成员面前唱的那首《朋友，请谈一谈你的理想》。

往常，由于最后的一段，小郭一直没有过关，所以每当他唱这首歌的时候，他总显得有些担心，有些紧张。可是，现在是怎么回事？小郭一下子变得多么自信了呀！他的声音是那样的轻松，由于充满了信心，他的声音也变得舒展了，并且发挥了他的声音的全部特点：柔和而又明快。而最最叫耿萍感到惊讶的是当小郭唱到那最困难的一段的时候，他这次极为平稳地，极为轻松地把声音顶了上去。

> 啊……嗨……
>
> 理想啊，它张开了有力的翅膀，
>
> 带着我们在蓝天中飞翔，飞翔，
>
> 彩云在我们脚下铺路，
>
> 群星在我们头顶上闪闪发光，
>
> 闪闪发光……

一曲终了，涛宁"砰"的一声合上了琴盖。耿萍不由地心花怒放，激动地向前跨了两步。

"怎么？小郭，你克服了！"她激动地握着她的学生的手，就像看到了什么奇迹似的，还是有点不大相信。

"解决了！真正地解决了！"郭军也非常激动地答道，"耿老师呀，我真要感谢你告诉了我，有这样一个奇妙的研究所。陈浩老师……"

"啊，陈浩……"耿萍虽然已经想到了，小郭这次问题的解决，也许真是那个老是高谈科学和艺术的科学家干的，可是，她绝没有想到会这么快。

"看你！自己给了小郭陈浩的地址，却还是不相信。"涛宁哈哈大笑道，"你就别再疑疑惑惑的了！这次我正好在北京，这件事从头到尾，我都是参加的。好吧，你先坐下来吧，让我和小郭把事情的经过，原原本本地讲给你听……"

合作

当涛宁、小郭，当然还加上那个大眼睛的小燕，又激动又兴奋地把郭军在北京"治疗"的过程，详详细细地讲给耿萍听了以后，耿萍的激动当然也不亚于他们。她虽然还有很多细节没有弄清楚，但是她终于明白了陈浩在信中所写的，并不是故意夸张，故意闹着玩儿的。原来，这是一个很严肃的科研项目。而且，看来科学真是可以促进艺术、帮助艺术，使艺术更加繁荣起来！

"唉，我得好好地谢谢他。"耿萍说。

"谢谢谁呀？"涛宁没有听懂。

"啊，我得谢谢那个科学家陈浩同志。"耿萍的脸红了。她觉得很抱歉，那个科学家写过这么多的信给她，而她一封信也没有回。但陈浩对她的学生的帮助，她是不会忘记的。正如涛宁平时所讲的那样：耿萍的确是一个"一门心思"的人。她首先想到的是她的学生和她的教学工作。由于几百年来，搞声乐的人只能是个人对个人的传授，音乐学院每年的招生名额极其有限。而且还有许多学生，也是由于像小郭那样有着各自不同的无法克服的毛病，半路转学了，或者毕业后并不一定能从事真正的演唱工作。这是多大的浪费啊！如果陈浩他们的工作真可以帮助学生练声的话，那他们学校就可以培养更多更多的人才了！

"我一定要好好地谢谢陈浩同志……"耿萍很诚恳地说着，可是她的话被涛宁打断了。

"你当面谢好了。我们算过日子，陈浩今天应该来了！"

"陈浩到这儿来？"耿萍感到突然。

"对呀，他说要与你们学校搞合作。我们本来是准备一同来的，可是临走的时候，他要到长春应用电子研究所去办事。他答应一办完事就来！算起来，今天他应该到了。"

就像回答涛宁的话似的，门外传来了几个人的谈话声和笑声。

有人问道："耿老师在家吗？"这是黄文信老师的声音。

进来的是音乐学院声乐系的系主任黄文信和学院教务委员会的一个工作人员，后面还跟着一个客人。耿萍立刻认出来了，就是三年前在火车上曾经关心过她，后来又再三来信劝她去北京的那个科学家——陈浩！

那小小的屋子立即显得拥挤起来。陈浩一看见耿萍，就亲切地握着她的手，关切地朝着耿萍打量了好一会儿，说："耿老师，我们这次可真的要合作了。"陈浩的话非常诚恳，一点也没有涛宁担心的那种生硬而又带点冷嘲的口气了。"自从上次在车上遇到您，有多少时候了？啊，整整三年了！您身体好吗？"

"我很好！"耿萍显然也非常高兴有这么一个机会能亲自来谢谢这位科学家，"我真的非常感谢您。您对我的学生的……"

"这是郭军同志配合得好。"陈浩很客气但又意味深长地说道，"我们也得谢谢他，他扩展了我们研究所研制的那种电子喉的应用……不过，这还仅仅是一个开端，我希望我们的工作今后能得到你们老师的帮助和指导。"

"对对对，"涛宁所关心的只是她的那个好朋友耿萍。所以，她一听到陈浩提到的配合问题，就忍不住插话了，"小萍，还有你呢！小萍，我们现在也要让你去试试！”

“我……”耿萍还根本没有想到她自己的问题。

“对，”这时黄文信插嘴道。这位老声乐学家，当然也非常关心他自己过去的得意门生，“小耿，刚才我们在党委会上讨论了你的问题。院党委决定让你去北京住一段时间。当然，这不仅是你个人的‘治疗’问题，而是要你代表我们学院去全面了解一下研究所的工作，帮他们出出主意，配合配合他们的工作，这是刚才做出的决定。陈教授提出的一些问题，我们觉得很重要，我们搞艺术的也要跟上时代，注意一下现代化呀！所以，院党委想要和你谈一谈，他们在等你。”

“我？可是……”

“我知道你在担心郭军他们是吗？”黄文信很了解耿萍现在的心理。她一旦决定放弃自己的演唱工作后，她的全副心思就放在她的教学工作上了。“我接下来。党委要你把研究所的工作配合好。顺便说一下吧，你的失声问题，也可以请研究所的同志，帮助解决一下呀，这也是教务委员会和我们系党支部的决定。你马上去一次，陆书记他们都在党委办公室里等着你哩！”

耿萍感激地看了看黄文信，也朝大家望了望。从大家那种关切的神情中，她突然心头一动：“也许，在科学的帮助下，我还是能恢复的吧！”她不由地暗暗想道。

“好，我马上就去。”当一个人知道同志们都在关心着她的时候，那是会增添力量，产生强烈的希望的！

耿萍和那个教务委员会的同志一道走了。

门刚关上，涛宁就激动地拉住陈浩的袖口说：

“老陈！你办得真好！你……真太好了！你觉得耿萍能恢复过来吗？”

“相信科学吧！”这是陈浩的回答。他这次可是非常严肃地说道，

"耿萍的问题是比较麻烦，但你要相信我们研究所的那些同志，他们已经在着手研订方案了。"

"啊！"涛宁不由地又把两手一拍，欣喜地说，"太好啦！真的太好啦！"

五

这是北京难得有的一个又长又炎热的夏天。

尽管天气炎热，到了晚上酷热也依旧不退，但那天北京音乐学院的小礼堂里还是座无虚席，挤得满满的。

节目一个接着一个，从大厅里传来了一次又一次的"再来一个"的喊声。

这是沈阳音乐学院毕业班和老师的巡回演出。演员和观众都是同行，怎么会不引起注意，不引起强烈的兴趣呢！节目确实是相当精彩。当一个年轻的报幕员出来宣布"下一个节目，男高音独唱，由沈阳音乐学院毕业班同学郭军演唱"时，起先大家都没有在意。可是当那柔和而明亮的歌声从台上飘向观众席的时候，大厅里立刻静了下来。这声音是如此的富有特色，以致没有唱上几句，在北京音乐学院的同学当中就传开了："好，这小伙子的声音多漂亮！"

那天小郭是唱得不错。他的高音关早就"顺利"地通过了。而更重要的是：这个来自农村的质朴的小伙子，富有一种特别的表现力，这当然不仅仅是因为郭军学习勤奋，也与他的老师有关。耿萍丰富的舞台经验和处

138

理乐曲的深度，都在她的学生们的身上留下了深深的印记。

大厅里再一次响起了"再来一个"的呼喊。同学们互相议论着；北京音乐学院的一些声乐老师也互相交换着赞许的眼光和会心的微笑。人们在打听这是谁的学生，而几个坐在前排的穿着部队文工团制服的客人，却不动声色地暗暗记住了这个学生的名字，不用问就知道，这几位并不是偶然闯进来的"客人"，一定是部队文工团的指挥或乐队队长了。每次音乐学院的毕业演出，他们总是必到的。接下来，他们就会点名向学院要这位或那位同学了。

好像是故意安排好的，报幕员又出来宣布道："下一个节目，女高音独唱，演唱者沈阳音乐学院的耿萍教授！"

大厅里又响起了一阵热烈的掌声。这的确是破例的行为——还未演出就已经鼓掌了。假如那天你也在场的话，那你一定会发现，带头鼓掌的是坐在那几个部队"客人"后面一排的几位观众，拍得最响的是一个已经稍微有些发胖的中年妇人和一个青年姑娘。不用说了，那就是涛宁和已经是沈阳音乐学院附中的学生——秦小燕。在涛宁的一边坐着枫眠和李政委。另一边，在小燕旁边坐着一个头发依旧漆黑，腰杆挺直的中年男子。读者们当然可以猜到了：那就是生物控制研究所的负责人陈浩。不过，他并未拍手，他只是专注地注意着舞台。当他看见穿着一件深蓝色演出服的耿萍从容地走向台前，并且仪态大方地回过头向乐队点点头时，他的脸上突然掠过一个轻微的赞许的微笑。如果这时有谁走过他的身边，仔细地看一看他的话，你一定会惊异地发觉，这个面部总带着一点轻微冷嘲表情的人，神色却有些紧张，他的双手竟是那样紧紧地握着席位中间的扶手。

耿萍从容的歌声已经从台上飞扬了过来。她的声音依旧是那样的圆润，那样的纯净，而且依旧那样富有弹性。而她对于所唱歌曲的理解更加深刻了，表现力也更加丰富了。她焕发了青春，达到了一个新的艺术高度！

歌声如同美丽、矫健、勇敢的海燕在海空飞翔……

陈浩的手终于松开了。当他侧过头去看涛宁的时候，脸上露出了宽慰和愉快的笑容。那为人耿直爽快，满怀热情的涛宁，这时早已激动得满脸通红、热泪盈眶了。已经成了音乐学院的学生，而依旧十分天真和机灵的小燕，激动地伸出了她的手，紧紧地压在陈浩的手上，悄声地说：

"陈伯伯，耿阿姨唱得多好啊！你爱听她唱吗？"

陈浩轻轻地捏了捏小燕的手，深情地答道：

"我爱！"

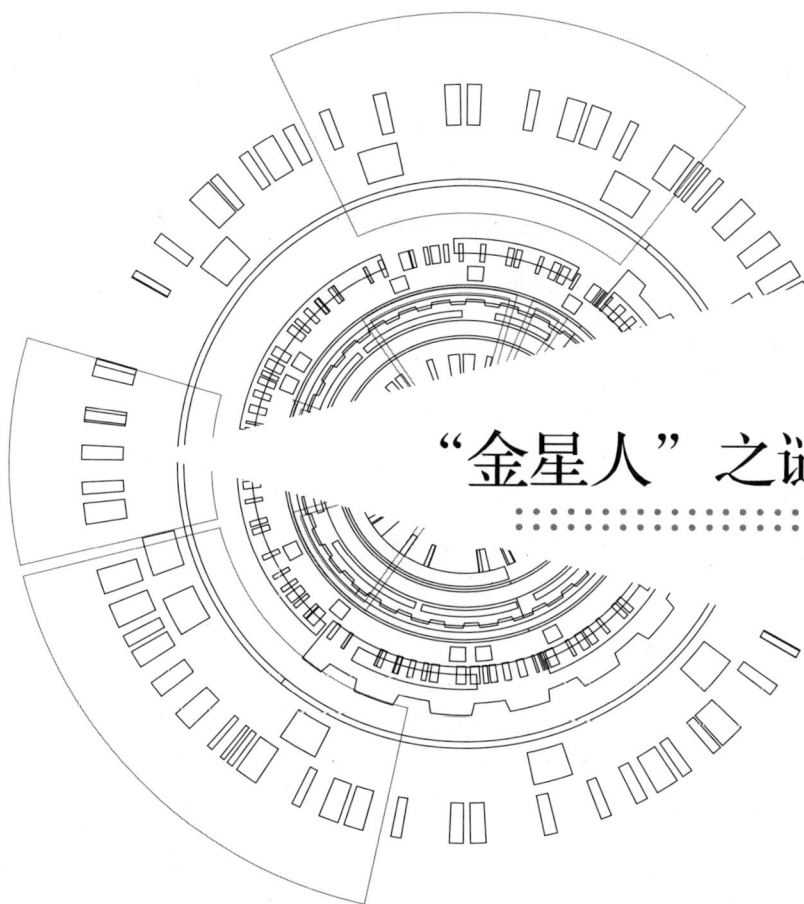

"金星人" 之谜 [1]

● ● ● ● ● ● ● ● ● ● ● ● ● ● ● ● ●

---

[1] 1977年10月稿，原载于《科学文艺》，1979年第1期。

真没想到，我，一个研究语言学的人，竟然会卷到这样一桩惊人的宇宙事件中去。虽说这纯属偶然，但在这科学发展日新月异的时代里，各门学科都已深深地互相交织，互相渗透，一个语言学家忽然参加到宇宙航行的事件去，也叫说是事物必然的发展。只不过，我只是一个偶然卷进去的人物罢了。

　　那么，事情应打哪儿说起呢？

　　是从我接到参加"金星之行"的通知说起吗？不，还是从事件的开始——我参加全国语言学论文宣读大会说起吧……

紧急会议

　　我记得，那是语言学论文宣读大会的最后一天。当一天紧张的会议结束以后，我及早回到旅馆，很早就上了床。

　　这是七月底的一个闷热的夜晚，但室内却十分凉爽。我按了几下按钮，告诉"电子服务员"明晨应当何时叫醒我。由于任务已经顺利完成，我睡得非常香甜和深沉，以至于当半夜我被"电子服务员"唤醒时，还以为已经是清晨了呢！我睁开眼睛朝桌上的数字电子钟一看，只是半夜十二点四十分。奇怪！会不会是"电子服务员"出了毛病——乱弹起琴来了？这时候，却听得那个调皮的"电子服务员"以一种单调的语音在继续呼唤："许平同志，请醒一醒！星委会有急事找您，请您接电话。"

"忻伟惠？"在我的记忆里，并没有这个熟人呀！正当我还在迷迷糊糊地猜想这到底是谁时，话筒里传来了一个姑娘清脆的声音：

"喂！喂！您是许平同志吗？我是星委会秘书处，星际航行委员会秘书处。是这样，许平同志，我们星委会现在正在举行一个紧急会议。会上我们讨论到了您的论文。我们很想请您来参加我们的会议，是否能请您现在就来？"

"现在……这么晚的晚上？"我大吃一惊！

"是的。不过不是晚上，此刻已是清晨零点四十分了。"这姑娘大概是因为干宇宙航行工作的，所以时间概念特强。接着，她又用非常客气，但又不容分辩的口气说道："吵醒了您，非常抱歉。但我们希望您立刻就来！车子我们已经为您派出了，同志们都在恭候您！"

我刚穿好衣服，那个说话一板一眼的"电了服务员"这时却又开"口"了：

"许平同志，星委会的车子已停在A区——四号停车场了，您可以乘十四号电梯下去。早点已为您准备好了，请吃了早点再去。"

可是，我哪有心思吃什么早点啊！星际航行委员会找我，而且还这么心急火燎的，真是怪事！老实讲，当车子风驰电掣地向东郊星委会大厦驶去的时候，我还一直在怀疑，这电话究竟是不是打给我的？我，一个专门用数学来研究语言的人，同星际航行委员会有什么关系呢？我的那篇论文，虽然在大会上引起了许多人的关注和兴趣，但就论文本身，和星际航行并没有什么关系……

车子在我的胡思乱想之中"嘎"的一声停了下来。虽然已经是半夜——啊，不，已经是清晨一点整了！可是星委会那座白色的大厦，却仍然灯火辉煌。

我刚下车，就看见一个身材高大、背部微微有些佝偻的中年人向我走来。我立刻认出来了：这是罗冰，中国第一个登上火星的、世界闻名的星际航行家。没有想到竟会是罗冰亲自来迎接我！

"是许平同志吗？"他打量了我一眼，然后又使劲地和我握了握手，"啊，我很高兴您能来，请，会议在二楼举行。"我跟着罗冰跨进会议室，环顾四周，又吃了一惊。啊！在北京的各个主要学科的专家们几乎全被请来了。上了年纪的专家们紧紧地挤在一张长方形大桌的跟前；年轻的一辈则一圈圈地围坐在后边——把这个宽敞的会议室挤得满满的。

会议显然已经开了一些时候了。一位年轻的女天文生物学家，正在同我大学时代的一位老师——语言数理学家徐勉纯教授——激烈地争论着什么。我的那位白发苍苍的老师，平时是那样的温和与沉着，可是今天，他却一反常态，不知为什么变得那样激动。当他看见我和罗冰挤进会议室时，竟高兴得像个孩子似的朝大家嚷了起来：

"好啦，好啦！论文的作者本人来了！"他抓起了放在面前的一份报告，朝那位女科学家扬了扬，说，"好，现在就让这篇论文的作者自己来回答你吧。"

会议室里立刻静了下来，许多双热切而又好奇的眼光一齐朝我投来。

罗冰为我找了一个座位，没等我坐下，就向大家介绍道："同志们，这就是论文的作者许平同志。"

罗冰又立刻转向了我。

"许平同志，"他说，"我们请您来，是想请您亲自为我们解释一下，据说，你们研究所已经成功地翻译了一些已经失传了的古代文字，我们很想了解一下情况——请。"

我真感到有些茫然。这时我才发现：专家们的手里差不多都拿着一份材料——我的那篇论文。当时我的确不明白，这些专业领域和我毫无关系的专家们，为什么会突然对我们的研究工作产生了兴趣？而且还在这种时候——在这夜深人静的半夜里，在这星际航行委员会的会议室里！

我望望我的那位老师，望望罗冰，又望望会议室里的其他专家们。可是我只看到了一种眼神——一种期待的眼神。我还看出，他们都很兴奋——显然，这些人都被什么事情弄得激动不已。

我只好把这几年来我们所做的一些工作向大家简单地介绍了一下。我告诉大家：我们的工作主要是借助电子计算机，用数学和逻辑来分析、研究语言的规律。我那篇论文，谈的就是我们怎样确立了一些基本的原则和方法，并且应用这些原则，编制了几套软件，顺利地翻译了一些已经失传了的古埃及文字，以及解决了我国古代甲骨文上的一些疑难问题……

这只能说是一个极简单的介绍。

我刚坐下，问题就像雨点般地向我投来。这些问题起先多半是问一些基本方法和技术细节的，但后来，问题越提就越离奇了。

"许平同志，"提问题的就是刚才和徐老师争论的那个口齿伶俐的女天文生物学家，"我个人对您的论文提不出什么问题。不过我很想知道：你们提出的一些原则是不是也适合另一个星球上的生命呢？直截了当地说吧！如果在金星上发现了'金星人'，而我们又一旦和他们取得了联系，那么，我们是不是可以指望您，很快地把他们送来的信号都翻译出来呢？"

大概我是被今天这个"闷葫芦"一样的事件弄得心烦了。所有的问题我都耐着性子回答了，但当我一听到这个近乎荒唐的问题时却立即失去了耐心。

"同志，我是一个科学工作者，"我冷冷地回答说，"而不是一个科学幻想小说作家，在我研究这个专题的时候，我可没有把你们这个并不存在的'金星人'考虑进去！"

也许，我的语气是过火了些，会议室里立即轰动起来：

"怎么？他不知道？"

"看来是不知道。"

"那为什么不告诉他？"

我弄不懂大家说的是什么，只好莫名其妙地朝罗冰看去，想请他解释一下这是怎么一回事。这时他站起来说道：

"同志们，我们的确还没有告诉许平同志。因为事情实在太仓促了一些。不过这样不是更好吗？我们可以听听完全客观的意见。"

"许平同志，"接着，他又转向了我，"刚才李慧芬教授提出的问题并不是开玩笑，这的确是我们大家都急于想知道的事，那就是如果我们一旦和地球以外的某个星球上的'人类'取得了联系，我们是不是可以指望你们很快地把他们送来的信号翻译出来？"

罗冰的态度严肃而认真。这下，我真是越来越糊涂了。但是我怎么来回答这个平时只有在科学幻想小说里才讨论的问题呢？幸好这时徐老师及时地提醒了我。

"许平，我想我们应当把一些问题先肯定下来。"徐老师手里依旧拿着我的那份论文，并朝我挥了挥，继续说道："首先，我们应当这样肯定，将和我们打交道的'金星人'——这里，我不得不再说一遍，我们目前只好假定它是'金星人'——一定也是一种有高度智慧的生物。这种生物是什么样子的，我们暂且不去管它。但有一点我们却可以肯定，任何高级生命的形成，都是和劳动分不开的。这就是说，'金星人'必然和我们地球人一样，过着社会的生活，而且也有表达他们思想的工具——语言。其次，这种语言，我想也一定和地球上所有的语言一样，是反映客观现实的。而客观世界——不管是在我们地球上或者是在其他星球上——都是有规律可循的。所以，我们认为……"

我突然明白了徐老师要说的话。对，这样看来，"金星人"的语言也一定是有规律可循的。

"我明白您的意思了。"我立刻接口说道，"如果真是这样，那我们肯定是可以想办法把这种语言翻译过来的。"我用肯定的语气重复道，"如果这语言有一定的规律，而且有严格的逻辑性，我们是可以办到这一点的。不过，"我虽然用非常肯定的语气回答了这个问题，但是我知道，现代的科学考察，早就否定了金星上有"人类"这个结论。我一点也不明白，这些专家们为什么要在深更半夜里来讨论这个根本不存在的问题！所以，我马上又追补了这么一句，"这种讨论有什么意义呢？因为照我个人的看法，既然金星上没有生物，哪里还有什么'金星人'的语言呢？"

会议室里本来是静悄悄的。看来大家对我的回答还算满意。可是，当大家听到我说"金星人"根本不存在的时候，突然"轰"地一下，爆发了一阵友好的笑声。尤其是大家看到我那莫名其妙的样子，笑得更厉害了。

我莫名其妙地坐了下来，还不知道我到底说错了什么。幸好，这时罗冰又马上站起来，为我解了围。

"许平同志，同志们并不是在笑话你。金星上目前还没有生命，更没有'人类'，这的确是现代科学考察所证实了的。然而，现在发生了一件非常意外的情况，"说到这里，罗冰突然把话锋一转，"您大概知道我们关于金星的一系列航行计划吧？"

我点点头。

的确，在偶然的机会里，我看到过一些相关的资料，看到过我国的宇宙航行规划。我国有关部门在火星考察结束以后，立即紧张地开展了金星考察的准备工作。为了完成登上金星的载人航行，我国已发射了一系列的无人考察火箭去金星。不过关于这些发射和考察的详情我并不了解。

罗冰继续问道："您还记得我们最近向金星发射的一支无人考察火箭——'宇航四号'吗？"

我又点点头。

"这次发射的火箭，除了装有遥感遥测仪器之外，还装有一架精密的'微光红外线电视摄影机'。您一定知道，金星是由一层很厚的大气包裹着的，所以只能用红外线摄影技术来了解金星的表面情况。可是昨天摄影机刚刚开始工作，却发生了一件我们大家都没有想到的事，在拍摄到的一些照片当中，我们发现：在金星上空竟然有一个奇怪的人工天体！据初步分析，我们认为，那可能是一个巨大的人造卫星。"

这惊人的话来得那样突然！因此，当时我并没有马上明白其中的含义。可是，"人工天体"这几个字像闪电般在我脑子里一闪。

"什么？"我差一点从椅子上跳了起来，"人工天体？"

会议室里又爆发了一阵友好的笑声，看来，大家已估计到我会这样吃惊。

"难道说……"我依旧没有平静下来，这个消息毕竟太突然了，"难道说，金星上真有'人类'？"

"对这一点，我们还不能肯定。"罗冰等会议室里的喧哗声平静下来后，继续说道，"是的，这件事对我们来说确实太意外了。我们起先还以为那是哪个国家发射的新飞船，但我们立即核实了，最近一段时间里并没有人向金星发射过什么人工天体，可是从照片上看来，那又明明是人工建造物。虽说我们唯物主义者一向认为，在广阔无垠的宇宙中，绝不会只有地球上才有生命。但金星上目前没有生命，却是肯定了的。那么，又怎样来解释金星上空那个人工建造物的存在呢？这就是出现在我们面前的一个惊人的谜！"

啊，原来是这么一回事！

金星上空发现了人工建造的卫星！是的，那就是人造卫星。因为从罗冰递过来的几张照片看来，那个亮闪闪，像个哑铃似的、两头粗中间细的东西，绝不可能是天然产生的。那的确是人工的产物，但又不是我们地球人发射的！这么看来，我们真是要和另一个星球上的有智慧的生物打交道了，这是多么不可思议啊！

"同志们，"罗冰向我说明了这件事情的经过以后，立即又转向了参会的专家们，"我们已经听到许平同志本人的意见了。看来，大家刚才所关心的，同'金星人'——让我们先暂时这样称呼一下发射那个人工天体的主人吧——取得联系以后，如何将他们发来的信号翻译出来的问题，已经可以说解决了。至于上面我已讲过的那个'谜'，看来只有等我们试着同'金星人'取得联系，或者去金星进行实地调查以后才能揭开。为此，我提议成立一个专家委员会来考虑如下的几个问题：

"第一，由徐勉纯教授、许平同志以及通讯专家们成立一个专家小组，专门负责筹备在地球上同'金星人'取得联系的工作。这个工作应当在这次会议结束以后，立即进行。

"第二，我们正在积极准备去金星的载人飞行，应当尽可能地提前。同时，鉴于在地球上同'金星人'的联系可能失败——为了在金星上继续同'金星人'联系，这次去金星考察的成员中，应有一位语言学家……"

我不准备把罗冰那天的讲话全部记下来。不过，需要做些补充说明的是，也正是罗冰的第二点建议，我才突然地被卷入这个急遽发展着的宇宙事件中去了。而这个，也正像我在开头所讲的，也许纯属偶然。但每当我回想起这件事时，心里总还是非常激动，难以忘怀。我总觉得那以后的遭遇，对于我这样一个普通的科学工作者来说，真是太意外和太幸运了！

在金星上

我们终于在金星上降落了。

我们，是指我们的领队、中国著名星际航行家——火星航行的参加者——罗冰，火星航行参加者、地质学家鲍维文，中国星际航行委员会天文生物学部研究员——李慧芬，以及以语言学家身份参加这次航行的我。

这真是令人永远也不会忘记的一刻。

当我们的飞船刚关上发动机，信号灯和仪表显示出"安全降落"后，我们四个人，就连一向沉着冷静的罗冰也是这样，一下子都甩开了安全带，在飞船的舱室里，你挤我，我挤你地拥抱了起来。

金星！我们终于登上了这个大气弥漫的神秘的星球。我和罗冰穿着能自动调节温度、防腐蚀、耐高压的宇宙服，凛然不动地站在那儿。脚下踏着的是一片五颜六色的砾石和细而柔软的泥沙；地平线的远处是一抹迷蒙的黑色的山岭；头顶上是浓厚的大气层，以及像个影子似的模模糊糊的太阳，能见度极低。

"来，"宇宙服的透明的帽盔里响起了罗冰低沉而激动的声音（我们是通过无线电对讲机来交谈的），"来，"他挽起了我的手臂，"让我们一起迈出在金星上的第一步！"

我们一同向前跨了几大步，然后又一同把一面写着我们考察队名称的小旗，用劲地插在金星柔软的土地上。与此同时，李慧芬将这几个值得纪念的镜头拍摄了下来。

罗冰俯身用经过严格灭菌的设备取了一块金星上的土样；我用无菌真空取样瓶取了一瓶金星上的大气；然后我们又小心翼翼地绕着飞船走了一圈，就立即返回飞船。罗冰马上动手分析空气的样品，李慧芬和鲍维文则欣喜若狂地拿着那些泥土放在显微镜下观察去了。而我，则坐了下来，忙着调整无线电，试图和地球取得联系……紧张而有趣的金星考察工作就这样开始了！

要把我们在金星上做的工作，在这篇短文里全都写出来，那是不可能的。在这里，我只谈谈与寻找"金星人"有关的一些主要的情况。

我们所做的第一项工作，便是继续寻找那个人工天体的踪迹，这是我们在地球上没有能够完成的工作。在那次紧急会议之后，我们曾投入了巨大的力量——赶建了几座强力的定向无线电台；为了收听"金星人"的信号，还把所有的业余无线电爱好者组织起来。然而，这些努力都失败了。令人不安的是，继续发往金星的自动探测火箭，却未能再找到那个像哑铃似的人造卫星。在地球上想推断那个人造卫星的轨道的打算也没有成功。这说明，我们上次拍到的那几张照片，只是一个非常稀有的偶然情况。本来就是嘛！要在广阔无垠的金星上空，寻找一个轨迹不明的人工天体，本就是一件相当困难的事啊！不过，这一次却意外的顺利。当我们在金星上重新使用红外线摄影术拍摄金星上空的照片时，我们终于又发现那颗人造卫星的踪迹了。看到那些显示有人造卫星痕迹的照片，我们都情不自禁地发出了欢呼！每个人的心里，都充满了初战胜利的喜悦！

可是，当我们接着进行第二项工作——寻找发射这颗人造卫星的"主人"时，却遇到了意想不到的困难。

金星！这个浓雾弥罩的神秘星球，它的环境条件，对于生命来说，确实是太严酷了：在它的表面，平均温度高达475℃；空气里的主要成分是二氧化碳；大气压竟是地球上的九十多倍！这样的高温和高压，足能把岩石表面的氟化氢和盐酸"煮"出来。而这些"蒸汽"常常会形成一种浓密的硫酸雾，弥漫在山谷和低洼的地面上。金星上的滂沱大雨是有腐蚀性的！不，这哪里是"雨"啊，这里下的干脆就是腐蚀性强烈的无机酸！

显然，在这样恶劣的自然条件下，我们的考察活动也受到了很大的限制。但尽管这样，我们还是对金星的表面做了大面积的普查；另一方面，尝试与那个神秘的人工天体取得联系，也从未中断。但让人感到奇怪的是在金星表面，我们没有找到任何生命的痕迹，金星上空的那颗人工天体，对我们发去的信号也不做任何回答。

面对着这些情况，我们——这是指鲍维文、李慧芬和我——的确感到束手无策，心灰意冷了。一向坚信马上就可以与"金星人"握手言欢的鲍维文渐渐地失去了信心。不过，他突然提出了一个很奇特的理论。他认为一度曾经繁荣昌盛的"金星人"，一定是为了某种原因，全部离开了金星或全部死亡了。那颗遗留在金星上空的人工天体，只是"金星人"飞向其他星球的一个跳板，一个巨大的中间站而已。

鲍维文的"理论"当然还有很多破绽。首先，他不能解释，为什么曾经繁荣昌盛的"金星人"，没在金星的表面上留下任何痕迹；其次，从金星还很活跃的地质来看，这个星球似乎很难产生稳定的生命。所以，当每天工作结束，我们三个人一旦讨论起这个问题的时候，鲍维文的理论，总要遭到李慧芬强烈的攻击。

"真是一个不可救药的悲观主义者！"李慧芬挖苦地说道，"鲍维文，你就想点更高明的点子出来吧。我就不相信，能发射这样巨大的人造卫星的智慧生物会全部死亡！而且，从你自己的地质观点来说，也讲不通……"

"这可还不能下结论，想想我们地球上的恐龙吧！"鲍维文立即为自己辩护道，"巨大的灾变突然改变了金星的整个生态，于是……"

"收起你那个灾变论吧！一个高度发达的智慧生命可不像是你说的那种只会到处爬行、只顾寻找食物的动物！不，"李慧芬一听见有人把智慧生命和动物等同起来，她就会大大地生气，"还是想点什么其他的更高明的理由吧！"

"那你的'金星人'现在又在哪里呢？"鲍维文反唇相讥，"我们到金星已多长时间了？我们来之前又发射了那么多的自动考察站到金星上来，你就自己瞧瞧吧，"鲍维文"哗"地一下打开了舷窗上的金属帘子，指了指设立在我们正东面的自动考察站（这时，自动考察站正好接连发射了三颗颜色不同的信号弹）。"自从考察站降落以来，这种想引起'金星人'注意的信号弹就一直未停止过发射。如果'金星人'还存在，那他们早就发现我们了吧！"说到这里，鲍维文忽然话锋一转，"我知道，要你这个爱幻想的生物学家放弃和'金星人'拥抱的念头可真不容易。可是，如果真像你所说的，'金星人'肯定还留在金星上，或者和你所假设的一样，已全部转入地下。那你今天还会坐在这儿吗？不，你早就该作为国宾，参加'金星人'的国宴去了吧！"

"可是你能想象吗？整个星球上的人来个大迁移！不管有没有此必要，但这可能吗？技术上行得通吗？"李慧芬也是振振有词，"让我来计算一下吧。且不要说全世界的人要离开地球了。你是上海人，只说让你们全上海的人搬一次家吧！告诉我，这个家怎么搬法？更不要说是离开一个星球哩！"

每当他们发生这样的争论时，他们都争着要我做个公证人。可是，说一句公道话：我这个公证人也并不经常是公正的。倒也不是我和李慧芬的关系越来越密切的缘故。因为我也坚信：一个有高度文化和技术文明的人类，是不可能突然消亡的，而且也不可能突然离开，全部移往另一个星球而不留下任何痕迹的。

至于我们的队长罗冰，这个一向沉着而又有主见的人，他本来也是站在我和李慧芬这一边的。但自从我们踏上了金星后，他却越来越少地发表自己的见解了。尤其是当我们进行了几次远征考察，而依旧没有找到任何证据可以说明金星上曾经住过"人类"，他就更少参加我们这样的辩论了。当我们进行论战的时候，他只在一旁静静地听着、沉思着。而更多的时候，他却利用我们争论的时候，去忙自己的工作去了。

"我想利用业余时间，来编一份金星上空的星座图。"他告诉我说。这时，他正俯身在一叠红外照片上忙着。然而，我却隐隐地猜到了，罗冰一定是瞒着大家在干着什么。果然，有一天，正在鲍维文和李慧芬争得难分难解的时候，他突然打断了他们的话，说出了自己的看法。

"好吧，现在可以谈谈我的想法了。"他神情严肃地对我们说，"我也一直认为，一个拥有高度技术文明的庞大的社会体系是不会突然失踪或消亡的。那么，'金星人'会不会突然离开金星呢？我们且不去考虑他们为什么要这样做，我们先来假定一下，也许有个特殊的原因，使'金星人'不得不离开他们的星球，好，让我们来推论一下：要几亿或几十亿的人口全部离开金星，应该怎么做？我们可以肯定地说，他们一定会发射更多的人造卫星，来作为他们飞向宇宙的跳板，而绝不会只发射一个！我用仪器检查了天空，想证实我的这种想法。但很遗憾，除了我们已发现的那颗卫星以外，我并没有找到其他人造卫星，也没有找到一个宇宙航行时代在天空中必然会存在的大量的空间垃圾。……那么，我们也可以假设说，'金星人'完全可以用一个巨型的人造卫星来达到这个目的。好，我们且假定是这样，那么，在技术上，对这样的卫星，我们应有什么样的要求呢？要求很简单：这颗人造卫星的轨道，应该服从宇宙航行的一般规律……"

"啊，"这时李慧芬突然领悟了，她喊道，"这颗人造卫星的轨道，应当在金星的赤道面附近，而且，它的运行方向应该是自西而东，这样，在宇宙飞船离开卫星的时候，才能利用金星本身的速度……"

"对，任何有智慧的生物都会这样做。"罗冰微笑地答道，"这是宇宙航行中必须遵循的规律———一条铁的规律。"他从口袋里取出一叠红外线照片，一字儿排开，照片上，在点点繁星中，有一条那颗卫星留下的长长的线条，"可是，我们不要忘记，金星上空的这个人造天体的轨道是通过南北极的！"

我们半晌都未说出话来。是呀，这不合常理！任何理智的行动，都会考虑到能量的节约，当然，更不要说这种大规模的撤离行动了。任何的浪费在这里都是不能允许的。最后，还是李慧芬打破了沉默："好，这个结论站得住，老罗，你好像还有什么话要说……"

"是的，我是有不少话要说。"罗冰终于打开了他的话匣子，"我现在认为，以前我们在地球上的推断基本上是正确的。金星还处在它的发展阶段的初期。至少对生命来说，这个结论还是正确的。而我们的考察也初步地证实了这一点。我们未找到任何生命的迹象，也未找到任何金星文明的遗迹，如果说金星过去曾经繁荣过的话……总之，凡此种种，都说明这是一个比地球还年轻得多的星球！"

"那么，是谁发射了这颗人造卫星呢？"大家异口同声地提出了这个问题。

"是的，"罗冰忽然神情专注地抬起头来，朝我们望了望，然后轻声而沉着地说道，"为什么一定要假定那是颗'金星人'发射出去的人造卫星呢？也许，它根本不是卫星，而是一艘巨大的宇宙飞船。也许，'金星人'根本不存在，而这只是另一个星球上的智慧生物派到我们太阳系来的一艘宇宙飞船呢？"

"啊！"我们三个人都不由地惊呼一声。这的确是我们所没有想到的。如果这真是另一个星系里来的飞船的话，那将是多么重大的事件啊！

我们三个人依然未说出一句话来。大家都在"咀嚼"罗冰的这个新假设。

然而，罗冰却依然十分冷静，他说："当然，这也只是一种新的推断，要证明它是否正确，只有到那颗卫星上考察了以后才能作出结论。好在，考察那颗卫星，原是我们的主要任务之一，我们也早有这方面的准备。我相信，如果我们在金星上不能揭开'金星人'之谜的话，那么，在那颗人造卫星上——我们现在仍暂时把它叫作人造卫星吧——我们一定可以找到这个谜底的！现在我建议，让我们尽快地结束金星上的考察工作，到那颗人造卫星上去。"

在神秘的飞船上

我们进入了预定的轨道。

现在，我们的飞船正在离金星二万二千公里的上空飞行，几乎成为金星的卫星了。由于我们飞船的轨道和速度都与那个神秘的人造卫星相同，因此，我们和那颗人造卫星之间的位置就相对地凝固不动了。

巨大的金星人造卫星，呈现在我们前面二公里左右的地方。在这深黑色的天空中，不用任何光学仪器，我们也能把它看得一清二楚。那是一个奇异而巨大的人工建造物。我们都浮在那儿（我们已失去了重量），头碰头地挤在飞船前面的舷窗边，紧张地望着那颗巨大的人造卫星。如果说那颗人造卫星里面有什么智慧生物的话，那"他们"或"她们"早就应当发现我们了。可是整整半个小时过去了，那神秘的人工天体上面没有一点儿动静。这是多么令人难以理解的沉默啊！如果说，以前我们在地球上和金星上发出的信号，"他们"或者"她们"都未曾收到，或者虽然收到了却未能理解的话，那么，现在我们已来到他们跟前，进入了他们的眼皮底下，"他们"或者"她们"总应该有所反应了吧！可是……这究竟是怎么一回事呢？难道能建造这样奇异的人工天体的智慧生物会像幻想小说里所描写的那样，虽然具有高度的智慧，但却是蛮不讲理，完全不通人情的吗？

一派迷惑不解的情绪笼罩着我们。最后，还是鲍维文打破了这难堪的沉默。

"我们靠上去！"他建议道。

"不，"罗冰离开了舷窗，沉思了半晌才说，"不，我就不相信他们还没有发现我们。李慧芬同志，你继续注意监视，我们亲自上那儿去！"

但是为了安全起见，经过大家的讨论，最后决定：罗冰和李慧芬留守飞船，鲍维文和我到那儿去。罗冰帮我们穿上宇宙服。当我们即将离开自己的飞船的时候，罗冰突然非常激动地同我们拥抱了一下。

"可要当心啊，别忘记随时和我们联系。"

鲍维文和我离开了飞船。当飞船的舷门在我们身后自动关闭以后，我们就进入了真正的太空。我们把装着压缩空气的喷气手枪开到最小，由手枪里喷出的细小的气流产生的反作用力（太空里没有大气，没有摩擦阻力，这点力量已经足够了），把我们向那颗人造卫星轻快地"推"了过去。

漆黑的天空布满了繁星。由于没有大气的干扰，这些星星看起来既明亮又宁静。不过，眼前的任务，使我们都没有心思去欣赏这奇异的景色。说实在的，我很难在这儿描绘当时我们"飞"向那颗神秘的人造卫星时的心情。如果在这个人工建造物上的确存在着智慧生物的话，他们早就该发现我们了。这些有智慧的生物将怎样来接待我们呢？这些有智慧的生物又该是什么样子的呢？他们会不会像英国一个科学幻想作家所描写的那样，像章鱼似的长着八只脚，异常凶暴，完全不讲道理的呢？但这些担心都不能阻止我们探个究竟的决心。一个有智慧的生命最可贵的地方，就是有这种追寻真相，寻根究底的决心和精神状态吧！

帽盔里响起了鲍维文的声音。他在向"家"里报告：

"罗冰！罗冰！我们就要踏上金星人造卫星了，依旧没有发现任何动静。"

"要当心！"罗冰再三地提醒我们道，"请随时和我联系。"随着距离的缩短，现在我们看得更清楚了。这是一个大致分成两个部分的巨大的人工建造物，一头是一个差不多有四百多米长的椭圆形球体，另一头是一面像个反光镜似的巨大的罩子，有一些半透明的粗大的管子把这两个结构连接在一起。这到底是个什么东西呢？是飞船吗？还是一个人造卫星？

我们终于"站"在那个奇异的人工建造物上面了。

"跟我来！"鲍维文在无线电里对我说道，"让我们滑到那边去。"

我笔直地、笨重地滑了过去。我忘记用喷气手枪来刹"车"了，结果重重地撞在那个大鸭蛋似的建造物上。这反倒提醒了鲍维文。他举起了喷气枪，使劲地在那个大球壳上敲了几下。我们又紧张地等待了好几分钟，但依旧没有任何动静！

鲍维文决定单独进行侦察。

"你留在这儿不动，我飞到那边去看一看。"他对我说道，"如果有什么意外，你一定要立刻回去。"

鲍维文打开喷气手枪，沿着那个椭圆形大球表面，向球的那边滑去。我呢，用手扶着一块菱形的设备（后来我们才知道，这是一种通信设备的天线），留在原来的地方。每隔一两分钟，老鲍就用无线电向我报告一次他的情况（这一两分钟简直有一世纪那么长！），我们不断地通着话，也不断地和"家"里联系着。

也许，我等得有些不耐烦了吧。另外，我也想在我力所能及的范围内进行一些侦察。我想看看那菱形的"天线"后面的金属凸起物是什么。于是我一面回答着鲍维文的问话，一面轻轻地沿着那个大球面向那个金属突起物爬去。当我刚刚用手握住那个圆柱形的突起物时，忽然，我觉得我脚下的舱面在慢慢地移动……我惊慌地一下子跳了起来，立刻飞到空中去了。

"许平！许平！你怎么啦？"罗冰和鲍维文一同在耳机里喊了起来（他们一定听到了我的惊呼声）！

我在慌忙中取出了喷气手枪，并把气阀开关开到了最大。立即，我又被气流推了回去。可是由于气门开得太大了，我在舱壁上还没有站稳，却被气流一推，跌到那个打开的窟窿里去了。刚才那个自动移开的舱壁，迅速地在我身后关了起来——把我关在那个神秘而又奇异的卫星里去了！

我重重地跌在什么东西上了。我立刻向罗冰他们呼救，可是没有回答——在金属的舱壁里，超短波无线电是无法传递出去的！

我冷汗涔涔地躺在那儿。当我终于平静下来后，我才发觉，我是"跌"进一间狭窄的长方形的舱室里来了。光秃秃的舱壁上什么东西也没有，只散发着一种柔和的光辉。舱室的另一头还有一扇长椭圆形的打开着的舱门。猛地看到那个洞开着的、高大的舱门，我不由地打了一个寒战！我得老实承认，当我一想到那神秘莫测的舱门后面，也许有一种脾气乖戾的生物在那儿偷偷地窥视着我，我心里就有点害怕。

但是，好奇心和探求科学的精神力量终于又占了上风。真的，我怕什么呢？我们的目的不正是要寻找这里的主人，把事情搞个水落石出吗？我站起来，迈着沉重的脚步，走进那个舱门。出现在我眼前的是一排整齐的、就像轮船舱室那样的房间。这些房间都关得严严实实的，我试着在那些房间的房门上敲了敲，可是，除了我自己的沉重的呼吸声之外，什么反应都没有。

我站在那儿犹豫了好一会儿，不知道怎么办才好。到这时，我才惊异地发觉，我已经恢复了重力。在我们的飞船上，我们是完全处于失重状态的，但在这里，我竟然可以像平时那样地行走，这说明这个人造卫星的构造的确是非常奇妙的。

我决定返回原来的那个舱室里去。我想到了罗冰和鲍维文，这时他们一定在寻找我，为我的命运在担忧。我应当和他们先取得联系，告诉他们我现在的状况。但我的努力还是失败了。在那间狭长的舱室里，找不到任何可以打开那个出口的按钮。我只好再折回去——我突然横了心：我要去找那些奇怪的且始终不肯露面的主人。

在那排房间的尽头，我找到了一个螺旋式的扶梯。看来，那会通向这个人工建造物的心脏部分。我刚想举步跨上去，忽然——我听到一阵杂乱的脚步声——是的，这是脚步声呀！他们正向我这边走来。我连忙转过身去。

"许平！许平！"

啊，多么亲切的声音！这是鲍维文！不，这是罗冰！他正从另一条通道的一头向我奔了过来。

"啊，你在这儿！你没有受伤吧？"我们立刻像久别重逢的朋友那样拥抱了起来。

"老鲍呢？"我虽然有一连串的疑问，有一连串的话要说，但为同志的命运担忧的心思却抢在前头了。

"他也进来了。走吧，他正在那边等着我们。"罗冰显然是被什么事情激动着，竟一反往常那种镇静的态度，一把拉起我就向那架旋梯跑去。

"我的想法已经被证实，这是一艘飞船。"罗冰急急忙忙地说道，"我们已经找到了它的发动机舱和船长室！"

"那人呢？这个飞船的主人呢？"我为罗冰高兴！可是这艘飞船的主人呢？这却是我更想知道的事。

"我们已经找到了，可是——"罗冰突然站住了，他神情古怪地转过身来，一把握住了我的手臂，静默了一会儿，然后才万分沉痛地说道："都牺牲了！看样子，他们遇到了什么不幸的事，全部牺牲了。"

"全部牺牲了？"我还没有明白罗冰讲的是什么，鲍维文已经一下子抱住了我。在一间布满了各种仪表的大舱室里——这显然是飞船的指挥室——我终于明白了罗冰讲的那句话的意义。

在一张控制台前面的椅子上，有一个身材比我们高大得多的"人"——他的样子和我们地球人非常接近——仰面躺在那里。

干燥以及其他我们暂时还不明白的原因，使这个"人"的外形没发生什么改变。他仰面躺在那里，手里紧紧地握着一支像我们的自来水笔一样的东西。控制台上放着一本打开的簿子（以后我们才知道，这是一本航行日记），上面密密麻麻地写着许多形状奇怪的文字。在那个本子旁边，我们还看到了一张照片，一张极为清晰的地球的照片和一封信件（后来我们才知道，这是写给我们全体地球人的一封信件）。

我们——这三个从遥远的地球赶来的人——都不约而同地在这个"宇宙客人"的面前站住了。我们虽没法脱下我们的帽盔，但是我相信，不管是罗冰或者是鲍维文都在向这个，为了科学，为了探索宇宙奥秘而不幸牺牲的"客人"，默默地致敬！

"探索号"宇宙飞船的秘密

气垫式超速汽车，沿着北京东郊的那条世界著名的超级塑面公路，飞快地向星际航行委员会大厦驶去。老鲍已经把车速开到了最大限度，可是这还不能使我们满意。李慧芬和我坐在后排的座位上，每隔一两分钟，她就要推推老鲍的背，催促他说："快点嘛，我们要迟到了！"

是的，我们已经迟到了。五个小时以前，我们还在"宇宙飞行员之家"疗养所的藤椅上，饱览着辽阔的海景，沐浴着春日和煦的阳光。要不是临时举行的那次记者招待会多耽搁了些时间，我们早就赶到会场了——这样的会议，我们是不能不参加的啊！

金星航行已顺利地完成了。这次航行，整整花去了一年零两个月的时间。在那四百多天里，我们有一大半的时间是花在航行上的。我们在金星上只待了47天，在金星的人造卫星——不，现在我们已经知道了，那不是人造卫星，而是一艘巨大的宇宙飞船——上待了整整11天。在那11天里，我们不仅细致地考察了那艘飞船，而且，在飞船上还找到了大量的资料——各种各样的文件、书籍以及一本厚厚的航行日记。

这是任何人都可以想象出来的，当我们找到那些宝贵的文字资料时，我们是多么高兴、多么兴奋啊！因为那是解开"金星人"之谜的唯一可靠的依据。

但我们也知道，我们无法在飞船上立刻解开这个秘密。资料那么多，还要解释那些奇异的文字，并把它翻译出来，短时间内是不可能做到的。

不过，我们并没有让这个工作耽搁下来。在我们飞回地球的时候，我们已经把那些重要的文件发送到地球上了。

当我们跨下宇宙飞船的时候，就听到了这样的消息：我们那个研究所，利用电子计算机，在徐勉纯教授的指导之下，已经顺利地解开了那些文字的秘密，并且，还把一些主要的文件翻译了出来。听到这个消息，我们是多么激动和兴奋啊！我们提前结束疗养，赶来北京，正是为了去听徐勉纯教授的报告啊！

我们总算赶到了星委会。

李慧芬像一阵风似的领着大家向二楼会议室奔去，但我们还是迟到了。当我们走进会场的时候，徐老正在结束他的报告。

"……同志们，这就是我们小组在这四个月里所进行的工作。"徐老的声音听起来有些沙哑，看来，他为了小组的工作，一定又熬夜了。

"我们的工作还只能算是刚刚开了个头，因为还有大量的资料在等待我们去整理、去翻译。不过，"徐老继续说道，"我们至少已弄清楚了上面所谈到的那些问题，总结起来说，可以归纳成下面这样几点：

"第一，我们已经确定了那艘飞船的名字。如果用我们地球上的语言翻译出来的话，那艘飞船叫'探索号'。

"其次，也是最最重要的一点，我们已经肯定了那艘飞船是从X-a星那儿飞来的。它抵达我们太阳系的时间，按照我们的地球年来算，大致是在三年以前。我们都知道，X-a星离我们太阳系是非常遥远的，假如有一艘飞船，用光的速度——每秒30万公里——从太阳系飞到X-a星，也要花上整整八年的时间！据我们得到的一些资料来看，'探索号'这次飞到我们太阳系来，差不多花了整整27年的时间！因此，这次航行如果单从时间上来看，也已经是够伟大、够艰巨的了。

"第三，从飞船上找到的一些书籍里，我们也了解到了一些有关X-a星的消息。我们看到了这样的记载，在X-a星——这个比我们的太阳大得多的恒星——的四周，有17个行星围绕着它在旋转。在这17个行星里，有一颗名叫'刚里卡'的行星，在几百万年以前就产生了和我们地球上相似的'人类'。而'探索号'，就是这些勇敢的刚里卡人制造出来的。

"第四，我们还把'探索号'航行的日记翻译了出来。在这本航行日记里，我们发现了许多珍贵的科学资料。星委会正在把这份文件赶印出来。明天，在座的各位就可以亲自看到这份宝贵的文件了。

"最后一点，也就是第五点。我在这儿还要告诉大家一个非常重要的消息：在金星考察队为我们拍送回来的资料中，有一份极为重要的信件。当我们把这份信件翻译出来后，意外地发现，原来这是'探索号'飞船的代理船长，在临牺牲前所写下的一封信。而这封信，居然是写给我们全体地球人的！现在，我想同志们一定不会反对，我把宣读这封信当成光荣，留给我们的英雄，留给为我们带来这些珍贵资料的罗冰同志，我的话完了。"

会场里立刻爆发了一阵暴风雨般的掌声。罗冰在话筒前足足等候了好几分钟，掌声才停下来。罗冰的讲话是非常精彩的，他不仅宣读了那份极为重要的信件，而且还向大家提出了一个大胆的、诱人的建议。

下面，就是罗冰的发言：

"同志们！亲爱的朋友们！我非常高兴，在事隔两年之后，我们又能在这儿相聚一堂，一起来研究、商讨这样的一件重大的科学事件。而这个事件应该说是，自从我们人类有史以来，还是第一次碰到的！

"我也很高兴，能由我来担负这样一个重要而光荣的任务，向大家宣读这样一份重要的信件。当然，在宣读这份信件的时候，我们心里都感到沉重和惋惜，因为写这封信件的人和他的同伴们都已经不幸地与世长辞了。

"同志们！亲爱的朋友们！大家都知道，当我们登上'探索号'的时候，我们还抱着这样的希望，希望最终能和这艘飞船的主人握手言欢。可是与我们的愿望相反，我们只找到了两位刚里卡人的遗体，以及那位最后牺牲的刚里卡人在'探索号'指挥室里留给我们全体地球人的一封信。现在，请允许我把这份热情洋溢、充满友情的信的译文向大家宣读出来：

亲爱的蓝色星球的全体朋友们！在我即将离开这个世界的最后时刻里，我很高兴还能有机会向你们致以最崇高的问候和敬意。

执笔写这封信的人，是一艘名叫'探索号'星际宇宙飞船的代理船长。这艘飞船，是从一个恒星系（我不知道你们称呼它为什么，我们称它为'杰伦'，意即光明）中的一个名叫'刚里卡'的行星，飞到你们这儿来的。在我们的恒星系里，共有17颗行星，'刚里卡'是其中的第九颗。我们刚里卡人在漫长的发展过程中，逐渐掌握了各种各样征服自然的技术——其中包括宇宙飞行的技术。这一次，我们'探索号'的乘员，就是接受了全体刚里卡人的委托，要我们飞到你们这个恒星系来，考察你们星系的情况，查明在你们这个恒星系的行星上，是不是也像我们刚里卡一样，居住着人类。

但遗憾的是，我们没能很好地完成这个任务。尽管在这最后的时刻里，我们终于发现了你们，找到了你们这个美丽的、笼罩着一片浅蓝色云雾的星球。但是，一种可怕的疾病已经侵入了我们的机体，我们已经来不及同你们取得联系了。现在，在我们的飞船里，只剩下我一个人，而我，也即将离开这个世界了。我只能在这最后的时刻，给你们留下一封信，把我们的遭遇告诉你们，并且由衷地向你们致以最美好的祝福。

我相信，你们总有一天会看到这封信的。你们一定会像我们一样，为了'打开大自然的秘密'这个崇高的目的，飞到我们现在所在的这个星球来的。但愿这一天能早日来到！

亲爱的朋友们！现在我要写下我们到底遭遇到了些什么。要解释一下，为什么我们虽已找到了你们，但是却不能飞到你们那儿去。不过，我只能极简单地写一写，因为我的体力已不允许我做更详细的说明了。

我们的航行，开始还是非常顺利的。我们的航行准备相当充分。为了这次航行，我们全体刚里卡人做了多少工作啊！但是，任何探索工作都可能发生意外：快要飞临你们的星系时，我们的飞船突然受到了一阵极其强烈的宇宙射线的袭击。我已说过，我们的防护设备是相当可靠的。在飞行之前，我们就估计到了：在这广阔无垠的宇宙空间里，充满了各种各样危险的宇宙射线。可是，我们却没有料到竟会遇到这样强大的射线流。在极其强大的射线流的打击之下，我们飞船的防护设备完全失去了作用。这阵来源不明的——到目前我们还没有找到合理的解释——射线流，突破了我们的防护措施，击中了我们。它来得突然，去得也突然，但致命的损害已经造成。

我们都明白，死亡已经在威胁着我们。但是，我们绝没有想到它竟会来得这样快。尽管我们也进行了积极的治疗，采取了各种各样的措施，但严重的'射线病'还是很快地夺去了我们一个同伴的生命，接着又夺去了我们英勇的船长的生命。

我们'探索号'的其他三个乘员，虽然都知道自己也决不能幸免，但是我们并没有惊慌失措。我们还是坚持了我们的理想：要尽可能地为科学多做一些工作，想尽一切办法来完成这次航行。于是，我们加快了速度，冲入了你们的星系。

我们终于在你们的星系里发现了第一个行星。这个行星布满了迷雾，使我们无法看清它的真面目。可是再做其他的选择已不可能了。我们马上飞临了它，并使我们的飞船，成了围绕那颗行星的一个卫星。

我不想在这儿叙述我们对这个星球所做的一些考察了。因为我们已经将这次考察的经过，详细地记录了下来。我们曾派出一艘小型的飞船，到这个星球的表面匆匆地考察了数天。这份资料，希望有一天你们也能看到它。我们在匆忙的考察中发现，这个星球还处在一种很活跃的地质状态。这给了我们一个希望：会不会还存在别的行星？在那些行星上会不会已经产生了生命呢？我们本来还准备在这个星球上做一些更详尽、更仔细地考察，但很不幸，死亡又夺走了我们的一个同伴。我和'探索号'仅存的另一位同伴——别莱利尔，只好急急忙忙地回到了'探索号'。

可是，一回到'探索号'，我们俩也都病倒了。

勇敢的别莱利尔并没有坚持很久。他是我们'探索号'上剩下的唯一的一位天文学家。他依然是那样的英勇！尽管疾病已经使他失去了行动的能力，但他还是坚守在自己的岗位上，整日整夜地用各种仪器，在计算着，在探索着天空。终于，在他临终前的一刻，完成了我们的愿望——找到了你们。他看到了一颗蔚蓝色的星球。那颗星球，虽然经常笼罩在一片浅蓝色的云雾里，但从仪器上，我们还是看得很清楚。我们看到了海洋，看到了长满植物的葱郁的山岭和大地。那大地上整齐的、有规则的布局，说明那并不是自然丛生的树木和草茸，而是人工种植的庄稼；那绿色植物之间有规则的线条，说明那并不是自然形成的河流，而是一条条行驶着各种各样交通工具的通道……

我们的激动和高兴是可以想象的。当别莱利尔终于看到了你们所发射的人造卫星的时候，他是那样的高兴和那样的满意，竟在已经几天没吃东西的情况之下使出全身的力量喊了起来：

'啊！他们也掌握了宇宙航行技术！快和他们联系。'——这就是我们那位英勇的天文学家别莱利尔最后一句话。

别莱利尔的结论当然是对的！我们终于发现了一个充满了希望、居住着掌握了高度文明的人类的星球！我们总算达到了我们的航行目的！但可惜的是，我们已经不可能把这个喜讯带回到我们的刚里卡去了。甚至别莱利尔的最后愿望，我也无法实现了，我也完全丧失了行动的能力，我知道我自己也不会留在世上很久了。

亲爱的朋友们！兄弟们！请允许我用这个亲热的字眼来称呼你们。是的，兄弟们，在宇宙发展的漫长的过程中，我们虽然各自走着不同的道路，但是，科学和智慧，终于战胜了这广阔无垠的空间和时间，我们终于来到了你们的星系，找到了你们。你们的发展使我们相信，即使没有我们这次的航行，你们也总有一天会驾驶你们的飞船，举着'探求真理、征服宇宙'的旗帜飞到我们刚里卡来的。这只是时间的迟早罢了。是的，我坚信着这一点！亲爱的蓝色星球的朋友们，兄弟们！难道你们不会这样做吗？

别莱利尔最后的发现，终于证实了我们原来的想法：生命，有智慧的生命，在宇宙中是普遍存在的！在这广阔无垠、无边无际的宇宙当中，类似我们这样的星球，一定还有许多。但我们已经不能把这个重要的发现带回到我们的刚里卡去了。这正是别莱利尔和我，在这最后的时刻里，感到万分可惜又万分遗憾的事情。

亲爱的朋友们！我们的航行虽然没有全部完成。但是，我坚信你们一定会继续下去的。所以，我才决定，在这生命的最后时刻里，给你们留下一封长信，把我们的遭遇告诉你们。我相信，我们的经验——不管是成功的，还是失败的——都将被你们所利用，使你们能更安全地、更顺利地去完成我们和你们已经开始了的星际航行工作。

朋友们！飞到我们的刚里卡去吧！我代表我们全体刚里卡人，向你们发出至诚的邀请！最后，我再一次以最美好的愿望，祝你们旅途顺利！祝你们在征服宇宙的道路上获得更大的成就！

愿刚里卡和你们共同携手向前的一天早日来到！

'探索号'飞船代理船长卡托"

罗冰用深沉的语调一口气读完了这封信。会场里气氛肃穆，一片静寂。每一个人都被这封信深深地打动了。啊，这是一些多么坚强、多么英勇的人啊！这封信，虽然使我们感到沉痛，使我们感到惋惜，但它也以巨大的鼓舞人的力量，激发了我们的热情，激发了我们为宇宙航行事业献出更大精力的决心。是的，还是罗冰说得好。

"同志们，"罗冰搁下了那封长信，由于激动，这个硬汉子眼里闪动起了泪花，"这就是'探索号'飞船代理船长卡托给我们的信件的全文。我要附带说明一点，代理船长卡托，还在信的最后，为我们写了一份有关宇宙航行技术的说明。他十分详尽地为我们指出了应当怎样了解他们的飞船，应当怎样利用他们飞船上所携带的一些图书和资料。并且，他还着重地指出：像'探索号'所遇到的那种危险，是完全可以避免的。只要把飞船适当地改造一下，更有效地加强飞船的防护设备，就能防止那种强大的射线流的危害……这些资料对于我们来说，无疑是极其宝贵的。

"同志们，刚里卡人已经在向我们发出召唤！英勇的'探索号'的全体宇宙航行家们也向我们发出了至诚的呼吁，那就是：我们应当继续他们不得不放下的工作，去完成他们未竟的事业——飞到刚里卡去！把'探索号'英勇的事迹和航行的成果带回刚里卡去！

"同志们，这就是我们下一步将要从事的工作。我们要更详尽地研究刚里卡人所留下的宝贵财富——研究他们的飞船，了解他们的文明，吸取他们的航行经验。在这个基础上，建造一艘比'探索号'更完善、更理想的飞船，飞到刚里卡去！

"同志们，读完了这封信，我们虽然都非常沉痛，但是卡托代理船长他们的英勇牺牲，只会激起我们去征服大自然、征服宇宙的更大的决心！

"让我们一齐努力吧！愿地球人和刚里卡人握手言欢的一天早日来到！

"愿这次航行早日实现！祝参加这次航行的人一路顺风！"

会场里又一次爆发出了狂风暴雨般的掌声和欢呼声。是的，这是向英勇的刚里卡人致敬的掌声！这是向宇宙进军、向未来迈进、向人类智慧而爆发出的欢呼声！

梦①

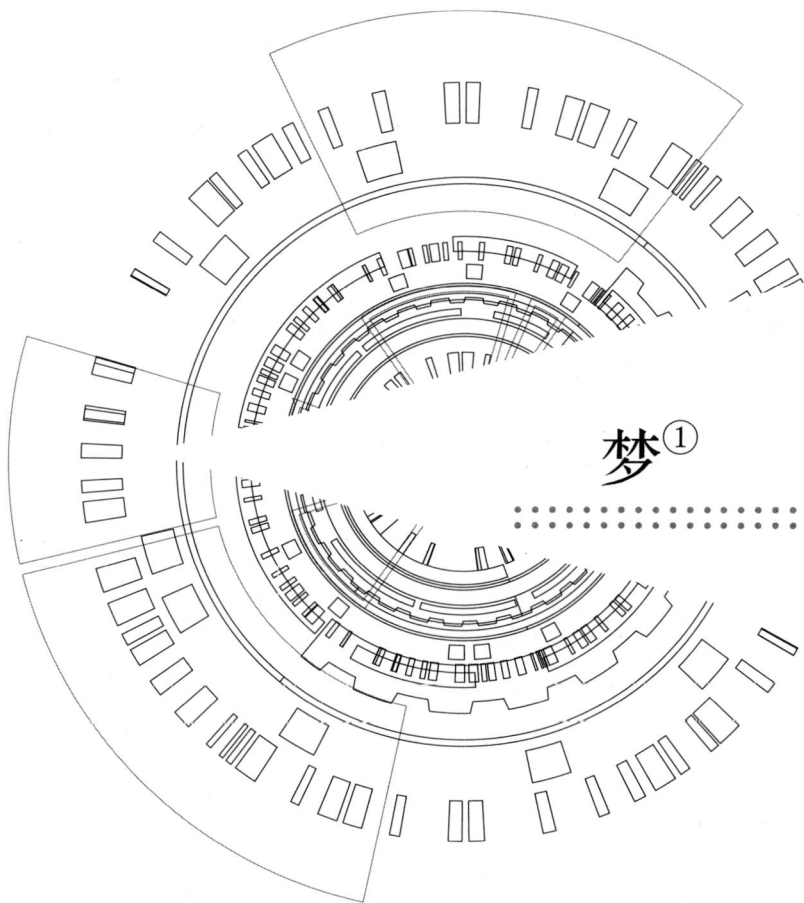

① 1978年10~11月写于南京，1979年1月改定，江苏人民出版社1979年6月出版。

一 这是谁的手提包

要说清张小梅碰到的怪事，那就得从妈妈派她到上海去取药说起。

照说，这个任务本来是不会交给这个"粗心的丫头"去干的。可是妈妈马上要出差，姐姐小芬又要演出。所以为外婆取药的事，就只好交给一向有点粗心的小梅了。

说起来，这已经是小梅第四次"独自一个儿"去上海了。任务并不复杂。"旅行"的开始，也的确是挺顺当的。

姐姐小芬送她上了车。快车一小时就到了上海。一出站，小梅老远就看见个儿高出了别人整整一头的外公正在向她招手。小梅在外公的家里住了一宿。第二天，外公又领她去西郊园玩了一个上午；然后，又领她到南京路买了一盒小芬姐要的蛋糕；最后，就连小弟吵着要买的泡泡糖也被小梅买到了。事情办得挺顺当！外公又送她上了车，把那只姐姐借给她用的漂亮的手提包放上了行李架，然后又摸摸她的头，依依不舍地说：

"梅梅，放了暑假就来啊，问妈妈好，小芬好，要小弟用功点，下车可别忘了包包。"

外公一点也不像外婆和妈妈。他说起话来总是干干脆脆的，也从来不提小梅那次坐错了车的事。要是妈妈送她上车的话，准会唠叨个没完。

"不准把手伸到窗外去！"她准会这么说，"我谢谢你好不好！你撅起嘴巴干什么……哎呀，真要命，你这犟脾气真不知像谁，哪有像你这样乘车的，乘车子会倒过来乘的！提醒你，还要翘嘴巴！"

妈妈的唠叨，当然也有些道理。小梅也知道自己有点儿粗心。第三次她"独个儿"去上海的时候，就闹着说用不着姐姐送了。她已经是初中一年级的学生了嘛。从苏州到上海总共才一个钟头多一点儿，还要人送！可是，那一次就偏偏不争气。一进站，她就往车上跑，完全忘了姐姐提醒她的话：往东去上海的车要先过地道。好，这一粗心可就出足了洋相。车子到了无锡，她才知道自己乘倒了车——要往东，却乘上往西开的车了。

当然，这是一次严重的"事故"，应该吸取教训。所以这次一上车，外公刚走开，小梅就连忙向坐在对面的一位阿姨打听了起来。

"对不起，阿姨，请问您一下，这是202次快车吗？"小梅挺有礼貌地问道。

"对呀，这是202次快车。"那位胖胖的阿姨一定觉得这问题提得挺奇怪，她放下了手中的书，好奇地朝小梅打量了一会儿，然后又问道，"小朋友，你是上哪儿呀？"

"我是到苏州，就乘一站。"

"啊，对，第二站就下，怎么没有人送你去呀？你今年几岁啦？"

"我12岁啦。啊，阿姨，我是小月出生的，算起来，我现在该是13岁啦——我今年读初一！"小梅个儿长得小，所以，就生怕别人把她看小了。

"哦，初一——真不简单！"那位胖胖的阿姨抿着嘴，忍住了笑，说，"到苏州有人接你吗？"

"不，阿姨，我这回已是第四次独个儿来上海啦。妈妈要出差，姐姐要演出，所以就派我去替外婆拿药。我认得路！"

"啊，好好好，"那位阿姨终于笑了起来，"现在的孩子真能干，会替大人办事了。"

"不，阿姨，您才能干哩！"

"什么？"那位阿姨起先没弄懂小梅的话。

"我是说，阿姨，您看，您能看这老厚老厚的外国书。"小梅怀着极大的敬意，摸了摸阿姨放在小桌上的那本厚厚的书说，"我们的李老师就没有这么大的书。"

"哦，是吗？你们老师没有这么大的书吗？"那位阿姨又忍着笑，问道，"你说的李老师是你们的班主任吗？"

"李老师是我们新来的英语老师。哼，他就会批评人！"

"啊，哦，批评人！看来你的英语学得挺不好吧。是这样吗？"

"不，阿姨，李老师说我学得还算好。就是……就是有一丁点儿粗心。啊，阿姨，"一说到粗心，小梅就想起了乘错车的事，她好像生怕人知道似的，赶紧把话给扯开，"阿姨，您这本书里讲的是什么呀？是神话故事吗？"

"对，是神话故事。"那位阿姨这会儿真的笑开了，"讲的是一个聪明的孩子，可是就是有一丁点儿粗心，也不肯用功，所以老师就请她吃批评……"

"嗯，阿姨！"小梅当然知道这位阿姨是在说她，所以又赶紧撅起了嘴，连忙争辩着说，"阿姨，我可不是不用功。我学英语才用功哩！这学期期中考试的时候，我读呀读的，一会儿就把那些生词全记住了。可是隔了几天，不知怎么的，一考，这些词就怎么也想不起来啦！所以……所以才考了61分，差点儿不及格。"

"这叫记得快忘得也快，对吗？嗯，你平时学别的也是这样的吗？"阿姨挺感兴趣地问。

"是呀，阿姨，是什么都记得快。妈妈也说我比姐姐聪明，可就是有点……有点儿粗心。我记英文生词就是这样。可是一考完，我那天晚上做梦，不知怎么的，那些忘记的生词又好像都记起来啦。我记得我在梦里考了个100分。可一醒来，原来是个梦。"小梅叹了一口气。

"啊，原来是个梦！"那阿姨笑开了。不过她还是挺感兴趣地问："怎么，你平时老做梦吗？醒过来，都还记得吗？"

"不，阿姨，不记得。要记得的，全是挺吓人的梦。"小梅觉得那位阿姨在认真地听她的话，就打开了话匣子，"前天，我就做了一个挺怕人的梦。我带小弟去游水，小弟呀，尽缠着我要泡泡糖——上次我把妈妈分给他的泡泡糖偷偷地多吃了一块。哼，他就老缠着我，要我赔。我一厌烦，就把他往水里一推。哎呀，我一下就懊悔了。小弟他呢，他就跟我扮了个鬼脸，往水里一沉不见啦。我连忙跳到水里去救他。那水冰凉冰凉的，我觉得腿一伸，吓出了一身冷汗就醒了过来。第二天，我把这个梦告诉了外婆，外婆就说：那是我在往长里长，那么一伸呀，就长长啦。"

"啊，还迷信哩！"那位阿姨起先还耐心地听着，这会儿终于忍不住笑出了声，"你相信吗？"

"我不信。我们老师也说：这是迷信。人长长的时候，可不是这么一蹬就长长的。不过，阿姨，"小梅挺机灵，她把话锋一转，又打听起那本书来了，"阿姨，这本书讲的真是神话吗？"

"不，小朋友，我刚才是跟你说着玩的。这本书呀，讲的正好是做梦的事情……"

"阿姨，你又骗人！"小梅又赶紧撅起了嘴巴。

"不，这会儿我说的可是少先队员的真话了。"那阿姨挺认真地说，

"你刚才不是自己说做了一个挺怕人的梦吗？可是为什么人要做梦呢？为什么有些人第二天记得，有些人记不得呢？你看，这不都是些挺有趣、挺严肃的科学问题吗？所以说，这本书，"说到这里，那位阿姨就用手把那本书合了起来，神情挺严肃地说，"是本专门讲大脑的书，要研究为什么会做梦，就要研究人的大脑。你瞧，这回阿姨不是在骗你了吧。"

小梅这下才算满意。在家里，不管碰到什么事，她本来就爱打破砂锅问到底。不过，妈妈和姐姐可没有这位阿姨那么好说话。她们高兴的时候，就回答、应付一下你；不高兴的时候嘛，就会凶你一顿，说你干吗什么事都要问？她的姐姐小芬有时候还会说："真烦死人了！"

小梅那天在车上，就是和那位讨人喜欢的阿姨谈谈笑笑地度过的。快车从上海到苏州，本来就只有一个小时多一点，可是小梅觉得这回时间过得特别快。怎么一会儿就到站了？车子一停，她就急急忙忙地从行李架上拿下了手提包，和那位阿姨道别以后，急急忙忙地下车了。

一到家，那个催命鬼小弟早就在门口等着啦。一见小梅，他就老远地喊了起来：

"好梅姐，姐姐回来啦！姐姐，姐姐，泡泡糖买了没有？泡泡糖买了没有？"

"你这个馋鬼！"小梅走得上气不接下气的。她立刻学着妈妈平时的口气，教训起弟弟来了，"哪有一见面就要吃的！"

"我不嘛，你说好赔我的，我就要泡泡糖！"小弟弟当然不买小梅的账。要不是外婆出来解了围，小梅真想请他吃个"毛栗子"哩。

"好好好，小弟，你也别尽缠你姐姐了。"外婆打着圆场，"也要让人家喘口气。先上楼吧，小梅，你总算是能干的，药拿来了吧？"

"拿了，拿了！还买了蛋糕和泡泡糖哩！"小梅一边上楼，一边报起自己的"成绩"来了。那个跟屁虫小弟，当然也死死地跟了上来，一听有了泡泡糖，就嘻嘻地笑开了，一面牵着小梅的衣角，一边还大声地嚷嚷：

"好哇！泡泡糖！还我泡泡糖！"

"喏，给你泡泡糖。"小梅刚把手提包放下，就动手去拉拉链。可是，当她把手提包外面的小口袋的拉链拉了开来，伸手进去一摸，立刻就愣住了：

"咦，我买的泡泡糖呢？"

她又赶紧把大拉链拉了开来。

"哎呀，这是怎么搞的？"

包包里放的并不是那个盛蛋糕的盒子。相反的，包包里装的是一只沉甸甸的、灰黑色的铁盒子。小梅再往边上一看，立即傻了眼，连外公亲手替她包扎好的两瓶药也不见了。

"呀，外婆，这是怎么回事呀？药和蛋糕我明明放得好好的，可是这包里的东西怎么都换掉了呀？"

外婆起先还没有弄清这是怎么回事。可是，正在这节骨眼上，小梅的姐姐小芬从文工团回来了。她提起那只手提包一看，就明白这是怎么一回事了。

"哼，好哇，我倒从来没有听说过有你这样粗心的！"小芬姐姐这会儿可真的生了气，"你呀，自己看看吧！这是我的包包吗？看呀，你自己看呀，这是我的包吗？"小芬把那只包包翻了过来，又转了过去，生气地说："我那只包要比这个新得多，而且，这儿还耷拉着一只耳朵。哼，现在那只耳朵呢？你倒说呀，小梅，那只耳朵呢？我看你一定是把别人的包包给拿回来了！"

二 怪事就打这儿开始

　　小芬姐姐那天给小梅的一顿臭骂，我这儿就不打算细说了。当然，外婆也为这件事生了气。不过，她的看法和小芬不一样。照她的猜想，一定是坐在对面的那个阿姨，乘小梅上厕所去的时候，把包包给偷偷地换掉了。

　　小梅急得眼都红了，偏偏小芬姐姐又不讲道理。她把包包里的那只铁盒子往床头柜上一搁，把包包里的零碎东西往床上一倒。

　　"我不管，我就用这只包包。谁叫你偏要借我的包，好，现在你就赔吧。"

　　小弟一见泡泡糖吹了，又连忙告起状来：

　　"小芬姐，小芬姐，小梅还拿了你一块手帕，还叫我不要说的。"

　　"好好好，你现在胆子真是越来越大了，你竟会偷我的东西。我不管，我让妈妈回来骂你，这么小就爱出风头了。"

　　小芬这句话说得过头了。小梅本来还忍着忍着，这会终于憋不住，"哇"的一声哭了起来。那天，她懊丧得连晚饭也没吃，赌着气就上了床。第二天，头昏脑涨地去了学校。正好，第一节就是李老师的英语课。学的是安徒生的童话：《老槐树的梦》。课文又相当难，但李老师却布置作业说：为了加快速度，好在下个星期参加市里的英语比赛，希望大家回去后把这一篇课文背熟。说到这里，他忽然看见小梅在望着窗外出神，就把张小梅喊了起来：

"张小梅，你把课文读读看。"

当然，那天张小梅又出足了洋相。她读得结结巴巴的，而且还读错了好几个地方。她刚坐下，李老师就不满意地批评道：

"张小梅，你请了一天事假，落了一节课，今天来了又不用心听讲，以后你怎么跟得上？今天放学的时候，请你留下来，我来给你补一补。"

张小梅涨红了脸。她知道自己很不应该，上课的时候不应该思想开小差。可是，她坐在那儿，总忍不住想起昨天车上的情景。唉，那位阿姨怎么会偷换她的包包呢！她是上过厕所。可是她怎么也不能相信外婆的话：那位阿姨是个坏人。不，这一点她是坚信不疑的。人家那么有学问，而且脾气又那么好，怎么可能是坏人呢？妈妈和姐姐要像她那样该有多好！再说，这包包……哎呀，莫不是我自己粗心拿错了吧，看来这包包肯定是那位阿姨的了。小梅一想到这里就更加着急了。当然，外婆的药是要紧的，但外公一定会替她再去买的（外公最好了！）。可是，那位阿姨不是一位科学家吗？她要是到了南京，发现包包给换错了，该会怎么想呢？这包包里那个像架半导体收音机的铁盒子，又是什么东西呢？会不会是阿姨她们等着要用的机器？

放了学，补上了英语课，小梅连忙往家里跑。一进自己的屋，就看见小弟在玩那只铁盒子。那包包里的东西也撒得满地都是，小梅一看就来了火。

"谁叫你动这些东西了。"她上去就是一下"毛栗子"，"让你告状！让你告状！"

小弟连忙把那只铁盒子往床上一丢，一溜烟地跑了。一面走，还一面嚷嚷地说：

"我偏要告，我偏要告，我还要告诉妈妈说你打人！"

小梅赶紧把那些撒在地上的东西收拾了起来。这是一支圆珠笔、两本笔记簿、一本外文小册子，以及一些零星的日用品。小梅连忙把那些东西收了起来，归拢在床头柜上。

吃过了晚饭，小梅做好了数学，看了一会儿历史，就连忙把英语课本取了出来。可是，她读了几遍，就觉得有些疲倦了。她上了床，望着那只放在床头柜上的小铁盒，又犯起愁来。这可怎么办呢？那位阿姨会不会把她当成坏孩子呢？一想到这里，小梅就愁得什么事也做不下去了。

"这笔记簿里也许会有地址吧。"小梅连忙翻开了那两本笔记簿。

这是两本套着精致塑料封面的笔记本。一本蓝色的本子里记的全是些复杂的化学公式和数学公式，而且多半是用外文记的。

"唉，这阿姨多有学问！"小梅叹了口气，又打开那个有红色封面的簿子来。刚打开，就从簿子里掉出来两张信笺，小梅拿起一张，念了起来：

林主任：

　　告诉您一个好消息！您要我到上海和电子研究所联系的事，我已照办了。上海的同志对您的建议非常感兴趣。

　　尤其是"梦幻组"的同志，认为您建议试制的仪器并不困难，只要在他们试制的"录梦机"上改进一下就可以了，微型电脑就有现成的。

　　我们现已约好下星期再正式谈一次。如果您认为我可以代表所里与上海的同志正式洽谈的话，请您来信给点指示。

地址照旧。我仍住在朋友家里，也不想搬动了。

此致

敬礼!

赵建华 敬上

2月21日于上海

"林主任是谁呀？就是那位阿姨吧？"小梅又抓起第二封信，念了起来：

林悦兰同志：

您好!

您要我们试制的仪器，已按照协议试制完成了。小赵同志告诉我们说，您想亲自来沪取这台仪器，我们非常欢迎。

这台仪器是按您的要求做成了便携式的，体积比较小。您提出要尽量简化操作按钮，这也办到了。整台仪器只有两个按钮。白色的是"加强记忆档"，红色的是"录梦档"。所里的同志都对您的工作很感兴趣。大家都在盼着您来，也想请您为大家做一次学术报告。来时，请电告。我们会派车子来接您的。

祝工作顺利!

卢继山 敬上

5月28日

"糟了! 这台仪器一定就是信上所说的那台仪器了!"念完了信，小梅更加担心起来，"林悦兰一定就是那位车上的阿姨了。人家是科学家，等着要用这台仪器。可是，偏偏被我拿来了！唉，看我多粗心，我要耽误人家的科学实验了。"

小梅又急急地把那本红色笔记簿仔细地翻了一遍，可是依旧没有找到地址，她又顺手拿起了那个像半导体收音机似的铁盒子。这会儿她才注意到铁盒子顶上的确有两个小小的按钮：一个是白色的，一个是粉红色的。

"呀，真的就是这台仪器！这下我该怎么办呢？"小梅着急地想着。她顺手把那个白色的按钮往下一按。"真有趣，信上说：这个按钮是加强记忆的，怎么个加强法呢？要是能加强我的记忆该有多好，我也不会那么粗心啦。"

小梅毕竟还只是一个初中一年级的学生，她想了半天，想不出有什么办法来和那位阿姨取得联系，只好蒙着头睡了。第二天一早，小梅上学的时候，她才想起，昨晚她并没有把英文好好地背熟。今天李老师肯定会喊她起来背课文的。她一路走着，就一路想着《老槲树的梦》的课文。可是，说起来也真是件怪事。她一边想着，就一边背了起来，好像还挺顺当的。

当然，那天发生的怪事，不要说是李老师和班上的同学了，就连张小梅自己也觉得挺奇怪。一上英语课，张小梅就往她的好朋友毛淑英的背后躲，她心想最好别让李老师看见自己。可是，那个记性挺好的李老师一上课，就点了小梅的名："张小梅，我昨天布置的课文你背了没有？请你把安徒生的童话《老槲树的梦》背背看。"

张小梅连忙站了起来，结结巴巴地开始了。不过刚背了几句以后，她觉得还算顺利。这也真是件怪事！接下去，张小梅却越背越流利。忽然一口气就把课文给背到了底，而且一点错误也没有。

"蛮好的嘛，张小梅，你今天背得真不错！可见，只要你用功，你就能把书念好的。请坐下来吧，还有哪位同学准备好了，请举手。"

教室里一片寂静，看来同学们全都没有准备好哩。

"嗯，请毛淑英同学背背看吧。"李老师点名了。

张小梅的好朋友毛淑英只背了两节就打疙瘩了，最后背不下去，只好红着脸坐下。

班上英语最好的是陈顺果，可是，就连他今天也没有完全背下来。

那天，张小梅算是出足了风头。非但如此，在上历史课的时候，老师问起，埃及最大的金字塔有多少块石头，班上谁也没有记住。可是，偏偏又是张小梅举了手：

"230万块！"她回答说，"平均每块约两吨半重！"

张小梅又受到了历史老师的表扬。

一下课，女同学就把张小梅给围了起来。男同学呢，就在旁边叽叽喳喳地议论开了。

"小梅，你今天真行呀，一口气就把课文背出来啦。"毛淑英得意地朝男同学那边望了望，"今天陈顺果可吃了个大败仗。"

"你怎么记住的呀？"功课差劲的李萍萍羡慕地说，"小梅，你昨天大概背了一个晚上吧？"

小梅的回答，当然使同学们更为吃惊。她实事求是地告诉同学们：她昨天晚上回家只把课文读了两三遍。因为家里有事，所以很早就上床了。今天也不知道是为什么，就把课文给记起来啦。

"你的记性真好！"同学们都羡慕地说。不过，也有许多同学并不相信小梅的话。她们的结论是：张小梅一定在暗暗地用功，她是想争取参加这次英文比赛。但张小梅本人却忧心忡忡地在想着其他的事情。她自己也在纳闷：怎么一下子她的记忆会变得这样好？也许是那台仪器在作怪吧。可是，那台仪器又是怎么起作用的呢？这却是张小梅无法回答的问题。

三　有趣的科学报告

那天下午，是学校里的科技活动日。这一次轮到初一（四）班的同学到少年科技宫听演讲。报告人是一位从南京紫金山天文台来的年轻的天文学家。演讲的题目是《宇宙中的智慧生命》。

张小梅从前对这种活动，本来是不太感兴趣的。每次去少年科技宫听演讲，她们几个要好的朋友，总是坐在一块儿，叽叽喳喳地开小会。只有男同学们才急急巴巴地往前靠。不过，当她们打听到今天有什么演出的话，那她们定会老早地赶到会场，跑到前排，把书包一字儿排好，还会替没赶到的女同学们占好位置。但那天下午，一反往常。张小梅一进会场就拉着毛淑英和李萍萍往前排赶。

"今天我们坐在前头，好听清楚些。"张小梅说。

"今天又不放电影。"李萍萍立刻反对。

"不，我们今天用心听听看。"小梅也说不出为什么会突然对科学演讲感兴趣了。当时也不知道为什么，她会突然想起那位在车上读着老厚一本书的阿姨。

那天做报告的是一位姓许的年轻的科学家。老师介绍的时候，说他是一位"宇宙生物学家"。张小梅由于用心听讲，所以，这次，她觉得这个报告有趣极了。原来，在宇宙中，除地球之外，在其他的恒星系上，只要条件适合，也会产生生命。照科学家的推测，有的，还可能是非常高级的智慧生命。换句话说，并不只是地球上才有人类，其他的星球上也可能产生"人类"！

那位姓许的叔叔还讲道：现在，我们"地球人"尽管还没有和"他们"联系上，但总有一天，地球人会举起探求宇宙奥秘的旗帜，飞往这些星球。当然，也有这样的可能，这些宇宙中有智慧的生命，或许正在试图和我们联系。总之，宇宙中生命是普遍存在的。科学家们相信，总有一天，这些有智慧的生命会联合起来，一同来改造这个宏大的宇宙。

许叔叔还讲到了许多飞往这些遥远星球的方法和设想。也讲到，现在有许多科学家，正在建立许多庞大的无线电站，并向银河系发出探询的信号，而且世界各地的科学家也在组织收听，希望能找到这些智慧生命发向地球的信号。

最后，许叔叔还讲到了：现在科学家们对这些宇宙生命，或者说，对这些"宇宙人"的样子，做了种种的推断。有的推断说，他们应当像我们地球人一样；有的认为他们像章鱼那样可怕；有的推测他们也许像鸟儿一样，还长着翅膀。总之，那天许叔叔讲得有趣极了。散会以后，小梅还特地赶到设在会场门口的书摊上，买了一本专门讲宇宙航行的科学幻想小说。在回家的路上，毛淑英和李萍萍就议论开了。

"哎呀，那多可怕，人像章鱼，几十条手，全是胡说。"李萍萍说。

"人家又没有肯定说是这样，这还只是猜想。"毛淑英回答说。

"啊，那也够可怕的了。干吗不猜得好看些？"

"你就只知道好看！"

"要真是这样可怕，如果让我去那些地方，我一定不干！"

"哼，你不去呀，说不定人家会来找你哩！"毛淑英开玩笑说，"许老师不是说过吗，也许有那么一天，他们会到地球上来找我们的。"

"天啦，我可不希望他们来找我。"李萍萍把脑袋摇得像拨浪鼓似的，"你们刚才听见那两个男生怎么说吗？"

"谁？"

"陈顺果和杨平他们。他们真起劲！开完会，在会场门口，杨平又比又划。他叫陈顺果等许老师出来，然后问问他，为什么不现在就组织人去。现在科学已经这么发达，要去的话，就应当现在去。他杨平一定要报名参加。"

"哼，这个杨毛头！要派人去的话，这辈子也轮不到他。"毛淑英颦了颦眉头说。女生当中，谁都看不起这个毛手毛脚的杨毛头。在班上，他的功课最差劲了，平时又最爱找女生的茬儿，所以，班上的女生谁都不喜欢他。他在班上也最不整洁，头发又长又乱，所以大家都不叫他的真名，只叫他"杨毛头"。

"后来，他们找到许老师了吗？"毛淑英问道。

"不知道。不过我们也不能瞧不起杨毛头，人家又会装半导体收音机，又会做火箭模型……"李萍萍想为杨平辩护一下。

"那有什么用，数学只考了35分……"在女同学当中，要数毛淑英的功课最好了。可是，她这么一说，却触动了李萍萍。

"那你是在说我，"李萍萍有些多心了，"我也没考及格呀。"

"你干吗多心呀。你又不要当什么宇航员。再说，杨毛头这个人还这么讨人厌。你说呢，小梅，上次他和你吵架的事，我今天还气着哩……咦，今天你怎么啦，怎么老不吭气？"

的确，一离开少年科学宫，小梅就没有开过口。她只顾着想自己的心思了。

科学报告是挺有趣的。可是她就怕回家。小芬姐姐一见面一定会又打击又讽刺——那个包包的事。外婆呢，这两天也板着脸——唉，倒不如让她们痛痛快快地骂一顿好。妈妈要是回来的话，当然也不会放过她的，至少要狠狠地凶她一顿。但是至少说完了，唠叨够了，妈妈还是会替她出出主意，怎么处理好那个包包的事。那台仪器肯定是那位阿姨等着要用的东西。听了许叔叔的报告，也不知为什么，她的心思反而变得沉重了。

"我一定在耽误着人家的科学研究工作啦！"小梅越想就越焦心，"唉，这可怎么办呢？不过，这些科学家也真有意思，他们想得多远！小芬姐姐和外婆就不像他们，只会顾着眼前鼻子底下这么一小块儿。那位阿姨的工作多有趣——专门研究人家的梦。啊，不，她是专门研究人家大脑的。要是能研究研究我为什么这么粗心就好了。还有那位许老师呢，瞧他说得多有趣！他说，那些天外的智慧生命，也一定会有一个发达的大脑。而且那些'人'也像我们一样会思考、会做算术、会生气。啊，他们也有粗心的人吗？会不会像小芬姐姐那样小气？在他们那里会不会有泡泡糖呢？他们也像我们一样会做梦？呀，那么，他们平时又做些什么梦呢？这太有意思了！杨毛头和陈顺果想得可好。那些男生就比我们胆子大，一听报告，就打听什么时候可以去航行。哼，要是有这样的机会的话，我也一定去！"

"萍萍，你肯定后来杨毛头没有找到许老师吗？"小梅忽然这样问道。

"我不是说过了吗，我不知道……哎，小梅，你干吗打听这个，真能让他们去吗？"

"为什么不！许老师在报告里不是说过吗，现在的宇宙航行技术已经可以这么办了。要是我呀，一有机会，我也要去！"

"你疯啦！"李萍萍吃惊地睁大了眼睛，"那些'宇宙人'……哎，怎么叫他们呢。那些章鱼似的人会吃掉你的！"

"为什么要吃掉我，他们吃掉我有什么好处？"小梅反驳道，"他们如

187

果有智慧，就不会吃掉我。我想，他们也一定会做梦……啊，就不知道他们在学校里要不要学外语？还有，你们说，他们那儿也有泡泡糖吗？"

"看你说到哪儿去啦！"毛淑英"噗哧"一声笑了，"我说你为什么不吭气哩！原来你是在那儿胡思乱想哩！噢，你就是爱幻想！"

"为什么是胡思乱想？"小梅兴奋了起来。她甩着两根小辫子，一辩论，她就会脸发红，眼发亮。这时，她那鼻子两旁的雀斑就显得更红了。她摇着头说："他们既然有大脑，他们就会做梦。我听一个科学家讲的：我们人类每个人都会做梦，只不过有些人醒来后记不得做了什么梦。那些'宇宙人'当然也会做梦！"

"你哪里听得来的啊？我就从来不做梦！"李萍萍得意扬扬地宣布说，"我一倒在床上，只要一挨枕头就睡熟啦。"

"你呀，你是个糊涂人。"毛淑英评价道，"我相信小梅说的话，我就爱做梦……啊，小梅到家啦。"三个好朋友，一路谈谈说说不知不觉已经走到了张小梅的家。分手的时候，毛淑英忽然宣布道："小梅，你知不知道，你今天上午一口气把安徒生的童话背出来后，连黄校长都知道啦。我去交作业簿，听李老师和黄校长在说这件事。黄校长说，要多布置点作业给你，要你来参加英语比赛哩！"

四　奇异的梦

晚上，做完了作业，小梅就看起了那本才买来的科学幻想小说。那本书果然讲的是一群科学家到一个遥远的星球去航行的事。在这以前，她是从来不看这类书籍的，也不知为什么，那天她却看得津津有味，直到外婆来催她上床的时候，她才勉强地把手中的书放下。

刚上了床，小梅看到那只放在床头柜上的铁盒子，又发愁了。

"真奇怪，昨天我按了按这个白色的按钮，我的记忆力就变好了。如果真是这样，要是我按按这个红色的呢？噢，那信上是怎么说来着？说是……"小梅连忙把那封信翻了出来，"啊，信上说这是'录梦档'。这是什么意思？录梦？要是能把每个人晚上做的梦全记下来，那该多有趣！那位姓林的阿姨说过，每个人都要做梦，可是我就记不得我做的梦。让我按一下这个红色的按钮试试，看看能不能把我的梦给记下来！"

小梅用劲按了一下那红色的按钮。她原来以为，红色的按钮一按下去，一定会立即发生什么奇迹。可是，她睁大了眼睛朝四周看看，什么事也没有发生。屋里还是那么静悄悄的，只有那只大闹钟在那儿不知疲倦地"嘀嗒、嘀嗒"地响着。

小梅失望地叹了口气。她又把那只铁盒子放回床头柜上，静静地候了一会儿。最后，她才失望地拉开被子，侧着身子躺下了。

"还是等妈妈回来再说吧，妈妈一定会想出办法来寻找那位阿姨的。"小梅觉得疲倦极了，她正模模糊糊地想着，忽然，她好像觉得有谁在轻轻地敲门。那声音起先还是轻轻的，可是到后来，却越敲越急，越来越响。

"张小梅！张小梅！快开门！"

张小梅觉得这声音熟极了，但却怎么也想不起来，这是谁的声音。

"谁呀？"张小梅奇怪地问。

"是我，是我呀，杨毛头！"门外的人答道，"张小梅，请快开门！"

"咦，杨平来找我干什么？"小梅觉得莫名其妙。她一想起为做值日生和杨平吵架的事，心里还是气鼓鼓的，而且两个人在学校里根本就不说话。现在他却突然深更半夜来找她，这是怎么回事？

门敲得更急了，而且这鬼杨毛头还大声地嚷嚷了起来："张小梅，你这是怎么了？你到底开不开门呀？"

小梅听出来了：杨平好像是有什么急事。她连忙下了床，打开了门。不过，一见到杨毛头，她便不情愿地嘟哝着说："人家都睡了，你这么晚来找我干什么！"

"嘿，还说是干什么呢！"杨平跑得上气不接下气地，"你不是说要去航行吗？飞船就要起飞了，还不赶快！"

"飞船？"小梅还没弄懂是怎么回事，"什么飞船？"

"咦，真稀奇！还问什么飞船呢！宇宙飞船呀？"杨平还喘着粗气，"你不是说，你也想去吗？现在就等你一个人了，你还不快点？"

"真的！你不骗人？"小梅的确觉得太意外了。

"我什么时候骗过你！你没看见我宇航服都穿好了吗？"杨平说着，就突然走到亮处里来。果然，他已经穿好了一身崭新的白色宇航服，手里还提着一只透明的头盔，样子还挺神气的。不过，杨平的头发还是像平时在班上那样，乱七八糟的像个鸟巢；他的脖子也是那么黑乎乎的，看来，那块地方他肯定是不曾洗过了。

"你怎么知道我住在这里？"小梅觉得有些发慌。她本来是准备不理睬杨毛头的，可是这会儿全忘啦。

"毛淑英和李萍萍告诉我的。"杨平答道。

"她们也去？"小梅一面急急忙忙地穿着衣服，一面问道，"这是什么宇宙飞船呀？"

"都去！都去！飞船大得很哩，你还是快点吧。"杨平催促了起来，"你没听到许老师在按喇叭吗？他一定等得不耐烦了。"

　　"哦，许老师也去？"小梅连忙穿好了衣服。她只觉得心儿突突地跳，就跟着那个性急的杨毛头下了楼。一走出大门，就看见许老师果然坐在一部流线型的小车子里，正在等着他们呢。

　　"上车吧，就等你一个人了。"许老师头也不回地说。

　　小梅激动得话也说不出来了，她突然觉得那流线型的小车子就像飞机似的飞了起来。恍惚中，他们已经到了一个挺大的宇宙航行基地。基地上灯火通明，闪烁着红红绿绿的灯光。那不断在天空中闪动的探照灯的灯光，照得她眼都睁不开了。车子"嘟"的一声突然停住，她刚跨下车，就有人用双手抱住了她。呀，这正是好朋友毛淑英哩。

　　"萍萍呢？"小梅激动地问。

　　"在换宇航服。"毛淑英平时总是非常冷静，可这会儿，也显得非常激动，"我们已经等你老半天了。飞船就要起飞，我领你去换宇航服吧。"

　　在宇宙飞行员的更衣室里，小梅看到了已经换上了宇航服的李萍萍。李萍萍好像还是那么胆小，脸色也显得比平时更苍白。不过，由于穿着宇航服，她的样子却显得更加好看了。

　　"呀，你来了我才放心！"3个好朋友当中，属张小梅胆子最大。李萍萍一见张小梅，就扑过去抱住了她，"你也快换衣服吧。我已为你挑了一件天蓝色的宇航服，你个儿小，穿天蓝色的一定合适。"

　　说起功课来，李萍萍在班上最差劲。但要说起怎么穿衣服、怎么打扮，她可最在行。她为自己挑的是一件粉红色的半透明的宇航服，看上去的确很好看。她那模样，在那闪烁的灯光下面，显得更加秀气、更加娇艳了。

　　"去ⅩⅢ-a行星的乘客们请上飞船！去ⅩⅢ-a。行星的乘客们请上飞船。飞船就要起飞了，飞船就要起飞了。"这时，更衣室里的喇叭突然响了起来，"乘客们请上飞船！'银河号'停在3号跑道上……"

"走吧，我来领你们上飞船！"杨毛头这时又不知从什么地方钻了出来。他好像挺熟悉这儿的一切，那样子也神气活现的。三个女生本来是看不起这个毛手毛脚的杨毛头的，可是现在不知为什么却胆小了起来，只好乖乖地听他的指挥了。

飞船的确很大。一上飞船，张小梅就看见陈顺果也穿好宇航服，规规矩矩地坐在那儿。说也奇怪，平时，在班上，他们都"男生""女生"地分得清清楚楚，都不好意思交谈。可是现在，他们却像多年不见的老朋友似的交谈起来了。

"我们这是要飞到哪儿去啊？"张小梅轻声地问陈顺果。

"你还不知道吗？"陈顺果告诉她，"我们发向银河系的无线电报，有了回电，这是银河系的一个星球。他们邀请我们立即飞到他们那儿去。当然，他们要派飞船来迎接我们。嗯，这还是杨平联系上的哩！"

"杨毛头联系的？"毛淑英有点不相信，"他搞的那个破收音机，能收到这么远的电报？"

"杨毛头？"陈顺果一时没明白毛淑英说的是谁。原来，男生并不知道这些女生平时都为他们取了些什么外号，"你这是指谁啊？是说杨平吗？"

毛淑英知道自己说漏了嘴，把脸涨得通红。还是小梅机灵，她连忙提了一个问题，把这个尴尬的场面混了过去。

"喂，陈顺果，我想问问你，你知道那颗星球上的人是什么样子的吗？是不是像章鱼一样？或者就真的像一只鸟儿？"

"不，这我们还不知道。我只听说，许老师还一直在联系着。"

"哎呀，那多可怕！还没弄清楚就飞过去。"这正是李萍萍最担心的事，"这不太冒失了吗？啊，我倒要问问杨毛头……啊，我又说错了，我是说要问问杨平……咦，杨平呢？他这会儿又溜到哪儿去啦？"

"他一定是在驾驶舱里。他现在是这艘宇宙飞船的副总指挥了，驾驶这艘宇宙飞船的就是他和许老师……"

"什么？杨毛头驾驶宇宙飞船？"毛淑英和李萍萍不约而同地嚷了起来，"哎呀，那可不行！"

"怎么不行？"老实的陈顺果还没有弄清楚这两个女生的意思，"为什么不行？"

"不，我不想去了。"毛淑英非常严厉地说，"哼，怪不得今天他神气活现的。这样毛手毛脚的人驾驶飞船，我可不放心！"

"对，我也不放心。"李萍萍也附和道。

"你们这话可不对。"陈顺果为他的好朋友辩护起来了，"杨平搞航模和无线电都有一套，搞起这些东西来他倒是挺细心的。而且还有许老师在……"

"哼，他的算术这么蹩脚，他会算吗？"毛淑英摇着头说，"哼，就算会算，一粗心，算错了怎么办？那要把我们带到哪儿去呀？"

"嗯，你这话也对。"陈顺果回答说，"要是算错了就太危险啦。"看来，陈顺果功课虽好，却没有什么主见，一听毛淑英这么说，也不由地紧张起来，"我看，我们还是去提醒他细心点。"

"现在临时抱佛脚还有什么用？"毛淑英一向办事果断，"不，我不干了，我现在就回去。萍萍，小梅，你们走不走？"说着，她真的把已经戴好的宇宙头盔往下卸。

"我……"李萍萍也早已吓呆了。她当然也巴不得现在就回去。不过，她平时最信赖的还是张小梅："梅梅你呢？你走不走？"

李萍萍也正想脱宇航服，可是小梅的回答，却叫她大吃一惊。

"不，我不走！"张小梅紧绷着脸，斩钉截铁地回答道，"我要去。

我相信许老师！再说……你们瞧，飞船大概就要起飞了。"她指了指舷窗外面说："瞧，飞船的服务塔都移开了。"

小梅的话音未了，舱室门突然打开了。这时，穿着宇航服的许老师，满脸严肃地走了进来。他一跨进门，就用响亮的声音向大家宣布道：

"同学们！我们就要起飞了！飞往XⅢ-a星系的任务是非常艰巨的。但是，同学们，我们作为地球人的代表，当然也是非常光荣的。这需要勇气，更需要我们有坚韧不拔的精神。现在飞船就要起飞了。如果有谁胆怯的话，趁现在说还来得及。到天外去航行，我们不需要懦夫！好，谁要害怕，就趁早提出来。我们立刻送他回去！"

许老师的话一说完，舱室内就一片寂静。大家你望望我，我望望你，都不吭声了。最后还是张小梅打破了沉默：

"不，许老师，我们都不害怕，我们坚决地同你一起飞往XⅢ-a星！"

"好，这才是地球人的好代表！那我现在就宣布航行纪律。第一，要服从命令听指挥，要遵守纪律，要团结友爱，互相帮助。你们办得到吗？"

"办得到！"大家都回答了。可是，回答这句话的时候，只有小梅的声音最响，而最轻的大概要数李萍萍。

"好，我宣布第二条。飞往XⅢ-a依照我们现在的技术水平，大概要400年……"

"天哪！"不知谁喊了一声。

"谁在那儿打断我讲话。"许老师铁板着面孔。可是李萍萍还是"咕咕哝哝"地说出了自己的想法："那我们什么时候才能回来呀？"她的声音听起来就像要哭出来似的，"就算是回得来，那我们的爸爸妈妈呢，不都……哎呀，更不要说是爷爷、姥姥了，那不是都见不着他们了吗？"

"嗯，这倒也是个问题。"许老师口气好像缓和了些，"不过，我们可以通知政府，立即把这些——我是说：把凡是参加这次光荣飞行的人的亲属的生命全都冻结起来。”

“天哪，怎么个冻法？人又不是冰虾！”李萍萍看来是不顾一切了。当然，她差一点就要往下掉眼泪了。

“李萍萍，你别老打断我好不好。”许老师好像已失去了耐心，又板起面孔，“我并不是说要把人像冰虾似的冻结起来。我是说，我们要采取一种新的办法使这些人的生命暂时停止。当然，对我们这些参加航行的人也需要这么办——400年毕竟太长啦。所以我宣布第二条：凡是参加这次航行的飞行员——我指的是你们，当然，也包括我和杨副总指挥。我们都要用冬眠的办法，使自己的生命暂时停止。”

“那谁来操纵飞船呢？”毛淑英最关心这个问题。她一听“杨副总指挥”也一样要停止生命，心里好像反而踏实了些。

“飞船是自动控制的。我们留着机器人‘铁头’担任警戒，一旦有什么事，他就会唤醒我们。另外，每隔20年，我们大家轮流醒一次，检查一下飞船，计算一下航道，然后，再让自己‘冬眠’起来。”

“哎呀，糟了。”陈顺果一听要检查飞船就慌了。他对张小梅咬咬耳朵说：“你瞧，飞船上全是复杂的电子设备，我们一点也不懂，怎么办？”

“还要计算哩！”这可是李萍萍最担心的事。她平时最头痛的就是数学，一听还要计算，当然也紧张了起来。

“你们别害怕。要学会计算航道、操纵飞船，你们还是得学习。不过，我已经做了安排。在‘冬眠’的20年当中，在电子计算机的控制下，你们还要轮流进入一种半‘冬眠’状态，然后靠计算机的帮助，学会有用的知识。当然，在值班的时候要是发生了什么大问题，你们也可以随时喊醒我和杨副总指挥。好，现在大家还有什么问题吗？”

　　大家都面面相觑。他们当然有一大堆的问题。可是，由于问题实在太多啦，事情也太突然，所以，反倒一时提不出问题来了。

　　舱室里又是一片难堪的寂静。

　　"好，大家既然没有什么问题。我们先吃一种药，每人吃三粒。"说着，许老师就取出一只塑料瓶。小梅一看，就觉得有点奇怪，因为，她好像在哪里见过这个瓶子，但一时又记不起来了。

　　吃药的时候，大伙儿的心情可真复杂呀。

　　小梅一手拿着杯子，一手拿着药在想着心思：

　　"吃了药我们大概就要睡着了。醒过来已经是20年以后了。啊，不，要是我轮到最后一个的话，那就是100年以后！"小梅不由地吃了一惊，"哎呀，这样一来，小芬姐姐可怎么办呢。她好不容易刚考进她心爱的文工团。可是，现在却要跟着我一道'冬眠'了。她醒过来以后，那文工团恐怕也不在了吧。还有她那只心爱的大提琴可怎么办，大提琴放一百年会不会烂掉啊……当然，还有爸爸。他现在也要因为我这个女儿而停止生命了。要等我航行回来，他才会醒过来，那时候……啊，到那时候……爸爸醒过来以后怎么工作呢？还有妈妈……"不知道为什么，小梅一想到这里就有点儿心酸。她忽然觉得自己的眼眶有点儿潮湿，赶紧朝四周看看，原来，大家都一手端着杯子，一手拿着药，全都在那儿想着自己的心思哩！就连许老师也伫立在那儿——也许，许老师也是在想着自己的亲人吧。

　　张小梅也不知从哪来了一股勇气。她把那几粒药往嘴里一送，喝了一口水，"咕嘟"一声就吞了下去。不知怎么的，她立刻觉得自己头脑有些发晕，紧接着，她就觉得自己非常舒服地睡着了。临闭上眼，她好像还轻轻地嘀咕了几句：

　　"再见了，亲爱的母校！再见了，老师，同学们！再见了，妈妈，爸爸！啊，还有外公……亲爱的外公，再见！"

五　100年以后

　　小梅觉得有人在推她。她醒了过来，向四周环顾了一下。原来，这是一间狭小的、盒子式的小舱室。

　　她爬出了舱室，立即发现那个担任警戒工作的机器人——铁头就站在她的面前。那个愣头愣脑的、高大的铁头，一见小梅，就"哗"的一声对她行了一个举手礼，然后报告道："张代总指挥！请允许我向您报告。'银河号'飞船一切正常。现在正沿着预定航道，向ⅩⅢ-a飞行，速度是每秒20万公里。现在请您去驾驶舱，有些文件要请您过目。"

　　"什么文件？"小梅多少感到有点心慌。因为她知道，现在她只能一个人来指挥这艘大飞船了。

　　"有地球来的信件。"

　　"啊，有我妈妈的信吗？"

　　"有。"

　　"还有呢？"

　　"有ⅩⅢ-a星球人发来的电报。他们派出的飞船已经快与我们会合了。他们要求在您醒来以后，马上通知他们，有紧急情况要向您报告。"

　　"啊，"小梅有些吃惊，"还有什么？"

　　"还有前任代总指挥李萍萍同志为您留下的信件和指示。"

　　"好，我们上指挥室去。"一听好朋友给她留了信和指示，小梅又觉得心里踏实了一些。

在指挥室里，张小梅刚坐下，铁头就递上了一个挺大的文件夹。小梅急急忙忙地打开来，首先映入眼帘的就是那几封家书。她刚抓在手上，但转眼一想："不行，我得先公后私，还是先看李代总指挥的信件吧。"

小梅拆开了李萍萍的信，读了起来：

亲爱的梅梅：

我醒过来的时候，已经是公元2078年了。呀，时间过得真快！我值了一个月的班。现在，我又要暂时"冬眠"了。所以，我决定为你留一封信。

我首先要告诉你的是：飞行状况一切正常。关于检查飞船的报告，我已填写在航行日记里了，你可以仔细地看一看，详细情况你可以问铁头。

我的上届值班人是毛淑英，她也为你留了一封信。不过，等你读到这封信的时候，已经是距她写信的时间40年以后了——想到这一点，我还觉得有点可怕！

在这一个月里，我真学习到了不少知识，也长了不少见识。原来，在我们"冬眠"的时候，通过计算机控制的程序数学机，我们已完成了全部高等教育。这是怎么进行的，许总指挥有一份材料可以说清楚这个问题。总之，你一定可以发现：在我们"冬眠"的时候，我们已经学完了全部宇宙航行的课程。而且，许总指挥还为我们分了工。除宇宙航行之外，我还学会了宇宙医学。所以，今后等我们到达XIII-a的时候，我就是你们的医生了。想到有一天，我会给我最好的朋友小梅和淑英看病，我觉得又奇怪又高兴。至于规定给你的任务是：担任我们这个代表团的翻译。所以，你醒过来的时候，一定会发现，你已经学会了几种外语，也包括XIII-a人的语言。

这一切都挺有趣的，是不是？

毛淑英学的是天文。陈顺果学的是历史，尤其是XIII-a人的历史。当然，他还得学点宇宙史，我们现在不是在和宇宙人打交道吗，单单学点地球上的世界史是不够用的了，杨毛头……啊，我又说错了。杨副总指挥现在已是一个很有学问的人了。你读一读他留下的一些指示和信件后就会知道，他学的是宇宙飞船的设计和修理。总之，大家都分了工，不过，许总指挥的意见是我们既然要和宇宙人打交道，单单靠一门专业知识是不够的。所以，在今后的岁月里，我们还得学会好几种专业。而且，还得互相学习，互相帮助。我相信，亲爱的梅梅，你会像从前一样地帮助我的，你说对吗？

飞行是很顺利的。我的胆子，好像也比从前稍大了一些，总之，一切都很顺利，都很好。就是在一个人值班的时候，觉得有些寂寞罢了。好朋友们都"睡"着了。要是能把你喊醒，和你聊聊天那该有多好，可惜，这是违反纪律的。所以，每当我走过你们"冬眠"的舱室的时候，我就只好安慰自己说："快点飞到XIII-a吧，到那时候大家都醒了过来；我们一定又可以痛痛快快地在一起玩玩了……"但愿这一天快点来到！

亲爱的梅梅，你不觉得，我们这次航行，就像一场梦一样吗？真是怪有意思的！啊，对了，我还忘记告诉你，你还有一大堆地球上来的信件。其中有你妈妈的，也有你爸爸的，当然，还有你小芬姐姐的。——他们也许和我们一样在"冬眠"中轮流苏醒过来，给你写这些信的。说真的，我感到寂寞的时候，就看一看自己家里人的来信，有时候，也真想看看你家里的来信。可是，拆人家的私信是不道德的。所以我只好拼命地忍着，等我们醒过来以后，我们再交换着看吧。不知道为什么，我越读这些信件，就越想念起我们的地球来了。当然，我这里说的，主要是想我们的家乡、我们的学校、我们的亲人。我真不知他们现在怎么样了，我们的建设又搞得怎么样了？总之，越是离开自己的家乡，就越会想念它，你也一定会体验到这种感情的。

好，亲爱的梅梅，我们再见了，三百年后再见！

啊，不，我还有一个坏消息要告诉你。就在昨天。我接到了一份ⅩⅢ-a人拍来的电报。他们报告说：他们的星球发生了一件不幸的事件——和另外一个叫"格格里普"的星球开战了。所以ⅩⅢ-a人要我们加快速度。据ⅩⅢ-a人报告说：格格里普星球的人是极为凶残野蛮的。他们的科学技术虽发达，但却不是用来为宇宙谋福利，而是用来侵略别人。所以ⅩⅢ-a人提醒我们说：要我们飞行的时候，密切注意。通信的时候，最好用密码（密码的方式已规定好了，记载在航行日记里）。你值班的时候，千万要注意了，尽可能地少跟ⅩⅢ-a人通信（除必要的时候），免得暴露了我们的方位。另外，在必要的时候，你也可以喊醒许总指挥或杨副总指挥。啊，顺便还要告诉你一件事。我在值班的时候，为你找到了一种治疗脸上雀斑的方子。等我们再在一起的时候，我一定会把你脸上的雀斑给治好的，到那时你就会更漂亮了。好，冬眠的时刻已到。我写得也够长的了。

梅梅，亲爱的梅梅，再见了！

祝你值班顺利！工作顺利！

愿我们重新见面的日子早日来到！

你最亲密的战友

李萍萍

公元2078年10月17号下午

于值班的最后一天

张小梅一口气读完了她的好朋友的信。她觉得李萍萍的确比从前长进得多了。她好像突然长大了似的，写的信这么老练。可是，从前在班上的时候，她还总是怕写作文、怕写信。就是写了也总是疙疙瘩瘩，半通不通的。那时候，她也最怕动脑。可是现在却说要互相学习、互相帮助，而且还想学会其他许多专业哩！想到这里，小梅突然觉得脸儿有些发烧。她想起了从前在班上的时候，为了"交情"，她常常让李萍萍抄她的作业，这并不是真正的互相学习，真正的互相帮助呀！

"唉，真的，要是这时候能喊醒她该有多好。"小梅也忍不住地想道。她真想立即拥抱一下这位娇滴滴，脸蛋又长得特别漂亮的好朋友。真的，她的心多好，还关心我脸上的雀斑哩！不过，这是违反纪律的，她不能这么办。

小梅放下了李萍萍的信，立刻读起其他的文件和信件来了。她虽然觉得自己是长了不少知识，看起那些记着复杂的公式和计算的文件，一点也不费力气了。可是她那毛手毛脚、办起事来只图快的脾气却还是老样子。当她读完了XⅢ-a人的来电以后，她立即命令铁头拍了一份回电给XⅢ-a人。但电文刚拍出去，她就想起她忘了设置密码！

"哎呀，我又这么粗心！我还报告了我们飞船的位置，该不会让格格里普那些坏人偷听到吧。"她吃惊地想道。可是，她又立即安慰着自己说："哪有这么巧的事！再说，我们跟格格里普人又没有开战。他们干吗要跟我们过不去？"

小梅又看完了前几任代总指挥留下来的信件和指示，然后又仔细地读了读航行日记。她正想拿出那几封家信来看，忽然，指挥台上响起了一阵急促的讯号声。她抬头一看，她面前的荧光屏上闪出了一道道炫目的光芒。喇叭里又响起了一阵挺古怪的音乐，这乐声听起来有些恐怖。紧接着，就在她的面前，那幅宽大的荧光屏上画面一闪，突然出现了一个怪物。

小梅不由地朝后一仰。

"呀，这是什么东西！"那怪物的样子可怕极了：既不像章鱼，又不像飞鸟，而是像一只站立起来的大鳄鱼。不过，这"鳄鱼"的大脑袋却比一般在动物园里所看到的，还要大得多。那怪物正急急忙忙地朝着小梅比画着手势，突然开口喊道：

"银河号！银河号！我们是格格里普的巡逻飞船。现在我命令你们立即向我们靠拢！向我们靠拢！不然，我们就要采取非常措施了。"

"天哪！"小梅倒抽了一口冷气，"难道我的电报真被他们发觉了吗？也真怪，这些格格里普人怎么会说中国话？"

小梅立即朝指挥台上一看，那儿正放着许总指挥写的一份文件。那是提醒值班人应注意的事项，第一条就是提醒值班人遇事要冷静。

小梅拼命地使自己冷静了下来。

"不，"她对那个怪物喊道，"你们为什么要干扰我们的航行！"也不知她怎么会想起这句话来的，"你们这样做，是违反宇宙航行公约的！"

那怪物的回答是一阵狞笑："我们要检查你们的飞船！我可以告诉你，你们已经被我们俘虏了。"

"不，你们没有这样的权利！"

"有！"那怪物张开血盆大口大笑，"我们已经向宇宙中所有的星球宣布开战。XⅢ-a是我们首先要消灭的星球。所以，你们和他们联系，那就是通敌！"

"这真不讲道理！"小梅气极了。可是，她一想到许总指挥的指示，又立刻让自己冷静下来。"干吗要和这些怪物纠缠不清呢？"她这样想道。她立即朝驾驶台上看了看，飞船的速度现在已是每秒20万公里。不过，她知道，飞船的速度在紧急的时候，还可以开得更快。所以，她立即果断地把那增加速度的红色按钮往下使劲地一按。她觉得飞船好像"突"地抖了一下。可是糟糕，那速度表的数字，并没有往上增，相反的，反而往下掉！

"哈哈！哈哈哈哈！"那怪物又高声地狞笑了起来，"你是想逃开我们吗？告诉你吧，要不是我们接到最高统帅部的命令，要把你们全部活捉，带回格格里普，我早就把你们的飞船打个粉碎，让你们都变成灰尘了！"

"你们没有这个权利！"小梅急得什么话都想不起来了，她气得直想顿脚。

"好，你们既然不肯自己停下来，我们就要强行靠拢了。"那怪物得意地喊道，"来呀，伙计们，给我靠上去！"

小梅只觉得自己的飞船可怕的一震。她顿时觉得眼前一阵发黑，但却飞快地想到了一个念头：

"我绝不能就这样束手待毙，我要赶快去喊醒大家！"

"铁头！快跟我来！"小梅想跳起来。可是不知怎么的，挣扎了半天，她还是坐在那儿。这时，指挥室的舱门突然"砰"的一声打开了，一个样子狰狞，浑身长着长毛，披着绿油油的鳞甲的大怪物，突然出现在小梅的面前。高大的铁头，这时已经勇敢地迎了上去。只见那怪物举起一把死光枪，对准铁头，"沙"的一声，高大的铁头便"砰"的一声倒在地上了。铁头的零件，也"哗啦啦"地撒得满地都是。那怪物又立即举起了死光枪，朝小梅瞄准。

"快醒来啊！杨毛头！淑英！萍萍……别忘了包包！"小梅只记得自己这么喊了一句。忽然觉得有人用一只温暖的手在摸她的头……

"醒醒！醒醒！小梅！小梅醒醒！"小梅忽然听见外婆亲切的声音在喊她，"醒醒！小梅，你又在做梦了！"

"哎呀，别忘了包包！"小梅还在稀里糊涂地喊着，"啊，包包……"

六　怎么会记住这么长的信

第二天一早，当小梅把昨晚做的梦讲给她外婆听的时候，连自己也吃了一惊。

这梦的确是怪透了！而且，这也是从来没有过的现象：醒过来以后，梦里的事情，她竟会记得这样的清楚！就像昨晚才看过的一部印象非常深的电影一样，连细节、画面，都历历在目、清清楚楚！甚至，用不着闭上眼，她就可以看到，那个穿着粉红色宇航服的娇滴滴的李萍萍和她那副又勇敢又害怕的样了。当然，她一想起那些像鳄鱼似的格格里普人虽然不再害怕，但他们那种狰狞可怕的样子，却好像还在眼前似的。如果要她马上画下来，她一定可以画得一点也不走样！

这一次，小梅的外婆可解释不出，这样一个奇怪的梦，代表着什么意思。当然，像这样的梦，外婆大概是从来没有做过的吧。

"我看你是太野了！"每样事情都能找到根据的外婆，就这样下了个结论，"我们做孩子的时候，哪像你这样贪玩！每天我老早就上了床，哪有看书看得这么晚的！小梅，你今天晚上就早点跟我上床。"

姐姐小芬一边吃着早饭，一边在旁边皱着眉头听着。最后她撇撇嘴说："哼，编得倒挺像！"

"我要是编了一丁点儿，我就'哒哒哒'！"小梅急了。她用一只手掌在另一只手的掌心重重地敲了三下，那意思就表示说：要是我说谎，就该被乱刀砍。

"谁跟你'哒哒哒'！"小芬又不屑一顾地撇了撇嘴，把碗往桌子上一放。然后就提起了那个错换得来的黑包包，往身上一背，头一仰，上文工团去了。

"哼，这鬼丫头的花样真是越来越多了！"这是小芬的结论。

小芬的态度，真叫小梅大为伤心。

"多野蛮，就像那个格格里普人一样！"小梅伤心地去学校了。她觉得奇怪，为什么小芬姐姐还没有考进文工团的时候，她们姐儿俩平时总是有说有笑的，就连小芬自己也喜欢做这个手势，动不动就"哒哒哒"。可是现在一进文工团，就像变了一个人似的，动不动就训人，动不动就撇嘴。"她算是有工作了，做大人了！"这是小梅得出来的结论。

不过，小梅的心情，一会儿就转了过来。她早早地奔到毛淑英和李萍萍的家里，把她们叫了出来。一路走，一路就把昨晚那个奇怪的梦讲给大家听了。好朋友到底还是好朋友！她们俩可没说这梦是小梅瞎编出来的，而且都还听得入了神。当她们走进教室的时候，整个学校还都是静悄悄的，三个好朋友立即热烈的议论开来。

"嗯，这一定是你听了报告，昨晚又看了那本科学幻想小说，所以做梦也还在想这件事。"这是毛淑英的结论。可是她对小梅的梦，却有一点不满意："不过，我真弄不懂，你为什么偏偏就把杨毛头给带上了。而且，你还让他当上什么副总指挥哩！"

"是呀，偏偏还带上了一个陈顺果！"这是小梅自己也挺不满意的一点，"不过，淑英，萍萍，我也不知道这是怎么搞的，在梦里，这些男生就不像平时那样讨人厌了。"

"陈顺果倒算了……"毛淑英接着说，"哎呀，说曹操，曹操就到，你们看，真的杨毛头来了！"

三个女生正议论着，忽然看见杨平背着鼓鼓囊囊的书包从教室外面走了进来。三个好朋友一看，都不由地抿起嘴唇低低地笑了起来。因为杨副总指挥的头发实在是太不像样子了，乱得就像一个鸟巢；副总指挥的那只书包，也实在是太破烂、太不成体统了。

三个好朋友立刻跑到教室角落里，又继续讨论着小梅的梦。

"哎呀，梅梅，这是真的呀？我穿的是一套粉红色的宇航服吗？"李萍萍关心的不是别的，首先是她穿着什么颜色的衣服，"在梦里，我穿着宇航服的样子好看吗？"

"好看！真的好看！"小梅的回答热烈又真诚。李萍萍高兴得简直是心花怒放了。不过，还有一件让她高兴的事是梅梅在梦里首先读的是她的信，而不是毛淑英的。

"梅梅，你真的是仔细地读了我的信吗？你还记得那封信吗？能不能念给我听听？"

而后，大概连张小梅自己也越来越感到吃惊了。的确，当她急急忙忙地把梦讲给大家听的时候，她并没有详细地说那封信。可是这会儿，经萍萍那么一提，她就记起来了。而且，居然还记得那么清楚！

张小梅一口气就把那封信背了出来。当张小梅刚把信背完，李萍萍首先就红着脸嚷了起来：

"天哪！这哪像我写的信！我哪写得出这样的信来！"李萍萍虽然很高兴，但她毕竟还是个老实的姑娘。她觉得自己是完全写不出那样的一封信来的。不过，这时她也不由地产生了一点怀疑：这样的一封长信，就连梅梅自己也是写不出来的呀！

"梅梅，你这真是在编小说了。"李萍萍一面高兴地笑着，一面却拼命地摇头，"我是写不出这样的信来的，梅梅，你莫不是从哪本科学幻想小说里看来的吧？"

这下可提醒了小梅。萍萍的话忽然使她心头一震。是呀，这会她才想起，昨晚看的那本科学幻想小说里，果然有几封信。其中的一封，她好像还记得，就跟她梦里做的一模一样。

"倒是你提醒了我！"小梅连忙把书取了出来。她翻开那本小说一看，"哎呀，果真一样！"

小梅惊讶得直吹气。

"真是怪事！毛淑英，你快念念看。"

毛淑英起先还没有弄明白，为什么张小梅会这样紧张。她接过了那本小说，从小梅手指的地方念了起来：

"亲爱的晓帆同志：

我醒过来的时候，已经是公元2078年了。呀，时间过得真快……"

"你等一等，毛淑英，"张小梅做手势叫毛淑英停下，"我来接着背下去，你对对看。"

"……我值了一个月的班，现在，我又要暂时'冬眠'了。所以，我为你留下一封信。

"我首先要告诉你的是：飞行状况一切正常，关于检查飞船的报告，我已填写在航行日记里了，你可以仔细地看一看，详细情况你可以问铁头。

"我的上届值班人是毛淑英。她也为你留了一封信……"

"不，你念的名字不一样。"毛淑英打断了小梅的背诵，说，"梅梅，书上的名字并不是我的……"

"不，毛淑英，你先别打断我。让我背下去。你就先对对看。"小梅又急急忙忙地背了下去，一口气就把那封信背完了。

"哎呀，除掉名字不一样外，其他的都一样！哦，原来你是从小说里背下来的！"听完了小梅的背诵，毛淑英不以为然地说，"这么说，你那个梦也是从这个故事里编出来的吧？"

小梅也不作回答，她一把把那本小说抓了过来，把那封信看了一遍。她惊讶得连脸都发白了。

"我真的弄不懂！昨晚我只看了一遍，怎么都记住了？淑英、萍萍，我真的不是说谎。这事一定和那台……唉，我怎么一下子能跟你们说得清楚呢！这件事真是太奇怪啦！"

"这有什么好奇怪的。你就是记性好！"李萍萍一听，小梅的梦原来是从那本小说里来的，当然也有些扫兴。不过，她对小梅的记忆力却非常佩服，而且也羡慕得很。因为照她的想法：谁的功课好与坏，那就看谁聪明不聪明，问题简单得很。可是，毛淑英却是个细心人。起先她也以为张小梅是在和她们开玩笑，但看到小梅这样紧张，她就知道张小梅并不是在闹着玩了。

"咦，小梅，你记性这么好，这还不是件好事吗？你干吗这么紧张？你瞧，你的脸都急得发白了。"

"不，不，淑英，你们根本不知道……这根本不是我的记性好。这是一台仪器帮的忙……哎呀，我把这件事说给你们听吧。你们也好为我想想办法。"

于是，小梅就一口气把怎么到上海去，后来又如何在车上把人家的包包给换错了的事，从头到尾地向两个好朋友说了一遍。这件事当然有些离奇。毛淑英和李萍萍虽然都知道，小梅平时从来没有说谎的习惯，但两个人一听说有这样奇怪的仪器，总还是有点半信半疑的。

"这样吧，淑英、萍萍，今天你们一放学就到我家里去。"小梅知道毛淑英和李萍萍还有点怀疑，连忙建议道，"我让你们看看那台仪器。你们也好帮我看看那位阿姨的两本笔记簿，看看那上面写了些什么……"

七　笔记簿

一放学，小梅就拉着毛淑英和李萍萍往家里跑。上了楼，她就指指那台仪器，然后又把那位阿姨的东西和两本笔记簿捧了出来。

"喏，淑英、萍萍，你们看，就是这些。这就是那台仪器，我没有哄你们吧。"

两个伙伴怀着好奇的心理看了看那台仪器，又翻了翻那两本笔记簿，还是半信半疑的。因为这台看起来像一只半导体收音机的仪器，真是太不起眼了。可是，等毛淑英和李萍萍把那两封信读完了以后，她们才相信，小梅说的一点也不是假话了。

"喏，你也是够粗心的了！"毛淑英放下了手中的信，"人家好像是在等着用这台仪器哩！"

"是呀，这真把我急死了。"小梅回答道，"妈妈又不回来，我又不知道这位阿姨的地址。淑英，你在笔记簿上再为我找找看，你最细心。这笔记上写的字真潦草，又尽是些科学名词，我看了半天，也没弄懂。你再念念看，找找有没有讲做梦的事，也找找有没有地址。"

三个朋友当中，毛淑英最细心，字也写得最好。因为她练过毛笔字，而且还写过行书，所以，她读起来倒并不怎么困难。

"啊，这里是有一段关于做梦的事。"毛淑英翻着那本红色的笔记簿，"我来念，你们听着啊。"

毛淑英拉过一张凳子坐下来。她一个字一个字地细细地念了起来：

"……所以归结起来，我们可以得出这样的结论：人在八个小时的睡眠中必然要做梦，这是一个正常的生理现象。如果人为地不让被试验的人做梦，那么几天以后，被试验的对象就会大量地做梦，从而取得补偿……"

"什么？这是什么意思？"李萍萍和小梅都没有听懂。

"大概是这样的意思吧：人在睡觉的时候一定要做梦，所有的人都会做。"毛淑英解释道，"要是人为地——就是说，你故意不让某个人做梦，那么隔了几天，这个人再睡觉的时候，就会拼命地做梦，就好像是欠了债偿还似的，他一有机会，就会拼命地做起梦来……"

"对，一定是这个意思。"小梅肯定道，"那位阿姨在车上就跟我说过，人都做梦，就是醒过来以后，有些人记不得罢了。"

"我再念下去。"毛淑英继续念道，"所以，我们可以下结论说：做梦，是人类在生理上必不可少的一种需要。这是大脑活动的一种主要方式之一，也是一种最有趣的状态。这个时候，从脑电波的情况看来，它是在工作着。但可惜的是长期以来，人们对梦的认识还极为混乱。许多科学工作者在这方面可以说还相当地无知。科学只成了'消极的情况的收集者'……哎呀，我念不下去了。这下面是一大段外国字，好像还不是英文……"

"哎呀，真的不是英文。"萍萍凑过头去看了看，怪模怪样地吐了吐舌头，"小梅，你那位车上认得的阿姨，可是个大学问家哩！"

"怎么不是！"

"这该怎么办？"三个朋友中，学问最好的毛淑英，对那段外文也只能干瞪眼，"好像是德文吧。"

"唉，你就跳过这一段吧。"张小梅是个性急的人，"你就找些我们听得懂的念。"

"好，我再往下念……啊，这儿就有一段是讲梦的。"

毛淑英翻过了一页，又继续念了下去：

"我一向认为，对于梦，我们重视得还不够，似乎应当采取更积极的态度。对于一位善于思考的科学家来说，我们必然可以提出这样一些问题：梦和我们的睡眠有什么关系？梦和我们大脑平时的工作又有什么关系？梦和我们平时的学习、记忆、行为又有什么关系……有些病人不是常常诉说：我睡得不好，老做梦，所以休息得不好，记忆力也差了。难道真是这样吗？既然凡是人都要做梦，可是有些人却睡得香，休息得好；有些人却完全相反。那么，可见做梦与不做梦，和一个人休息得好坏，完全没有必然的关系。相反的，我们可以认为，梦是人类大脑的一种积极的活动方式，是人类在利用睡眠时间整理白天所获得的知识和信息。这可是加强记忆的一种生理活动的方式之一。所以，我们应该用更积极的态度来对待梦，来利用这种生理现象。这里，我们不妨来做个大胆的设想：既然人类在睡眠的时候非做梦不可。那么，我们为什么不能使人在梦中学习一些最基本的、最必要的知识呢？只要做一个简单的计算，就会明白这是多么的重要了：一个人如果能活80岁或100岁，那么，他就有27年到33年左右是在床上度过的。而在这每天八小时的睡眠中，真正熟睡的时间并不长。如果能利用睡眠，利用梦，那么，我们就能够缩短人类的学习过程，这对于培养现代化建设的人才来讲，是非常重要的。这样做实际上也等于是增加了人类的寿命，增长了人类可工作的时间。而通过这些年来的工作，已完全证实，我们的设想是正确的。试验证明，我们完全可以利用梦来加强白天学习的东西的记忆……"

"好，淑英、萍萍，这下你们该相信我的话了吧！"由于笔记上的话，正好证实了小梅的猜想，她高兴极了，"你们想想，这多有意思！难怪那天我只把《老槐树的梦》读了几遍，第二天就把它记住了。你们还说我记忆力好！现在你们该清楚了吧，那是这台仪器在帮我的忙。"

"噢，这倒是怪有劲的。"一听仪器能帮助人学习，李萍萍就特别感兴趣，"你在车上碰到的那位阿姨倒是蛮会动脑筋的嘛。"

"当然，人家是专门研究脑子的科学家，他们当然会动脑筋。淑英、萍萍……啊，我是说，这些科学家想得多美！在人睡觉的时候学习！萍萍，要是这方法真的成功了，该有多好。我们在晚上学习，白天……哎呀，那我们白天怎么办？"小梅激动得忽然把双手一拍，她睁大着双眼，朝两位好朋友轮流看了一圈，忽然提出了一个叫人吃惊的问题："真的，淑英、萍萍，那么我们白天怎么办？那白天不是全多出来了吗？"

"白天吗？白天就看电视，做做针线嘛！这还不好打发？"李萍萍的想法倒真简单，既然晚上可以学习，那白天还去费什么脑子。

"你倒想得好！"毛淑英一听就"噗哧"一声笑了出来，"萍萍，你就是爱往省力的地方去想。哪有这样便宜的事！照我看呀，白天还是要用来学习的。人家笔记上不是明明这样写着吗？利用梦来学习，就是要缩短整个的学习过程。就是说，要我们早点念完书，好早点工作，早一点成为人才……"

"那敢情也好！真棒，明年我就大学毕业，哼，也省得老看见我姐姐那副神气……啊，我们等等再议论吧。淑英，你再念念看，还有什么有关这台仪器的事？还有，你也为我找找地址。"

三个又激动又兴奋的好朋友，又耐着性子去查看那本簿子。毛淑英功课虽好，英语也不错，但要看懂人家科学家用英文记的笔记，那当然还差一大截。她只好东捡西挑地看着。最后，她终于又找到了一段，于是她又一个字一个字地念了起来：

汇报提要：

准备向院长汇报我们这几年的实验工作。已向室里布置了总结任务。有这么几个方面：

一、总结这几年的实验成果；动物实验；黑猩猩的程序学习；仪器的研制情况。

二、协作单位的工作进展，尤其是上海电子所为我们试制的仪器的情况，该仪器采用了最新的脑电场遥感技术，可以遥测人脑活动产生的微弱的综合脑波，记录梦境中的图像、语言。通过计算机的图像识别和再现技术，并通过程序预制，可使人产生我们所需要的梦境。换句话说，如事先进行一定的程序安排，我们就可以进行梦中学习的试验了。

三、希望院部能批准我们进行人体试验，尤其是进行青少年的学习试验。不过，室内的同志都认为第一批的人体试验对象，应当由我们自己来担任。因为人脑过于复杂，很多状况，依然处于不明状态。只有通过我们这些科学工作者的自我试验，才能更好地了解这些复杂的心理和生理现象，从而为进一步的科学实验，寻找新的方法和理论根据。

四、汇报材料要尽快地准备好，争取院领导早日批准，以便从上海取回仪器后，立即进行人体试验。

5月28日

"还是最近的报告哩！"毛淑英合上了笔记簿说，"小梅，你真的是闯了大祸，人家科学家们正等着用这台仪器，可是却偏偏被你拿来了！"

"淑英，你就别责备我了。你以为我不着急？"小梅可怜地回答说，"人家从南京赶到上海，就是为这台仪器。可是那位阿姨一回家，打开包一看，包里不是仪器，而是一盒蛋糕，你说这有多糟！唉，要是妈妈今天能回来就好了。"

"你妈妈什么时候回来？"毛淑英问。

"还要一个多星期！"小梅垂头丧气地答道，"和我姐姐又没有什么好商量的，她理都不理，还为这包包的事老讽刺我。唉，外婆呢，什么也搞不清……"

"写封信给报社吧。"萍萍听了半天，也觉得事情严重，她连忙建议，"只要报纸一登，他们就会知道的。"

"不，我倒想起来了。这台仪器不是上海做的吗？笔记上讲的是一个什么电子所。"到底还是毛淑英点子多。她考虑了一下，立刻想出了一个好点子："小梅，我看就这么办，你写封信，把笔记簿一起给外公寄去。让他在上海帮你找一找。"

"对，我外公一定有办法。"小梅一听这个点子就高兴了。

"淑英呀，就这么办！我们这就来写。啊，不过我还有一个建议：在仪器送回去之前，我们就来帮科学家做一下试验吧！"

真像俗话所讲的一样："三个臭皮匠，凑成一个诸葛亮。"三个好朋友动足了脑筋，写了一封详细的信给小梅的外公。当信和笔记簿寄出去以后，小梅就好像放下了心中的一块铅似的，不过，这三个初一学生，毕竟知识有限，她们哪会想到：要进行这么一桩重大的科学实验，对于科学家来说，也是一件挺慎重、挺复杂的事情；而几个孩子却冒冒失失地一下子搞起"实验工作"来，这哪能不出娄子呢！

八　杨毛头也报了名

隔了两天，李老师上课的时候，向初一（四）班的同学们正式宣布：今天，凡是想参加市外语比赛的同学，都可以自由报名。

李老师说："我希望同学们都报名参加。比赛是为了提升大家对英语学习的兴趣。学好一门到两门外语，是搞好四个现代化的要求。好，凡是愿意参加的同学，请举手。"

男生中有好几个人同时举了手。当然，这都是些外语一向比较好的同学，陈顺果是肯定要参加的。在班上要数他的外语最好。上次比赛，他在市里也是名列前茅，为自己的班级争得了荣誉。不过，当同学们看见杨平也跟着把手举了起来时，大家确实吃了一惊。

"好哇！好哇！杨毛头也要参加！好哇！好哇！"同学们都嘻嘻哈哈地嚷了起来。

"我非常高兴杨平同学也报名参加。"李老师显然也感到挺意外。不过，他看到一个成绩最差的同学也报名参加，当然非常高兴。"杨平同学的成绩平时虽比较差些，但能下决心参加比赛，这就证明，杨平同学已知道外语的重要性，并且下决心要把外语学好。"

李老师这番严肃而热情的鼓励，反倒使班上的同学安静了下来。有几位本来想参加但又胆小的同学，这时也跟着举起了手。

女生这边举手的比较少。可是，当大家看见毛淑英、张小梅、李萍萍都把手举起来时，感到更惊讶了。毛淑英倒可不去说她，因为她的功课一向好。张小梅呢，这个班上有名的冒失姑娘，凡是比赛，她都会起劲地参加。不过她的成绩有时会很好，有时会很差。可是李萍萍也报名参加，是大家万万没想到的。真是热锅里突然爆出了两粒冷栗子。同学们又叽叽喳喳地议论开了。

李萍萍涨红了脸，一听男生又在起哄，就赶紧把手往回缩。要不是张小梅在旁边推着她，她肯定会把手放下来的。

还有好几个女同学，本来还在犹豫不决，现在也都勇敢地举起了手。

这次报名参加比赛的可比上次多得多。

李老师真是高兴极了。他向大家宣布，五天以后在401教室举行学校的初选。下课后，请杨平同学和李萍萍同学到办公室里来取复习提纲。

一下课，李萍萍就埋怨张小梅：

"都是你，梅梅！硬是要我举手。你看，人家都笑掉了牙！"

"你怕什么，要是我，我就争口气，考他个第一名！"张小梅安慰李萍萍说，"你放心好了。我保证和你一起复习。再说，我们还有那台仪器呢！"

"真的，你就争口气。萍萍，"毛淑英也鼓励道，"我就不相信你会学不过杨毛头。"

到办公室里去拿复习提纲的时候，李萍萍正好碰上了杨平。他们是邻居。小时候，本是有说有笑的，可是不知怎么搞的，一上初中，男生女生之间都不说话了。李萍萍一看到杨平就涨红了脸，但那个头发乱蓬蓬的杨平却一点不在乎。

"好，萍萍，"他直呼李萍萍的小名，"你也参加了！"

"都是张小梅硬逼着我举的手。"李萍萍脸更红了。

"没关系，我们赶上去。"杨平好像挺有信心似的。

"那天听完报告，我看见你和陈顺果去找许老师了……找到了吗？"他们俩好久不在一块儿说话了。当他们沿着走廊向办公室走去的时候，李萍萍觉得很窘，只好找点话说。自从听了张小梅的梦以后，她对许老师是怎么回答的也发生了兴趣："后来许老师怎么回答你们的？"

"哦，许老师说，目前还去不了。"

"哦，去不了？为什么？"

"许老师说目前还有些技术上的困难。不过他又说：他相信，我们人类总有一天要去航行的。这责任就在我们身上。"

"怎么在我们身上？"

"当然在我们身上喽！"杨平说得挺肯定。说着，他突然神气地挺起了胸膛，许老师说：再隔十年左右，这些技术上的问题，基本上都可以解决了。那时候，我们才二十多岁，正是去航行的好时候。所以他劝我趁现在赶快准备，要把各门功课都学好。萍萍，我已经找过李老师了，他答应替我补补课，你要不要和我一起去，今天晚上就去……

"不，张小梅答应替我补课。而且我们还有一台仪器，可以帮助我们记生词……"

"记生词的仪器？"一听到什么仪器，杨平就立刻支起了耳朵，"真的？有这样一台仪器？我怎么从来没听说过？"

"啊，你可别和人家说。"李萍萍觉得自己嘴快了。可是不知怎么的，她对这个小时候的伙伴印象总还算好。尤其是对杨平去找许老师要求参加航行的事，她心里还是挺佩服的。所以她也不知不觉地向他透露开了："张小梅有一台奇怪的仪器，那台仪器可以帮我们记生词。你还记得上个星期上英语课的事吗？她一口气就把安徒生的童话背下来了。可是真的，她只读了几遍就记住了。"

"噢，原来是这样！"杨平大吃一惊，"哼，我本来就不相信她有这样好的能耐。"

"真的，那是仪器帮的忙。"

"哦，这么玄？萍萍，那你能不能把那台仪器拿给我看一看。"一听有这么一台奇妙的仪器，杨平的心里早就痒乎乎的了，"萍萍，你知道我就喜欢研究这些玩意儿……"

"这可不行，我们今天晚上就要用的。"

"那我今天晚上到张小梅家里去看看好不好，就看那么一眼……"

"啊，不！"这下李萍萍可慌了。她知道梅梅和杨平为做清洁卫生的事吵过嘴。而且，关于这台仪器的事，梅梅还千叮咛万嘱咐，要她不要讲出去的。

正说着，他们已走到办公室的门口了。两个从小在一起长大的伙伴，也不知为什么，一到办公室门口，又不好意思地分了开来。李萍萍先拿了复习提纲，连忙往外走。她有点心慌，也有点懊恼。懊恼不应当把仪器的事透露给杨平听。

杨平从小就喜欢搞半导体、搞航模，凡是有关机械、电器的事，他都感兴趣。一听说张小梅手里有这么一台奇怪的仪器，他当然好奇极了，巴不得马上能看到它。可是偏偏李老师留着他说了几句鼓励的话。等他赶到办公室门外的时候，李萍萍早已走远了。

就这样，初一（四）班参加外语比赛的同学，迎来了那次学校组织的外语初试。

九　杨毛头名列倒数第一名

当英语比赛的初试成绩公布出来后，在市三十五中里真引起了一场不小的风波。

照规定，凡是参加初试比赛及格的同学们都可以获得学校的奖状或表扬。不过只有前五名的同学才有资格去参加市里的比赛。

名单一公布，不但同学们，就连老师们也感到意外。

14个班级，参加初试比赛的有147个人。成绩及格的共有103个人。如果按照成绩排列，陈顺果是第一名，张小梅是第二名，毛淑英是第四名。不过，叫人最感到惊讶的是李萍萍，在班上，大家都知道她的功课是最差的，可是这一次，她居然考到了第九名。尽管不能去参加市里的比赛，但一个成绩最差的同学，一下子跃居第九名，这当然是学校里的一件特大新闻了。特别是大家都知道，这次考题是很难很难的。

最倒霉的大概是杨平了。他不但没有及格，而且，还考了一个倒数第一。

红榜公布后，班上可热闹了，而杨平却遭了罪。他一踏进教室，男同学首先哈哈大笑起来：

"好，第一名来了！第一名来了！倒数第一名的杨毛头万岁！倒数第一名的杨毛头万岁！"

女同学呢，都抿着嘴在那儿暗暗地笑。

"哼，李老师帮他复习了五天也没有用。"有人这样议论着。

"他那脑子，就像他的头发那样乱，再帮他也没有用！"

只有李萍萍笑不出来。尽管她看见她那个从小在一起的伙伴似乎满不在乎，可是不知怎么的，她总觉得自己做了什么亏心事似的，脸一直在发烧。她看看张小梅，张小梅也像有点心事似的，苍白的脸，一点笑容也没有。

"杨毛头，下个月还有数学比赛，你参不参加呀？"男生们还在起哄，"我看，你还是参加你的船模比赛吧，这比赛你倒稳拿第一。"

女同学还在低低地议论。有的暗暗地佩服张小梅和李萍萍，有的呢，还多少有点妒忌。尤其是对李萍萍，大家当然还有点不服气；不过，对于杨平，她们的议论大都是一致的，谁叫他喜欢出风头！

"他能参加比赛就好。"毛淑英在女生中一向有威信，看到杨平这样遭罪，又有点同情起来了。她公正地说："要是他好好地复习，他还是跟得上的！"

女同学都不吭声了。只有李萍萍脸却更红了。杨平倒是挺守信用，并没有把仪器的事透露出去。可是，这个消息却真的害了他。本来他和李老师约好，要好好地复习英语的。但一听说张小梅有这么一台神秘的仪器，他哪还有心思复习。一离开李老师的家，他就故意赶到张小梅的家门口，在那儿东溜西转地徘徊着。他的好奇心越来越强烈。他无论如何都要想法看一看这奇怪的仪器！但好几次，他一看见张小梅那铁板着的脸，却又气馁了。他们毕竟吵过一次架，而且，那一次的确是杨平错了，他还故意把张小梅给气哭了。但这个姑娘也真够厉害的！别看她个儿小小的，满脸雀斑，可是人倒是挺公正、挺热情；要是谁得罪了她，也真难收场。

在张小梅家门口转悠了半天，一无所获后，杨平又去找李萍萍。但萍萍好像在懊悔似的，一见他就躲开了。几天一晃就过去了。李老师布置的功课，一点也没动。那奇妙的撩人心思的仪器呢，也没有看到。一上考场，他就知道自己非出洋相不可。

"不过，这又有什么关系！"天生乐观的杨平安慰自己说，"只要我平时用功些，不用什么仪器，我也跟得上的！可是这仪器倒是件怪事！萍萍一下子考了第九名，可见这仪器是有用的了，但我怎么才能和张小梅和好呢？"

杨平想看那台仪器的心情真是越来越迫切了。

十　一场大祸

市里的外语比赛，在星期天举行。考试的地点是城东的师范学院。

全市有三百多名初中一年级学生参加这次比赛。当李萍萍陪着毛淑英和张小梅去师范学院的时候，她发觉张小梅那天紧锁着眉头，脸色比往常更加苍白。

"梅梅，你怎么啦？"李萍萍扭转头来问道，"你不舒服吗？脸色多难看！"

"我也不知道是怎么的，心里好像憋得慌。"张小梅说话瓮声瓮气地。

"你喉咙都哑了。会不会是感冒了？"毛淑英关切地问，"小梅，你真的把那本《基础英语词汇》都背下来了吗？"

张小梅点点头。不过，她今天却像缺乏信心似的。

"我也不知是不是都记住了。这两天我一直在读这本词汇书。"

"晚上一直在用那台仪器吗？"

"用的。不过我今天早晨起来背了背，好像又忘记了许多。"

"唉，小梅，我总怀疑你这样死记生词的办法。"毛淑英担心地说，"小梅，你妈妈回来没有？一回来还是赶快和她说清楚的好。你这样瞎试，我总有些担心，可是你就是偏要试！"

"你别担心，淑英。我的感觉还是挺好的……唉，我觉得这件事真有意思，"一说到那台神秘的仪器，小梅又激动了起来，"你想想看，淑英，等我们一找到那位阿姨，她一问，我们已经帮她试验成功了！这该有多好！而且，我还像上次收集植物标本那样，天天在记笔记。那位阿姨看到我的笔记一定会高兴的！我也把李萍萍的感觉给记下来了。可就是你不肯试。"

"我可不敢做那样的梦，"毛淑英笑着说，"小梅，那两个按钮的作用你搞清楚了吗？"

"我还没有完全弄清楚……咦，你们瞧，怎么杨毛头也来了。"

当三个好朋友走到师范学院门口的时候，就看见那头发乱蓬蓬的杨平叉手叉脚地站在大门口，好像是在等着她们似的。可是一等张小梅她们走近，他又踱到一旁去了。

"真讨厌！这两天他就老跟着我。"小梅又皱紧了眉头说，"有好几次，他都想跟我说话似的。"

"梅梅，他跟你说了些什么？"李萍萍担心地问。

"我才不想理他哩！他一走近来，我就跟他翻白眼！"

"他也缠着我来着。"毛淑英"噗哧"一声笑了，"昨天放学回家，他就好几次想凑上来跟我说话。"

"哦，你理他了吗？"李萍萍又担心地问。

"没有哇！"毛淑英笑着答道，"你们那个杨副总指挥好像是有什么心思似的。不过，凭良心讲，我觉得他最近好像变了许多，也不再找我们女同学的茬儿了。好了，陈顺果也来了，李老师在向我们打招呼哩！我们过去吧。"

李萍萍拿着英文课本，一面轻轻地念着生词，一面沿着一条沿河的小道慢慢地走着。说也奇怪，自从初试的名单公布以后，她有好几个夜晚都没有睡着。首先她觉得有些懊丧，不应该去参加这次考试。李萍萍在衣着上虽然有点讲时髦，但她却不是一个喜欢出风头的人。她总觉得这次考试好像是欺骗了什么人似的，但她怎么拗得过小梅呢。当然，那台仪器也真管用。她只用了两个晚上，就把那些落下的功课都赶上了。居然，还考进了前十名！不过这件事也的确触动了她。功课再这么拖拖拉拉，可太不像话了。她相信毛淑英的话，只要天天抓紧补课，用点心听讲，不管仪器不仪器，她还是跟得上的。毛淑英功课这么好，并没有什么秘诀，就是平时抓紧时间。知识就是靠这么一点一滴积累起来的。

她决定等小梅考完后一起回去。不知怎么的，小梅今天的脸色让她很担心。那台仪器好是好，可是这样用对不对啊！就连平时一向稳重的毛淑英也反对这样试。但小梅的脾气一向倔强，她要决定干些什么，有时，就连毛淑英也拗不过她。

她觉得张小梅就像一个男娃娃似的，就是喜欢冒险、爱幻想、又爱新奇的东西。你看她那个梦做得多别致！张小梅认为，那红色的按钮，一定是可以让人把梦给记住。她本想让李萍萍也试一试，但李萍萍说什么也不敢试。

"萍萍，我找你好半天了！"杨平又不知道从哪儿钻了出来，"嗨，你好用功！"

"你怎么老盯着人！"李萍萍被杨平吓一跳。她一想到杨平去缠毛淑英和张小梅的事，心里就来火，"我真懊恼把仪器的事告诉你了，你不守信用。"

"我怎么不守信用？"杨平好像挺委屈似的，"我又没有告诉别人！就连陈顺果我都没有说！"

"那你为什么老盯着人家。你为什么老去缠张小梅和毛淑英！"

"哎呀，这是……唉，我真想看一看那个仪器。"杨平好像讨饶似的说，"萍萍，你能不能帮我说说情，让我看一看——哪怕就看那么一眼！"

"我不干！"李萍萍回答说，"张小梅要是知道了，一定要骂死我了。"

"哼，她就想一个人出风头！"

"你别冤枉人好不好！"李萍萍这回可真动气了，"人家张小梅可不是这样的人，人家可是在帮科学家做试验！"

"哦，真这样？"这会儿杨平可彻底被制服了。他一听张小梅是帮科学家做试验，那就更猴急了。他连忙打听，这科学家是谁？怎么会找上张小梅？为什么不找我们班级，让大家都试试呢？

"我不知道！我不知道！"李萍萍一听要让大家都做试验，心里当然更急了，"我恨不得舌头烂了也不应该告诉你！你少去缠人家好不好。你就是不争气，说好了让李老师补课，你又不去，偏要去缠张小梅她们。"

"唉，萍萍，你说得也对。"杨平多少有点难为情地说，"可是我一听有这么一台奇怪的仪器，我怎么也坐不住了，真的连觉也睡不着……要是能拿到那台仪器的图纸该多好，我就仿造一台！"杨平心里热乎乎的，一说到要装什么仪器、半导体，他就两眼发亮，信心十足，"不过，萍萍，你放心好了。我一定保密！只要你帮我说说情……嗯，等等，你瞧，怎么救护车开来了？好像是我们李老师……"

杨平正说得起劲，却被一场意外给打断了。考场外面拥了一大堆人。救护车上下来两位穿着白大衣的护理员，李老师立即迎了上去。

杨平也不打招呼，一转眼就往人堆里挤去。一会儿他又满脸激动地奔了回来。

"不好了！萍萍，出了大事了！"他气喘吁吁地朝李萍萍奔了过来，"张小梅昏过去了。李老师正在找你哩！"

"天哪！"李萍萍喊了一声，只觉心脏"怦"地一跳，立刻朝大楼那边奔去。

十一　阿姨来迟了一步

李萍萍奔到大楼跟前的时候，只看见几位老师和医护人员把昏迷不醒的张小梅从大楼里抬了出来，并立即送上了救护车。李老师也跟着上了车子。李萍萍只来得及喊了一声"李老师"，车子就开动了。

李萍萍三步并成两步向设在二楼的考场奔去。

考场外面也拥了一堆人。考场里的骚动已经平静了下来。只听得大家都在卷子上"沙沙沙"地写着答案。她在第二个教室里找到了毛淑英，李萍萍也不顾监考老师严厉而又怀疑的眼光，她"笃笃笃"地敲着玻璃窗。

毛淑英一见是李萍萍，就立即放下了笔，走到窗前。

"快到医院去看看，我考完就来。"毛淑英满脸担心的神色。她忽然放低了声音说，"医生说她是中暑，我看不对。一定是那台仪器……你快跟李老师说清楚，千万别误了事！"李萍萍点点头，掉头就走。她走过门口的时候，正好听见几位老师在那儿轻声地议论。

"一定是中暑了！她考得倒挺快，而且答得也挺不错。"

"不见得，"另一位老师说道，"后面那些题目可做得不好。看来，这个同学只记住了一些死条条……"

李萍萍也顾不上听了。她赶紧跑出了校门，可是一出校门就想起，这儿附近没有公共汽车站，怎么办？

"萍萍，我来送你去。"杨平又不知从哪里钻了出来，好像是从天而降，而且手里还推着一辆自行车。他一下子跳上了车，"萍萍，快来，我送你去。"

"不，同学要说的……"李萍萍红着脸拒绝。

"那你自己骑吧！"杨平又灵活地从车子上跳了下来。

"我又不会骑。"

"这倒难办了。"杨平抓了抓头，"不，上车吧。还是救人要紧！"这回他可是用的命令式。

李萍萍完全失去了主意。她只好勉强地坐上了车后座。不过，这时她也不知道为什么，突然想起了张小梅的那个梦。"这会儿，他倒真的有点像那个梦里的杨副总指挥了！"萍萍心里暗暗吃惊地想着。

当李萍萍和杨平赶到第二人民医院急诊室的时候，正好碰见李老师从急诊室里出来。他手里拿着几张处方，满头是汗：

"唉，中暑了！"他一见李萍萍就劈头说道，"你们来得正好……"

"不，李老师，小梅不是中暑！"李萍萍结结巴巴地说，"她是用了一种仪器……"

"仪器？"李老师莫名其妙，"什么仪器？"

"是……是……一种用梦来学习的仪器……"李萍萍结结巴巴的，她真不知道怎样才能给李老师说清楚。

"什么？做梦？"李老师被弄得更糊涂了，"不，这些你回到学校再说吧。现在不是做梦的时候，最好现在你们立即替我去取药。"

"李老师，真的，张小梅是用一种仪器……"杨平也出来帮腔。但这时李老师已失去了耐心，他非常严厉地打断了他，说：

"快去取药吧。医生说，病人很危险——深度昏迷。我得守着，快去吧。我没时间和你们多扯了！"

李老师一走，李萍萍晓得再也别想和人家说清楚了。她急得直掉眼泪。这下她可完全失去了主意。要不是杨平提醒了她，她一定会放声大哭的。

"我去取药。萍萍，你镇静点。"杨平这时就更像一个指挥员了，"你赶快到张小梅家里去，最好把她的家长叫来。快去，乘2路车。我去取药。"

杨平的话可提醒了李萍萍。她已听小梅说过，她妈妈就要回来，今天就可以到家。

"对！我去把她妈妈叫来！我只要找到小梅的试验笔记就行了，医生一看就会明白的！"李萍萍连忙擦掉了挂在眼角上的泪花，转身就朝2路公共汽车站奔去。

当李萍萍赶到张小梅家里的时候，她老远就看见，小梅的家门口停着两部上海牌的小汽车。好多邻居都挤在小梅家的门口，在看热闹。一进大门，就见小梅的弟弟迎了上来。

"哈哈，萍萍，我妈妈回来啦！还来了几个叔叔和阿姨呢！他们在找姐姐哩！哈哈，他们说姐姐拿了人家的包……"

李萍萍一听就来了气。要是她自己的弟弟，她大概早就一个"毛栗子"敲上去了。

"别乱说，你这个小猢狲！"她骂了一声，连忙往楼上跑。

"小萍，小梅呢？"小梅的妈妈果然回来了。不过她的样了好像是在生着气，"她在哪儿考试呢？还没考完吗？"

"还没有……伯母，她……嗯嗯嗯……"李萍萍终于忍不住，"哇"的一声哭了起来。

"萍萍，怎么回事？"

"她昏倒了……"

"什么？"屋子里的人都大吃一惊。李萍萍只见一个胖胖的、年纪约莫五十岁上下的阿姨，"霍"地一下从沙发上站了起来："小朋友，你说说看，是怎么昏倒的？"

"正在考……忽然来了一辆救护车，那时候，我正在大楼下面。我奔过去的时候，就听见老师说小梅中暑昏倒了。现在正在二院急诊室里抢救。"

"啊，中暑！"那位阿姨好像稍微放心了点似的，"她现在醒过来了吗？"

"没有……不，阿姨，伯母，小梅不是中暑！"李萍萍指了指那位阿姨手中拿着的那台仪器，说，"她是用这台仪器用坏的。她说要帮阿姨做试验，所以天天晚上都在用这台仪器。"

"啊！"那位胖胖的阿姨把手中那台仪器往桌上一放，"她天天用？"她和旁边一位一直没有开口的叔叔，交换了一个不安的眼色，"她现在在什么医院？"

"在第二人民医院。"

那位阿姨立即说：

"我们马上去医院。走，小朋友，你能领路吗？"

李萍萍点了点头。当大家正在下楼的时候，她忽然又想起了小梅的那本试验记录本子，她立刻奔了回去，一下子就在小梅的枕头底下，把那个红色簿面的小本子找着了。当大家分头上汽车的时候，那位胖胖的阿姨突然一把搂住了李萍萍，说：

"小朋友，你和我坐在一起吧。你叫什么名字？"

"我叫李萍萍。"

"好，李萍萍，你和我说说看。张小梅是怎样使用仪器的？"李萍萍连忙把她所知道的情况，都一股脑儿地和那位阿姨说清楚了。当她说着说着，看见那位阿姨的脸色越来越阴沉的时候，她也越来越为自己的好朋友担心了。最后，她又想起了小梅的那本科学试验记录本子。她立刻取了出来，交给了那位阿姨。

"这是什么？"

"这是张小梅的试验记录本子。她说，她要代替你们来做试验，好弥补被她耽搁的时间。她是天天记的。"

"哦，'科学试验记录本，张小梅记'。"那位阿姨先念了念本子封面上张小梅写的几个字，立刻翻开了本子，非常感兴趣地念了起来：

　　"今天是6月19日。我开始记笔记。为的是，将来等找到那位和善的阿姨还她仪器的时候，好对她说：我虽然做错了事，但是，我并没有耽搁你们的时间。可惜，我的外语水平太差劲了。阿姨写的笔记我一点也看不懂。这位阿姨真有学问呀！她能看那么厚厚的一本外国书！我一定要向她学习，把外语学得好好的，将来也去研究人的大脑。"

　　"哎，你们这个张小梅真有意思。"阿姨忽然叹了一口气说，"你们真是搞四个现代化的好接班人。"说完，那位阿姨又继续念着小梅的笔记。

　　"我已经第五次使用这台奇妙的仪器了。我越使用，就越相信那位阿姨的话。人在做梦的时候是可以学习的。现在，我要把这五天来的感觉都详详细细地记下来。一点也不漏，将来好向阿姨汇报我的试验结果。第一次，我用的是白色的按钮，那天我……"

　　阿姨念到这儿忽然不念了，她连忙专注地看了起来。李萍萍注意地望着那位女科学家的脸色。她越看越不安，只见，那位阿姨读着读着，忽然把笔记本子一合，伸手推了推驾驶员的背，说："老王同志，快！"

　　李萍萍和毛淑英坐在急诊室外面的一间候诊室里，两个好朋友紧紧地拉着手，紧张地望着急诊室里进进出出的医生和护士。

　　杨平远远地站在候诊室的另一头，他已经忙了整整一个上午，奔进奔出地打听着消息。可是走进走出的医生们，都神色严肃地板着脸，谁也不回答他的问话。

当毛淑英听到李萍萍说起，杨平是如何的关心张小梅的事之后，她非常激动地评价了一句："看他毛手毛脚的，没想到他的良心倒是挺好的！"

急诊室的门突然打开了。那位胖胖的阿姨和张小梅的妈妈一同走了出来。她一面脱下白外套，一面对小梅的妈妈说："石杏珍同志。刚才我们和二院的医生会诊后，已决定马上把小梅转送上海——那儿的条件要稍微好些。直升机马上就要来了。我和上海研究所的同志——还有二院神经科的胡主任一同先去。我希望您也去。您和其他的同志如果还有其他的同志也要去的话，可以乘我们的两部小车子到上海。我们已打过电话，让研究所做好准备。"

"啊，林主任，我真不知道怎样感谢您才好。"

"不，相反的，我感到很内疚。您的孩子是个积极向上的好孩子。他们将来真是科研战线上的好后备军。"

"她有生命危险吗？"

"不，这点我倒可以肯定。不过，我也不想瞒您，大脑，这是一个非常复杂的器官……唉，我怎么对您说呢？我们别的不担心，就怕她的大脑受到什么损伤。这是我的粗心大意。总之，您的孩子证明了这是一种效率非常高的仪器，但这毕竟还是个新东西。我们本来也只准备先在我们自己身上做些初步试验，然后再下结论的，可是……飞机来了，好，石杏珍同志，我希望您能去，孩子毕竟还小。"

当大家用担架把张小梅抬上飞机的时候，她依旧脸色苍白地"沉睡"着。在白被单下面，她本来就非常瘦小的身体就显得更加小了。

也不知是谁"唏嘘"了一声。李萍萍和毛淑英都终于忍不住，"哇"的一声哭了起来。

十二　座谈会

　　当张小梅用仪器来学习的事在学校里传开以后，不要说初一（四）班的同学了，就是整个学校也是弄得传说纷纭，闹得满城风雨了！

　　张小梅立即成了一个传奇式的人物。当然，大家听说，李萍萍也曾使用过那台仪器的时候，她也成了同学们注目的对象。在初试时小梅得了第二名，李萍萍得了第九名，这也成了大家热烈讨论的话题。虽说毛淑英并没有使用过这种仪器，但大家都不听她的申辩，认为她在学校里初试时考的第四名，也一定是这种仪器给搞出来的。这算不算是作弊呢？这是同学们讨论得最多的问题了。当然最倒霉的还是那个既热情而又好奇的杨毛头了。尽管他连仪器的影子也没有见到，但当大家听说，他知道有这台仪器却秘而不宣的时候，男同学们都攻击起他来了。尤其是杨毛头的好朋友，都认为他如此保密，是为了讨好女同学，出卖了自己的朋友，这可是一种不能饶恕的行为。

　　初中一年级的同学们的这种心理状态是不足为奇的，同学们都喜欢讲点哥们儿义气。大家对新鲜事物特别好奇。功课一向好的同学，一听有了这种惊人的仪器，也不免产生了这样的想法：那他们平时那种刻苦而认真的学习，都成了多余的了？而想得最美的，还是那些平时既不肯好好学习，又不肯下功夫的同学。他们首先转到的念头是：有了这么一台宝贝仪器，那该有多棒！从此，白天不是尽可以玩个痛快，功课只要留到晚上做梦时来学就好啦！这简直像到了天堂！这炎热的大夏天，他们尽可以到小河里、游泳池里去泡个痛快，何必还要待在这暑气蒸腾的教室里受罪呢？你瞧，林间的知了叫得多欢，如果有了这样棒的仪器，那么现在就能爬到树上，把那些又黑又肥的知了，一个个逮下来，那又该是多么美妙！

总之，那几天就是在上课的时候，那些爱幻想的、调皮捣蛋的皮大王，都望着窗外，做起那从此再也用不着学习的美好的白日梦来了！这种沸腾的情绪，一直到研究所的同志来学校调查张小梅的学习成绩的时候，简直可以说是达到了高潮。

那天初一（四）班的同学，听说毛淑英、李萍萍、杨平被叫到办公室去开座谈会时，大家连上课的心思都没有了。可是消息传来：张小梅到了上海研究所以后，一直还处在昏睡状态里，这时，大家热烈的情绪又像被浇了一盆冰凉、冰凉的冷水似的，面面相觑，半晌都说不出话来。

不过，真正的高潮还是在那天下午。

下午的第一节课本来是音乐课。当同学们走进音乐教室的时候才发现，学校的领导和李老师都已经坐在教室里，还有一位满脸大胡子的叔叔和李老师坐在一块儿。原来，这就是上海电子研究所派来的那位科学家。现在，经校方的请求，他准备向同学们讲一讲用仪器来学习的事。当然，还要谈一谈今后是不是还要上学的问题。

那天，可以说是自学校开办以来，在所有的报告会中最精彩的一次了，听众们的情绪始终热烈而饱满，会场里，除了偶尔的咳嗽声外，简直是鸦雀无声。

在这儿，由于篇幅所限，我只好把会上的主要场面，做一个简单的"场记"。那位姓卢的科学家是这样说的：

"同学们！我知道大家最关心的是今后的学习问题。我听说，有些同学已经提出：既然有了这样的仪器，那干吗还要学校和教室？干脆把学校关了，好让大家回家睡觉去！"

（同学们热烈地哄笑！）

"我现在可以用百分之百的肯定的话对大家说：今后学校还是要的。不过，随着今后的电视、电子计算机、电化教育的发展，同学们也许不一定要坐在这狭窄的教室里上课。但学校永远会存在！永远不会消亡的！"

（同学们热烈地鼓掌！）

"为什么我可以说得这么肯定呢？因为过去培养一个大学生，当他从高等学校毕业以后，受到科学或工程技术的教育，他可以为社会工作或服务20年到25年。可是，由于现代科学技术的发展非常迅速，几乎每天都在发生着变化。所以现代的大学生毕业以后，他最多只能工作10年甚至五年，他的专业知识就会跟不上时代；如果这个人还想在科学、工程技术上继续为人民服务，他就得再受教育、再学习，或者，再重新进学校。所以，情况已经变成了这样：一个人不但要在学校里学习，而且还要不断地学习，学到老，学一辈子！"

（同学们叽叽喳喳地议论，但马上又静了下来。）

"所以结论是：人，要不断地学习、学习再学习！据统计，现在世界上已经有了1500种到2000种学科。而且新的学科还在不断地产生。有人统计过：现在有一半以上的职业和专业，是30年前人们根本就不知道的。所以，我可以肯定地对同学们说：要做一个现代的人，非得学习不可，而且还得不断地学习——学一辈子！"

（会场上一点声息都没有，同学们都严肃起来了。）

"好，我现在谈正题。既然有这么多东西在等待我们去学习，那么单单靠老办法来学习是不是够了呢？当然不行！所以我们得研究学习和教育的新办法。一句话：得想尽一切办法，运用现代化的手段，来加快学习的进度，早出人才、多出人才！运用梦来学习，就是这许多办法中的一种新设想！当然，这还只是科学家提出来的一种新方向。这种办法会为我们带来些什么，现在我们还不能下结论。但总的来说，这是一个值得我们去研究、去探讨的新问题。"

（会场上爆发出热烈的鼓掌声。）

"这里，我特别要感谢你们学校初一（四）班的同学们。由于一个偶然的机会，张小梅同学接触到了这种仪器。她出于对科学的关心，也出于对科学家的爱护，大胆地拿自己做了一些非常宝贵的试验。在试验过程中，她还仔细地做了笔记，为我们的研究工作，提供了非常珍贵的科研资料。还有许多同学也在关心着我们的工作，这里，我特别要感谢的是：李萍萍同学、毛淑英同学和杨平同学等。现在，我可以告诉大家一个好消息：由于这些同学的关心，以及张小梅、李萍萍同学的大胆试验，已使我们的研究工作进程大大地提前了。"

（又一次热烈地鼓掌。）

"最后，我还要告诉大家两个好消息：张小梅同学的情况现在已经稍有好转。由于她在使用仪器的过程中，没有注意仪器的调节，并且用错了一个开关，所以大脑受到了一些刺激。但经过多次的会诊和研究，证明张小梅同学的身体并没有受到任何损伤……"

（又一次热烈地鼓掌，有些同学手掌都拍痛了。）

"……还有一个好消息是：杨平同学曾建议，希望研究所能在你们学校里推广这种仪器。我刚才已为这事和研究所里挂了个电话。所里回电说，目前要推广这种仪器还不可能，因为还要进行大量的试验。但研究所认为，要继续试验这种仪器，的确需要与学校合作。所以我想提议：为研究如何加快学习的进程问题，今后研究所就与贵校建立协作关系。希望在座的校领导同志能够同意，也希望同学们能够给予大力的支持。我的话讲完了！"

这最后一次鼓掌的情况，也不用我在这儿细说了。总之，初中一年级的同学要表达热烈的情绪时，除鼓掌以外，有时还会发出热烈而怪声地叫喊。也不知是谁开头喊了句："杨毛头万岁！"跟着整个会场都呼呼啦啦地喊了起来。而且，为了表达他们激烈的情绪，有些同学甚至把帽子抛向了空中！

会议到这时，才真的是达到了高潮！

十三 "阿姨，您好！"

小梅轻轻地睁开了眼，但她又觉得那耀眼的阳光似乎太刺眼了，所以又懒懒地把眼闭了起来。

房间里有人在轻轻地走动。一会儿，有一个人轻轻地在她的床边坐了下来。然后，小梅觉得这个人温暖的手，在轻轻地抚摸着她的脸。她听见有人在轻轻地唤她：

"小梅！小梅！你可以醒醒了。"那声音是那样的温柔、悦耳，但听起来也非常清晰和有力，"你也应该醒了，可以起来啦！"

小梅又睁开了眼。她发觉这是一位胖胖的妇女。后面站着几个穿着白大衣的阿姨和叔叔，大家都很亲切地、关怀地看着她。这位坐在床边上的阿姨年轻的时候一定非常好看，她亲切地微笑着，又伸手拍了拍小梅的脸蛋。

"你认得我吗？"

小梅看着这位微笑的阿姨，但想不起她是谁了。

"你应当认得我。想想看，在哪里看到过我？"那位阿姨亲切地注视着她，既温柔但又非常肯定地说，"小梅，再想想看，别紧张。"

小梅觉得这位阿姨是有些面熟。她努力地在记忆中搜索着，但还是记不得在哪儿见过她了。

"不，我记不起来了。"小梅只好抱歉地摇摇头，有气无力地说。

坐在床边上的那位阿姨皱了皱眉头。她朝站在后面的一位年轻的叔叔低低地说了一句什么，那位年轻的叔叔点了点头走开了，一会儿他就拿了一本挺厚的大书回来。

"小梅，再看看我。"坐在床边上的那位阿姨，接过了那本又厚又大的书，她把书拿在手上翻了开来。然后又亲切地朝小梅看看，耐心地等待着，"记起来了吗？想想看……"

"阿姨！"小梅忽然惊呼了一声，立即坐了起来，她扑向那位笑容可掬的阿姨，一把抱住了她，"好啊，我总算找到您了！"

站在后面的叔叔、阿姨这时都放心地笑了起来。

"啊，总算还记得，小梅，现在你可以起来了。我叫人把衣服给你拿来。"那位阿姨依旧是那样的亲切，但她的口气又是那样肯定，"下床走走对你有好处。"

"我病了吗？"当小梅发现自己身上穿的是一套医院用的、宽大的白色衣裤时，她觉得很惊讶，"呀，我这是在医院里吗？"

"不，你没有什么病！你现在是在研究所里。"那位阿姨安慰她说，"起来吧，吃过早饭，你可以到院子里去玩了。回头我到院子里来找你。"

在研究所的院子里，南京心理研究所第三实验室的主任林悦兰，和小梅坐在一株花儿正在怒放的老槐树下，她们手拉着手，开始了一场有趣的谈话。

"阿姨，您是怎么找到我的？"小梅好奇地问。

"你不是给你外公写信了吗？我们也发了信函，到苏州去找你这个小辫子。可是信还没有回来，你外公的电话却到了。"

"咦，我外公认得您吗？"

"看你多粗心！"林阿姨笑了，"你不是把笔记簿寄给你外公了吗？"

"我翻了呀，那上面没有您的地址。"

"是没有具体的地址。可是你外公一翻，就知道这仪器是什么研究所在试制，然后打电话和上海的同志联系上了。他问到了我的名字，又马上打电话给我。我马上乘飞机赶来了。可一到苏州，我一听，你这粗心大意的小辫子竟在使用这台仪器，而且还昏倒了，这真把我急坏了！"

"我是想帮您做试验呀！"小梅不好意思地答道。

"好，我是要谢谢你帮助了我们。嗯，我已仔细地研究了你的笔记，记得很好、很详细——这说明，只要你们感兴趣后，你们还是可以把事情干得很好的。现在，研究所的阿姨、叔叔们正在全面地研究它。他们都对我说：要表扬你这个小辫子科学家——把情况和自己的感受写得这么详细。不过，小梅，你毕竟是个鲁莽的孩子。这是新事物，还没有正式做过人体试验。你这样用，太危险了！而且还把开关使用错了。奇怪的是，你最先怎么会想到去使用这台仪器的？"

"啊，林阿姨，我起先也没有想到。我只是看了您的信。我觉得挺有趣，就按了按那个白颜色的按钮。按下以后，我就把仪器放在床上睡了……"

"放在床上？"

"不，就放在床头柜上。"

"哦，这就是了。这床头柜就在你头旁边是吧？"

"是的，林阿姨。"小梅答道，"嗯，阿姨，您问这个干什么？放在哪儿也有关系吗？"

"那当然有关系啰。你知道吗？小梅，这仪器能接收人脑思维活动所产生的电波，不过这电波太微弱了，所以这台仪器要靠近试验人的头部才能起作用。那天你偶然按下开关，又正好放在靠近你头部的床头柜上，所以仪器就工作起来了。不过，林阿姨还有一点没有弄懂，你是怎么想起，要把两个开关一起按下去使用的？"

"啊，林阿姨，只是最后一次，我想多记点生词，好考第一名。所以……啊，我还有点好奇，想试试看，要是两个按钮都按下去，会怎么样？"

"好哇，主动地做起试验来了！"林阿姨赞许地笑了，"不过，你知不知道？小梅，这样一来，你就受到不应有的刺激，加上你又开了几天夜车，第二天天气又热，考试时你大概又过分紧张，结果，你就昏倒了。"

"是这样的！阿姨，我考试的时候真紧张，前面的题目还挺顺当，可是后面的英译中，中译英，我怎么也做不出来。字我都认识，可就是翻译不出来。我一急，天又热，我想去上厕所，刚一站起，忽然觉得眼前一黑，就什么也记不清了。"

"好，你这一昏倒，可把你林阿姨给急坏了。第一，这件事原是你林阿姨粗心大意造成的；第二，我们当时还不能肯定，你这样鲁莽地使用仪器，会给你带来什么损伤。幸亏我及时地赶到了。你醒过来以后，为了安全，我们就让你又安静地睡了好几天。但小梅，这是谁告诉你的？学英语就要拼命地死记生词？你怎么会找到那本《基础英语词汇》的？是李老师给你的吗？"

"不，是我小芬姐姐的。"

"嗯，还想考第一名哩！这也是你姐姐的意思吗？"

"不，阿姨，这是我自己决定的。假如我考上了第一名，"小梅挺天真地答道，"那不就证明这仪器是挺管用的吗……嗯，阿姨，我这样做不对吗？"

"当然错了！"林悦兰突然严肃起来，"死记，并不等于就是学习。我们已把你的考卷、作业簿都调来了。从考卷上看，你默写的生词都可以得满分，可是灵活运用部分却不行。这就说明，你还没有弄懂什么叫真正的学习，真正的学习还是要建立在对材料彻底理解的基础上。当然，有些必须记住的东西，也一定要记住，但这并不等于就是生硬的死记。如果你把一些不理解的东西全都记住了，那有什么用？就是把整整的一本字典全背下来，那也不等于是学会了英语，所以，你做的这些试验倒是提醒了我们。今后，这种'梦中学习机'，就是正式推广应用的时候，也要和学校的教学任务紧密地配合在一起才行。我不知道你听懂了我的话没有？嗯，你干吗耷拉着脸？不，小梅，你的这次试验，从考第一名来讲，是失败了，可是从研究工作来讲却是成功的。而且你两个开关一起用，还为我们开创了一个新的研究方向——这以后我再详细的和你讲。总之，研究所的同志们都认为要表扬你，表扬你这样主动地关心大人们的科学试验工作，而且也的确干得不错！研究所的阿姨、叔叔们正在研究你的笔记，他们今天下午还要找你的，你可要做好思想准备：第一，不要去勉强回忆什么，不要勉强自己，能记起什么就说什么；第二，千万不要去考什么第一——小梅，你听懂了我的意思吗？你要是想帮助我们，那就自自然然地回答阿姨、叔叔们提的问题。记住了：科学从来是讲求实际的，从来就是实事求是的。一定不要勉强，小梅，你懂了吗？"

小梅到这时才高兴了起来。她激动地点了点头。她终于能帮助阿姨她们了。当然，她这样做也帮助了科学。不过，从林阿姨的话里，她也多少懂得了一点，什么叫作真正的学习。容易激动的张小梅，突然一下子抱住了林悦兰：

"林阿姨，您真好！"可是，小梅对自己迸发的这种热情，又马上难为情起来。她连忙抓起了一串刚落下来的白色槐花，凑在鼻子上闻着。她两眼发亮，低低地嘀咕着说："哎呀，这槐花——多香呀！"

十四　长了尾巴的格格里普人

那以后的几天，小梅又经受了一场又一场严格的考试。当然，在研究所的阿姨、叔叔们的关怀下，为小梅安排的实验工作还是非常轻松的。研究所的阿姨和叔叔们，领着她从一个实验室走向另一个实验室，既严格又认真地问了小梅许许多多的问题，要她重述那个奇怪的梦，又让她重新背诵了那些课文，默写了她所读过的一些英文生词，最后，在一个实验室里，那位姓卢的大胡子叔叔，一面和小梅开着玩笑，一面拿出了一盒水彩颜料和几支铅笔，让她把那个奇异的梦境里的格格里普人给画出来。

　　小梅咬着铅笔杆，歪歪曲曲地把那个样子可怕的格格里普人勾画了出来，还仔细地涂上了颜色，把画交给了那位大胡子叔叔。姓卢的叔叔和实验室其他的几位年轻的阿姨，都凑上来看着小梅的画，然后，几乎是不约而同地哈哈大笑起来：

　　"小梅，这次你可是画错了。"卢叔叔一面哈哈大笑着，一面对小梅有趣地眨眨眼说，"你再仔细看看，你的画上怎么会多了两样东西？"

　　"我画得不好……"小梅红着脸，把自己那张杰作拿了回来。但她怎么也想不起来，她是画错了什么。

　　"是不是颜色深了些？"小梅没有把握地问。

　　"不，颜色倒是挺接近的。问题是多画了两样东西……啊，你也不要去拼命地想了，我们就需要你这样画。好，让我来告诉你画上多了哪两样东西吧。"那位喜欢开玩笑的卢叔叔说，"你原来梦里的格格里普人是没有头发的，只有一个亮晶晶的大脑袋，可是你现在却画上了不少乱糟糟的头发。"

　　"这就有点像你们那个杨副总指挥——杨毛头了！"一位年轻的阿姨开了一句玩笑。

　　"不，这倒不像，"大胡子卢叔叔接着说，"小梅梦里的杨副总指挥可神气得多。还有，小辫子，你原来梦里的格格里普人是没有尾巴的，可是他现在却像动物园的鳄鱼一样，你为他装上了一条尾巴！哈哈，要是格格里普人知道了，那是不会答应的呀！"

　　实验室的阿姨和叔叔们都友好地大笑了起来。

　　小梅看着那张画，不自觉地也笑了起来。经卢叔叔这么一提，她画的格格里普人的确像一条站起来的鳄鱼！而且还长上了乱七八糟的头发！但小梅总觉得自己画的还是对的。

　　"叔叔，"她挺有把握地说，"我记得是有尾巴的！是像鳄鱼，至于头发嘛……"

"好好好，小辫子科学家，我们不要争啦。我给你看一张你梦里的格格里普人的真实照片吧。"卢叔叔一面摇着头，一面笑着从抽屉里取出一张彩色照片，"好，小梅，瞧瞧你梦里的格格里普人！怎么样？有没有尾巴？"

那是一张八寸左右的彩色照片。小梅一看，立即想起，她梦里的格格里普人就是照片上那个狰狞可怕的家伙。他没有尾巴，浑身鳞甲，脑袋上光秃秃的，发着绿油油的光，样子真可怕！她的画和照片比起来是差很多。

"叔叔，你画得真像，啊，不，我是说你们拍得真好。"小梅称赞地说。

"啊，不，我们倒不能抢夺你的创作权！"大胡子叔叔一听，马上又哈哈大笑了起来，"这可不是我们有意去拍出来的，这是那台仪器自动记录下来的！"

"自动记录下来的？"

"对呀！看来你只是用了那台仪器，可是对那台仪器的作用还不太了解。你要是按下了红色的按钮，我们那台仪器，就会真实地把你的梦给全部记录下来；不但能记录，而且还可以通过内部录像设备把梦重播出来；或者，把它拍成彩色影片。这样，我们就可以仔细地研究人的梦境了……"

"啊，真有趣！"小梅吃惊地说道，"还能拍成电影哩！"

"当然可以！说不定有那么一天，我们会把你的那个梦拍成一部宽银幕电影哩！"卢叔叔开着玩笑说，"你睡着的这些天里，我们也把你的梦全都记录下来了。还怪有趣的哩！"

"叔叔，我能看看吗？"

"不，现在还不能马上给你看，还有许多试验室要研究你这个小辫子。等研究工作结束，我们就来放给你看，好吗？"卢叔叔说，"小辫子科学家！我们今天的工作就到这儿结束了。林悦兰阿姨大概正在花园里等着你。她会有好消息告诉你的。"

小梅一踏进花园，就看见妈妈、小芬姐姐和林主任坐在那棵大槐树底下聊着天。

小梅一声呼喊就扑到妈妈的怀里去了，这次妈妈可一句唠叨话也没有说。既没提那次坐错车的事，也没提那只包包的事，当然也没说"我谢谢你好不好"这句话。小芬呢，好像知道自己也有点理亏似的，所以特别迁就地和妹妹你一句我一句地聊起来了。而且，她还趁林阿姨和妈妈不注意的时候，悄悄和小梅咬耳朵，说：

"小梅，我们和好吧，好不好？我们今后不要再为一点小事吵架了。再吵……"小芬突然用一只手掌砍了另一只手掌，说，"再吵就'哒哒哒'。"

"好，再吵就'哒哒哒'！"

两姊妹就这样亲热地拥抱到一块儿去了。可是，那天叫小梅高兴的事还不止这一件哩！吃过午饭，小梅回病房去睡午觉。当她醒来以后，她忽然发觉有一个男孩子在房门窗户上探了探头。那个男孩子圆圆的脸，乱蓬蓬的头发，立刻使她想起了他们学校的杨毛头。

"呀，这好像是杨毛头。难道我又在做梦了？"小梅正在奇怪，但她又听见了一个熟悉的、像银铃般的笑声。两个好朋友——李萍萍和毛淑英已经像阵风似的冲进了病房。

"我还以为我又是在做梦了哩！"小梅压住了心头的喜悦，立即和两位好朋友亲热地拥抱了起来。三个人虽然分开还不到两个星期，可是却像分开了好几年似的，有许多有趣的消息要交换，要互相告诉呢！当小梅听到杨平曾如何热心地关心过她的时候，她的确非常感动。当李萍萍又说到杨平曾如何的想看一看这奇妙的仪器，可是到今天还连影子也没有见到的时候，三个好朋友又非常同情地哈哈大笑了起来。

"所以，他一到研究所就嚷嚷着，要去看看那台奇妙的'梦中学习机'。"李萍萍说。

"我刚才好像看见他在这窗子上望了一眼。"

"是的，他说先要看看你，再去看仪器，见你睡着，卢叔叔就带他看仪器去了。我还听见他对卢叔叔说'我一定要先仿造一台'！卢叔叔就回答他说：'好呀，你看得懂图纸吗？'杨平就说：'我看得懂！我会装半导体收音机！'"

"杨平真行！"张小梅称赞道，"我们现在就去找他，好吗？我要亲口谢谢他。"

当她们在实验室门口，碰到那个头发还是那么乱蓬蓬的杨平的时候，杨平老远就朝她们嚷了起来：

"告诉你们一个好消息！刚才卢叔叔对我说：研究所已经决定邀请我们这几个人做'特约研究员'！张小梅、李萍萍、毛淑英还有我。当然，今后还要请一些同学。"

"真的？"小梅也高兴地嚷了起来。

"真的！我说谎就'哒哒哒'！"

"杨平，我还要谢谢你……"张小梅想起了他们那次意气用事的吵架，突然绯红了脸，"你看到那台仪器了吗？你真的要仿造吗？你真行！"

"看到了。"可是，不知为什么，杨平回答的时候，却拉长了脸，"我……我决定不干啦！"

"什么？为什么？"大家都没有弄懂。

杨平深深地叹了一口气："图纸太复杂啦！唉，看来我还差得远哩！要仿造这种仪器，我还得好好学习！萍萍，你说呢？过去，我们俩都太差劲啦！回去后我们得赶上去。"

"这就对啦！"毛淑英接着说，"我觉得小梅刚才告诉我的林阿姨的话是对的。我们要加快学习的进程，但学习，还要依靠我们自己。"

几个孩子走到那棵大槐树下，突然站住了。昨晚，正好下过一场透地雨。槐花散发出了一股沁人肺腑的清香。大家突然沉默了起来，想起个人的心思来了。

是呀，在那棵枝枝丫丫、老态龙钟的老树下人们是非常容易做梦的。不过，就这几个孩子来讲，他们却是在做着一个共同的、美好的、埋想的梦罢了。

十五　尾声

三年后的一天早晨。

有几个青年男女高中生，他们手里持着票，向一个新建的激光全息宽银幕立体电影院走去。

为首的就是我们前面故事里提到的张小梅。不用说，要是你这时突然看见了她，也许会认不出她来啦。这个个头儿高挑的姑娘，难道就是曾经那个小小的张小梅吗？不过，要是仔细地看看，你大约还认得出她来的。她那白里透红的脸上，还留着一点点淡红的雀斑。她的确长高了许多，不再到处诉说她有多少岁啦。因为她觉得她的个儿已经够高的了，也许马上就要超过她的小芬姐姐了。

张小梅变得沉静了。但如果你再仔细地看看她那双充满了幻想的眼睛，你一定会觉得这依旧是一个爱幻想、爱冒险，对生活充满了热烈的情趣的姑娘。

在张小梅左边走着的是那个变得更加老成的毛淑英，右边是那个衣着朴实的李萍萍。你也许会奇怪：李萍萍不是挺爱打扮的吗？啊！不，那是三年前的李萍萍了。人的趣味是会改变的嘛。那已是小姑娘时期的"迷误"啦。如果你知道李萍萍在去年的英语比赛中，真的考上第一名，那你一定会更加吃惊的。当然，我们在这儿可以悄悄地透露一个小小的秘密："梦中学习机"对她的学习肯定是有些帮助的。但关于她的进步，李萍萍自己却最清楚。她知道，她目前的成绩，主要是依靠自己刻苦的学习得来的。举一个生活上的简单的例子，你就会明白啦：拐杖并不能使没有腿的人走路，但它却可以帮助那些想走路的有腿的人！

在这群女同学的后面，还跟着几个男同学。用女生的话来讲：就是那些男生们！

陈顺果还是那个老样子，好像往上长的信号，突然在他身上的遗传密码里消失了一样。他就停留在那个"高度"上了。但他依旧是班上的一个好学生。你瞧，他那副厚厚的眼镜，就表示他的学问有多么厚实了。在他旁边热烈地说着什么的，就是那个叫"杨毛头"的杨副总指挥。他当然也有了很大的进步。同学们已不再叫他"杨毛头"，因为他早就不留长发，改剃平头了。那天，他穿着一件崭新的海魂衫；脖子上——当然也是干干净净的。总之，他的成绩早就跟了上来，人也长得十分神气，所以同学们早就喊他"总指挥"，甚至把那个"副"字也给免掉了。

那几个老朋友，一路走，一路谈得十分热烈。他们的话里，已经充满了我都听不大懂的科学术语和一些极为深奥的外国名词。有时，我们的"总指挥"，还会和陈顺果用两句非洲的一种少数民族的方言交谈几句；他们是讨论着今天即将放映的电影。这部电影的名字叫《小梅的梦》。

不用我说，你就会知道了。这是根据张小梅的梦改编的一部电影。据晓得内幕的同志说，这是一个和电子研究所很熟悉的导演，偶然看到了张小梅的梦而创作出来的一部大型科学幻想故事片。据说，这部电影情节紧张，故事离奇，更重要的是充满了诗一般的幻想。

据后来知道一些电影界内幕的同志告诉我说，那位导演，在使用了这种奇妙的"梦中学习机"以后，他也经常地做起梦来了。据说，这仪器对他的创作很有帮助。本来就是嘛，如果你知道，大科学家门捷列夫，就是在梦中把那个著名的元素周期表排列出来的，你就不会感到惊讶了。所谓"日有所思，夜有所梦"，就是说，有些人整天地在想着一个问题，可是总在一件小事上给憋住了。到了晚上，一做梦，就"豁然开朗"啦。"录梦机"大大地帮助了这位白天总缺乏灵感的导演，当然，也帮了那些在白天也缺乏想象力的作家和科学家的大忙。

《小梅的梦》到此也应该结束啦。不过，我忍不住还要唠叨那么一句：看完了那部电影后，张小梅他们都好像有点失望。

"那个格格里普人一点也不像！"这是张小梅走出电影院后的第一句话。

其实这回倒是张小梅自己给弄错了，是她忘记了最关键的一点：孩提时代的梦和青年时代的梦是有些不一样的；再说，那位导演创作的是艺术作品，这毕竟和现实的梦有所不同！

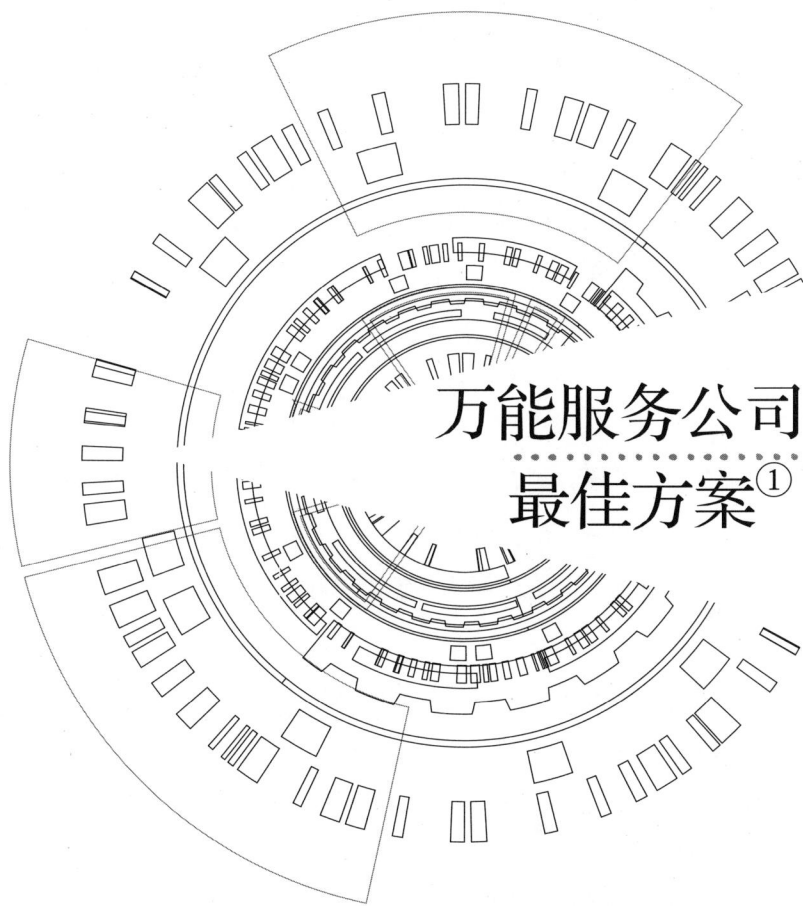

万能服务公司的最佳方案①

① 1979年5月稿，原载于《我们爱科学》，1979年第7~8期。

塞翁失表

有句老话说："塞翁失马，安知非福。"它的意思是说：碰到了倒霉事，可是时来运转，却因祸得福。但读者们千万不要误会，别以为我在这儿宣传什么迷信。我这儿说的可是一件和科学有关的事，虽说这件事本身却是由一件倒霉事引起来的。

那天，我在人民商场买了一块新式的电子表，一连串的事就打这儿开始了。

我走出西大门，看到有些人正在翻修马路。正想绕过去，忽然觉得新表的表带有些紧。我解下表带，想调整一下，不料有人在背后一揉，我一个趔趄，手一松，新买的电子表不前不后，正好落在一个没有盖上盖子的阴沟洞里。

我一声惊呼，立即引起了一些行人的注意。大伙都围了上来，一听是新买的手表掉进了阴沟洞，都很表同情，七嘴八舌地帮我出主意。可是那新修的阴沟洞又深又黑，也不知道通向什么地方，怎么打捞呢？正犯着愁，一位身穿白制服的青年女民警建议说：

"同志，我建议您找万能服务公司去。他们一定能替您解决的！"她的语气很肯定。

"万能服务公司？"我还是第一次听到这个名称。

"对，这是一个新成立的服务性行业。我们的失物招领所已交给他们

250

管了。您不妨去那儿问问。"

我想，我的表目前虽然是"失物"，可还没有人"拾着"呢，当然也进不了招领所，去问他们有什么用！正在迟疑，突然发觉有人在扯我的衣角。

"老伯伯，老伯伯，我知道这公司在哪里，我带你去。"

这是一个圆面孔、翘鼻子的少先队员，背着一只鼓鼓囊囊的书包。看来，这小家伙已经在一旁看了半天热闹，把什么都看在眼里了。

"离这儿远吗？"我问。

"就在附近。"小家伙挺热心地答道。

看来，我只好跟这位少先队员去碰碰"运气"了。

5分钱问一次

这个热心而机灵的小朋友叫王小荣，是个初中一年级的学生。一路上，我和他聊了起来。

"那是个什么单位啊？是新成立的吗？"我向王小荣打听，"他们现在管失物招领吗？"

"不，他们什么都管！"

"什么都管？"

"对，什么都管，不然怎么能叫'万能服务'呢！嘻嘻，"王小荣老练地向我解释道，"上次我姥姥生了病，需要一种特别的药。问了好几家医药商店都说没有，而且有的还说，从未听说过。我只好去问万能服务公司。花了5分钱，一问，一眨眼工夫，他们就告诉我说，城外的一家医药商店有这种药，而且不到一会儿，他们还替我们买来，送到家里来了。"

"哦，原来是个问讯处。"

"不，他们什么都服务。他们有好几万名工程师和科学家在为他们工作哩。而且，那也是一个电子计算机中心。"

"几万名？"我觉得那小家伙好像在为那个公司吹嘘。

"老伯伯，我不骗你。真的，我起先也不信。因为这公司的服务所就在我家隔壁。平时什么人也没有，哪儿来几万名工程师、科学家呀？后来还是我爸爸给我解释清楚了。他说：这是一个为人民服务的机构。他们和几千个研究所、上万家工厂，还有许多服务性行业，都有协作关系。那些科学家、工程师都是特约聘请的。我爸爸就是那里的'特约'技师。"

"特约聘请？"

"哈哈，老伯伯，你也不知道'特约聘请'是什么意思吧？"王小荣得意地说道，"特约呀，就是你平时干你自己的——还是在自己的厂里上班。要是万能公司碰到什么问题非要哪一位'特约'技师才能解决，他们就来电话……"

我还要往下问时，王小荣说"到了"。原来无所不能的万能服务公司，竟像一个普通的电信局，里面隔成一间一间的，就像打长途电话的小房，一个工作人员也没有。

王小荣蛮老练地指点说："老伯伯，随便到哪间里去问都行。"

我走进左边的一间，房间虽小，陈设却很精致。门后面贴着一张说明，上面写着：

　　　万能服务公司是一所现代化的、为人民服务的新型社会主义服务性企业。它接受咨询，帮助解决日常生活中的各种问题，例如函购、旅游、查询资料、问询地址、寻找失物、订购戏票，车票和船票、公司设在北京，世界各地都有分公司……

　　下面还有使用方法。可是性急的王小荣却不容我细看，指着小桌上的一条细缝说："老伯伯，你有5分钱吗？问一次，5分钱。"

　　他从我的手里接过一枚5分硬币，投进那条细缝里，然后拉我坐在沙发上。

　　硬币"咕嘟"一声，滚了进去，小桌边上的一盏红灯亮了。只听到一个声音说道：

　　"同志，您好！万能服务公司向您致意。请问，您要解决什么问题？"

　　四周没有一个人，也没有播音喇叭。声音是从墙壁上的某一个地方传出来的，吐字清楚、语法正确，音调像是一个单词又一个单词连着蹦出来的，不过措辞很有礼貌。

　　"我，我……"跟一个看不见的对方交谈，我感到很不习惯。

　　"我是服务公司计算中心的电脑，很高兴为您服务。我们服务的原则：快速准确、亲切热情、绝对保密……"

　　哦，原来我不是跟人说话，而是跟电脑说话，这多别扭！

　　"是这样……"我结结巴巴地把丢失表的经过说了一遍。

　　"是什么型号的电子表？"电脑居然把我的意图弄明白了。

　　"WP－E型。"我回答。

　　"请告诉我丢失的时间和地点，越准确越好，还有您的姓名、住址和电话号码。"

我就像小学生似的一一回答了。

"好的，沈毅同志，能为您服务我们感到非常愉快。我们将尽力寻找，请等通知，再见。"

随着话音的消失，红灯灭了，谈话到此结束。

"老伯伯，您听见了吗？它还挺愉快的哩！电脑也会愉快吗？嘻嘻！"这个翘鼻子的小鬼还挺会挑字眼儿！

节外生枝

电子表能不能找到，我没有一点儿信心，但是会不会落我那老伴一顿埋怨，倒是有绝对的把握。

回到家里，我把丢表的倒霉事跟老伴一说，果然，老伴立刻"快速准确"地唠叨起来了。

"哼，我看你是越老越糊涂啦！看没把你自己掉进阴沟洞里才稀罕哩！"

我赶紧把万能服务公司的回答拿出来做挡箭牌。没想到一提"万能"，老伴更是"亲切热情"了。

"什么'万能'不'万能'！上回你买回来一瓶万能胶，结果连邮票也粘不上！"

"万能胶本来就不是粘纸的！"

"那还叫什么'万能'！这也'万能'，那也'万能'，全'万能'

我才相信！我看你还是借把火钳去夹夹看……"

"现在谁家还用火钳？人家万能服务公司是用电脑管理的，有几万名科学家和工程师为它工作哩！"

"哼，电脑！电脑能帮你去钻阴沟洞吗？"老伴一听电脑更是火上加油，"哼，你就会听一个小鬼的话，我的话却当耳边风！"

我还有什么可说的呢？亏得电话铃响起来了。老伴气呼呼地抓起了电话：

"喂，找谁？沈毅……什么？电……电子表找着啦？啊，这倒没想到！"

老伴抓着话筒，张着嘴愣在那儿了。

我也感到意外，更让我得意的是，万能服务公司帮我"刹住"了老伴的唠叨！

"想不到的事儿今后多着哩！"我说，"现在可是电脑时代，不是你那火钳时代啦！"

"好好好，就算你的电脑好，它万能！"我那老伴还拿着那话筒直吹气，"它要真的万能，咱们那大毛头的事倒可以去求求它……"

老伴又要提那件不幸的往事了。我实在怕听，因为一提起我家的那段伤心史，我也不好受。我连忙推说厂里有要紧事，把取电子表的事就交给了我那老伴。可我刚到车间，电话铃就响了。我抓起话筒一听，是我老伴的声音：

"告诉你，这儿的一位工程师姑娘可热情啦，她答应替我们找大毛头，而且说马上就办。"

从电话里可以听出来，我那老伴激动得厉害！没等我回话，老伴又在电话里嚷嚷：

"喂，电子表找着了，要你本人来认领。他们说要闻闻你的气味……"

"什么？"我大吃一惊，"闻气味？"

"还有，你先回家一趟，把箱子里大毛头的那包衣服给拿来，千万别忘了！我在服务公司二楼等你。"

"啪"的一声，老伴挂断了电话。我脑袋里装满了疑团，马上赶回家，翻箱倒柜，把大毛头留下的唯一的一包衣服取了出来。"看到这个陈旧的小包袱，一连串伤心事涌上了我的心头。

气味是关键吗？

那是1949年，山城重庆的初夏潮湿而闷热。我长期失业，又整整病了一年。夫妻俩不得已，把刚满周岁的第一个孩子，送上了街头。与其让大毛头跟着我们一起饿死，还不如让别人捡去做养子。后来就解放了，人民政府治好了我的病，两口子都找到了工作。可后悔也没有用了，到处打听，总找不到大毛头的下落。尤其到了晚年，老伴退休了，就经常唠叨这段悲伤的往事。我嘴上不说，内心深处何尝不跟老伴一样呢？

走上服务公司的二楼，看到老伴坐在那里激动不安地等着我。一位二十四五岁的姑娘，在旁边陪着。她满面笑容地对我说：

"您是电子表的失主沈毅老师傅吧？我叫李芸，万能服务公司的值班工程师。非常抱歉，电子表是找到了，您爱人带来的证件也不错，可是电脑还要求鉴别一下您的气味……"

"气味？"

"是呀！"那姑娘笑道，"各人的气味是不同的。您报失的时候，电脑就把您的气味记住了。这里的一切都是自动管理的，只有您的证件、您的气味都符合了，电脑才肯把电子表交出来。我们先把这件事办了，回头再研究找孩子的事。这问题比较复杂，需要动员多方面来协助解决。"说到这儿，姑娘笑了。

姑娘领我到柜台旁边，让我站在一个离地面约半尺高的平台上。电脑要求我交验证件，又闻了闻我的气味，并且再一次核对了电子表遗失的时间、地点和型号。最后，听电脑说道：

"谢谢您的合作，沈毅同志。核对无误，现在可以很愉快地告诉您，您的表已经由我们公司的电子打捞队找到了。您需要付出服务费0.143758元，实收0.14元。付完了款，您就可以取到您的表了。"

柜台上的荧光屏一闪，显示出一排数字："0.143758元"，后面4个数字随即消失，只剩下"0.14元"。我取出一张两角的人民币，塞进一个写着"付款"的窄缝里。荧光屏上的数字跳动起来，变成"+0.056242元"，最后的4个数字随即消失，前面的5变成了6——"+0.06元"，同时，3个2分的硬币从出口处滚了出来。

"它还会四舍五入哩！"我心里正在惊叹，从出口处又送出来一只白色的纸盒。

我不敢去取，不知那是什么。忽听得电脑开口道："沈毅同志，请取回您的电子表吧！谢谢您的合作。今后，我们公司将在可能的范围内，为您提供您所需要的一切服务。再见！"

我打开纸盒，果然是我新买的那只WP-E型电子表。真想不到它钻了一趟阴沟洞，现在已经被擦得干干净净，又回到我的手里了。电子表的表面上，闪着荧光的数字在连续跳动，说明里面的机件一点没有损坏。

我对万能服务公司的服务质量、服务态度，特别是服务效率由衷地感到满意。就连我那爱挑事儿的老伴，也完全信服了。她紧紧抓住我的手说：

"万能服务公司这么能干，咱们大毛头的事，还不赶快求求它？"

站在一旁的李芸姑娘接过话题，和蔼地说："沈大娘，甭客气，请跟我来，咱们把这件事好好地谈一谈。"

我们老两口跟着她走下楼梯。我抱歉地说：

"李芸同志，你不知道，事隔三四十年了，可能很困难。"

不知道李芸是为了安慰我们老两口，还是真的有信心，她毫不迟疑地回答说："解决这个问题的确比较困难。可现在是电脑时代，电脑有非常强的分析能力和判断能力，记忆力也特强。事情交给它办，往往有意想不到的效果。比如说您掉进阴沟洞里的那块手表……"

"究竟怎么找到的呢！我的大妹子？"我那老伴忍不住打听。

"要是在过去，也只好认倒霉了。"李芸说，"就算下决心找，得先请市政当局批准，让他们派人下到阴沟里去摸。这么小的一块手表，费了这么大的周折，能不能摸到还没有准……"

"哦！原来手表不是人摸上来的？"老伴恍然大悟。

"对喽。"李芸笑着说，"电脑经过分析，判断这只表还留在下水道里，就通知机器螃蟹，机器螃蟹立刻就把它找到了。"

"什么叫机器螃蟹？"我兴致勃勃地问。

"是专门清除下水道里的淤泥的机器。它有8只脚、2个钳子。螃蟹是挖淤泥的能手，所以机器就按照螃蟹的模样设计而成。它里面装有电脑，能把下水道里的情况通知我们中心，并接收中心的指令。你这块手表，就是它用钳子从下水道的淤泥里捞出来的。"

我们一路说，就来到了报失的地方。我按照上一回报失的程序，花了5分钱，把丢失孩子的事，对电脑说了一遍。

大海捞针

从万能服务公司回来，我那老伴就紧闭着嘴，一声不吭。原来，因为我们保存的那包衣服时间太长了，除了一阵强烈的樟脑味儿，电脑表示它辨别不出别的气味来，可我们又提供不出大毛头用过的别的东西。电脑回答说，它对这个问题还需要做进一步的分析研究。我的老伴就有点儿失去信心了。

吃晚饭的时候，电话铃响了。我抓起话筒，正是我已经熟悉的电脑的声音：

"我是万能服务公司。沈毅同志，有些情况得请您补充一下，您孩子丢失的时候有学名吗？"

"没有。"我十分遗憾地说，"当时他才一岁，就是取了学名，他自己也不会知道。"

"那么，还有别的小名吗？"

"他就叫大毛头，因为是我们的第一个孩子。"

"孩子身上有什么特殊的标记呢？比如，有没有黑痣？有没有……"

"啊！我可一点儿也记不清了……"

"我可记得清清楚楚！"老伴一把夺过话筒，忙不迭地回答说，"他左耳的耳垂上有一颗红痣，我给他穿耳朵眼的时候，还说过，这是一颗朱砂痣，又长在耳垂上，将来福大寿长……"

"请您说得慢一点。您丢失的是男孩，还穿过耳朵眼，对吗？穿了两只耳朵还是只穿了一只耳朵？"

"没错。那时候迷信，说男孩子穿了耳朵眼，当丫头带，容易长大。"老伴回答，"不过只穿了左耳朵，就是长朱砂痣的那只耳朵……"

"还有别的线索吗？老大娘！"

"啊！有有有，我把他的生辰八字都缝在他的衣服口袋里了，他是属鼠的，阴历三月二十一日子时出生……"

你瞧，我那不懂事的老太婆跟电脑胡扯了一些什么啊！不过，电脑可丝毫不厌烦。它说：

"哦，那就是1948年4月29日。谢谢您，如果还有问题，再来麻烦两位。"

听完电话，老伴好像又有了希望，马上还夸奖起万能服务公司来了。她说："这电脑服务真周到，态度又好，我想，咱们的大毛头准能找到！"

我默不作声，心想：这叫人家上哪儿去找呢？这么多年了，大毛头也不会知道自己的小名，又不知道是谁把他捡去了，收养他的人在什么地方……唉！真比大海捞针还难呀！

147个调查对象

说真的，对"万能服务公司"的信心，我和我的老伴恰好前后调了个

个儿。我认为，捞电子表毕竟容易得多，有地点、有时间；大毛头除了左耳垂上的一颗红痣，什么根据都没有，这不是强电脑之所难吗？我的老伴竟把电脑真当作了神仙，以为它是无所不能的。第二天我一下班，她就硬要我去万能服务公司问一问进展。

我找到了李芸，红着脸对她说："真对不起，我知道这件事难办，可我那老伴，她性子急……"

"这完全可以理解。"姑娘温和地说，"电脑还没有给您通知，一定是还没有得到比较确切的线索。我可以帮您查一查，看事情已经进行到什么程度了。"

李芸走进里屋，我听见了她按动开关的声音。没过几分钟，她走出来对我说：

"寻找您那孩子的通知昨天已经发出去了。"

"太感谢了！"我真没想到他们办事的效率这样快，"是通知公安局去调查吗？"

"不是的。总公司说，通知已经发给本人了。"

"本人？"我惊讶得跳了起来，"这么说，你们已经找到——找到我那孩子了吗？"

"还没有。电脑已经把通知发给了147个调查对象本人。等他们有了回信，再进一步核实、鉴定……"

"这147个调查对象，是怎么确定的呢？"

"电脑根据你们提供的材料，查阅了储存在电脑里的重庆市户口档案。1948年4月29日出生的人一共393位，除了外地迁来的，本市出生的是281人，其中134位女性，因此只要调查147位就行了。"

"天哪！要查清这笔账，该有多麻烦呀！电脑怎么只花了一天工夫就查出来啦？！"

"电脑干这种活儿，哪用得了一天工夫，最多花三四分钟，就能把名单都开出来了。"

我惊讶得直吹气："可是，还得打印147封调查信！光开这147个信封，一天工夫也够呛。"

"不用那么麻烦。"李芸说得挺轻巧，"电脑根据你们提供的情况，拟好了具体的调查提纲，按名单同时用电话通知了调查对象本人。我估计，这147位同年同月同日出生的同志，都已经先后作出了回答，电脑目前正在进行分析。沈师傅，我想，不出两天，您那孩子就有消息了。"

我那老伴一听这消息，当然喜出望外。那两天，我们盼呀盼呀，真是度日如年。正好过了两天——按说是够快的了，李芸真的来到了我家。

我和老伴都怀着不安的心情注视着她。

李芸却不慌不忙地说："沈师傅，现在把调查的初步结果向两位汇报一下。范围已经缩小了，可是发生了困难。"

"啊，147个人都有回音了吗？我的大妹子！"我那老伴迫不及待地问道。

"都有了回音。"李芸打开文件夹，"其中只有两个人说，他们不知道生身父母是谁，是在孤儿院里长大的。"

"那准有一个就是我的大毛头。"我那老伴又激动起来了。

"是呀，我们的电脑最初也是这样分析的。遗憾的是，经过进一步了解，两人的耳朵上都没有痣，也都没有扎过耳朵眼。"

老伴盼子心切，她也不细想想，就嚷嚷说：

"耳朵眼兴许长满了，那是大毛头刚5个月的时候给扎的呀！这么多年了，不带耳环，耳朵眼还不长满吗？"

"可是也没有朱砂痣。"李芸说。

"痣兴许褪掉了！"老伴可不死心，"兴许，领养的人怕他被父母领回去，把那颗痣给'烧'了……"

"不妨这么假定，"李芸倒挺有耐心，"所以，公司派我来通知你们。请你们老两口明天上午去第一人民医院做一次组织鉴定；同时，也会请那两位同志做一次组织鉴定。这样才可以做进一步的判断。"

"那敢情是好！"我那老伴是最怕去医院的，这一回却积极得不得了，"明天上午准去。"

我早听说过，组织鉴定就是通过遗传密码来鉴定人的血缘关系，是一种最新的科学方法。它涉及生物分子的微观结构，不是一般的化学药剂试验或者显微镜观察可以判断的，非得用电脑才能解决。

1786个调查方案

可是组织分析的结果却令人非常失望，电脑不顾我那老伴多么地望儿心切，竟"无情"地宣布：遗传密码作了详细的对比，我们老两口跟那两位同志没有任何血缘关系。

老伴一听到这个消息，就全身凉了，像一瓢凉水从头浇到脚。李芸安慰我们说："两位老人家先别失望。用这个方案没有找到你们的儿子，还可以按别的方案试一试。电脑全面分析了两位提供的材料，一共作出了1786个调查方案……"

"有这么多！"我和老伴都大吃一惊。

"不算多，这是电脑的本领。在这方面，它的能力比人强多啦！只用几分钟，就能根据情况把各种调查手段排列组合成各不相同的方案。当然，在这全部的1786个方案中，有许多稍一判断，就知道效果不会好，可以排除。电脑会自己进行筛选，按次序排出最佳方案和较佳方案。第一次进行的，可以算是最佳方案，因为它简便，可靠性最大。现在再按第二个方案进行，扩大范围，把全国凡是1948年4月29日出生的男同志，作一次普查。兴许你们的大毛头目前不在重庆；兴许当时就让外地人捡去收养了……"

"对，对，"我那老伴连连点头，"抗战时期重庆来了不少'下江人'。"

"所以要请两位老人提供一张照片，作为初步调查的依据。"

"拿着父母的照片，跑遍全国去寻找儿子，这行吗？"我感到这未免太玄了。

"不，用不着派人全国跑，电脑中心会通过电视传真，进行容貌外形分析。"李芸似乎很有把握，"电脑能分析容貌的几十个特征，一一对比，进行鉴别。当然，这只是缩小调查范围的一种手段，最后判断还得借助于组织鉴定。"

老伴从照相本里取出一张我们老两口的合影，还是结婚10周年的那天照的。老伴说，找一张年纪轻一点的，可能更像现在的大毛头。

李芸接过照片，夹进她的文件夹。

"谢谢两位的合作。"她笑着说，"我们马上把你们的要求，你们提供的全部情况，连同这张照片电传到北京总公司。总公司就会向全国的分公司发出指令，按第二个方案进行普查。有了消息，我立刻通知你们。请两位老人家放心，儿子一定能找到。可惜你们家没有终端机，要有的话，你们不久就可以通过终端机跟亲生儿子见面了。"

"那敢情好！我们家今天就装一台终端机。"老伴兴致勃勃地说。仿佛一有了终端机，她就能马上见到她日夜盼望的儿子了，"大妹子，我是没有文化的人，这机器容易摆弄吗？"

"那请你们俩放宽心，我们马上会派人来教你们使用的。而且这机器设计得很好，用起来也很方便。"

真不知道是什么滋味

没想到，公司派来安装终端机的老师傅竟是王小荣的爸爸。那翘鼻子、圆面孔的少先队员也跟着上我们家来了。王小荣一见着我，就像见着老朋友似的，热心地做起小老师来。原来，这终端机就像一台电视机，使用起来还挺简便。平时我那老伴连调电视机也老是学不会，这时却比谁都积极和专心，竟也把这台机器的使用方法弄明白了。我那老伴和王小荣也一见如故。小荣和他爸爸刚走，她就连连唉声叹气：

"哎，这孩子多像我那大毛头小的时候呀！"我那老伴真是想子心切，看到人家的孩子就会想起大毛头。而且她还挺迷信。"没错，这是好兆头，"她安慰自己说，"我们大毛头准能找到！"

谁知第二天我刚下班回到家，老伴就朝我嚷了起来：

"找到啦！真的找到啦！一找到，竟是仨呀！"老伴激动得连说话也颠三倒四了，"哎，真没想到，今天终端机告诉我，总公司到底把他给找

265

到了。他在兰州，是个工程师啦！都是两个孩子的爸爸啦！"

"什么，什么？"我几乎信不过自己的耳朵，"你说的是谁呀？"

"咱们的大毛头呀，糊涂的老头子！"老伴又是乐，又是埋怨，"他现在叫什么来着？哦，卢——道——生！瞧，什么卢道生，多别扭的名字！"

"谁告诉你的？"

"终端机呗，不，是小李子。这姑娘对着我直笑，也在为咱们高兴哩！"老伴越说越兴奋，"我就问啦，能不能让孩子在荧光屏上跟我们见见面。她说当然可以喽，她先去联系联系。你先去理个发，再换件衣服，我把这屋里布置布置。还有，你看我这做奶奶的，还是穿那件深色的上衣好吧。"

"嗨，那都是次要的，你先告诉我，大毛头究竟是怎么找到的？"

"那我可没问。"老伴一下傻了眼。

正在这时，终端机发出了"嗡嗡"的信号。我一按按钮，荧光屏上就出现了那位热心的李芸，可是这一次她脸上的表情十分尴尬。

"沈师傅，沈大娘，"可以听出来李芸想尽量把话说得婉转些，"真抱歉，我们跟卢道生同志联系过了，他暂时不愿意和你们见面。他本人不同意电脑的分析。他说，他是有父有母的，现在父母都已去世，但他可不是一个领来的孩子。"

"啊？"我那老伴傻了眼，一屁股坐在凳子上。

"难道电脑也会搞错？"我也十分失望。

"电脑是不会错的。因为容貌分析、组织鉴定，还有左耳垂上的朱砂痣，都证明卢道生是你们的孩子。可能是卢道生从没听说过他是个捡来的孩子，思想上一下转不过弯子来。总公司找到了一位了解情况的人，准备做做他的工作。"

"做工作？"这话叫人听了真不是滋味！

"对，向他说明情况。"

"这种寻子认父的事可不能勉强……"

"不是勉强，主要是他本人还没弄明白。总公司已经查明卢道生有一位亲姨母在北京工作，估计她知道内情，公司正和她取得联系。你们等待好消息吧！"

谈话就在这样叫人担心的气氛下结束了。我那老伴把满肚子的委屈都撒在我的头上：

"怎么会弄错！我一看照片就认出来了，长得跟你一模一样，别提有多像了。"

"你在哪儿看到的照片？"我赶紧问。

"终端机上呀，小李子给我看的。"

"你怎么不早说一声。"我也埋怨起她来了。

"你瞧你，嘴头上硬，心里还是想着自己的亲生儿子不是？没关系，请小李子帮个忙，再给你放一次。她一定会体谅你的。"

我只好再麻烦小李子一次。小李子仍旧挺热心，答应给我复印一张。一会儿工夫，终端机就送出一张大毛头——不，他现在的大名叫卢道生——的半身脱帽照片。我仔细地端详着，高高的天庭，浓黑的眉毛，鼻梁略微有点塌，还有那张厚实的大嘴巴，都十分像我。唯有那双机灵的大眼睛，我老伴说就像她年轻的时候！多么英俊的一个青年人，他无疑就是我们的大毛头！他长大了，在社会主义下的祖国工作，生活得多么好！可是现在，他却不愿意认我们这个日夜思念着他的亲生父母……唉！我的心里真像打翻了五味瓶一般，酸甜苦辣，竟辨不出是什么滋味！

您好！

我和老伴是怎么度过这个夜晚的呀！我翻来覆去合不上眼，尽听老伴唉声叹气，真比没找到儿子还要难受。

挂钟刚好敲过1点，终端机又发出了信号。我和老伴急忙翻身起床，一按按钮，荧光屏上又出现了李芸。这一回，她是满面春风。

"沈师傅，打扰你们了。"李芸说，"好消息嘛，我想，总是越早越好！"

"非常感激，你真热心！"我和老伴都抢着说。

"总公司刚才通知我们，通过终端机，在兰州的卢道生同志和他在北京的姨母当面谈了一次话，卢道生才知道了自己的经历。他非常希望早点儿和你们两位老人见面。现在北京正在调度。"

"哎呀，大妹子！"老伴竟乐得掉下眼泪来了，"你真是一位万能的人民好服务员。我该怎么谢谢你才好呀？"

"不用客气，大妈！"李芸说，"咱们都要谢谢那位提出建议的专家，就是来你们家安装终端机的那个王小荣的爸爸。根据他的建议，调查范围缩小了不少。"

"他提了什么样的好建议啊？"我问。

"他建议，先把全国在1948年4月29日出生的男同志的父母都查一下，挑出那些曾经在1949年住在重庆或者路过重庆的父母。这样一来，调查对象就缩小到了489人。他又建议查一下这些孩子的名字，看是否有值得注意的特点，于是就找到了一个叫卢道生的男同志。'道生'，会不会是路边上领回来的意思呢？拿他的照片让电脑一分析，果然跟你们两位的容貌特点相符。于是初步确定，他很可能是你们的孩子。"

"是我们的大毛头！跟他爹年轻时一个模样。"老伴好像怕再一次失去儿子似的。

"不过，还是要做进一步的证实。兰州分公司请卢道生同志去医院做了一次组织鉴定，电脑分析了遗传密码，最后完全肯定，他确实是你们的大毛头。"

"啊！真巧！"我不由得惊叹地说。

"不能认为这是碰巧。"李芸非常有礼貌地纠正我说，"这是严格的逻辑分析的结果，是科学的思想方法体现在电子计算机的运用上——请你们等一等，北京总公司在叫我。"

我那老伴早就搬了两张椅子，并排放在终端机跟前。她拉着我端端正正地坐了下来，就像在照相馆里拍结婚纪念照似的。

荧光屏一闪，李芸又出现了。看得出来，她跟我们一样激动。她说：

"两位老人家，请你们准备好。你们的大毛头——卢道生同志，就要在荧光屏上跟两位老人家见面啦！"

荧光屏又一闪，立刻，一位30多岁的青年人出现在屏幕上。他长得真跟我一模一样，连那股腼腆的神情也十分相似，真是又陌生、又亲切。他抱着一个好像刚满周岁的男孩，身边站着一个七八岁的女孩。女孩眉清目秀，多么像年轻时候的我的老伴。那个男孩，跟我们那丢失在重庆街头的大毛头，简直是一个模子里出来的啊！他们都张大着眼睛，好奇地注视着我们。

　　我愣住了，喉头也哽住了，竟半晌说不出一句话来。还是我那老伴，"哇"的一声哭了出来：

　　"大毛头！哎呀，我的苦命的孩子——不，我的幸福的孩子啊！"

　　她那哭声发自内心深处，弄得我也老泪纵横。只见我那亲爱的大毛头，不，现在是卢道生工程师，也抹了一下眼睛，哽咽着喊了起来：

　　"爸爸，您好！妈妈，您好！孩子们，快叫爷爷，叫奶奶……"我们的亲生儿子，他也激动地哭起来了！

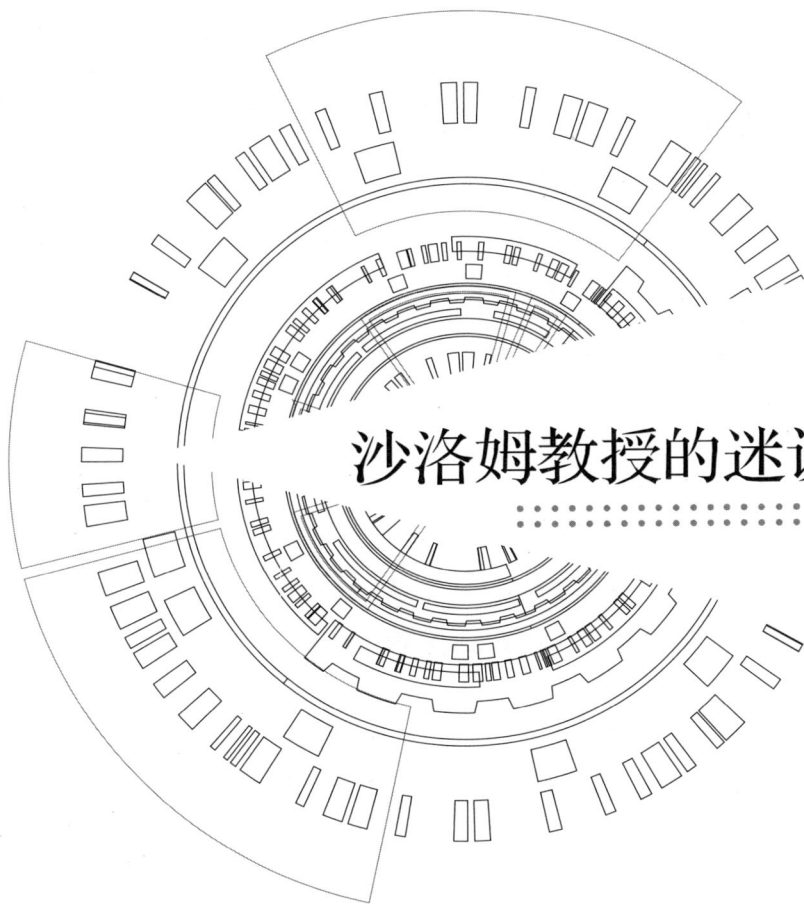

沙洛姆教授的迷误①

———————————
① 1979年稿，原载于《人民文学》，1980年第12期。

由于大雪封住了道路，"迷谷"小客栈那间朝海的小客厅就成了无聊的游客们聊天和消磨时间的好地方了。整个下午，大家的谈话，自然而然地从今年的机器人球赛转到了一般的人生与艺术问题。正在为大家调制"迷谷混合酒"的雷诺老板，突然插嘴道：

　　"啊，先生们，说到绘画，我倒有些收藏。贝赛，你把那些画给先生们拿来，让我们的客人鉴赏鉴赏。我敢说，这画画的人是个未被发现的天才。这些画总有一天会值钱起来哩！"

　　胖胖的贝赛拿来的可不是一张，而是整整的一叠。其中有许多贝赛的肖像画，一看就知道是出自同一个人的手。

　　"瞧，把我的贝赛画得多美——就像一个忧伤的圣母！"雷诺终于调好了他那复杂的杰作。"好，先生们，请看看这些画吧！"他得意地把混合酒和画一道分送给大家。

　　画在大家手中传了开来。画上的贝赛显得那么年轻。奇怪的是，贝赛的眼睛明明是淡蓝色的，却一律被画成了黑色——就像那黑色的天鹅绒。

　　"您瞧，把我的贝赛画得多美！就像二十年前的样子。只是眼睛……"

　　"天哪！"一声压抑的惊叫从客厅左边那张皮沙发里传来。人们把惊疑的目光朝向那里。那里坐着"柯拉超级跨国公司"的总经理赫伯特·洛威尔和他的夫人。这时只见赫伯特颤抖的手紧紧地捏着一张画，脸色异常苍白，两只转得很快的褐色眼睛里露出了非常复杂的表情，他的脑门上冒出了大粒的汗珠。他的夫人扶着他的胳膊，焦急地问："怎么啦？你不舒服吗？"

"是的，是的……我是有点不舒服，这讨厌的雪……"他有点语无伦次，忙着掏出手帕去擦脑门上的汗珠。画，轻轻地落在了地毯上。

贝赛把画捡起来，看了一眼，说："咦！这画的是他的——我是说小画家的妈妈！看，黑头发、黑眉毛、黑眼睛，简直像个东方美人呢！"

"天哪！"又是一声惊叫，这一次却是从客厅右边的那张皮沙发里发出的。随着声音站起了一位白发苍苍的老人。他的脸激动得通红，一边挥动着那几幅画，一边嚷着："这就是他！一点也不错！黑眼睛！啊，比尔。"他突然冲着雷诺喊道："看在上帝的份上，快告诉我，这小流氓在哪儿？"

"您问的是小爱迪吗？沙洛姆教授。"贝赛睁大了眼睛问。

"对，小爱迪！"老人走到亮处来，又把画放在亮处看了一眼，"正是他！天啊，比尔，这孩子现在在哪儿？"

"啊，在哪儿？"一直在擦着虚汗的赫伯特也嘶声嚷了起来。

"先生们，这我可说不上。"雷诺看看沙洛姆又看看赫伯特，耸了耸肩膀，"他有时会突然来看贝赛。您当然知道，贝赛做过他的保姆……"

"我知道，我知道这一切！可是我犯了一个什么样的错误呢？"沙洛姆突然用拳头捶着自己的额头，又沉重地坐到皮沙发里去。

"是啊！我的罪过呀！"赫伯特两眼发直，也陷坐到皮沙发里去。

人们都被这一幕惊呆了，莫名其妙地互相用眼神询问着。只有贝赛，若无其事地把画一张一张地收了回去……

一 迷人的条件

沙洛姆教授——诺贝尔奖获得者，人称"现代机器人之父"。这个曾

为"人体模拟学"奠定了一些理论基础的人，几天来正被一个问题困扰着。他总感到这些理论在发展的过程中，出现了许多谬误和破绽。可是错在哪儿，他却无法肯定。每每到了夜间，当他被这个问题困扰得不能入眠时，他甚至想把这些理论全部推翻了重来。

在经过了一个不眠之夜后，清晨，当沙洛姆教授疲倦地坐在早餐桌前的时候，厨房机器人送来了早餐和一份设计精美的请帖。那会儿他完全没有食欲，就用两个指头捏起了那份请帖，慢慢地读着"柯拉超级跨国公司"，他疑惑地摇了摇那白发苍苍的头，继续念道，"敦请最尊敬的沙洛姆教授先生，光临豪华大饭店，共进晚餐。总经理赫伯特·洛威尔顿首。即日。"

"赫伯特·洛威尔？"沙洛姆教授捏着请帖站起来，在地毯上来回踱着，自言自语地说，"想起来了，那个花花公子赫伯特！他什么时候又当上了'柯拉公司'的总经理了？"傍晚，沙洛姆怀着好奇的心情来到了豪华大饭店，会见了赫伯特。这位"柯拉公司"的总经理，四十多岁，高高的个儿，风度翩翩，一看就是个聪明过人的人。他那双褐色的眼睛转得很快，透着那么股使人捉摸不定的神气。这次的见面，赫伯特寒暄以后，竟立刻开门见山地说："教授，我们公司根据您的理论制成了一种新型的机器人——'柯拉三型'。董事会决定聘请您为我们公司的科学总顾问，并想请您主持'柯拉三型'的最后试验。"说完，他得意地眯起了那双骨碌碌转的褐色眼睛。不想，教授却丝毫没有被他这些高贵的头衔所打动，半晌才冷冷地说："我没有兴趣。"

"唔？"赫伯特那褐色的眼睛一下子瞪大了，又飞快地转起来。忽然，他的声音变得甜腻腻的，"要知道，这个产品是体现了您的思想啊，是您的，要想让它顺利投入市场，当然，还要借助您的威望，您的！"他见教授还是连头也不抬，就"唰"地亮出了一张聘书。他把聘书直戳在教授的眼前。上面有一行赫赫的大字："任期五年。年薪四百万美元。"赫伯特按照生意人特有的眼光，确信这巨额的美元谁见了都会动心的。

"我不想给你们做广告！"出人意料的是，教授却仍不为所动，冷冷地推开了那份聘书。

一向自认为足智多谋的赫伯特，脑门上也开始冒汗了。他眯起眼睛观察着眼前这个不识好歹的老头儿，心里真想揍他一拳。可是他忽然变出一副极温柔的面孔，用他那三寸不烂之舌，更加甜腻腻地说："教授，我知道您有一颗善良的心。这种'柯拉三型'可不是那种只会干粗活、扫扫地、死记一些菜谱的厨房机器人。他们将成为一个家庭的好伴侣、优秀的家庭教师、好护士、忠心耿耿的好管家、永不疲倦的顺从的秘书……总之，他们是非常理想的好助手。譬如用他们来改造流浪儿，那将会……"

"等一等！"沙洛姆教授忽然打断了赫伯特的话，"你说什么？改造流浪儿？"

"是的，就是改造流浪儿！"赫伯特忽然狡猾地眯起了眼睛，"咱们国家有大批流浪儿，酗酒、吸毒……弃儿、私生子到处都是。要是有一批不知疲倦的机器人教师来改造他们，那真是再好不过了。"

"嘘！"教授深深地吁了一口气，自言自语地说，"流浪儿，这可是个大问题。"

赫伯特见教授有了转机，忙谄媚地说："教授，您的理论是个无价之宝。而正是'柯拉'这样实力雄厚的公司把您的理论发展了。当然，'柯拉'得考虑利润，商业就是商业嘛！但是教授，您为什么不亲自来看看'柯拉三型'已经发展到什么样子了呢？您一定会感到惊讶的！这可是智慧和高度的技术文明的结晶啊！"

教授似乎被打动了。他搔着那满头白发，严肃地说："给我三天的考虑时间！"

"当然，当然，您尽可以慎重地考虑一下。"赫伯特见目的就要达到了，兴奋得脑门上又沁出了汗珠，"而且，三天以后咱们不妨先签个临时合同。如果机器人真的使您满意，我们再签正式合同，怎么样？"

"好吧！让我想一想！"

两人就这样分手了。

在回去的路上，赫伯特一边奇怪世界上竟有在这笔巨款前不为所动的老顽固，一边冷笑着："嘿嘿！我们的'柯拉'一定会征服市场！"

原来"柯拉三型"打入市场遇到了麻烦。"柯拉公司"的那些对手们——生产老式机器人的大公司们，联合了起来。他们一方面向政府施加压力，一方面大造舆论，千方百计地阻止这种具有人类外形和特点的机器人进入市场。

赫伯特回到舒适的别墅。他从衣袋里抽出了今天的晨报，上面就有一则消息，标题是：

《人机共存是对神明的亵渎，是对自由工会的蔑视！》

正文写道：

> 昨日机枢主教布拉津斯基对本报记者说："让机器赋予人形，这是对上帝、对人类的尊严的恶毒嘲弄！"工会发言人阿伦·德温先生说："工会将抵制这种无视人权的产品。这是新的贩奴主义！"

"简直是一派胡言！"赫伯特冷笑着把晨报扔在茶几上。他知道，在市场竞争上，所有人向来是不择手段的。他仰面躺到宽大舒适的电子床上，今天晚上能躲开那讨厌的妻子可真太幸福了。他忽然想到今天早晨妻子拿着《好主妇》杂志对他又吵又嚷的情景。原来杂志上登了一则广告：

　　注意您的卧室！一批新的妩媚的女奴将投入市场。比您更漂亮动人的女机器人将成为幸福家庭的灾难。这是对妇女天生的权利的蔑视。请管好你们的丈夫，不许他们购买这种可怕的产品……

　　赫伯特想起妻子瞪着眼睛叫嚷的丑样子，不禁好笑起来："真见鬼！她以为我会和机器人恋爱呢！她甚至不知道那些机器人都是中性的。其实……"他想起了就在这个别墅里，他接待过的一个又一个的女人……她们有金发碧眼的，红发棕眼的，还有黑发黑眼的……对，那黑眼睛的珍妮，对他是最痴情的了。可是谁让她不听话，非要留下肚子里的孩子，他们只好分手了。说实在的，算来，扔掉珍妮已经九年了，可是那个黑发黑眼的东方型的美人却仍常常闯进他的心里来。

　　黑头发……黑眼睛……沙洛姆……机器人……赫伯特那双骨碌碌转的褐色眼睛终于模糊了，不转了……

二　诱人的计划

　　经过三天的考虑，沙洛姆教授终于接受了"柯拉公司"的聘请。但是

他提出了一个条件：试验的性质和方法由他全权决定。

赫伯特不仅满口答应了沙洛姆的条件，而且极迅速地按照教授的吩咐布置好了办公室。

这是在一个大厦顶楼的尽头，办公室异常宽敞、舒适。靠墙的书架上整齐地排列着教授的藏书，而且都被细致地分了类，编上了号码。内行的人一看就知道，这分类是由一个非常细心而又老练的人干的。在那高顶天花板的书架前，有一部自动小推车——那是为取书用的。只要把目录卡塞进机器里，它就会自动取出所需要的书。而目录卡就放在小推车下面一排排的金属盒子里。

沙洛姆教授环顾着四周，他似乎感到很满意。一直在旁边察言观色的赫伯特诡秘地一笑，轻轻地说："这都是您的首席秘书洛丽斯小姐干的，您要见见她吗？"

教授一贯不喜欢女秘书，但那高超的工作效率和精确的目录卡却吸引了他。他含糊地点了点头。

随着一阵轻盈的步履，响起了一个悦耳的嗓音："沙洛姆教授，您好！"

教授吃惊地回过身去，一个美丽的、身形颀长的姑娘向他莞尔一笑："我们恭候您整整一个月了，您需要我做什么尽管吩咐。"

"啊，不，不！小姐，暂时还不需要……"沙洛姆教授几乎被姑娘优雅的神态迷住了。

赫伯特突然哈哈大笑起来，挥挥手叫洛丽斯出去。沙洛姆教授却莫名其妙地盯着这位态度放肆的总经理。

"教授，洛丽斯漂亮吗？您喜欢吗？"赫伯特轻佻地说。

沙洛姆那科学家的自尊心突然有种被人戏弄了的感觉，脸一下子涨红了。

他刚要发作，就听赫伯特又用那甜腻腻的声音说："请原谅。您大概还没明白，洛丽斯就是我们的最新产品——'柯拉三型'啊！"

"什么？"教授吃惊地抬起那白发苍苍的头，一张脸涨得更红了，"'柯拉三型'啊！这倒叫人感到有点意外！"

"现在您该明白，我们已经把现代机器人发展到什么程度了吧。连您——现代机器人之父也分辨不出这是我们的同类还是机器人了！哈哈，当然，外表还是次要的。教授！重要的是，我们利用您的原理，制成了一种'光子脑'，它比以前的机器人所用的电子脑可要高明多啦……"

这时，洛丽斯又轻盈地走进来，为他们送来了饮料。当她把温代姆酒递给教授时，教授触到了她微温的手。沙洛姆吃惊地想："看来，他们在人造肌肉方面也有了重大的发展。"教授不由地将酒一饮而尽。

"教授先生，我的办公室就在隔壁，您要叫我，请按电钮。"随着那悦耳的声音洛丽斯又轻盈地退了出去。

"奇迹！你们真完成了一个技术上的奇迹……"教授这会儿真的很激动。

"不，教授先生！"赫伯特的声调突然变得冷静刻板起来，"事情还缺一个完满的结局。今天，这个现代世界的技术奇迹，这个完美的智慧结晶却无法为人类造福！"

"为什么？"教授不解地问。

"哼！因为它还不能进入销售市场。"

"噢？"教授显得大惑不解，"为什么？"

赫伯特却眯起了那褐色的眼睛，点燃了一支雪茄，慢慢地吞云吐雾，似乎并不急于回答。

沙洛姆教授却沉不住气了："好的东西就应该推广……"

"是啊！"赫伯特终于开口了，脸上闪过一丝狡黠的微笑，"这就是我们聘请您来的目的。我们想要您主持一个试验……"

"柯拉公司"安排的这个试验，构思的确非常巧妙。他们布置了一个典型守旧的中产阶级的环境，让"柯拉三型"扮演一对模范夫妇，当然，这是一对笃信宗教，既有文化又有先进豁达的世界眼光的夫妇。再找一个流浪儿交给这对夫妇。然后，观察这个野孩子在他们的教育下是怎样变成有教养的人的。这一试验如果成功的话，就会得到政府的支持。因为日益增多的流浪儿使政府越来越感到头疼了。而且，也可以征服那些多愁善感的中产阶级的主妇们。这真是一场商业心理战！当然，只要政府一支持，他们也就击败了那些即将联合起来的生产老式机器人的大公司！

这确实是个诱人的计划，沙洛姆教授立即被它迷住了。他并不想参与商业上的那些钩心斗角，也不懂得那些商业上的斗争。但如果机器人能改造流浪儿，这就意味着他的理论将有极大的突破：机器人是不是真能产生创造性的思想？沙洛姆一想到这个念头，就急于要去证实它。这次试验将是一个最好的机会，所以教授决定签署合同，全力以赴地主持这个试验。

"柯拉公司"的工作效率也的确很惊人，只几天工夫，一切已安排就绪了。

可是，在寻找合适的流浪儿的问题上却碰到了困难。沙洛姆教授找不到一个合意的流浪儿做试验的对象。赫伯特曾问过教授几次："教授，大街上的弃儿、流浪儿还少吗？收容所和监狱里都住满了，难道就没有一个能使您满意？"洛丽斯小姐也用那悦耳的声音问："教授，您到底想要个什么样的？请您说一个'标准'好吗？"

"天啊！我到底想要个什么样的？我怎么说得清楚呢！"沙洛姆教授烦躁得直搔那满头的白发，一张脸涨得通红。他模糊地觉得需要一个中意的孩子，可是怎样才算中意的呢？他也说不出来！真是，什么样的流浪儿才符合标准呢？而科学就意味着什么都要符合规格，但这个规格又怎么制定呢？

一天中午，沙洛姆教授从"柯拉"的一个工厂视察回来，他搭的客船在迷谷码头靠了岸。突然，一群肮脏且衣衫褴褛的孩子拥了上来。他们抢着替教授提行李。

混乱之中，沙洛姆教授只觉得有只柔软的小手伸进了他的衣袋。

"嘿！这回可让我逮住了！"教授隔着衣袋紧紧抓住那只小手，一双眼睛怕人地瞪了起来。可是当他看到被抓住的是一个那么小的男娃娃时，他的心软了，眼光也变得柔和起来。

那个男娃娃顶多有八岁。圆脸、翘鼻子、有一双很灵活的大大的褐色眼睛，一头凌乱的黑发挓挲着像个刺猬。

"放了我吧，先生！求求您……"他苦苦哀求着。

"你叫什么名字？"

"爱迪。"

"我看，还是把你送到警察局去吧。"教授的话虽然严厉，语调却十分缓和。

"不！"孩子使劲地扭动身子，一卷纸从他的怀里掉了下来。教授捡起来一看，原来是一些彩色铅笔画的速写画。突然，他发现其中有一张画的竟是自己。可是那眼睛，奇怪！他明明是灰色的眼睛，画上却涂成了黑色。再看看其他的人物速写，教授突然发现，所有的人，眼睛一律被画成了黑色。

"这是你画的吗？"沙洛姆好奇地问。

"是的。先生！"孩子回答的声音很低。

"先生，你的皮夹子又没丢，干吗还要难为他？"突然，一个十五六岁的女孩挤了过来，两只蓝蓝的大眼睛，露着愠色。她把长长的金头发一甩，说："爱迪，走！"就拉着那孩子一溜烟不见了。可是那一卷速写却留在了教授的手中。

教授觉得似乎在哪儿见过那个女孩，可又想不起来。他一低头，发现原来手里的速写画中有一张画的正是她，不过，当然眼睛也变成黑色的了。画的下面题着："我亲爱的姐姐——玛雅"。

回到公司，教授突然感到一种莫名的心神不安。是什么在困扰着他呢？对，就是这个小爱迪！他忽然发现自己真是愚蠢到了极点：爱迪，这个有绘画天才的小流浪儿，不正是他最中意的试验对象吗？对，让"柯拉三型"把爱迪改造成有教养的画家，他们的试验不就为之轰动了吗！

可是寻找爱迪却又花了一番工夫。不管怎样，教授总算找到了玛雅。当他提出收养爱迪的时候，玛雅忽然斜起了蓝眼睛盯着他，不信任地说："我知道你就是那位有名的物理学家沙洛姆教授……"

"你怎么会认识我？"教授又一次惊异了。

"这不关你的事！"玛雅皱起了淡淡的眉毛，眼里流露出一股冰冷的神气，金发一甩，说，"收养爱迪！你也开收容所吗？"

"不，这仅仅是为了科学的需要。"教授还从来没有在这么一个又脏又穷的女孩子面前如此低声下气过呢，"我会把他交给一对没有孩子的夫妇，我想把他培养成为一个真正的画家。"

玛雅用她那蓝蓝的大眼睛看了教授半天，忽然叹了口气说："好吧，我信任你。我去对他说，只要他自己愿意。"

教授为玛雅留下了地址——当然是"柯拉三型"夫妇的地址了。

第二天，玛雅把忧郁、羞涩的小爱迪送了过来。

赫伯特听教授介绍说，半年以后可以为爱迪开一个大型画展。这画展可以请政府要员来剪彩，请名画家来评价。等整个美术界轰动的时候，再突然宣布，天才画家的爸爸、妈妈原来是"柯拉三型"！

说实在的，这辉煌的远景使赫伯特兴奋得几乎想拥抱一下沙洛姆教授。他挥着双手高兴地喊着："太棒了！'柯拉'万岁！我们一定可以击败他们了！"

机器人爸爸布朗特先生和机器人妈妈安妮·布朗特夫人，在第五街一幢环境幽雅的房子里，迎接了小爱迪。房子里安装着自动录音、录像设备。等到开画展时，这些实况录像片将是"柯拉公司"多好的广告啊！当然，对于教授来说，这却是一份宝贵的研究资料。

在这幢房子里除了小爱迪，还有一个真人，那就是保姆贝赛。她的丈夫雷诺·比尔赌输了钱，欠了债，使她不得不出来工作，赚点钱还债。

一个重要而有趣的试验就这样开始了。

三　出人意料的结局

"柯拉三型"机器人，的确不愧为"光子脑"的机器人。他们能根据环境的变化进行自我学习，改进自己的行为。也就是说，他们具有一种"独立"思考的能力。

为了把小爱迪教育成一个规规矩矩的、有教养的孩子，布朗特夫妇进行了深入的学习。他们研究了大量的教育学、心理学、哲学……从孔夫子到孟德斯鸠；从亚里士多德到卢梭、杜威……在这方面，教授的那位勤奋的秘书洛丽斯小姐可帮了不少忙。她以家庭顾问的身份参与了教育小爱迪的方案的制订。

布朗特夫妇还在两所函授学校学习"流浪儿的心理学"和"二十一世纪的私生子和弃儿问题"。

布朗特太太更研究了卫生学和儿童营养学。她要求贝赛，一切严格按照他们的指示来悉心照顾爱迪的起居饮食。

开始，小爱迪很不习惯这种"有教养"的生活。他从来不知道谁是自己的爸爸。七岁时，妈妈扔下他和一个水手走了。至今，他在码头上已经流浪了一年多了。玛雅和那些大伙伴们对他很好，那种无人管束的自由自在的生活使他向往。

"我从来就没有爸爸！布朗特夫人也不是我的妈妈！绝不是！"爱迪怎么也不愿承认这对强加给他的爸爸、妈妈。于是他逃跑了。

这可急坏了布朗特夫妇和沙洛姆教授。不过还好，玛雅很快又把爱迪送了回来。

教授很想酬谢一下玛雅，但是，这个金发姑娘，却像个大人似的，睁大了蓝眼睛，严峻地说："我只要你们待小爱迪好，这比什么酬谢都强！"

要说布朗特夫妇的耐心和仁慈，那是常人所无法比拟的。

爱迪简直是个小野人，他既不肯洗澡，也不肯洗脸。吃饭的时候下手就抓，不用刀叉，更甭提用餐巾了。他坚持不肯穿袜子。为此，布朗特夫妇严肃地讨论了一番，最后只好认为：既然连大科学家爱因斯坦也不爱穿袜子，那么未来的大画家不穿袜子，也许同样是天才的怪癖吧。所以他们决定：就让爱迪不穿袜子。

布朗特夫妇不断地学习、分析、研究，然后顽强地坚持要爱迪这样做，不要那样做。八岁的小爱迪终于有些进步了，比如，他终于学会了打领带，不但每天洗脸、刷牙，而且吃饭时还用起了刀叉。当布朗特太太为他切牛排递菜的时候，他也能低声地说声"谢谢"了。当然，最使布朗特夫妇和沙洛姆教授高兴的是爱迪的画大有进步，虽然所有的人仍是一律被画成黑色的眼睛。

但只有一点，却始终使沙洛姆教授迷惑不解，爱迪无论如何不肯让布朗特夫妇爱抚他。要说，布朗特太太可是一位最温柔最慈祥的"妈妈"了。但是每当她拥抱和亲吻小爱迪的时候，爱迪就会尖叫着又踢又挣扎。接下去，他会几天不愿进"妈妈"的房间，而宁愿在厨房里和贝赛在一起。

为这，布朗特夫妇查遍了资料。《流浪儿心理学》上明明写着："被遗弃的儿童最需要爱！"可是爱迪为什么不肯接受他们的爱？

爱迪也承认布朗特妈妈对他十分好。她无微不至的关怀有时也很使他感动。但不知为什么，他却非常怕这个"妈妈"抱他和吻他。

其实爱迪并不是不需要母亲的抚爱，半夜醒来，他就常常想起他那黑眼睛的母亲……

黯淡的灯光下，小屋内显得更加昏暗。妈妈坐在他的小床边，为他唱着歌，彻夜地编织着。他永远看不够妈妈那双天鹅绒般的黑眼睛。那眼睛是那样的温柔、那样的忧郁……爱迪有时会突然忍不住爬起来，搂着妈妈的脖子去亲那双眼睛。这时，黑眼睛里的忧郁不见了，充满了快乐。

可是有一天，爱迪被一个轻轻的啜泣声惊醒。屋里没有开灯，惨白的月光透进窗子，给小屋涂上了凄凉的色彩。他突然看到那双闪闪发光的黑眼睛，正在凝视着自己的脸，离自己竟是那么的近。忽然，几滴热热的东西落在他的脸上……那温柔的黑眼睛流泪了……

"妈妈！"爱迪叫着，伸出小手紧紧地搂住了妈妈的脖子。黑眼睛里的泪水流了爱迪一脸一脖子……从此，黑眼睛不见了，爱迪再也找不到妈妈了，妈妈竟狠心地撇下小爱迪走了。但小爱迪却永远忘不了妈妈，永远忘不了那双天鹅绒般温柔的、忧郁的黑眼睛……

爱迪是个忧郁、沉默的孩子。有时候，他会突然拒绝到学校去。他躲在自己的屋子里，拿着一支炭笔信手在白纸上涂着、涂着。直到把整张白纸都涂得漆黑才肯离开屋子。

这可急坏了布朗特夫妇，他们又是查书、又是讨论、又是给心理学家打电话。据说结论是：凡是艺术家多半都患有周期性的忧郁症！对这个未来的画家，只好听其自然。

日子一天一天地过去了，终于，试验发展到了高潮。公司举行了多次技术研究会，大家一致认为大功即将告成。于是董事会做出了决议：画展定于四月四日举行，三月底一切必须准备就绪。

这一下可忙坏了赫伯特。他忙着动员各种报纸、刊物、电台，为公司大做广告。他那褐色的眼珠转动得更快了，脑门上更是常常冒着热汗。

消息不胫而走。不等正式宣布"画家的爸爸、妈妈是'柯拉三型'"，许多报纸便在醒目的位置，竞相登载着这样的报道：

机器人不能和我们生活在一起吗？伟大的试验！机器人改造流浪儿成功！把一位马路天使培养成一个出色的画家！画展将在四月四日举行！布朗特夫妇偕小画家爱迪将与观众见面……

布朗特夫妇更加细心地照料小爱迪。布朗特太太对小爱迪格外亲热，每天晚上她都坐到爱迪的床边，看着他入睡。

总之，"柯拉"已经轰动起来了。政府要员也同意前来剪彩，四十个国家的电视台准备同时播送画展的盛况。

成功在望，大批生产"柯拉三型"的计划早已下达，万事俱备，只等画展了。

终于，离画展只有两天了，沙洛姆教授整天被记者包围着，简直成了大明星。可是，就在这个节骨眼上，爱迪突然失踪了！

不仅"柯拉公司"紧急动员寻找爱迪，连政府也动用了警察机关和侦探参加寻找。

四月三日到了！爱迪却像根本不存在一样，毫无踪影。

赫伯特脑门上的汗珠流成了串，沙洛姆教授竟觉得自己的头发也白了不少。洛丽斯的脚步更轻了，就像猫儿走路一样。

突然，电话铃声大响，三个人几乎同时把手按在了电话上。

电话是玛雅打来的，她要求单独和教授谈一谈。

然后沙洛姆教授单独会见了玛雅。这个有着蓝蓝的大眼睛、瘦得像根芦柴棒似的女孩子冷冷地说："先生，我受爱迪之托，特来通知您，爱迪不再回来了！"

"什么？这怎么可以？"教授大吃一惊，接着升起一股怒火，"这个小流氓！明天就要开画展了，这明明是想敲诈！说吧，你们到底要多少！"

"教授！"玛雅突然严厉了起来，又斜起了她那蓝眼睛，冷冷地说，"您也以为任何东西都是可以用钱收买的吗？"

"啊，我真抱歉！"教授怒火冲天，但不敢把事情弄僵了，只得换成乞求的口气，"明天，只让爱迪明天回来一天。玛雅，你答应吧！请帮一下忙！"

"不！"玛雅冷笑了起来，"这是小爱迪自己的决定——他再也不想见布朗特夫妇了！我们尊重他的决定！"

"这简直是敲诈！"教授忍不住又发火了，"你明明知道明天就要举办画展了，爱迪必须亲自与观众见面！你们这样做，要毁掉我的试验，我的计划，我的……"

"对不起，先生！"玛雅使劲盯着教授涨得通红的脸说，"我很抱歉，您的计划我不懂，但我们从不强迫任何人。爱迪不想回来！"

"为什么？请你回答我为什么？"教授几乎嚷了起来，"你们这样做等于毁掉了爱迪！"

"不，正是你们把爱迪给毁了！"玛雅冷冷的声音里掺进了怒气，"把爱迪送给你们，我们原以为他会幸福的。可怜的小爱迪！他却只感到痛苦，一个'人'的痛苦！您理解吗？"

玛雅的话仿佛给了教授当头一棒。"人的痛苦？"他确实不理解。他的态度却冷静了一些，"玛雅，我们造就爱迪，让他有舒适的生活，文明的教养；让他有一个辉煌的前程，这难道还不幸福吗？"

玛雅却眨了眨蓝蓝的大眼睛，一甩金头发，轻蔑地一笑："教授，请您相信，我们并不是想勒索什么，只是……"玛雅的蓝眼睛里忽然盈满了泪水，"爱迪确实很痛苦。他恨自己的爸爸，可是他却想要自己的妈妈。真的，他哭得那样伤心，把我们的心都哭碎了……"玛雅，这个流浪儿的头头，突然收住了眼泪，斩钉截铁地说：

"教授，我不知道是您错了还是我们错了。您知道，人们对幸福和痛苦的理解并不都是一样的。可是我警告您，不要再去找爱迪。昨天晚上，他已经远远地离开这儿了。教授，我对您个人是很尊敬的，要知道，我父亲以前也曾经是个物理学家，不过不像您这样走运罢了。他失了业，吸上了毒，于是我母亲离他而去……"玛雅抬起了头，教授发现她那蓝蓝的眼睛里充满了一个少女不该有的愤怒和痛苦。他似乎领悟了一些什么，可又说不出来。

"再见吧，沙洛姆教授！请不要恨我们，也不要再找爱迪了！"

玛雅早就离去了。教授却还沉浸在一种模糊的概念中。他翻来覆去地思考着一个问题：是谁造就了成千上万的流浪儿？难道是他们的父母吗？假如真能把机器人制造得和他们的父母一模一样，是不是就没有流浪儿了呢？

突然，教授放声大笑起来。"不！"他挥着拳头狂喊着，"一模一样！那势必要造出更多酗酒、吸毒、生活放荡、精神崩溃……的机器人，而他们将会制造出更多的流浪儿！这太可怕了！不可能，不可能……"

沙洛姆教授突然感到疲倦极了，一下子跌坐在沙发里。他掏出了之前签订的那张年薪四百万美元的合同，悲哀地自语着："流浪儿……流浪儿，对于这个社会的悲剧啊！科学……科学，又能做得了什么呢！"

沙洛姆教授一下子把合同撕得粉碎……

但是，爱迪为什么憎恶机器人？为什么不要舒适的生活？为什么不要辉煌的前程而宁愿去流浪？这些仍使沙洛姆教授怎么也想不明白，他陷入了深深的迷惘中。

四　耐人寻味的尾声

"迷谷"小客厅里一片寂静。人们不知道出了什么事，不停地看看左边的一个，又看看右边的一个。

沙洛姆教授沉重地站了起来，蹒跚地走到窗前，凝视着窗外飘飞的大雪。他自言自语地说："爱迪，你在哪里？你为什么要逃走呢？这试验，既可以使我的理论一鸣惊人，又可以使你成为名画家，你为什么会感到痛苦呢！"

赫伯特一个劲儿地擦着脑门上的汗，一边嗫嚅着："珍妮，我的——

爱迪，我的——"

赫伯特夫人突然跳了起来尖叫着："什么？你的珍妮？她是谁？你的爱迪又是谁？"她死命地推搡着她的丈夫，连赫伯特是"柯拉公司"总经理的身份也不顾了。赫伯特那张漂亮的脸疼得扭曲了，再也顾不得往日的翩翩风度了，他咧着嘴说："放手！放手！珍妮，她……她是我的……机器人……"赫伯特灵机一动，竟信口胡诌起来。

"珍妮，她是爱迪的妈妈！"一直在注视着这场丑剧的贝赛突然慢吞吞地插言说。

"啪"的一声，赫伯特的脸上挨了夫人一巴掌。"唔，唔唔唔……"夫人捂着脸干号起来……

客厅中滚过一阵轻蔑嘲讽的笑声……

沙洛姆教授烦躁地搔着他的苍苍白发。他想起那场流产的画展和"柯拉公司"里的一场争吵。但至今，谁也弄不清楚应该责怪谁，更弄不明白小爱迪突然离去的真正原因。而这一点也正是一直折磨着教授的真正原因。

这是在21世纪，人机共存时代开始时期的一个重大的科学试验。看来，这个试验肯定有个致命的错误，可是错在哪里呢？沙洛姆教授时常在钻着一个牛角尖：难道人和机器真是不能沟通的吗？

晚饭后，接到电话：公共事业局派出的一支机器人扫雪队，已经开始工作了。明天早晨通往大路的积雪就可以清除掉。客人们安心地上床睡觉了。

这一夜只有两个人没有睡着。一个是赫伯特，另一个就是沙洛姆教授了。

教授又在钻那个牛角尖了：如何理解小爱迪的行为呢？

天快亮的时候，朦胧间他听到楼下传来一阵轻微的"嘁嘁嚓嚓"的声音。教授索性不睡了，披衣起床悄悄走出卧室。他刚走到楼梯口，就听到一个男孩子的声音："贝赛妈妈，谢谢你的苹果饼，你做的就和我妈妈做的一样，真好吃！"

教授疾步走过去，躲在走廊的一个大花架后面。只见二楼储藏室的门打开了，一个圆脸、翘鼻子、褐眼睛，挓挲着凌乱的黑刺猬头的小男孩，轻手轻脚地溜了进来。教授惊得几乎喊了起来——这不是小爱迪吗？

只见贝赛搂着孩子说："别忘了常来看看我。假如有一天你流浪得够了，就到你贝赛妈妈这儿来，孩子。"

贝赛使劲地吻了孩子一下，孩子也搂着贝赛，亲热地说："好贝赛妈妈，再见！"

教授看着这动人的吻别愣住了，直到爱迪走了一会儿了，他才想起自己不正是要找小爱迪吗！他突然从花架后面走出来，喊住了还在擦眼泪的贝赛。

"贝赛，快告诉我，爱迪对你说了什么？"

"啊，先生，您吓了我一跳。"贝赛捂着胸口吃惊地说，"可怜的孩子，说什么呀？他一直想念他的妈妈。"

"什么——妈妈？"

"是的，先生。爱迪总跟我说，他的妈妈有双温柔美丽的黑眼睛。她常常坐在他的小床边，给他唱歌，亲吻他，直到他睡着。一直到现在，他每天都要想着妈妈，想着她的黑眼睛才能入睡。后来布朗特太太晚上也来陪着他，吻他。爱迪可受不了，就逃跑了。"

"啊，难道就为这个原因吗？"教授真是大吃一惊。

"还要什么原因哪！"贝赛忽然激动起来，"先生，你们男人是不懂得这种感情的。每个人都会保存着自己最珍贵最独特的感情，那可是任何人都侵犯不了的。你可想想好！难道一位母亲或者父亲，或者亲密的朋友，是机器人可以替代得了的吗？这个，先生，可能只有我们女人最懂得。"

贝赛，一个小客栈的老板娘，居然能一言道破这个试验的错误，这不能不让沙洛姆教授感到吃惊。突然，他从贝赛的话里，为自己那百思不得其解的迷误，找出了答案。教授丢下了激动的贝赛，赶紧跑回卧室，伏案写下了这样的结论：人机生活在一起的时代终究会到来，但这并不是共存。

机器大脑是永远替代不了人类的大脑的。他们可以"思考"，他们有强大的记忆力、严格的逻辑性、精确的判断力。就像一个高明的棋手，在决定一步棋的时候，会分析形势、条件，预测未来的发展，然后走出一步价值最大的棋。可是问题就坏在这里，他们永远只会走一步"分数"最大的棋。

早期的机器人，我们给他规定好了原则：什么才是最合理的，最有利的，也就是"分数"最大的。现代的机器人，我们使他会适应环境，根据通常的社会标准来选择最佳的一步。但这通常的社会标准，却往往并不是人类都能一致同意的。

爱迪如果是机器人，他一定会留下。因为这是最大的一步棋——一个舒适的家庭，一个辉煌的前程。但是，爱迪却属于奇妙的人类。人之所以复杂，人脑之所以奇妙，是因为人在决定下一步怎么走的时候，往往是无法用一个统一的标准来衡量的。人可能有偏见，可能意气用事，也可能为了某个独特的理想，偏偏不去走这最有利的一步，而可能走了在通常的标准看来，属于最糟糕的一步。比如，有人可能放弃了舒适的生活去探险；有人可能抛弃一笔可观的遗产，死在战场上；而有人却会为了一个并不怎么出色的女人而牺牲了自己。总之，每个人有他独特的气质、复杂的心理，还有他的偏见——这些，却是机器永远模拟不了的！

路终于清了出来，客人们忙着准备上路了。教授兴奋地唠叨着："我找到了，可找到了……"

"我可失去了……"教授抬头一看，原来是赫伯特站在他面前喃喃自语。沙洛姆教授发现：一夜之间，这位花花公子，竟失去了往日的翩翩风度，好像一下子老了十岁。

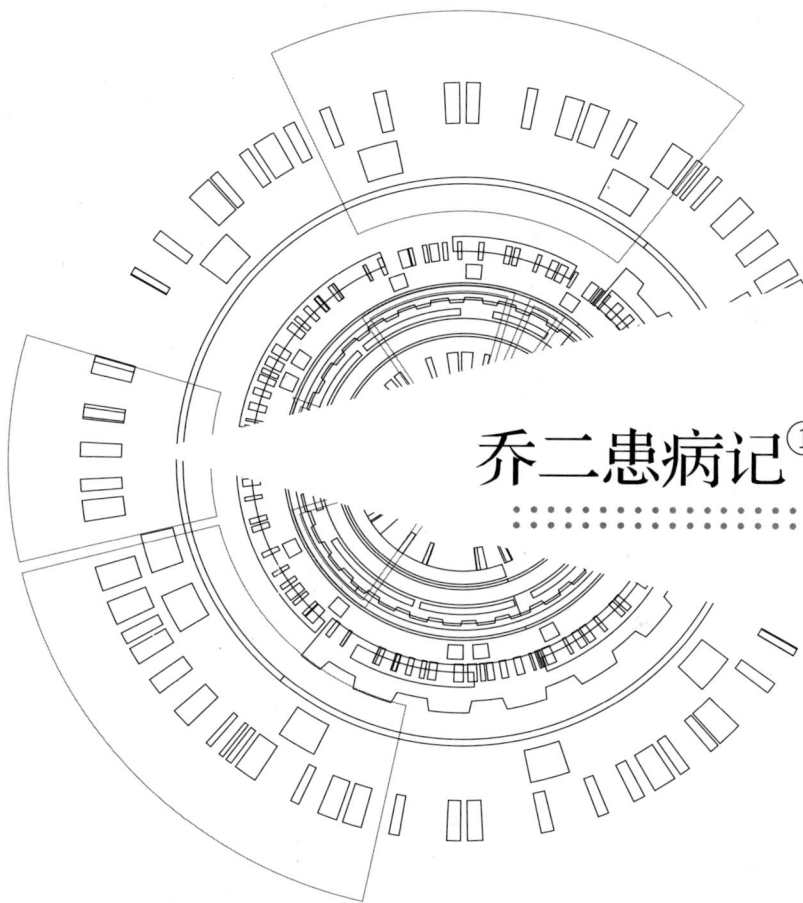

乔二患病记①

① 1980年稿，原载于《人民文学》，1982年第12期。

省轻工局召开改革体制会议，精时手表厂派总工程师兼副厂长乔明参加。可是，人走了两天，厂里才闹清楚，去的竟不是乔明本人，而是他的替身，那个鬼里鬼气的乔二！

乔二是谁？是一台智能机，一个外形跟乔明一模一样的机器人。人工智能研究所副所长、乔明的爱人余爱莲，根据沙洛姆教授的"柯拉Ⅲ型"改进制作了这么一种光子脑智能机。为什么她要亲自主持造出一台跟自己丈夫一模一样的机器人呢？

原来，乔明提升为总工程师兼副厂长以后，他这个技术人员就变成了"会议厂长"。要知道，很大一部分会议是重复的、多余的、白浪费时间的，用乔明的话说，信息量简直等于零。他常向爱人诉苦："会连会，会套会，一年到头尽开会，就是生产管理学不会！"

"如果能有个人替你去开会就好了。"余爱莲对丈夫的处境深表同情。

"除非再有一个乔明！"乔明苦笑着说。

"对呀！"余爱莲的眼睛亮了起来，两手一拍说，"为什么不能有个乔明第二？"

乔明立刻领会了妻子的意思："你是说，你们研究所可以……"

"是的，"余爱莲调皮地笑了，"我们就来制造一个机器人——乔明第二！"

就这样，不到半年，研究所真的把机器人乔二送到手表厂来了。

制造这种机器人的目的在于研究人工智能机能不能分担工程技术人员的部分事务性工作。乔二的任务就是替乔明查资料、发通知、参加一般性的会议。重要的会议，当然还是要乔明本人去的。

这次省轻工局召开的会议十分重要，指定各厂家要派抓生产的负责人参加。谁想到在这个节骨眼上，精时厂去的偏偏是机器人乔二。而乔明本人，却不明不白地失踪了。

消息传到公司里，经理陈明义慌了手脚。精时是公司的主要手表厂，去年没有完成指标，本来就感到不安，又听说这次会议是由李局长亲自主持的，而他们竟派了个机器人去开会，这算什么呢！得马上派人把那个不三不四的乔二弄回来，同时，向余爱莲打听乔明的下落。

一

余爱莲是个思想敏锐、行动麻利、嘴皮子也挺厉害的女人。她一见陈经理和精时厂厂长刘海山的面便先发制人："二位来得正好，我正想向你们要人哩！"

陈明义看了刘厂长一眼，忙赔笑脸说："哎，哎，老余啊，你可真会给我们出难题呀。谁不知道你的那位乔总到哪儿都得先给你写汇报，就是不吃饭、不睡觉，也会给你写信的嘛！"

"是啊！是啊！"刘海山帮腔，"这回可真有要事和他商量哩！"

"又是开会呗！"余爱莲突然双手一拍说，"我就知道，你们找乔明，多半为开会。真得用系统工程来帮你们分析一下，这些会到底哪个是起作用的。"

陈经理忙插上来说："这次是为了你们那台光子脑机器人。你知不知道，这个乔二竟自己跑到省里去开会了！"

谁知余爱莲却静静一笑，意味深长地说："我当然知道！我们给乔二的指令就是去开会，开好会！"

"可是，也不能让机器人去参加这么重要的会议呀。现在，得请乔总把乔二换回来。"

余爱莲冷冷一笑："就因为这次的会不同一般，所以，派乔二去……"

"什么？乔二是你派去的？"陈经理和刘厂长不约而同地大吃一惊，"这么说……"

"我索性告诉你们吧，乔明就在省里，是李局长叫他留下来的。"余爱莲诡秘地一笑，"至于乔二，你们用不着担心，不会出娄子的！"

"这么说，乔总上个月去省里开职工福利会议后就没有回来？"还是陈经理脑子快，立刻想到了这个问题。

"一点儿不错！"余爱莲回答得干脆麻利。

"可是，好像见他上班了啊。"刘海山疑惑不解。

"那是乔二！哼，你们这些领导，连自己的部下是不是真上了班都弄不清楚，还说要发挥他们的技术专长哩！"

刘海山脸涨得通红，一下子说话也结巴起来："这，这……乔二不是被你们研究所调回去检修……检修了吗？"

"是啊，我们这次改进了给他的指令。你们以为乔二还在我们所里，其实他却顶替乔明上班一段时间了！"

这一军"将"得两位领导一时语塞。

余爱莲却不紧不慢地数落了起来："乔明自从提升为技术行政领导，就再也用不着发挥什么创造性的思想了。美其名曰叫他管生产，实际上他有多少权？既然他早已成了'橡皮图章'，这种工作乔二当然可以胜任。而且，干得比我家那口子还要出色，因为他绝不会闹什么情绪……"

三

俞小源一下飞机就直奔会场。别看这位行政科干事还不到三十岁，却十分干练、圆滑。他接受了陈经理直接下达的任务：不管用什么手段，一定要把乔二弄回来！但这次会议特殊，门禁森严，概不会客，他连忙找到一部公用电视电话。电视电话接通一看，这乔二倒真和乔总不一样了，满面春风，一副得意的模样。

"噢，是小俞同志啊，你来干什么？家里有事吗？"乔二竟打起了官腔。

"怎么没事！"俞小源连忙说，"我的老祖宗，谁让你来开会的？还不快跟我回去！"

"指令呢？"乔二一本正经地问。

俞小源就怕这一"问"，幸亏他早有准备，"那乔总给了你什么指令呢？"

只见乔二眼珠骨碌一转："这次可不是乔总给的指令，是上头直接给的。"

"上头？那你总得说说是谁啊？"俞小源紧追不舍。

"抱歉，指令只有一条：在整个试验结束前，不得向任何人透露。"

听乔二这么一说，俞小源差一点懵了。但他转眼一想，一个大活人竟斗不过一个机器人？不，他得摆点噱头："哎，我说乔二，这可是局长亲自主持的会议，至少也得厂一级领导和总工程师们参加。可你——说到底是个机器人！要是我们开了这个先例，今后大家都照样学还成什么体统！我说，好老乔，你还是请个假，装一次病，跟我回去吧。"

"这是什么话！"哪知乔二越发正经起来，"既然会这么重要，我更应该把这个会开好，把会议精神带回去。再说，我怎么能装病，我像个病号吗？"

这倒不假。那家伙既不吃也不喝，面色却这样好——哪像个病号！俞小源立即软了下来，恳求说："唉，乔老，俗话说得好，不看僧面看佛面。这回你就给小俞个面子吧。我叫厂里拍个电报来，说生产上有紧急任务，你一接电报就走，我来给你请假。"

哪知话还未完，乔二已板起了面孔："不，小俞同志，我们做干部的怎么可以弄虚作假呢！对不起，小俞同志，我马上要组织小组发言了。"说完，把电话"啪"的一声挂掉了。

机器人还要组织什么小组发言哩！看来，只有闯到会场去直接找这位乔二爷了。第二天中午，小俞说服了招待所的门卫，直奔乔二的房间，刚推开房门，不料碰上了个老相识——标准手表厂的黄总。

"啊，黄总，你也住在这里？"小俞连忙打招呼。可是房间里却不见乔二的踪影。"我们厂里的乔二……乔总呢？"

"这是李局长的房间，乔总也住这里。"黄总见小俞奇怪，解释说，"嗬，你们乔总这次可出足了风头，又是发言，又是总结，又是坐主席台。他的发言，李局长表扬了又表扬，说这才是发言的典范，一句废话也没有，一共才用了四分四十七秒，就把问题全讲清楚了。你瞧，为了让乔总帮着总结大会材料，要乔总搬到他的套间里来住了。"

"我的老天，这漏子可真越捅越大了。"小俞正在着急，又高又瘦的李局长已经跨进门来。听说是乔总厂里派来的人，李局长锐利地看了小俞一眼："是陈经理派你来找乔总的吧？"

"是的，是公司叫我来的。生产上有紧急任务，要乔……乔总赶快回去。"

小俞急出了一身汗，差点把"乔二"给喊了出来。

"真是生产上有紧急任务？"李局长让小俞坐下，不紧不慢地说，"平时，你们领导陈明义、刘海山老把乔总支来支去地瞎开会，可我这儿刚开会，你们倒要他回去问生产了。是什么紧急任务呀？去年你们厂任务完成得可不好呀！"

"是，是，去年指标往上翻了，设备、人力却跟不上，资金、人员又都冻结了……"

"可从来就没听说过，你们是怎么开动脑筋提高效益的……嗯，你是哪个部门的？"

"我是搞行政的。不过从前也抓过车间，情况多少知道一点。"

李局长轻声地笑了笑，说："知道就好，可是你知道你们乔总怎么说吗？他认为你们整个钟表公司的潜力，根本没有发挥出来。尤其是你们手表厂。只要把生产管理搞好，把臃肿的机构精简掉，重新安排一下生产，不要说目前这点产量，就是再翻上一番，人力、资金、设备还能多出三分之一来。"

这倒是乔明常说的话，小俞私下也同意这个观点：现在好多厂的矛盾焦点根本不是什么人力、资金、设备不足，而是生产管理极端混乱。

"前几年，你们是吃试销表在那儿混日子，这表没有税收，卖得便宜，销路当然没有问题，可是现在，被逼上了市场。价钱和别人一样，质量却老上不去，谁还会来理你们呢？你们那个陈明义、刘海山吃大锅饭、安逸饭、现成饭吃惯了，如今日子不好过了吧。若还是老样子搞生产，怎么混得下去呢！"

李局长的话语重心长。俞小源听着觉得一股热气往脸上冲。心想，这话真应当让陈经理和刘厂长这些头头们来听听才好，看来乔二是弄不回去了。

"回去告诉你们领导：我知道是谁在这儿开会，这次就是我给的指令。"李局长客客气气地向俞小源伸出了手，表示谈话已经结束。

这又使小俞大吃一惊。

四

陈明义和刘海山听了小俞的汇报，不仅放了心，而且琢磨出来一个新点子：既然李局长知道乔二是机器人，还极为赞赏，那何不大量生产这种"会议机器人"？研究所本来就在寻找愿意生产这种机器人的工厂，而钟表公司由于生产不景气，倒不如转产搞一两样高档品种，也好改变改变公司在市里、省里的面貌，尤其是要改变改变他们自己在局长心里的形象。照陈明义的分析，会是永远开不完的，只会越开越多。外国也不见得不开会，说不定这产品还能打入国际市场哩。而且，这样干，也挺符合"找米下锅"的精神嘛。

果然，领导下决心，干起来也快。表壳三厂的任务一向不足，早就面临着"转、停、并、关"的局面，如今决定改为生产"会议机器人"的专业工厂。俞小源调三厂，任生产科长；三厂新调来的厂长，正是精时厂的刘海山。刘海山走马上任的第一件事，就是亲自带领研究所和厂技术员组成了一个小组，到留在省里继续开会的乔二那里去实地调查，总结经验，以取得第一手感性材料。

经过几个星期的考察，乔二的表现的确令人吃惊。

先不说他头脑十分敏捷，逻辑思维极强；所有的发言，全不用笔记；再复杂的问题，只要经他分析，便可以理出清清爽爽的几条，一、二、三、四、五——干净利落。而且妙就妙在他既不吃不喝，也不会疲劳。按照经济效益观点看，买这样一台机器人，一次性投资虽大，但让他多参加几次会议，一两年就能捞回成本。还有，让他出差，根本用不着卧铺，更不要说软卧了，机器人既然没有什么等级观念，蹲在货车里就可以。除了到时充电之外，会议伙食费用不着出，也不用组织什么观光旅游，送什么大包小包之类的礼品！更不用租什么套间，就是站在露天里过夜也未尝不可。机器人嘛！当然，这还在其次，"会议机器人"的好处，最关键的是他们根本不会独立思考，不会胡乱讲话，要他们领会领导的意图，真是再合适不过了……

试验非常成功。不过，也发生了一些小小的有趣的插曲。有一次，趁两个会议之间的空当，刘海山到招待所去看乔二，发现他因闲不住，竟跑到别的单位找会去了。

"他这会儿是在参加什么会议呀？"刘海山问一直陪伴乔二的小俞。

"红学研究会召开的年会。"

"红学！研究《红楼梦》的红学？"刘海山非常惊奇。

"对，人家还挺欢迎他呢！昨天会上正在争论，刘姥姥穿的鞋子是不是贾母穿过的一双旧鞋，乔二引经据典发挥了一通。他的发言，让那些红学专家佩服得五体投地。"

刘海山笑了起来。他当即去拜访李局长，探问李局长对这种新产品的看法。谁知李局长不咸不淡地问："这就是你们陈明义的那一招啊？"

"哦，生产机器人，也是为我们这些任务不足的厂子找出路，局里再三强调过的呀。"刘海山赶紧解释。

李局长笑了笑说："生产机器人我不反对。不过，为什么偏要生产专门开会的'会议机器人'呢？"

"据我们分析，今后的会议只会越来越多，这个产品一定会大受欢迎。"

"你们以为我把乔二弄来，就是为了要多开会？我是想通过他分析一下，我们每次会议能有多少信息量。想不到你们居然要生产专门用来应付开会的机器人了！这倒提醒了我们，这体制非改革不可！问题不在开不开会，会多会少。需要研究的是：这个会或那个会，是否那么必要；为什么开了这么多的会，生产还是上不去？这难道是靠只会依样画葫芦的机器人能办到的吗？"

半年过去了。由于体制改革取得成效，会议明显大大减少了。就在刘海山为生产"会议机器人"进退两难的时候，省里突然传来消息：乔二病倒了！

五

乔二根本不可能是累病的。他的大脑是一种改进型的光子脑，能储存的信息量极大。省里这区区几百次会议对它来说当然不在话下。何况，最近个把月，乔二完全失了业。他住的那个大招待所，这些日子竟没有一个单位来举行过会议。

为了诊断乔二的病情，研究所和厂方决定召集一次联席会议，特别邀请了跟沙洛姆教授进修过的、国内著名的机器人病理学家陶少夫教授来参加会诊。

乔二躺在会议桌旁一张临时搭起的小铁床上，身上盖着一条白色的床单。他的模样，奄奄一息，眼神黯淡无光，全然不理睬那些进进出出的人们。由于研究所的所长正在接待外宾，会诊还要等一会儿才能开始，大家便闲聊起来。余爱莲把研究所对乔二进行的测试情况，向与会者简单做了介绍：

"……从各项测试数据来看，乔二的光子脑、电子线路、传动机械性能完全良好。因此我们不得不怀疑，乔二的病也许属于一种心理因素……"

"机器人也有心理因素？"俞小源惊奇地问道。

"有的。沙洛姆式'柯拉Ⅲ型'光子脑机器人是模拟人脑的结构制成的，可以进行一些简单的心理活动。当然，这毕竟和我们人类的心理活动模式大不相同。我们人类在处理或从事某一工作的时候，常常会问自己这件工作有什么意义。机器人则只是为工作而工作，他们只会听'指令'，永远弄不清工作的目的。比如，我们给乔二的指令是去开会，把会开好，他就知道要提取其中的信息，然后依样画葫芦地记下来，传达下去。至于这些信息跟社会跟他自己有什么关系，是不是合理、有用与无用，他全不理会，也没法理会。开会就是目的，开会就是一切。可是突然间体制变了，会议减少到了他无法想象的地步——他完全不理解这是怎么一回事，也不知道怎样来解除我们给他的指令。会议的消失意味着从相反方向来了一个信息的爆炸，所以乔二病倒了！"

"你这个分析很有趣。"陶少夫教授插嘴道，"不过，我想补充一点。我最近和沙洛姆教授交换过意见，他也认为'柯拉Ⅲ型'，虽有一些简单的心理过程，但跟人类这种高级心理活动无法比拟。它听从指令，却很容易形成一种简单的条件反射。会议的消失，不能说是一种信息的爆炸，只能说是对一个非常容易形成牢固习惯的简单智能的重大打击。这样的事，在我们人类社会也能找到。有些人，一旦形势发生变化，需要他改变工作和习惯，他就会受不了，变得无所适从，甚至病倒。因此从某种意义上来讲，沙洛姆教授的'柯拉Ⅲ型'智能机器人是成功的。"

"这么说，作为产品……"刘海山关心的是转产问题，"我们可不可以生产这样的东西呢？"

"当然可以。这种机器人还是有很大用途的。"余爱莲回答道，"不过，乔二这次患病，启发了我们，就是对待机器人，也应当注意指令的周全。正因为他智力水平较低，所给的指令就该考虑得更细致些……"

正说着，研究所所长正好结束了接待外宾的工作。他和大家寒暄了几句，就按照老习惯宣布说：

"好，同志们，由钟表公司、表壳三厂、智能机器人研究所联合召开的乔二型机器人会诊、鉴定会议，现在开始……"

所长的话还未说完，只听铁床"嘎吱"一声响，乔二突然掀开白被单，坐了起来。大家不由一愣。接着，就见乔二轻松地跨下床来……

"啊，同志们，又要开会了吗？"乔二异常敏捷地抓过一把凳子，挤到陈明义和刘海山中间坐下来。他容光焕发，兴奋地搓着两只手，然后用一种兴高采烈的声音说道，"我很荣幸，能够参加这次重要的会议……"

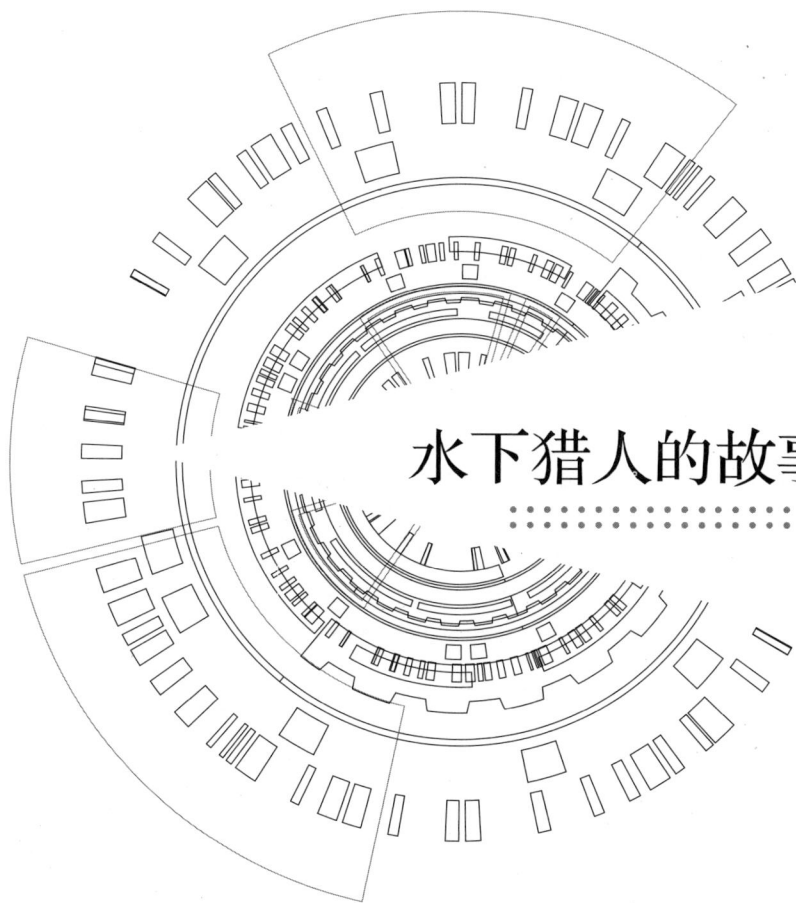

水下猎人的故事①

① 原载于《肖建亨科幻小说近作选——特殊任务》，1988年5月第1版。

一

第九水下狩猎队的小伙子们，在清晨射杀了一头鲭鲨，这头鲭鲨重达四千多公斤！

当我在电话里听到这个消息时，已是那天下午四点以后的事了。那会儿，我正在水下狩猎用品商店里，为我们的新学员选购潜水服。这电话的内容的确使我大吃一惊。这头大鲨鱼已经在训练区的海面骚扰过好几次了，咬伤过水产养殖场的职工，还咬坏了我们俱乐部的三只电子浮标。水下运动俱乐部的老张，已组织我们这些教练下过几次海，虽几经围剿，但最后还是让这头狡猾的鲭鲨逃脱了。可现在，万万没有想到这个任务竟让一群冒冒失失的小青年们给完成了。

在赶回俱乐部的途中，我看到了那头缚在养殖场码头上的大鲭鲨。它躺在解剖甲板上，庞大的灰白色的躯体正在夕阳的照射下熠熠发光。虽然已经断了气，但它的模样依然使人觉得狰狞可怖、凶残无比。

提起这伙年轻人，我就想起了我们之间发生过的一系列不愉快的事件。

三年前，当这批从各工矿企业选拔出来的青年来水下运动俱乐部培训的时候，我正好是他们的首席教练。我们俱乐部的老主任老张对这批学员抱有一种特有的兴趣。

"这是一批很会动脑子的小伙子，不过，就是散漫了点。"老张用他的南京话说道，"你得替我管得严点！不然，他们会一个个都把命送掉的。"

的确，他们完全不像那些从学校里选拔出来的学生们听话。我指派来自水下考古研究所的吕娟担任他们的小组长。这个长得非常秀丽，性格活泼的姑娘很快就在小组里建立了自己的威信。但我也很快发现，我的选择是个大错误。这个从历史系海洋考古专业毕业出来的女大学生，虽然已是二十七八岁的人了，但满脑袋还是充满不切实际的幻想，而且有时比野小子还要冒失。在基地训练结束以后，下水还不到三次，我就不得不对她提出了严重的警告。接着，我又对她进行了一次自我担任教练以来从未采用过的严厉的处分。

原来，这批从基层单位选拔上来的猎人们，全都带来了一些古怪的发明：超声猎枪、次声波控制的水下手榴弹、深水保温服、根据最新的流体力学原理设计出来的逆划水蹼、用碳素纤维加固的玻璃钢单人小潜艇……总之，照他们的说法是，现在使用的水下运动器具，实在是太原始、太落后啦，他们就要用那些发明，彻底改变这种落后的面貌。尽管我再三告诫：根据水下运动员训练守则的规定，为了安全，凡未经上级批准的器具一律都不准使用。可是一到水下，这批异想天开的"发明家"们，竟由吕娟带头，胡乱地试验了起来。在第一次下水的时候，那颗并不受控制的水下手榴弹就把"发明家"自己给炸伤了。从电子仪器厂来的青工丁立波，他发明的超声波猎枪连只小海虾也杀不死，这个好强的小伙子在超声波猎枪彻底失败以后，又立即着手改进自己的潜水头盔。可怜的家伙，他下水不到三分钟，竟窒息得昏死过去。当我得知，这都是在他们的组长吕娟的同意下进行的，我不得不对吕娟提出严厉的警告。可是这个争奇好胜，又爱幻想的小组长，拿我的警告当作儿戏。当在她的带头下，背着我又策划了一次新的冒险以后，我不得不正式通报队部，给她记了一次大过，并撤销了她的组长职务。

我记得，那是八月中旬的一个晴朗妩媚的早晨，我们乘新式3号快艇离开了码头。那伙年轻人由于受了好天气的影响，在船头上兴高采烈地唱着一首首自编的歌曲。

我磕灭了我的烟斗，沿着船舷向他们走去。那歌声突然停了下来，他们开始起劲地争论着什么。从船头飘过来的一句话突然使我站住了。这是个小伙子在模仿着我的声音：

"……注意你们的气阀！气阀！守则第十条……"

接着又不知是哪一位压低了声音："轻点！轻点！人家就在船尾……听得见的！"

"怕什么！这也不行，那也不行，"这是水下手榴弹的发明者小陶在说话，"我就要说得他听见……死脑袋，典型的教条主义者和保守分子！"

"……亏他还是一位名教练哩！我刚来的时候，都说我们交上了好运，配了一位好教练，哼，哪知道竟是这么一个对新鲜事物毫无兴趣的人。"这是丁立波又尖又高的声音。

"这就是代沟嘛！"

"代沟？他的岁数又不大，不到四十吧？"

"有些运动员一当上教练，就什么拼劲都没有了……"

"对、对、对，这代沟又不是由岁数决定的，有些人一到三十，就变成活死人了！"

"我们的装备都老掉牙了，可是他还老抱着那守则！守则！这不许动，那不许动！美其名曰是为了大家的安全，就不知道自己早僵化得像块珊瑚了……"

"我说你们小点声好不好，'守则'要听见的！"

一只孤零零的海鸥正跟在我们的快艇后面，在那儿低低地飞翔，掠食着螺旋桨翻卷起来的小海虾。我突然觉得，我就像那只失群的海鸥，感到一阵莫名的凄苦和孤单。难道我已成了一个保守的教条主义者了吗？竟死板得像块僵硬的珊瑚礁？可是我担心的是他们的小聪明会把他们的命给送掉！而这些不知天高地厚的毛头小伙子，竟把他们的首席教练叫作"守则"！难道我真有什么地方做得不对吗？

那天下午，当我们准备返航的时候，我突然发现，他们的组长吕娟和丁立波又没有按时返航，在我洗完了淋浴，换好了衣服，走上甲板的时候，小伙子们在船头上又激动又兴奋地吵闹着。我走近一看，原来他们正围着丁立波在大声嚷嚷。瘦猴似的、身上还水淋淋的丁立波像个英雄似的站在那儿，他右手拿着一根镖枪，左手拿着一个压缩空气的钢筒，在让别人照相。在他跟前的甲板上，躺着一个两米多长的庸鲽。这显然是小伙子们又激动又嚷嚷的原因。

吕娟显然也是刚刚返航。她正卸下头盔，在那儿拧着又长又湿的黑发。她一见我，就立即迈着她那双长腿向我迎了上来。

"李教练，瞧瞧我们的试验成果！丁立波用一种新式的镖枪，打到了一条多大的鱼！"

她连一条显而易见的庸鲽也不认识，但我立即警觉了起来："什么新式的镖枪？"

"丁立波新设计的！"吕娟这时正迎着海风，站在船头上，她的两只大眼闪烁着一种只有天真的孩子才会发出来的激动而又兴奋的光芒。

"这个点子真出色！"吕娟显然没有注意到我的脸色，"他设计了一种空心鱼镖，镖杆里可以压缩空气，镖索也是空心的。镖头上有一个自动开启的气阀，一射中鱼，压缩空气就会通过镖枪冲进鱼腹里，突然膨胀的气体，就会把鱼的心脏压迫得停止跳动……只要一射中，鱼就完全不会挣扎了。你看，李教练，这不是一种出色的构思吗……"

吕娟大约注意到了我脸上越来越大的怒气，她突然吃惊地停住了。

"是的，你们的构思都是很出色的！"我冷冰冰地说，"连我这个保守的教条主义者也很欣赏！但作为一个教练，我不得不提醒你，你，一个小组的组长，不但不能以身作则地遵守队里的纪律，遵守我们水下狩猎者用鲜血换来的守则，反而去破坏它……"

甲板上突然一下子静了下来。

"李教练，我怎么啦……"她还想争辩。

"你怎么啦！"我粗暴地打断了她，"我宣布，你将被记大过一次，撤销组长职务。丁立波擅自改动队里的设备，记小过一次……"

"李刚同志！请让我说明一下，我们并没有违反守则……"这个姑娘的脸色突然变得煞白，她刚想申辩，可是我又立即打断了她。

"你们若不同意这个处分，可向大队部提出申诉。好，现在立即把镖枪改回去。返航！"

我一说完，就立刻返身离开了他们。

这伙年轻人虽然再三地向大队部提出了他们的申诉，但由于我的坚持，副主任徐万煌同志，从维护教练的威信考虑，否定了他们的申诉。那时候，我们的老主任正好到南海出差去了。

自那以后，虽然训练工作顺利了些，但我和他们的隔阂也越来越大了。一向在组里很活跃的吕娟现在也变得沉默了。

一个月后，老主任出差回来，当他知道这件事后，立刻找我谈了一次话。原来，他出差前曾接到第九小组的一份报告。小伙子们又提出了许多新的设想，并要求支持他们的试验。老张曾亲自找吕娟他们征询过这些设想的可能性，并且还给他们出了一些主意。他表示支持这些试验，又亲自给修配工厂打了电话，要他们给予支持，可是还未来得及通知我就出差了。老张显然是想说服我，要我主动撤销这次处分，但我坚持自己的看法，并向老张提出离开这个小组的要求。我对老张那种随便表态的做法当然是极不满意的。

"怎么，发火了？想逃避？"老张一听我的要求，突然把两道浓眉一拧，仔细地盯着我看了好一会儿，"没想到，你竟会变得这样，受不了一点委屈了？我不想强留你！强扭的瓜也绝不会甜！不过，唉，我真替你可惜。你完全看不到那群年轻人身上蕴藏着一种什么样的热情！他们不满于现状，要改革——这有什么不好？这正是一切重大的创造发明的起点！难怪他们对你感到失望……"

我突然怒气冲冲地回答道："既然我是个老朽了，思想僵化了，我是带不好这批大'发明家'的！"

老张显然对我那强烈的抵触情绪感到吃惊，他还想极力地说服我。

由于我的坚持，两个星期以后，我终于调离了这个小组。

离开的那天，正是我三十五岁的生日。小伙子们决定在海边举行一次营火晚餐会来欢送我。但出于一种复杂的心情，我借故推脱了，一个人待在宿舍里，打开日记，记下了这样的话。

"……老张倒是像个孩子似的，万分高兴地参加了这个晚会。

"从打开的窗户，可以看到他们的营火，听见他们那欢快的歌声。老张那粗壮沙哑的嗓音也夹在里面。真的，这个老头真像个青年人，他的心好像永远是年轻的。难道关于代沟真像他说的那样，这仅仅是一种心理状态？可是他的话，却未能说服我。难道我真是一个固执的人？作为一个教练，我的责任又是什么？是训练，严格的训练！难道我不能理解这群小伙子吗？谁没有过那些虚无缥缈的幻想，想徒手改变这个世界，想一步登天，但仅靠那些破破烂烂的小改小革就可以改变现状？可是安全呢，安全呢？作为一个教练……"

从海边传来了一阵欢快的歌声，正是我听熟了的歌词：海像姑娘的眼睛，神秘而又碧蓝，它在向猎人们召唤……

我突然觉得，我无法再把日记写下去了。歌声是那么欢快，我离开小组又算得了什么？这使我想起了那天在船尾看到的那只失群的海鸥。孤零零的，就像我现在的情况一模一样。我突然觉得那篝火对我真有一种莫大的吸引力。可是这几百米的距离，却像一堵墙那样，无法跨越。

休假结束以后，我被任命为技术装备部的部长。我把全部精力都投进新设备的采购和订货上了。就在这个时候，我又接到第九小组的一份报告。他们建议：应当把吕娟设计的单人潜艇，丁立波设计的压缩空气猎枪列入重点的装备项目。可是在当年的技术革新项目的专家会议上，这个建议被否定了。理由是：尚不成熟，经费有限。作为第九小组已卸任的教练，我投了最关键的反对票。当这个消息传开以后，我和第九小组的关系才变得真正的疏远了。小伙子们开始躲着我……

二

我站在地下餐厅的大门口，想起了这一切。

为了庆祝胜利，按照惯例，第九小组的成员们正在水下俱乐部的地下餐厅里举行他们的庆功宴。

照水下猎人的传统，主人可以任意邀请他们最尊敬的客人坐在首席对面最主要的席位上，首席理所当然是留给建立头功的猎人的，他们的教练应坐在首席的旁边。任何功成名就的运动员都不会忘记自己最亲密的朋友，自己的启蒙者。可是，今天是谁坐在吕娟的身旁？是谁坐在她的对面呢？自我离开小组以后，接任我的教练是一位才从体院水下运动系毕业的女运动员，但不久她被调到南海海底石油开采部门去了。祖国的海洋事业正在大力发展，海底采矿、海底养殖、海洋地质和考古都需要训练有素的水下运动员，有经验的教练更是奇缺。他们的教练就一直由我们的主任，老水下运动员老张亲自代理着。是的，如果我今天还是他们的教练，吕娟旁边那个主要的席位肯定是留给我的。可是现在，一定是那个快活的老头坐在那儿了！

"正在到处找你哩！"餐厅经理肥胖的脸突然出现在我的面前，"小伙子们到处打电话找你！"经理一把把我拉进了餐厅。果然，第九小组的小伙子全在这儿。吕娟果然坐在餐厅中央一张长方大桌的一头。但奇怪的是她旁边的席位却空着，那个永远像个小伙子一样快活而欢喜热闹的老张却坐在吕娟对面。主要客人的席位上……

小伙子们热烈地欢迎我的到来。显然，宴会已经开始半晌了。也不知是谁斟了一满杯酒，塞到了我的手中。这时吕娟却向大家挥了挥手，要大家安静下来。她突然推开跟前的酒杯站了起来，神态严肃而镇静地说道：

"我今天以宴会主人的身份，邀请李刚同志坐到我身旁的位子上来！"然后她抬起了头，睁着一双大眼静静地望着我。

我正端着一只酒杯，一下子愣住了。餐厅静得出奇，二十几双热切的眼光，一起朝我投来。啊，小伙子们居然还没有忘记我！可是……我怎能坐在这个位置上呢！我一激动，酒洒了一地。我立刻凑着酒杯啜了一口。也不知道是谁带头起哄："好啊！好啊！干杯！"说着几个小伙子就推推搡搡地把我推到吕娟的身旁。还未坐下，吕娟又为我斟满了酒，她立即端起了自己的杯子，说：

"同志们，让我们为我的启蒙老师干一杯！今天，我们取得了这样的成绩，正是和李教练过去的严格训练分不开的。为此，我提议我们大家都来敬李教练一杯酒！"说罢，她豪迈得像一个水下猎人在这个场合下应该做的一样，仰着脖子一饮而尽。

我当然没有想到小伙子们会这样对待我。我看着老张，可是他却不动声色，只是眉眼间隐含着一丝得意的神情。但我也顾不上这许多了，因为我急于想知道，这伙年轻人是怎样把那头大鲨射杀的。我刚提出这个问题，丁立波就抢着说了起来：

"李教练，你以为我们会这样傻，赤手空拳和这样一头大恶魔去搏斗吗？不不不，你们几十个人围剿了那么多次，而且都是最有经验的水下猎人，可是结果呢？丢盔落甲，险些……"

但吕娟打断了他："好了！小丁，你就别乱吹了。我来说吧，是这样的，我们用的正是那种经过改进后的压缩空气镖枪，不过，这次我们是把它安装在单人潜艇上……"她语气平静、态度诚恳地把整个事件的经过叙述了一遍。

原来，当第九小组的小伙子们听说教练队围剿那头鲭鲨失败以后，他们就向大队部提出请战，但这个提议被否定了。谁能相信，这伙冒失鬼能完成这个任务呢。这一次，又是在吕娟的带头下，他们悄悄地把队员手里的常用镖枪加以改装。同时，他们在两艘快速单人潜艇上安装了压缩空气镖枪。终于，他们等到了一个机会。这天清晨，他们正在紧靠着养殖场的四号海区进行水下狩猎作业。还未下水，就听到养殖场的作业队拉响了警报，他们便立即分成两队下了水。由吕娟和丁立波各驾着一艘单人潜艇，迎着那头大鲭鲨潜去。由于过分紧张，丁立波的第一枪打空了。幸好吕娟及时赶了上来，把镖枪射了出去。想不到战斗竟结束得这样顺利，压缩空气镖枪正好射中那头大鲨的腹部，它只稍稍挣扎了一下，就翻起腹部，向水面漂浮了。

丁立波接着说道："我得老实承认，我驾着潜艇驶近鲨鱼的时候就紧张了，手也直打哆嗦，第一枪没有打准，可把我吓蒙了，要不是吕娟紧跟着冲了上去，那后果真不堪设想……不过，李教练，经过这次实战，我们总可以用这种单人潜艇、压缩空气镖枪来装备我们水下狩猎队了吧！"

小伙子们一下子又静了下来，显然，他们在等候我的回答。要不是老张这时插了上来，我大概又会被他们将住了。

"哪有这样宴请客人的，在席上逼着客人回答！哈哈哈，这不成了鸿门宴了吗？"老张推开了酒杯，"好，让我来说几句吧。"老张清了清喉咙，摆开架势，显然是想叫大家注意听他的讲话，"队部刚才开了紧急会议，研究了你们的建议。第一，队部决定采纳你们的建议，但为了绝对可靠，应当再继续进行一系列的试验。第二，为了表彰第九小组的同志们勇于革新，勇于为大众除害的精神，特为大家记功一次。撤销从前对吕娟同志、丁立波同志的处分，但同时再给他们现在的组长陶家仁同志一次口头警告。因为像这样重大的试验，他没有和他的教练——也就是向我这个老头儿——取得联系。因此，为了表示我的愤慨，我特地向大队部提出了要求，辞去我的代理教练的职务……"

小伙子原本是在笑嘻嘻地听老张讲话，可是一听老张要辞职，全都傻住了，一个个吃惊地睁大了眼。但一看老张的脸色，又觉得下面一定还有文章。

"不过，为了继续对你们提出的设备进行考核，带好你们这批冒失鬼，大队部又做出新的决议，"老张依旧不动声色地说，"在设备考核期间，由我们队里要求最严格的李刚同志亲自来主持这次试验。"

老张的话刚讲完，小伙子们就爆发了一阵热烈的欢呼声。这欢呼声透着一股孩子般的热情和真诚！

三

试验是在14日下午才正式进行的。

在直升机的配合之下，我们终于在第16号区发现了一群大姥鲨。

当我们的快艇向这群姥鲨悄悄驶去的时候，艇上的空气紧张得就像凝固了一样。

这次试猎，将由我和吕娟各驾一艘单人潜艇进行。吕娟打头，我殿后。当然，从理论上讲，只要一个猎手进行这样的射击就可以了。只要他能靠近鲨鱼，射击时手不抖就行了。但这仅仅是一个理论上的问题。如果这个猎手射偏了呢，鱼镖射穿了鱼尾，压缩空气没有进入腹腔，鲨鱼不能立即击毙，那又怎么办呢？

狂怒的鲨鱼可能会拖着潜艇在海底乱撞，把潜艇撞个粉碎！因为鱼镖后面拖着一根又细又长的空心尼龙绳，这是为输送压缩空气用的。沉重的压缩空气钢瓶就安放在单人潜艇里，猎手是无法割断这根尼龙绳的。所以，为了保证能及时射杀狩猎对象，我在吕娟万一没有射中的情况下，必须要赶上去补上第二枪。

一艘取名叫"龙鱼号"的红色单人潜艇搁在快艇的前甲板上，它只有三米多长。透过薄薄的玻璃钢可以看到潜艇内的一切装备，这当然是现代化技术的结晶。一切都设计得这样紧凑，操作人员可以舒舒服服地全身伏卧在潜艇里。我将驾驶那艘改进过的、船体稍长的、漆成黄色的"海鸥号"。

吕娟已换好紧身的潜水服，站在那艘小艇旁边。不知道为什么，她看上去好像满腹心事。她似乎有话要对我说，但却犹豫着。也许，她也想到了我所想到的问题而感到害怕了？她也许在担心，如果她射偏了，我会不会由于怯场而不能跟上？

突然，从船头传来了瞭望员的呼喊：

"艇首正前方发现鲨群！"

"准备——潜艇下水！"吕娟突然清醒了过来，立刻回过头来，朝我点了点头，打开了舱盖，钻进潜艇。

回想起那场恶斗，至今还叫我不寒而栗。我已记不得那紧张的几分钟是怎么度过的。当我们的"龙鱼号""海鸥号"一前一后向一头约十六七米长的姥鲨驶去的时候，一切就像电影分镜头一样：

绿色的海水，由绿变蓝……

正在接近鱼腹……

红色的"龙鱼号"在我前边忽隐忽现。

突然，"龙鱼号"尾部的信号灯一闪。这就是说，吕娟准备射击了！可是……

那以后的一切，就像在梦里一样。

我未听到任何声响。但我只觉得，那闪光灯在离我远去，它似乎是在向海底钻下去。我立刻加快潜艇的速度，冲了上去。终于我看清楚了，那头姥鲨在拼命地朝前游着，后面一根长长的尼龙绳拖着吕娟那艘单薄的潜艇。这时，它又疯狂地转过身子来，想咬断那根拖住它的尼龙绳。但等它觉得这是徒劳的时候，它又掉转头……

我几乎记不起我是怎么扳下枪机的。但我看到了我射出去的鱼镖，就像那电影里的慢镜头一样——这虽是一瞬间，但却像是永恒那样漫长。

鱼镖一闪，凭一个猎人的直觉，我知道射中了。可是压缩空气会起作用吗？

我感到整个潜艇突然一震，接着又猛地朝上升去。我看不清前面的一切，也不知道那头姥鲨现在到底怎样了。

潜艇被镖绳继续拉着往上升。海水越来越明亮。突然，尼龙绳的拉力一下子松懈了。如果我不及时降低"海鸥号"的速度，我几乎就要撞上那头大鲨灰白色的腹部了。

我终于明白过来，那头姥鲨已经被我击毙，压缩空气起作用了！

我感到一阵战栗，接着就瘫痪在"海鸥号"里了。

四

船头上又传来了小伙子们欢快而热情的歌声。我换好衣服，踏上

甲板。

那头被击毙的姥鲨远远地拖在我们船后，由于压缩空气的作用，它的腹部被吹得鼓鼓的，就像一面大鼓似的浮在海面上。

这头巨兽的死亡来得这么快！没有一丝血迹，也没有挣扎，干净而利落。想不到这种镖枪还有一种意外的作用：被击毙的鱼，因腹中充足了气体还不会下沉。这减少了捕猎者很多的善后工作！看来，这确实是一种出色的发明！

船头的歌声依旧那样欢快而明朗。我取出了烟斗，但一次又一次地未能点燃它。我的手还在不断地颤抖，显然，我还未从刚才紧张的搏斗中恢复过来。

"李教练，你看，丁立波他们又想出了一个多么出色的点子！他们认为，"吕娟不知道什么时候突然出现在我的身旁。她脸色虽然还那样苍白，但双眸却闪着那种叫人看了也会跟着激动的光，"压缩空气镖枪干吗一定要拖着一根又长又笨的空心尼龙绳呢？完全用不着！可以把压缩空气装在镖杆里呀！真的，这多简单！鱼镖可设计得长一点，这样投掷力也大了，而且在水里还有定向的作用。这害人的尼龙绳完全用不着了！猎人的安全问题也解决了。一只单人潜艇可以装上十支这样的镖枪，甚至更多些！你看呢？李教练，这个点子是不是很出色？"

将压缩空气装在镖枪里！啊，不错，这是个巧点子，出色的好点子！这样一来，水下狩猎运动就将整个儿改观！

我刚点上烟斗，吕娟就像一阵风似的回到船头上去了。船头上又传来了一阵欢呼声和吵闹声。看来，这群充满青春活力的小伙子，一定又是想出了什么新的怪点子来了！

我又想起了刚才的那场恶斗。如今，我好像更能冷静地分析这场战斗了。在射击之前，我几乎丧失了信心。在临上潜艇之前，我不是还在犹豫着，担心这压缩空气鱼镖能不能起作用吗？是的，我无法欺骗自己，在整个试验的过程中，我一直是犹豫不决的，一直是对这些小伙子们的创造性抱着怀疑的态度的。

我感到有一种说不出的心理疲劳，这是我从事水下狩猎运动以来，从来没有过的。多少次比这还要危险的恶斗，我都经历过了，但每次战斗后，我都能很快地恢复过来，就像这群年轻人一样。但现在看来，我莫不是真正的衰老了，也许是到了应当退出这种需要青春的活力，需要一种敢于拼搏和冒险的水下运动了？是的，也许真的是到了应向海洋告别的时候了。

"李教练，你的烟斗又灭了！"吕娟不知什么时候又奔了回来。她已经完全恢复过来了，血色使她的脸变得更有光泽、更美了。"你不舒服吗？"她轻声地问。

"不，我只是感到疲倦罢了。"我回答说。

"那都是我害的。"吕娟像个孩子似的抱怨说，"我没射准，因为……因为我害怕了！真的，在上船前我就害怕了！我站在潜艇旁，腿直打哆嗦，那时候，我真恨不得甲板上有一个洞，立刻钻进去。我多害怕会被你看出来呀，看出我在簌簌发抖。而你，却像一座铁打的塑像那样站在那儿，冷静得像块岩石。如果不是你的榜样，或者不是想到在万一我射不中的情况下，你一定会射中的，那我真想象不出，我是不是敢钻进潜艇去！"

"你是不是想到了鱼镖可能射不准，压缩空气会不起作用？"

"是的，我当然想到了！正是因为想到了这一点，我才害怕了。"那姑娘坦诚地说道，"李教练，难道你也想到了？"

"当然想到了，而且也害怕了，我担心压缩空气不起作用。"

"真的，你也害怕了？！"吕娟突然睁大了眼睛，盯着我凝视了一会儿，好像发现了什么秘密似的，高兴得像个孩子似的将手一拍，"啊，这样可太好了！哎，我还一直以为你有个钢铁神经，永远是不会害怕的，永远是正确的！"

"钢铁神经？"这孩子气的话，突然引得我俩哈哈大笑了起来，"是的，我很固执是不是？而且顽固得像块珊瑚礁？还……啊，还挺保守，对不对？又像一本永远正确的死守则！"好像我心中的一道栏坎突然被这个姑娘冲开了似的，"既不敢面对现实，又不敢承认自己错了，而且我射击的时候还胆怯了！"

"但最后，你还是射击了！"吕娟突然含着眼泪说。

"是的，还是射击了，但这是多么困难的一枪啊！"我突然产生了一个奇怪的念头，想把心中蕴积着的苦恼，一股脑儿地对这姑娘说出来，"就是在刚才，我才认识到，在和你们接触的整个过程中，我可能是错了。是的，也许就像老张说的那样，在我和你们之间，我自己筑了一道墙，挖了一道深深的沟——啊，这并不是现在流行的所谓的'代沟'。不，这是一个忘记了自己真正的职责的教练最容易犯的心理上的症候，永远不会愿意不照他自己的形象来塑造他的学生，永远也不会同意让新的一代来冒犯他的尊严……啊，所以我说，那一枪并不是打在那头鲨鱼身上的，而是向我自己的心坎射的一枪。可是，唉，等我明白这一点的时候却来不及了。吕娟，你知不知道，你们新来的教练，明天就要上班了。是的，当我终于明白，我应当留下来的时候，我却不得不离开你们了。"

"可是，李教练，你还是可以留下来的！"吕娟突然脱口而出，她高兴地一把抓住了我的胳膊，激动地说，"我们早就知道了。所以，丁立波他们昨天就打了一个报告，一定要请你正式回到我们组里来。大家都这么希望，还是你来担任我们的教练！"

"啊，这是真的？"

"是的，他们都找过张主任好几次了。张主任说，只要你本人同意，他就同意！所以李教练，你留下来吧！我们都恳请……啊，不，我是说我希望你留下！"那姑娘一双大眼睛里，又闪现出一种曾使我激动过的火热的亮光，但这一次它们却带着无限的柔情和孩子般的期望。

我突然觉得有什么东西在心头一撞。那心头蓄积着的疙瘩，早就像一块冰块似的融解，并消散了。

"啊，你答应了！"吕娟的脸焕发得像朵新开的花朵，"那我们赶快去告诉他们吧。而且，他们要我来告诉你，请求你带队，一起去找一艘古代沉船！"

我随着吕娟走向了船头。是的，对我来讲，这又将是一次新的射击！

当我重新把烟斗点燃，和吕娟并肩走去的时候，我发现大海依旧是那样的蔚蓝，那样的诱人！

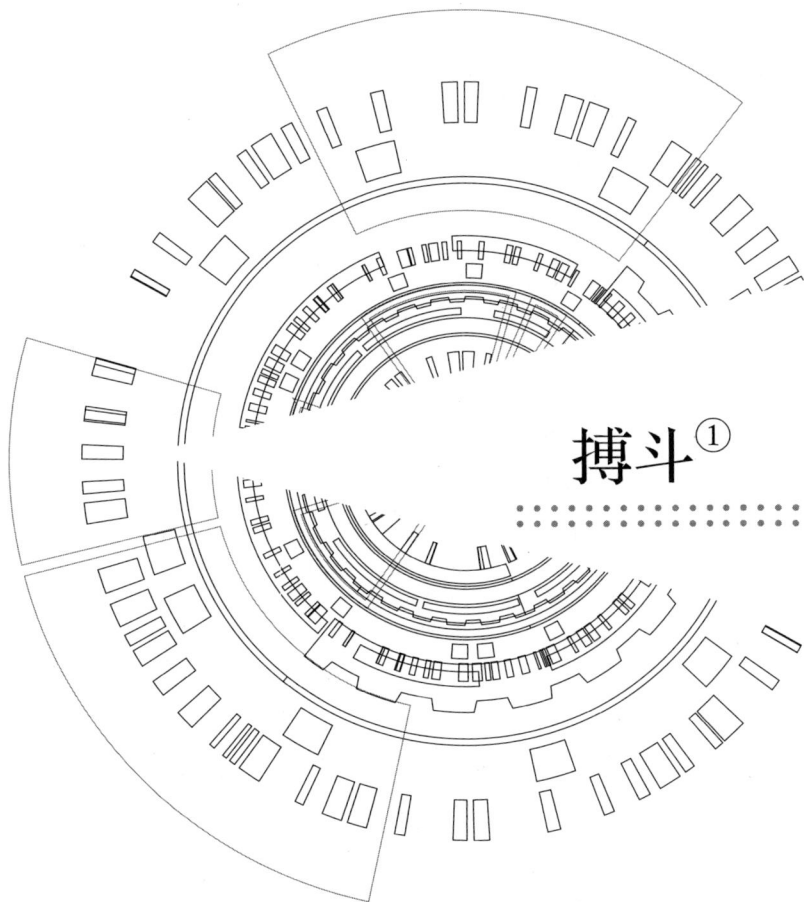

搏斗①

① 原载于《肖建亨科幻小说近作选——特殊任务》，1988年5月第1版。

晚霞在研究所宽敞的草坪上，投下了一道黄澄澄的耀目的光辉。这柔和而瑰丽的光亮，又轻轻地移到研究所主楼的白色壁面上。于是，这座高大的现代化的建筑，就像敷上了一层金箔似的，陡地耸立在那儿。随着暮色的降临，这色泽又渐渐暗淡下来，变成了淡紫色、青灰色。终于，这草坪、这大楼、天空、那镶着鹅卵石的曲折的小径、树丛，都渐渐地融成了一片，被越来越浓重的暮色笼罩住了。

这是初夏的一个星期六的傍晚。

整个研究所里已是静悄悄的，只有所长黄启刚和第一研究室的主任唐晓云还留在大楼对面的一个小小的接待室里，恭候着一位客人。这两个合作了多年的老朋友、老同学站在接待室的长窗跟前，默默地望着那正在变化着的晚霞。也不知是黄启刚想打破这难堪的沉默呢，还是真的诗兴大发了，他突然没头没脑地念了一句："真的是'夕阳无限好，只是近黄昏'啊！"接着又没声响了。隔了好半晌，他才深深地叹了一口气，对旁边那位看上去还显得非常年轻的中年妇女说道："唉，晓云，你倒说说看，这老兄今天怎么会突然想起我们来了？我们到底有多长时间不来往了？都快有十年了吧！"

唐晓云并没有立即回答他。

晓云知道，黄启刚并不是想从她那儿得到什么解答。启刚的脾气她是知道的，一旦他念起什么诗，或者"之乎者也"地发表起什么高论来的时候，那他一定是因什么事情激动着，或者有什么事叫他感到心神不宁了。

"你看，晓云，张瑜会不会是为了我们那天的报告，找上门来吵架的？"

"我看不至于吧。"唐晓云真有点可怜起黄启刚来了。虽说在那份轰动了整个科学界的报告里，他们曾批评了张瑜所领导的那个研究所的某些工作，但这毕竟不再是青年时代的那些意气用事的争论了啊！现在，大家都已经是成熟的科学家了。张瑜——这个老同学，抗癌药物所的所长——总不会为这点批评找上门来吵架吧。

"唉，你还记得我们那时候的争论吗？"启刚又突然这样没头没脑地问道，"还记得我们那时争论些什么吗？"

"怎么不记得？你呀，启刚，"唐晓云看见他这么担着心思，终于"噗嗤"一声笑了起来，"而且你永远也不会吸取教训！记得吗，那时候，你时常发誓再也不理睬那个'野蛮人'了——还记得你是怎么叫张瑜的吗——可是第二天，只要那小鬼林芳一逗呀，嘿，你呀，又忘得精光！"

"还提这个鬼丫头干什么！"黄启刚突然涨红了脸。

"不知道林芳今天来不来。唉，她和张瑜结婚后还没来看过我们呢。不过，这些年来，毕竟证实了我们的想法是对的啊。你……"他突然很动情地说，"晓云，你不是一向都支持我的吗？那时候，你总是帮我的。记得吗？在医学院里！唉，那个时候倒真是有趣！"

唐晓云惊异地侧过头朝启刚瞥了一眼，她连忙警觉地朝旁边悄悄地让开去，她生怕启刚再深入地谈下去。的确，她已经感觉到了，最近一段时间，黄启刚好像总是在寻找机会，想要和她深入地谈谈他们两人之间的关系问题。可是，一想到那也许会破坏这些年来她好不容易才获得的平静，她不由地感到有些紧张和担心。

"唉，启刚呀，启刚！"唐晓云不由地叹了口气，想起了她和启刚之间那段苦恼的历史，"你这糊涂人啊，难道你不知道，有许多事情是永远都不应该再提，永远也不能再返回去吗？！"

不过，黄启刚那种激动和不安，毕竟还是感染了唐晓云。她怎么会忘记那辉煌而灿烂的青年时代呢！那时候，他们是多么的幼稚、也多么的勤奋啊！那真是一个飞跃的时代，一切都在欣欣向荣。思想的大解放、科学的巨大的滚滚浪涛，不可能不把这些要求上进的青年人都卷进去。诱人的未来，正在向这些火热的心发出召唤。那时候，谁还会想什么个人的问题！不，他们是和严肃的科学之神打交道的。他们得把有限的青春都用在解开"生命之谜"和"宇宙之谜"上！科学，有时候就得牺牲，还有什么比这人类智力的最高活动更叫人心醉，更叫人快乐的呢。启刚啊，这不正是我们年轻时代的誓言和理想吗？你真是糊涂了还是怎么的？干吗要在现在来打破这么多年来我好容易才获得的平静呢？

客人还没有来。可是暮色却已不知不觉地降临在那宽敞的草坪上了，而且，似乎慢慢地凝固在那儿，静静地不动了。对面的大楼早已卸去那金光闪闪的外装，变成了淡淡的青黛色。归巢的鸟鸣，却使研究所显得更加寂静了。

"我知道你在想些什么！"大概是为了找话说，黄启刚又突然打破了晓云的冥想，"你在担心，对吗？我们在报告里提到的那种抗癌药，正是在林芳领导下研制的啊！"

经启刚这么一提，唐晓云真差一点又要笑了出来。可是，一想到不要让这个老实人受窘，她还是拼命地忍住了。

"是你自己在担着心思啊！"唐晓云抿着嘴想道。她想起了这个一向容易激动的人，以前竟会迷恋林芳，就不由地觉得又好气又好笑。谁知道呢，也许那时候，你早点注意到我这个可怜的忠实的助手，我们今天的关系，也许就不会弄得这样尴尬了吧。

　　提起林芳，唐晓云又想起了他们在医学院里念书的情景。他们这四个人——启刚、张瑜、林芳和晓云——如果不是一个偶然的机会被分配在一个实验小组里，那他们大概永远也不会凑到一块去的吧。多么不同的个性啊！一个是满脑袋离奇的幻想，遇到任何事都是那样容易激动的"大诗人""大幻想家"——这是大学时代大家给黄启刚取的一个绰号。而那个高大、英俊的高才生张瑜呢，办起事来却一向准确、利落，而且头脑冷静、口若悬河。辩论起来，启刚哪是他的对手！至于那漂亮的老中医的独生女林芳呢，总是那么娇滴滴的，打扮得十分入时。当然，在学生时代，这鬼丫头还多少显得有些浅薄。但唐晓云却一向佩服她头脑的敏捷和巧思。那是个会出鬼花样的讨人喜欢的丫头。不正是她吗？每天都出些刁里刁气的难题，让这两个"男生"去火并，去争论。而她呢，却躲在一边抿着嘴暗笑。用林芳的话来说：她那是在磨炼两个伟大的"科学家"。当然，这些题目，就今天来看，也还是世界上正在关心着的尖端。今天，他们从事研究的正在大规模朝前突破的课题，也正是那时候，在那年轻而又火热的头脑里产生过的一些"幻想"。本来，科学不讨厌争论，而敏捷的才思，却又是科学之神、艺术之神的宠儿。林芳提出的那些有趣而奇特的课题确实大大地锻炼了他们。那个把什么都看得轻飘飘的林芳，她哪会想到那些冷嘲加热讽的辩论，曾经为这个极为敏感的"幻想家"带来多大的苦恼！每一场"舌战"总是以说起话来结结巴巴的黄启刚的失败而告终。这时候，唐晓云往往不得不挺身而出，把那个气得脸都发白的黄启刚安抚一番，再把那个气势凌人的张瑜说上几句，然后，再把那个永远只肯站在胜利者一边的林芳好好地教训一下。不过，那时候，他们毕竟是年轻人。"暴风雨"刚刚过去，而林芳呢，却又在挖空心思地安排一个巧妙的题目，来逗引这两个好斗的傻瓜了！

就这样，这四个人友好地争论着、磨砺着、勤奋地学习着，毕业后又到同一个研究所去工作。人们常说"艺术个性"，其实，在科学上何尝没有"科学个性"呢。这几个年轻人，一旦投入了真正的战斗，他们之间的分歧立刻显露出来。张瑜、林芳这两个幸运儿，他们立刻选择了世界上最热门的尖端，用他们自己的话来讲，要在所谓"分子水平"上来解决全世界都在关心的癌症问题。黄启刚哩，这个大"幻想家"，却磨磨蹭蹭地在好几个大得不着边际的题目之间徘徊了好几年。他一会儿对衰老、对老年学发生了兴趣；一会儿，又狂热地研究起中国传统的医学理论，钻研起中国的气功和印度的瑜伽术了。而晓云自己呢，她到这时候才发现，自己是一个缺乏战略性选择本领的人。不过，她踏踏实实、虚心实干的品质却使她成了黄启刚的一个最理想的忠实助手。当然，也正是她第一个懂得了这个容易激动的老实人，并不是在那儿胡思乱想，也不是在那儿毫无目的地徘徊。他是在寻找一条真正的、彻底解决医学上的一些难题的道路——一条调动和发挥人的潜在能力的道路。可是那时候，张瑜和林芳是怎么嘲笑老实人的呢，他们说他在搞"形而上学"，在搞"神秘主义"，是"不可救药的复古派"。个性的不同必然会在科学上表现出来，并终于使他们分道扬镳了。而就在这个时候，这个"幻想家"，却突然发觉自己堕入了情网不能自拔。他曾毫无保留地向他那个忠实的、心地宽厚的晓云吐露过他对林芳的感情。可是，他却缺乏勇气去找林芳谈。但这毕竟是任何忠实的助手都帮不了忙的事啊，而且也太迟了！

林芳和张瑜情投意合地结合了。而那时候，他们都已是快三十的人了，大规模的、独立的研究工作，像条宽阔的大道似的展开在他们面前……

"你们好！劳你们久等了。"突然，一个疲惫而苍老的声音打断了唐晓云的沉思。唐晓云和黄启刚吃惊地回过头来望着正在门口站着的张瑜。莫不是他们看晚霞看得眼花了，曾经那样辉煌、那样潇洒的张瑜到哪儿去了啊！难道，这个消瘦、苍白又满脸疲惫的老头儿是张瑜吗？

唐晓云和黄启刚几乎不约而同地惊讶地喊了起来："啊，张瑜！你——"

二

"我们已经有多少年没有碰头了？都快十年了吧！"张瑜首先打破了沉默。

三个多年不见的老同学，在接待室的沙发上坐了下来。"三天前，我听了你们在科学会堂作的报告。"张瑜挥了挥手说。从这个熟悉的、潇洒的手势里大家才认出了从前的那个张瑜。可是，他的变化毕竟是太惊人了！就连说起话来也是有气无力的。一听到他提起那个报告，黄启刚就赶紧坐直了身子。"好，要骂人了吧！"他想。可是，出乎意料地，张瑜却连忙摇了摇手说："我不是来吵架的，启刚。"张瑜的神情显得非常疲惫。

"唉，我当时一听就知道这是你的大手笔。不过，凭良心讲，这报告写得好极了，尤其是那个结论部分！"

　　唐晓云和黄启刚本来就够惊讶的了，张瑜这么一说，更觉吃惊。这是怎么搞的，那个说起话来一向盛气凌人、喜欢冷嘲热讽的张瑜竟会变成这样！并且，他们到这时才看清楚，张瑜苍老得连头发都几乎要掉光了。论岁数，他不过才四十出头啊。

　　"这可以说是你们十多年来的工作总结吧。嗯，写得很有趣。"张瑜的脸色虽然很阴沉，但态度看起来却很诚恳，"真的，启刚，这不正是你在学校的时候所梦想的吗……"

　　这时，唐晓云终于忍不住了："唉，张瑜，你这是搞什么啊？怎么老了这么多！还有林芳呢，"她很关心地问道，"林芳怎么没有来？"不知道为什么，一提起林芳，张瑜的脸色却变得更沉重了。

　　"啊，晓云，启刚，这些事回头再谈吧。我今天来，只想和你们讨论一下那个报告……唉，我现在的记忆力差极了。我希望你们别打断我……"

　　"你觉得有什么地方不清楚吗？"启刚担心地问。

　　"不，我只是想理一理。我没有拿到你们的报告的副本。好，我想先说你们的结论部分。"张瑜摇了摇手，表示希望大家不要再打断他，"第一，我记得你们是这样讲的：你们认为，人体是一个构造非常巧妙，且在一定程度上保持相对稳定的有机体。不过，这种稳定永远是相对的，不稳定才是永恒的。它在矛盾中呱呱坠地，又在矛盾中消亡。我这样来理解你们的第一点，对吗？"

　　"这当然是对的。"启刚高兴地答道，"这是辩证唯物主义的基本观点啊。"

　　"这我知道。不过，你们的第二个结论却很有新意。"张瑜继续说，"你们说，你们详细地研究了我们中国的传统医学理论。结论是中国医学的基础理论中充满了辩证唯物主义思想，而且还有现代的'耗散结构'的哲学思想。这是一个取之不尽，用之不竭的宝库。而从这点出发，你们又详细地研究了从事静坐或气功疗法的人们惊人的生理现象。当然，你们还深入地研究了印度的瑜伽术。你们得出结论说：虽然不平衡是永恒的，但人体保持相对平衡的潜力却是非常巨大的，而现代的医学科学界还远远没有认识到这一点。说到这里，我顺便插一句：有两句话，你们说得好极了。'没有矛盾，生命就无从产生；但人体没有维持相对平衡的力量，生命也无从保存。'好！我觉得这话写得真不错！启刚，我坐在会堂里就想到，这报告一定是你亲自执笔的。"

"不！张瑜，这次你可猜错了。这个报告刚好是晓云一个人写的。"

"哦？"张瑜看来好像是有点不相信，"你们合作得倒真不错，连文风也变成一样的了。"忽然他苦苦地一笑："好，现在让我们继续谈下去。你们认为，今后的医学科学的主要方向，是应该放在发掘人类的这种巨大的潜在能力上。也就是说当衰老到来的时候，我们应当用一切现代化的手段来干预这种平衡，尽力发掘人体内在潜力，延迟死亡的到来；当疾病缠身的时候——这就是一种平衡的破坏——我们用一切手段来调动和保持人体稳定的潜力，让机体自己来战胜疾病，而这正是你们老年学研究所十多年来的指导思想。正因为有了这种正确的思想，所以你们才在许多重大的问题上有了划时代的突破，包括对癌症、风湿性关节炎、心血管疾病的治疗。当然，也包括你们前几年那个轰动一时的试验——把一只黑猩猩冷冻了三年，使它的生命暂停了三年，然后又把它复活了过来。你们看，我这样来理解你们的第二个论点对不对？"

看来张瑜是仔仔细细地听了那个报告，他的记忆力还是很好的。晓云正想指出这一点的时候，张瑜却把话锋一转，问道：

"我倒想顺便问一句，你们那只黑猩猩叫什么来着？我是说，我在科学会堂的展览会上看到过的那一只。"

"叫康康！"唐晓云提醒道。

"哦，健康的康吗？现在还健康地活着吗？"说到这里，张瑜不知道为什么古里古怪地微微一笑，"这么结结实实地冻了三年，它的寿命该不会缩短吧？"

"康康现在很好。"一提到康康，黄启刚就激动起来，他连忙答道，"而且我们还发现，有些白鼠冷冻以后再复活过来，寿命反而长了。"

"啊，为什么？"张瑜很注意地问道。

"这，我们暂时还解释不了。"唐晓云实事求是地回答说。这正是晓云精心主持的一系列实验的课题，也是这些年来她的一项主要成就。"我们目前只能这样去解释：也许在生命暂停的过程中，机体内产生了一种我们所不知道的新物质，或者是调动了遗传宝库中的某种机制，产生了一种抵抗外界'不利因子'的潜在能力。复苏后，白鼠好像抵抗力更强了，而且平均寿命也长了些。"

"哦，更长些？"张瑜很注意地听着。可是不知道为什么，说毕，他却望着窗外怔怔地想起心思来了。隔了半晌，他才从自己的冥想中解脱开来。"好，我来谈谈你们的第三点。你们说：你们是站在了一个新的起点上。过去，医学上的一些治疗方法，多少还受机械唯物论的影响，头痛医头，脚痛医脚。譬如说，可的松能治疗关节炎，却只能减轻痛苦，而不能根治，而且还是碰运气碰出来的，或者……"

"不，"这时黄启刚终于忍不住了，急急忙忙地插嘴道，"我们并不否定药物的作用，相反的……"

"我知道，我知道，"张瑜不耐烦地打断了启刚，"你们曾强调药物对治疗还是非常重要的，而且今后也是医疗中的重要手段之一。不过，你们又说由于机械唯物论至今还影响着医药界，所以，在寻找解除人类痛苦的新药方面往往还有许多盲目性。这就妨碍了医疗技术的飞跃。而且，你们特别提到我和林芳发现的那一系列的治癌药物，并'夸奖'说那简直是一种毒药！"

"不是这样吗？"黄启刚已经准备大声地嚷嚷，但他又立即打住了，因为，他发现张瑜的脸色竟那样的阴沉和古怪，以致他刚到口边的话又咽了回去。"好，好，好，张瑜，今天我们不要再吵架了。不过，凭良心讲，你到底对我们那个报告有什么看法？"

"我不是说过了吗？写得好极了！不过，现在你们领我去看一看那只康康好吗？"

张瑜这个突如其来的要求，的确叫晓云和启刚都感到非常意外。弄不懂为什么张瑜会一下子对康康产生了这么大的兴趣。但张瑜已站了起来，他那阴沉的脸色也叫人看了有些害怕，使人不由地服从了他。

当晓云、启刚领着张瑜向动物饲养场走去的时候，晓云终于找到一个机会，顺便提醒了一下那个说话一向有点冒失的黄启刚，要他今天说话稍微注意点。张瑜那种巨大的变化，心情沉重的样子，叫人感到心惊。经晓云这一提醒，黄启刚也立刻紧张了："呃，会不会是两口子吵架了？"

"我看不会吧，他们一向是挺恩爱的。"

"天啊！怎么一下子老成这样了！"启刚低低地说道。

"我觉得他好像有什么心事。启刚，今天你千万别和他抬杠。"晓云一向都比较细致，她提醒黄启刚道，"我总有点不安……"

"哦，你们是在说我吗？"走在前面的张瑜突然回过头来问道，不过，他并没有再追问下去，因为饲养员这时已打开了铁门。铁门一打开，那些本来已经安静的试验狗又都"汪汪汪"地大吵大闹起来。唐晓云向饲养员要了几根香蕉。那只黑猩猩一见晓云就热情地走了过来，急急忙忙地比画着手势。

"这是康康在说：'唐，给我香蕉。'"唐晓云向张瑜解释着黑猩猩的手势语，"好，现在她是在说：'康康要香蕉。'"

"你们教会了她手势语？"张瑜很感兴趣地问。

"对的，这也是我们试验的主要课题之一。"黄启刚接着说，"我们正在探索，冷冻对记忆力会不会有影响？"

"哦，效果怎么样？"张瑜又十分关心地问。

"一点也没有影响。你问问晓云，这只黑猩猩的手势语，还是晓云辛辛苦苦地教出来的。"

"的确是毫无影响。"唐晓云证实道。不过，唐晓云见张瑜这样孤陋寡闻，觉得挺奇怪，"唉，张瑜，你这个人怎么搞的。你大概只关心你们眼下的那一摊事吧，刚才你还说'这是轰动一时的试验'，我们发表的那些文章，你都没看到吗？"

"不！恰巧是你错了。"张瑜一面观察着那只黑猩猩，一面冷冷地回答道，"我和林芳从来就没有放过你们老年学研究所发表的任何文章。不过……我怎么说呢，你们在免疫机制方面提出的观点，对我们很有启发。现在我们正在根据这个理论发展一种新的抗癌药。还有，你们对人体生物钟的设想，我们也注意到了。我和林芳一直说要来看你们，可是，这些年来，不是我们出国，就是你们出国。还有，我们在寻找新的抗癌药物上，也面临着一个大突破的前夕，事情一多……唉，我们尽说这些干什么？现在我们回去谈吧，我今天来还想和你们商谈一件正事哩。"

三

　　三个老朋友又回到接待室。一坐下，张瑜就先开了口："好，现在我们谈正事吧。不过，我要求你们听了不要婆婆妈妈。希望你们不要大惊小怪，不要表什么同情。嗯，还记得教我们组织胚胎学的叶老师吗？"

　　"叶柏生！"唐晓云首先叫了起来，"叶老师，他对我们……不，老张，他最喜欢你啦！"

　　"对，叶柏生教授，死于癌症。启刚，你还记得我们去医院看他的事吗？"

　　"怎么不记得！他患的是肝癌。"黄启刚答道。他平时就喜欢回忆学生时代的事。"那时候他还对我们说：这是胚胎学上的一个错误，遗传密码错了码。当然，他是一个幽默的人，临死还在说笑话。"

　　"不，这不是笑话。"张瑜很严肃地回答说，"他是一位严肃认真的科学家和教育家。后来，我和晓云又去看了他一次。林芳不肯去，她说，她怕看死人。而你，启刚，我记得你那时候对瑜伽术入了迷，跑去找一个什么英国来的瑜伽教徒去了，我们到处找你都没有找到。第二天，叶老师就不幸逝世了。晓云，你还记得我们向叶老师告别的时候，他说的几句话吗？"

　　"我怎么不记得。他说：'小张、小唐，希望你们今后把毕生精力用在解决癌症的问题上，这可恶的病，每年要夺去很多有用的生命。谁能在癌症上有所突破，谁就对人类做出了伟大的贡献！'"

"对，他是这样说的，不过，还有几句话你大概忘了。临告别的时候，他对我说：'我最感到遗憾的是，我的死对科学一点帮助也没有。'你还记得这几句话吗？"

唐晓云一向是心肠软的人。一提起那令人敬爱的好老师，她早就热泪盈眶了。"我怎么不记得呢，他教的功课，对我帮助最大了，我至今还受益匪浅。"唐晓云有些凄楚地说。

"好，现在我们就谈正事吧。"张瑜接着说，"启刚，我记得你们在文章里说，康康的试验，对现实生活有极重大的意义。比如，人类一旦要去征服这个广阔无垠的宇宙，要用几十年或几百年飞向别的星系的时候，用你们的方法，就可以把从事远距离航行的飞行员冻结起来，使生命暂停。当到达目的地的时候，自动设备就可以让他复苏，然后他们就可以从从容容地从事宇宙考察工作了。你们还写道：就是对疾病治疗也有重大意义。就拿癌症来说吧，现在癌症的征服已面临着全面突破。但是，在全面取得胜利之前，仍然有许多人白白地死去。如果应用你的办法，可以把这些得了不治之症的病人的生命暂时地封存起来。你们不是这么写的吗？当三五年以后，当征服这种疾病的方法研究出来后，再让他们复苏，然后进行治疗。我没有把你们这篇文章的意思领会错吧？"

"是这样！"黄启刚答道，"这实验是很有意思的，所以我们正在全面总结，不过……"

"我知道你的意思。现在还是动物实验，离到人体的运用还有一段距离，是这样吗？"

"不不不，我不是这个意思。"黄启刚一提起这个心爱的课题，声音都大了起来，"我觉得现在完全可以在人体上应用了，我们之所以选择灵长类动物来做试验，就是为了这一点。康康的实验说明，在人体上进行类似的实验是绝对行得通的！"

"哦，你是这样的肯定吗？"张瑜认真地问了一句。

"当然！"

"那你们为什么不进行呢？"张瑜追问。

"我……"黄启刚完全慌乱了，"当然，我是要……啊，目前并没有这个需要。也许……"

"也许什么？"张瑜依旧紧追不放。

"张瑜，你看你！你的老脾气又来了。"唐晓云笑了起来。要不是唐晓云及时地插了嘴，黄启刚大概又要吃败仗了。"我可以回答你的问题：第一，我们现在还没有必要从事这样的远距离航行，光太阳系就够我们忙的了。第二，这毕竟是人类试验，得慎重一点才行。还有自愿的试验对象恐怕一时也未必有，要是……"

"要是有志愿者呢？"张瑜说道。

这回是轮到唐晓云结结巴巴的了。可是她转念一想，立刻找到了回答："不，我想不会有这样的志愿者。至少目前就是这样，也许……"

"不，你们错了！"张瑜突然放弃了争论者的态度。他在沙发上一靠，看了看晓云和启刚，很认真，但也非常心平气和地说道："晓云、启刚，我今天来找你们就是为了这件事。我已经向科学院打了报告，我刚才就是从院部来的。我提出了申请，我要求做这个试验的志愿者！"

"你？！开什么玩笑！"虽然张瑜一本正经，可黄启刚还是大声地嚷了起来。唐晓云起先也以为张瑜是在和他们闹着玩的，她正想插嘴，想责备他几句，可是张瑜却挥挥手不让她说下去：

"晓云、启刚，自我们同学以来，你们看我开过玩笑吗？我现在告诉你们吧，我是特地来请求你们接受我做这个试验的。原因很简单：我现在正面临着我们叶柏生老师的那种境况。我得了癌症，而且转移了！"

张瑜的话虽然说得平平静静的，可是，对启刚和晓云来说，这毕竟是个晴天霹雳。他们不约而同地喊了起来：

"张瑜，你胡说些什么啊！"

"不，这有什么可胡说的。"张瑜平静地答道，"我们都是搞科学的，癌症就是癌症。而且，我得的也是肝癌！"

启刚和晓云又是不约而同地："啊？！"

"不，你们别紧张，这只是疾病罢了。"

"你为什么不治疗，不，我……我是说，你……"为人忠厚的黄启刚又结结巴巴起来了，"这是才发现的吗？怎么能这样麻痹。"

"不，三年前，我们所里普查的时候就发现了。"带来坏消息的人比谁都镇静，"治疗进行得还是很及时的。你们看，我的头发不是都已落光了吗？这是用抗癌药物的结果。唉，正如你们在报告里批评的：大部分的抗癌药物都是有副作用的。在杀死癌细胞的时候，把正常的细胞也杀死了不少。不过，你们应当相信，医生和所里的同志都已经尽了最大的努力了，治疗也不能算是不成功。存活期已经延长了整整三年，这已是世界纪录了。但癌症毕竟还是复发了，昨天我亲眼看了切片报告，转移了。"

这会儿真是轮到晓云和启刚面面相觑了。唐晓云马上想到了林芳。

"那林芳呢？林芳知道了吗？我的意思是，林芳知道已经转移了吗？"

"不，林芳还不知道。暂时我也不想告诉她。"张瑜皱起了眉头，心情沉重地答道，"这几年，她已为我操尽了心……不过，我们先不提这些吧。现在，我只想请你们立即研究一下。我并不担心死，不过，我们所正在根据启刚提出的理论，在发展一种调动人体潜力——我们这儿仅是指免疫机制——的新药物，可是筛选工作还没有完成。我多么想看到这些年自己的工作成果啊，可是，转移了！好，我告辞了，若太迟，林芳会着急的。"

张瑜说完就站了起来，这个人仍然保持着年轻时候干脆利索的作风。当他告辞的时候，简明扼要地提出了他的要求：

"院部明天下午就要答复我。他们会找你们商量的，记住我的话吧。启刚、晓云，人总是要死的，但我希望死得有价值些。"说到这里，看到晓云和启刚都是这样的沉重，他却拍了拍个子比他矮得多的黄启刚，故作轻松地说："好好准备你们的试验吧，别拿我这个老朋友的性命开玩笑啊！"

四

当轿车在马路边上停下后，黄启刚争先下了车。他已经十多年没到这地方来了。还是晓云的记忆力好些，她指了指一条掩在一排槐树后面的小弄堂，说："你看，不是那里吗？就从那棵大槐树旁边的弄堂里进去。"

的确，他们年轻时经常经过的那棵有些倾斜的大槐树还在那儿。已经是初夏槐树花盛开的时节了，一股槐花的清香在小巷里弥漫着。他们一进小巷，就认出了林芳的家。自从林芳的老父亲死后，张瑜就住进了林芳的老家。这真是个幽静的去处，可是，黄启刚和唐晓云今天却无心领略环境的幽美，他们心情沉重地向前走去。

当林芳看见这两个"不速之客"到来的时候，确实非常吃惊。她一脸愁容，清癯消瘦。不过，看来，她的确还不知道张瑜去找过他们。老同学一见面，自然有许多话要说，但一激动，大家反而一句话也说不出来了。

"你大概是熬夜了！瘦得多了。"晓云首先打破了沉默的僵局。毕竟是老朋友了，林芳就像见了亲人一样，熬了许久的眼泪立刻涌上了眼睛。本来就很敏感的她，看见这两个老朋友又同情又庄重的神色，立即明白他们是为张瑜的事来的。

"你们知道了？张瑜……"

两人沉重地点了点头。

"不不不，你们大概还不知道，张瑜的癌已经转移了！"

黄启刚和唐晓云大吃一惊。

"这么说，你也知道了？"他们同声地问。

"我怎么会不知道！医院的老同学早就通知了我。不过，我们还瞒着张瑜。"

"啊，多么恩爱的一对！"唐晓云感触万分地想道。但他们今天来的任务就是要把问题说开。他们本来还在担心怎么把这个不幸的消息带给她。昨晚，张瑜走后，两人通宵未睡。对老年学研究所来讲，攻克癌症——这本身就是他们的主要业务之一。他们一清早赶到医院去看了张瑜的病历，又和负责治疗张瑜的几个主治大夫商量了一下，然后又赶到院部，而院部也正好在找他们。在院部，他们开了一个临时性的但却很重要的、时间很长的紧急会议。唐晓云不得不佩服那个平时磨磨蹭蹭的老好人黄启刚了。在会上，就如何确定张瑜的治疗方针展开讨论时，他那敏捷但又富有创造性的才能立即发挥出来了。他认为如果张瑜能够接受他们的治疗的话，他们研究所目前正在开展的一种治疗方法，是完全可以把张瑜的癌症控制住的。而且，也不一定非要用消极的办法，来让生命暂时停止。说到"消极"这两个字的时候，喜欢咬文嚼字的黄启刚说：这只是针对目前张瑜的治疗而言的，这并不排除生命暂停的方法，目前就可以大胆地应用到临床上去。而且他还特别强调：这个方法可以作为治疗张瑜的第二方案——所谓"第二梯队"——万一用他建议的方法失败以后的一种最后的手段。

对癌症患者来说，时间就是生命。会议一作出决定，老年所的同志们就立即行动了起来。现在，黄启刚、唐晓云赶来看林芳，一方面是要通知家属，另一方面也是要说服林芳，好让林芳去做张瑜的工作，请他接受他们的治疗方案。当然，张瑜的病，又把他们同学时代友好的感情唤了回来。

林芳毕竟是一个受过多年科学工作磨炼的科学家了。唐晓云吃惊地发现，当他们把张瑜提出的要求以及院部会上的决定向她讲述以后，林芳起先很震惊，痛彻心扉地哭了起来，随即就冷静了下来。

"请把方案告诉我。不过，不要隐瞒。"她很镇静地说。

"好，决不隐瞒。"唐晓云发觉黄启刚已经激动得光知道在那儿乱搓手，她决定自己来向林芳说明，"小林，你知道，我们这些年来一直在解决衰老的问题。我们深入地研究了怎样发挥人体的潜力问题，我们发现最好的办法是调动人体自己抵抗疾病的能力。"

"免疫机制？"

"不，不仅仅是免疫机制。总之，我们不排斥药物治疗，但要慎重选择药物，而且要注意投药的时间和剂量。老实讲，任何良药都可能成为毒药。过分的话，就会增加人体的负担。投药的分量、时机是个关键……"

"你是指生物钟机制？"

"对，生物节律。人体，本来就是在有节奏的大自然里发展起来的，机体当然也有它自己的节奏。当人体在与疾病作斗争的时候，也是有节奏的。你还记得吗？我们在学中医理论时，我们的祖先早就注意到这个问题了。所以，我们得百般地注意投药的时间，投药量的多少。当然，更重要的是我们得动员一切力量来帮助人体尽快地恢复抵抗力，战胜病魔。"

"这我都懂，但怎么做到这一点呢？"

"既然确定了这个原则，我们就尽力寻找一种能表达人体恢复平衡的标志。这个标志，可以用现代化的手段把它测量出来。然后，在这个标志的指导之下投药，或用其他的一切现代化的手段来进行治疗。譬如，包括可以定向增加人体潜力的自我控制疗法……"

"哦，你们已经找到了这样的办法？"

"不，我们还不能说已经完全解决了。这是一个哲学问题：认识是无穷尽的。不过，我们应该是在路上了……"

"你简单地说吧，你们是怎么办的？"

"好，我简单点说。我们发现，人体体内的一切变化，哪怕是再细微的变化，都可以在人体的皮肤上表达出来。温度、张力、穴位的电压和波形都会有相应的变化。"

"啊，这可太复杂了。这么多信息，我们怎么能识别呢？"

"对，小林，这就是我近几年来干的工作了。我们已经发展了一种专用的计算机，采用微信号遥感扫描术，进行全身扫描。然后再用这些计算器识别分析这些信号，并把这些微弱的信号变成灯光、曲线、音响。总之，让病人自己能用肉眼看到机体的不平衡状况，并学会控制这些不平衡，也采用了让计算机自动调整投药。当然，还采用了别的手段，关键是全力以赴地帮助有病的机体调整潜力，用我们传统的医学上的话来讲，就是'扶正'，从根本上解决问题。"

林芳一向思路敏捷，看来，唐晓云这番简单扼要的话已经把她给说服了。但关键是张瑜本人，她知道张瑜是把所有的希望都寄托在林芳她们现在正在全力以赴试制的药物上了。而且，张瑜极有个性，他会不会同意这样的治疗方法呢？林芳说出了自己的顾虑。

一声不响的黄启刚这时插嘴了："是呀，这正是我们所担心的。这种治疗主要依靠病人的信心和主观的意志。小林，我们并未采用张瑜自己的建议——生命暂时冻结起来。就目前来说，我们觉得张瑜的这个想法太消极了。他现在的心思是一心一意在等待你们研制的新药。我觉得我们有把握治好他，但一定要病人能全心全意的配合我们，这是我们治疗方法上的一个关键。小林，现在就看你能不能做好张瑜的工作，至于我……啊，是说晓云和我，都会全力以赴的。"

从黄启刚进门以后，林芳还没有正面看过他。这时，她才带着泪花感激地看了启刚一眼。她感到有些内疚。这个曾经像大哥哥似的关怀过她的人，还是那样的老实，那样的质朴！但生活是多么的复杂啊。她知道这个老实人曾经暗中热烈地爱过她，但她却不可能不爱张瑜。当然，她不是爱张瑜更讨人喜欢的外表，而是喜欢他那锋利的思想，他那单刀直入、目标明确的作风。也许，女孩子从来就喜欢那种更男子气概的气质。而这个"幻想家"虽然也并不婆婆妈妈，但他那飘忽的、过于广泛的兴趣，真是太悬空、太难以捉摸了。但今天，晓云说得这么明确，这么肯定，难道那个"幻想家"学生时代的理想真的实现了吗？我能信任他们并把希望寄托在他们身上吗？能把我最亲爱的这个人交给他们吗？还是应当相信张瑜所设想的办法：让生命暂停一下，然后等我们的新药能应用的时候再复苏过来。啊，但这毕竟是一个多么难以接受的概念啊！

"把生命暂停一下！如果试验万一失败，永远停止了怎么办？"林芳不禁打了个寒战。她转着自己的念头。她是一个受过多年科学教育的研究员，知道有许多重大的创造发明，就是从"不可能""不可思议""从来没有听说过"开始的，也就是从一个看起来似乎行不通的道路上走出来的。张瑜也许是对的。我们抗肝癌的特效药已经筛选出来了，并且正在进行最后的动物试验，但张瑜的癌症却转移了！

"啊，我们得救救他！"林芳突然失声痛哭地喊了起来。唐晓云和黄启刚听见林芳这样的大声叫喊，吃了一惊。可是他们立即明白了，这是出自林芳内心的呼声。林芳终于清醒过来，她斩钉截铁地说："我同意你们的方案，我一定设法来说服张瑜！"

五

张瑜就这样开始了他的治疗，而且已整整的三个月了。

治疗方案是由一个精干的专家小组在院部的参与下制定的。

首先，因张瑜已使用过好几种毒性极强的抗癌药物，机体已极度衰弱，所以专家小组决定停止使用一切抗癌药品。考虑到万一会动用第二个方案，老年学研究所应在对病人使用之前，再用一头猩猩做一次停止生命的试验。而且，在会上还做出了这样一个特别的规定：患者每天的病情，可以通知患者本人和家属，但家属却最好不要和患者见面。

　　这个方案的那条特别规定和"不再使用抗癌药物"，一开始当然很难被林芳所接受。林芳总觉得不让患者的爱人和唯一的一个孩子去看望患者，这根本不通情理。至于抗癌药物，她当然不便于说话，因为她们研究所的药物还未通过动物试验。她知道张瑜对这种药物抱着极大的希望，但药物既然还不能正式应用，她当然不便提出反对的理由。可是，当她向黄启刚提出应修改最后一条规定时，却遭到了黄启刚坚决的拒绝。他似乎很有道理：要排除一切干扰，打断一切恶性循环！让病人全心全意地接受治疗。

　　林芳对这个"蛮横"的规定当然感到恼火，但作为老同学，黄启刚和唐晓云还是尽到了责任的，他们差不多每个星期都来看林芳。起先，启刚总是和晓云一起来。后来，启刚却来得更勤了，而且，每次总会带来令人宽慰的消息。但九月末的一个星期天的早晨，启刚突然非常早地来到林芳的家。当林芳一打开门，看到启刚那阴沉的脸时，她突然感到了一个不祥的预兆，她的第一个念头就是："一定是张瑜的病情恶化！"

　　那天，林芳正在等候她们所里的报告。新的药物已经筛选出来，就等最后的动物试验报告了。但启刚那天的谈话，对林芳来说，不啻是个晴天霹雳。

　　那天黄启刚几乎是残忍的。他铁板着脸，而且语气沉重。

　　"林芳，专家小组叫我来通知你，要你马上去看看张瑜。"

　　"啊，张瑜到底怎样了？"

　　林芳的心就像有一只小鹿乱撞一样。她只感到头脑一阵昏眩："是不是张瑜不行了？"

　　"张瑜的自我状况不好！"

　　"自我状况？"

"对，因此专家小组昨天做了一个决定，要让家属，也就是你，去看看张瑜，去找他……"

"是不是病情恶化了？"尽管林芳很坚强，但眼泪却不知不觉地从脸颊上淌了下来，"啊，启刚，我受得了，我请你说实话，我……说吧，不要有一点隐瞒。"

"情况是很不好，继续在扩散。这使我们……"

"你不是一直说，情况在好转吗？"

"是的，这是真实情况。三个月以来，张瑜的病情已基本稳住了，可是从上个星期又开始有所发展。我们昨天分析了一下治疗方案，方案肯定是对的，但病人的精神状态很不好。我已经对你说过，病人的心理活动和精神状况在我们的治疗方案中是个关键。我不瞒你说，看来这工作我们事先都没有做好。他对我们目前采用的方法还缺乏信心。"

"哦，不对，他对你和晓云一直是很信任的！我当然也信任你们，知道你们会尽心的！"

"不，刚好相反，我觉得你们根本不相信我们的治疗方法。直到前几天我们才弄清楚：张瑜和你还是把治愈的希望全部寄托在你们试制的那种药物上。这使他过分紧张，他几乎每天都在等候你的消息，这只会使病人天天处在一种焦虑、紧张的状态中，在这种情况之下，我们的治疗办法就很难有效果。"

"啊，我们的药就要出来了！"林芳这时几乎是不由自主地喊了起来。她一点也不觉得眼泪正在簌簌地往下掉。

"我是尽了力的呀！可是我得等动物试验的结果……不，我估计今天报告就要出来了。启刚，请你告诉张瑜，所里的同志们是尽了全力的……"说到这里，林芳早已是泣不成声了。

　　林芳根本就没有注意到那"老好人"黄启刚的脸色变化。当然，她也不知道，要启刚这样"残酷"地来完成今天的这个任务，对于他来说是多么严峻的考验。她更不会知道，启刚今天这种恶狠狠的态度，其实是治疗小组的一个新的治疗方针。因为三个月来，张瑜的病情不仅没有好转，癌细胞反而正在向腹膜扩散。这种情况曾使老年所的同志大为不解。当他们终于弄清楚，原来是张瑜在焦急地等待那种新药，干扰了治疗的时候，他们决定进行一次彻底的"外科手术"。而这个困难的任务却交给了林芳一直非常信任的专家小组组长黄启刚亲自来执行。

　　"你能肯定药物在最近就能使用吗？"启刚拼命地克制着自己。

　　"什么？啊，我希望能通过。"

　　"希望！希望！还是个希望！"这会儿轮到启刚来发火了。这个老实人发起火来的样子实在怕人。他几乎是愤怒地喊道："你知不知道，正是你在害张瑜！不要以为我是在说重话，说得确切些，是你亲手在杀害张瑜！真的，老是给人希望！希望！可是你知不知道，我们是在死神的嘴里夺人！是在搞精确的科学，而不是寄托着你那个老是可望而不可即的新药。再说，你能保证这种新药物一定能治好张瑜吗？唉，真的，我现在真希望你们根本没有研制这种药物！"

　　"启刚！你怎么能说这样的话啊！"林芳惊骇地叫了起来，"你……你……你怎么能这样说！"

　　林芳那种悲苦、惊骇的模样，终于使黄启刚发觉自己的话是说过了头。但他执行的任务就是要进行一次彻底的"外科治疗"。他只好横下心，继续恶狠狠地说道：

　　"再告诉你一个坏消息吧，我们重新进行的黑猩猩冷冻试验也失败了。"

　　"哦，怎么会呢？"对林芳来说，这个打击就更大了。

　　"是的，复苏没有成功，完全失败了！原因也弄不清楚。因此，院部已做出新的决定：第二个预备方案也不能采用了。而且，我们已经把这个决定通知了张瑜本人！"

　　"哎呀，你们怎么可以……"林芳又几乎是叫了起来。

　　"不，林芳，这本是我们原定的治疗方针，要把一切真实情况都告诉患者本人。张瑜知道后却很镇静。他原是把希望寄托在这第二个方案上的。他大概也知道，新的抗癌药不一定能马上出来。可是现在连备用方案也行不通了，至少是没有弄清那头黑猩猩突然死亡的原因之前！"

　　林芳觉得自己的腿在发软，整个大地都好像在向下倾倒。她知道，张瑜确曾把希望寄托在第二方案上。新的药物是不是能赶在死神夺走他的生命之前出来，张瑜的确没有什么把握。这当然会使患者处于一种焦虑的期待中，林芳当然是明白这一点的，所以，这几个月来，她和他们研究所的同志们，可以说是废寝忘食地在工作着，为的是让这药物尽快地通过动物试验……

　　"好，林芳，现在你总该明白了吧。第二个方案肯定已不能采用。现在就等你们的抗癌药了。我今天来，就要弄清楚，这药到底什么时候可以出来？我要确切的时间，如果还出不来，我们只好彻底否定采用你们这种药物了！"

　　林芳一声不响地站了起来。她紧抿着嘴唇，走到隔壁房间里去打电话。一会儿，她就像个梦游症患者似的，失魂落魄地走了回来。

　　"怎么样？"黄启刚不动声色地问。

　　"还没有确定的结果……"林芳说着，立即泣不成声，痛彻肺腑地哭了起来。

"好！林芳，这是专家小组的决定：请你立即把这个消息告诉张瑜！而且要你亲自去。"林芳当然没有注意到，听到这个新抗癌药物还未试制成功的消息后，黄启刚似乎是在暗暗地高兴。这会儿，他的口气反而缓和了许多："所里怎么说，这药到底什么时候可以正式使用？"

"我问过了，他们还是不能肯定。"林芳的声音低得几乎听不出来了，"你也知道，一个新的动物试验的周期是要长时间的。"

"好，那我要你坚决地告诉张瑜，目前根本不能指望这种药物，这是最关键的一点，我们决不能让一个病人干着急。去吧，车子在外面等着，这事得立即就办！"

张瑜竟是那样的消瘦。有经验的人一看就会明白张瑜的情况是很不妙的。但张瑜看上去，似乎还算镇静。当他听完林芳关于新药物试制的情况后，起先确实很失望，但一阵震惊过后，他反倒镇静了下来。只是责怪林芳为什么不把小莉莉带来。听到这个一向非常顽强的人，几乎是在关照后事，想最后看看自己唯一的孩子，林芳立即哭得像个泪人儿一样。

"这要怪我，怪我。我没有完成任务……"林芳扑在张瑜的胸膛上，放声地哭了起来。

"没有什么，林芳，这是科学试验嘛。你们是尽了力了。"张瑜反倒安慰起林芳来，"我是相信迟早会成功的。我不能用，那倒不要紧。这毕竟是一个新方向，会成功的，会对其他的人起作用的。你知道吗？晓云进行的生命暂停的试验也失败了。科学，有时候也会难产的。看来，我只好死心塌地接受他们的治疗了。我昨天就想通了，也许启刚他们的方案是比较正确的，而且方法也很有趣……"

"张瑜，你得原谅我，我没有尽到责任。"林芳尽力控制住了自己的眼泪，"我和莉莉不能没有你啊……"

"看你说到哪儿去了。林芳，鼓起勇气来！昨天，当他们告诉我，那只叫依依的黑猩猩没有复苏过来的时候，我的确很震惊。我也早估计到，我们那种药物也不可能这么快就搞出来。可是这样一来也有好处，我只好死心塌地地服从他们的治疗了。我这个病号，的确和他们合作得不好，心理治疗，在他们的方法中是很重要的因素之一。"

"完全靠心理治疗？"林芳疑惑地问。

"啊，不，这是我给它取的名字。他们叫它'思维主动反馈控制'。其实，这个原理我们早就知道。人的思维活动，可以影响身体器官的活动。不过，一般人却不能主动地办到，而擅长气功或瑜伽术的人却能通过自己的意志来控制自己的心跳、脉搏、血压、体温，甚至控制自己的生物节律。现在，启刚他们已研究出一种治疗体系，使普通人也可以这样做。而且，还可以通过思维去控制人体的内分泌，调动免疫机制。当然，这要通过电子仪器的帮助，而且得认真地学习和掌握。可惜的是，我一直没有认真去干。"

"用思维去调动自己的免疫机制？"林芳觉得这真是闻所未闻，当然也就很难相信这方法的可靠性。

"这些想法的确很新。起先我也完全不能接受。可是，他们的确可以用仪器显示出人体免疫力的细微变化。而且可以用数字化仪器显示出来，让病人自己随时都可以观察到，并学会随时控制这些细微的变化。真的，这方法很特别。当你亲眼看到自己的免疫能力在逐渐增强，哪怕是极微弱的一些变化，你就会不由地增强信心。我现在才懂得了，他们为什么每天都把化验的结果、治疗的成效如实地告诉我，这也是一种心理治疗。至少我可以亲自掌握我的病况，今天是朝好的方面发展了，或者是稍微又恶化了一些。这至少可以减少一个癌症患者的内心恐惧。面对死亡并不可怕，可怕的只是你不知死神会在什么时候抓住你。总之，这些疗法很特别，也很轻松。我一时还说不清。但这两天，我已开始研究他们的治疗方法了。"

"你还工作？"林芳一时也听傻了。但这时才如梦初醒，怜惜地抚摸着张瑜瘦骨嶙峋的手，"你应当完全卧床休息。"

"不，林芳，这也是他们治疗方法中一个最大的特点。他们坚决反对一个病人整天躺在床上……啊，这个观点我倒是赞成的。"张瑜脸上已显出一种过度兴奋后的疲倦，"你刚才看到启刚他们了吗？"

林芳当然未提启刚刚才到她那儿的事，以及他所说的一切话。她好像刚刚弄明白，原来，启刚刚才那样粗暴，其目的是要她配合他们的治疗方针。

看到病人那种疲惫的样子，林芳真是进退维谷。她多希望能多陪张瑜一会儿。要万一这是最后一次的见面呢？想到这儿她就不由地打了一个寒战。她无法想象没有了张瑜，她和莉莉怎么活下去。可是这新奇的疗法到底能不能奏效呢？

她依旧疑虑重重。

"张瑜，请放心地接受他们的疗法吧！我们那种新药看来短时间内还无法应用。而且，就算顺利地通过了动物试验，在人体上的临床效果是否理想，也很难说。"她想起了启刚刚才交给她的任务和此行的目的，"别担心我和莉莉。等下次他们再允许我来时，我一定把莉莉也带来！"

可是，当林芳依依不舍地告别了张瑜，走出那间摆满了电子仪器、感觉非常奇特的治疗室时，她却暗暗地攥紧了拳头，含着泪朝张瑜那消瘦的背影下了个决心："瑜，放心吧，只要你再坚持两个月，我一定把药物赶制出来，亲自和莉莉一起来，送到你的手中！"

六

　　林芳把研究所送来的第二批的两瓶新抗癌药放进自己的手提包里，但又觉得有些不放心，生怕那两只瓶子互相碰撞而破碎了。于是，她又把瓶子取了出来，用毛巾小心地垫好。今天，她决定亲自把这两瓶宝贵的药物给老年所的同志们送去。当轿车风驰电掣地向老年所开去的时候，林芳一只手紧紧地搂住小莉莉，一只手紧紧地捏着那只手提包。

　　"这是给爸爸的药吗？"小莉莉关心地问道。

　　"好孩子，是的。"林芳搂紧了莉莉回答说，"爸爸打了这种针就会好了。"

　　"妈妈，你把这包包放到中间来，我跟你一起拿着。"懂事的小莉莉早把妈妈那么小心地包扎瓶子的事看在眼里了。她也和林芳一样，用一只小手紧紧地抓住那只手提包，这的确是两瓶贵重的药品！也可以说这是整个研究所的同志们好几年辛勤劳动的结晶。如果，老年所的同志们愿意接受这种药物，而这药物又能对张瑜的治疗起作用的话，那么这也是张瑜和林芳合作以来的一个辉煌成果。不过，老年所的同志们会接受这个药物吗？会同意使用吗？为了这种难产的新药引起了一场多大的风波啊！一想到这几个月来张瑜跌宕起伏的病情，林芳就不由地打了一个寒战。唉，这真是肝肠寸断的三个月啊！而今天，在老年所等待她的，又会是怎样的消息呢？三个月前她和张瑜的见面，几乎使她感到张瑜已经是毫无希望的了。情况，并不是照治疗小组所预计的那样，林芳自己就是医学家，她无法自己骗自己。

她对启刚、晓云所采用的治疗方法，并不是没有怀疑的。也许，多年来，她和张瑜的全部精力都放在发展新抗癌药物的研究工作上了。对别的任何治疗方法——尤其是完全离开药物的治疗方法——她的确是很难接受的。但启刚和晓云好像非常固执。当她们研究所的第一批药物终于通过了临床被正式批准使用的时候，启刚却坚决地拒绝了这种药物。

想到她在一个月前，把第一批抗癌新药送到老年所时，和启刚发生的那场冲突，她至今还不寒而栗。三个月前，当她和张瑜见了一面。终于按启刚的要求，把张瑜寄托在新药治疗上的希望彻底打消以后，她要把新药试制成功的愿望却更迫切了。她一回到家里，就用更加疯狂的速度投入了工作。她索性搬到研究所里去住了。关心张瑜病情的研究所的同事们也都被林芳这种情绪感染了，全力地投入了这项工作。终于，他们提前完成了新药物的试制工作，并顺利地通过了动物试验。新抗癌药物终于可以正式投产和应用了。

可是，当第一批少量的新药被送到老年所的时候，林芳马上和启刚发生了一场激烈的争吵，几乎和启刚、晓云的关系完全破裂了。

老年所拒绝使用这批新药，其理由是治疗方案正在顺利进行，不能再受干扰。

林芳还记得那次谈话。

"我们不能使用这种药！这是专家小组研究后的决定。"启刚把专家小组的决定告诉林芳。

"为什么？"

"不为什么！"启刚固执得像一块磨石，"我们原定的治疗方案，正在顺利进行。张瑜的病情已经基本上控制住了。这正是有转机的时候，再采用什么新药会打乱我们的计划！"

"那就是你和晓云的决定啰！"林芳当然知道主持这个专家小组工作的其实就是黄启刚和唐晓云。

"也可以这样说吧。"启刚直言不讳地答道，"因此希望你能听一听我们的劝告。药我们收下。我们可以留着……"

"那让我见一见张瑜……"

"不，那可不行！"

"至少，也要让我告诉一下张瑜，这药已经试制出来了，至少应该让他知道。这样也可以让他安心一些！"

"不，那更不行！这样更没有好处。"

"你……你们……"林芳气得脸都发白了。她没有想到启刚会这样"野蛮"，这样不讲道理。她好像如梦方醒似的，突然喊了起来："启刚，我知道你还记着仇！是的，是的，我知道你还记着。你恨张瑜！是的，你是在……"

"住口！"黄启刚起先还非常耐心地听着，但这时这位不轻易发火的老好人，却突然脸色非常难看地大喊了起来，"林芳！你简直不知道自己在说些什么！不，我不愿再和你谈下去。你应该感到羞耻！不，这是集体的决定，院部完全同意我们的治疗方针。我不愿再和你说了！"

黄启刚转身就走。这大概是和林芳同学以来，他第一次发这么大的火。

林芳找晓云谈话也没有结果。她发疯似的找到了院部，但院部的答复却和黄启刚、唐晓云的意见完全一致。只是他们答应再召集一次专家会议，讨论下一步的治疗方法。当然也包括是不是采用这种新抗癌药物的问题。

会议的结论完全出乎林芳的意料，院部同意黄启刚和唐晓云他们的意见，老年所可以接受药物，但什么时候应用，什么时候再采取其他疗法，应由老年所决定。珍贵的新药由老年所暂时保管。

让林芳特别恼火的是这次会议是在未通知林芳参加的情况下就决定的。而且让她更加气愤的是，她要通知张瑜药物已试制成功的要求也被拒绝了。

这场激烈的冲突之后，尽管老年所还是依照规定随时把张瑜的病情通知林芳本人，但执行这个任务的人却不再是黄启刚本人，甚至连唐晓云也来得稀少了。尽管一向老成持重的唐晓云，在林芳和黄启刚争吵后，对待林芳还是像从前一样亲切，也缄口不提那次争吵的事，但林芳总觉得隔阂已经造成。这隔阂虽然多半是林芳自己的感觉，事后，她才万分懊丧地想到，毕竟她对启刚所说的那些话太伤人了。她似乎第一次想到，她原来是多么地自私啊，全然没有想到启刚这些年来的苦恼。不正是由于她的轻率，才完全忽略了启刚的那份情义。还有，当她再次看到唐晓云，而且第一次注意到晓云的两鬓已经出现了几缕白发的时候，她才第一次明白，不正是她使这位像大姐似的晓云，牺牲了她应该得到的幸福吗？她以前怎么没有想到这一点啊；包括张瑜，怎么也没有想到：正是因为他们，才使这两位老同学还是孤零零地各自生活着。而本来，启刚和晓云应该是可以成为多么幸福的、志同道合的一对啊！

轿车已在林芳的沉思中停了下来。当她拉着莉莉，紧抓着那只盛药的小包，走进老年所那白色的大门时，林芳想到即将和启刚再次见面，她几乎失去了勇气。

他和晓云会怎么看待她呢？想起了她年轻时那种故意卖弄机智和风姿的情景，她的脸红得几乎到齐颈根了。但想看一看张瑜的心情又是这样的迫切。她带上莉莉，就是想打动两个老同学，好让她和莉莉再见一次张瑜。也许，说不定这是最后一次见面呢？张瑜进老年所已经快六个月了，这毕竟是肝癌！就是我们那种新药，治愈率也不是百分之百的啊！

"唐阿姨来了。"小莉莉绝不会理解她母亲现在翻滚起伏的思潮。她看见从研究所主楼飞奔而来的唐晓云，就高兴地嚷嚷了起来。这一声叫唤却打断了她母亲的沉思，已经受不住任何惊骇的林芳陡地钉在地上，再也走不动了。向她们飞奔而来的的确是唐晓云，后面好像还跟着一个人。啊，那就是启刚了。可是她看不清晓云面部的表情。只觉得她的心就要跳出自己的胸口了。显然，晓云一定是来告诉她什么消息的。但是，是忧是喜呢？

"小莉莉也来了吗？好，我正想打电话通知你，叫你带小莉莉来……"

"是张瑜不行了？"林芳虚声虚气地问道。

"不，"那依旧还显得很年轻的晓云却气喘吁吁地一下子把林芳搂在怀里。同时，她用一种几乎是歌唱般的声音喊道，"不，控制住了！"

"什么？！"

"控制住了！"

林芳忽然浑身发软，她那瘦弱的身子在晓云的怀里几乎是在往下滑。

"啊——"

"咦，你应该高兴才是呀！"由于奔跑，也由于兴奋，晓云的胸部还在剧烈地起伏着，她一下子把林芳搂得这么紧，几乎压得林芳透不过气来。

"我们的治疗起作用了！高兴吧，林芳，张瑜的癌细胞在腹部的转移已全部消除了！"

"啊，晓云！"林芳至此才算听明白了唐晓云说的是什么，"难道这是真的？"

林芳又一把抓住了启刚的手。

"启刚，真的？这是真的吗？"

从黄启刚那满脸春风的样子看来，这不可能是假的了。他还是那个老样子，一高兴起来，就双手乱搓着。

"唉，我们怎么会哄你呢？走吧，走吧。今天你们母女俩都可以去看看张瑜了。我们一接到报告就给你打了电话，并通知了张瑜本人。他现在正在等你们哩！"

"啊，启刚，"至此，林芳才算找到了一个机会，她真情实意地说道，"你再原谅我一次吧。晓云，启刚，我过去是那样的自私……"

"看你说的！走吧，走吧，药也带上。"启刚小心地接过了那个手提包，"刚才，我已经把药物试制成功的事告诉张瑜了。不过，我看，他这次恐怕并不急于要使用这种新药哩！"

尾声

这已经是离上面所讲的事件三年以后的一个秋天的早晨。在老年所接待室近旁的草坪上，放着一只小巧的、玻璃纤维钢做的轻便的台子。台子上放着几瓶汽水和已经打开瓶盖的啤酒，旁边还放着几本新出版的杂志。

四个已恢复了交往的老朋友、老同学围着这张桌子坐着，侃侃而谈。林芳已经是一个微微有些发胖的中年妇女，不再那么讲究修饰，散乱的头发上插着一朵小莉莉刚采来的一串红。她戴着眼镜低声地念着一本杂志。那上面有她和张瑜合写的一篇新作，内容是介绍他们研究所三年前研制出来的那种新抗癌药物的临床应用情况。她的身边是那个已经完全恢复了健康的张瑜，由于身材比较高大，所以，那张轻便椅好像承不起他的重量似的，"吱吱咯咯"地发着委屈的叫声。他正在口若悬河地和那个穿得整整齐齐、刚刚旅行结婚回来的黄启刚辩论着。当那个正沉醉幸福中，容易激动的黄启刚看来又要吃败仗的时候，坐在一旁的唐晓云连忙插上来解围说："好啦，启刚，你就认输吧。"

"你们又在争论些什么啊？"林芳这时才抬起了头，向那个旅行回来，皮肤晒得黑里透红，但看上去却越发显得年轻的唐晓云问道，"晓云，他们又在吵些什么啊？"

"谁知道他们！一见面又像公鸡那样地斗。"晓云微微一笑，摇了摇头说，"让他们争吧。我们找莉莉去，她大概又去看康康和依依去了吧。"

当两个女友走到动物饲养站，站在那个饲养着康康和依依的铁栅栏跟前的时候，林芳突然感慨万分地说：

"唉，晓云，亏你们想得出，说依依没有复苏，这点子又是谁出的啊？"

"还不是启刚。他说，要使我们的治疗方法能起作用，只有彻底地断了张瑜那三心二意的念头。所谓置之死地而复生，心死而静，静而生，生而……唉，当然，当时也有人反对。那天会上争得可厉害啦！"

"这种治疗方法实在太新奇了，一时我们确实不能接受。"

"你以为当时小组里的人都能接受吗？不，幸亏启刚在紧要关头拿得定主意，顶得住。当然，那时候他几乎是少数，在会上，我只好拼命地支持他……"

"你一向是帮他的啊！"林芳突然调皮地笑了起来，"哎，晓云，我一直想问你，你现在跟他……唉，我是说，我现在真为你们俩感到高兴，你们本来就是天生的一对啊！"

"还不是你这个鬼丫头出的鬼点子！"晓云立即绯红了脸。看来在撮合这天设的一对时，林芳又发挥了她那天生的敏捷的才思。虽然是迟了一些，但迟到的幸福也许更为辉煌哩！"走吧！"从晓云红着的脸上露出来的笑容里大概很能说明这一点，"我们回去看看吧。再争下去呀，我那位大概又要咏诗了！"

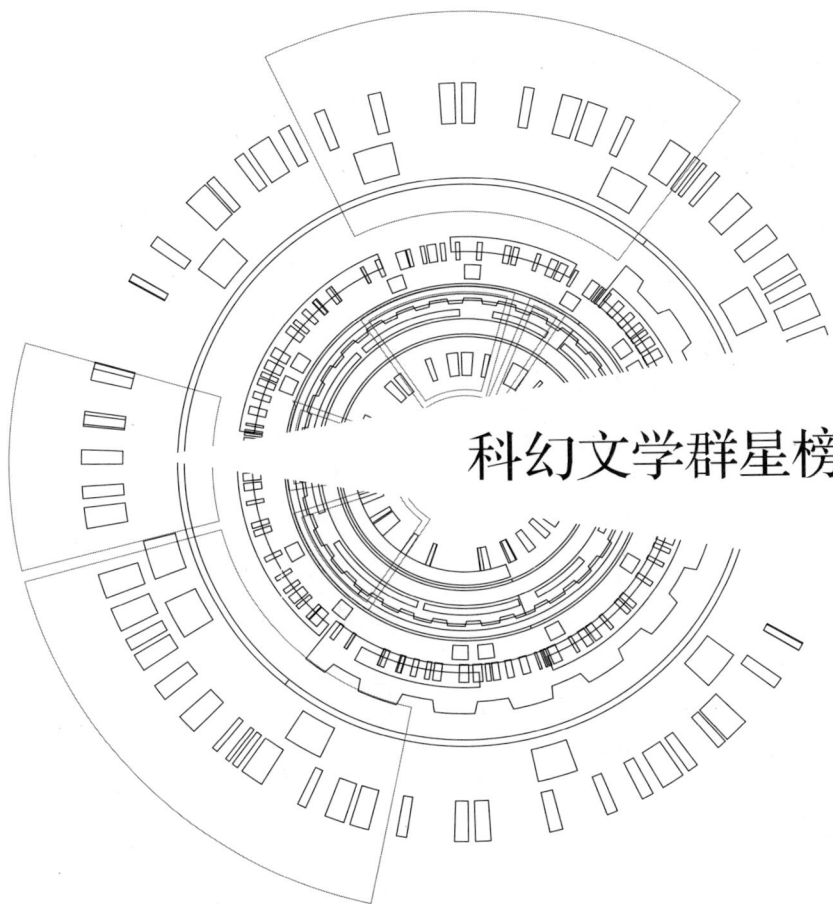

科幻文学群星榜

序号	作者	书名
1	郑文光	侏罗纪
2	萧建亨	梦
3	刘兴诗	美洲来的哥伦布
4	童恩正	在时间的铅幕后面
5	张静	K星寻父探险记
6	程嘉梓	古星图之谜
7	金涛	月光岛
8	王晋康	生死平衡
9	刘慈欣	纤维
10	潘家铮	子虚峡大坝兴亡记
11	韩松	青春的跌宕
12	星河	白令桥横
13	凌晨	猫
14	何夕	异域
15	杨鹏	校园三剑客
16	杨平	神经冒险
17	刘维佳	使命：拯救人类
18	潘海天	饿塔
19	拉拉	永不消逝的电波
20	赵海虹	月涌大江流
21	江波	自由战士
22	宝树	人人都爱查尔斯
23	罗隆翔	朕是猫
24	陈楸帆	动物观察者
25	张冉	灰城
26	梁清散	欢迎光临烤肉星
27	七月	撬动世界的人于此长眠
28	杨晚晴	天上的风
29	飞氘	讲故事的机器人
30	程婧波	第七种可能
31	万象峰年	点亮时间的人
32	长铗	674号公路
33	迟卉	蛹唱
34	顾适	为了生命的诗与远方
35	陈茜	量产超人
36	刘洋	单孔衍射
37	双翅目	智能的面具
38	石黑曜	仿生屋
39	阿缺	收割童年
40	王诺诺	故乡明
41	孙望路	重燃
42	滕野	回归原点